feelings
* emotional eBooks

Über die Autorin:
Ava Innings, Jahrgang 1979, studierte Kommunikationsdesign und machte sich, nach ihrem erfolgreichen Abschluss, als Hochzeitsfotografin und Designerin selbstständig. Im Jahr 2014 ereilte sie eine Midlife-Crisis und sie beschloss, endlich ihren langersehnten Lebenstraum vom eigenen Roman zu verwirklichen. Im Dezember 2014 veröffentlichte sie unter dem Pseudonym Violet Truelove über neobooks ihren Roman »Ein Surfer zum Verlieben«, der es auf die Shortlist für den Indie-Autor-Preis schaffte. Kurze Zeit später wurde die Autorin durch ihren Debütroman entdeckt.
Sie lebt zusammen mit ihrem Mann und ihren zwei Kindern in einem Mehrgenerationenhaus im Taunus, also viel zu weit vom Meer, welches sie so liebt und das ihre Geschichten prägt, entfernt. Doch nicht nur für das Wellenreiten kann sich die 35jährige begeistern, sondern auch für Yoga, die Fotografie und das Lesen.

Ava Innings

Waves of Love – Sam & Russel: Ganz oder gar nicht

Roman

Bitte besuchen Sie uns im Internet:
www.facebook.de/feelings.ebooks

FSC
www.fsc.org
MIX
Papier aus verantwortungsvollen Quellen
FSC® C083411

Redaktion: Ulla Mothes
Covergestaltung: Truelove Coverdesign
Coverabbildung: © FinePic®, München
Druck und Bindung: CPI books GmbH, Leck
ISBN 978-3-426-21640-8

Für meinen Russel. Ich hoffe, ich wurde dir gerecht. In Liebe V.

Bewegung ist die Seele aller Dinge
Paul Klee

Prolog

SAM | 03.07.2004 | Lāhainā | Maui | Hawaii

Meinst du, dass du es sieben Minuten mit der Nervensäge im Wandschrank aushältst, Dean?«, fragt Rory, und ich zeige ihm den Finger.

Sieben Minuten Himmel ... Gott, was für ein albernes Spiel! Ich hasse es. Na ja, aber ich hätte es schlimmer treffen können. Dean ist Joes und Russels großer Bruder, er ist schon siebzehn, fast achtzehn, und er ist süß. Vielleicht würde ich mich sogar von ihm küssen lassen, denn er ist – im Gegensatz zu Rus und Rory – kein Armleuchter.

Dean zwinkert mir zu, reicht mir seine Hand und geleitet mich unter großem Tamtam zum Schrank. Er öffnet die Türen und macht eine Geste, dass ich vor ihm eintreten soll. »Du wirst doch nicht die Tür hinter mir zumachen und mich einsperren, oder?«, frage ich ihn leise.

»Nein«, antwortet er schlicht, lässt mir den Vortritt und folgt mir dann. Er schließt die Türen und setzt sich auf den Boden – er ist nämlich viel zu groß, um zu stehen.

Ich lehne mich an die Wand und verschränke die Arme vor der Brust, beziehungsweise vor meinen nicht vorhandenen Brüsten, wie Rus und Rory eben noch meinten. Sie sind wirklich solche Idioten, als ob ich nicht genug andere Probleme hätte.

Ich seufze leise in die Dunkelheit hinein und erschrecke fast zu Tode, als ich plötzlich Deans Hand an meinem Oberschenkel spüre. Er zupft an meinem Hosenbein und murmelt: »Setz dich, Sammy.«

Grummelnd füge ich mich seiner Anweisung und nehme

neben ihm Platz. »Magst du mir erzählen, was heute mit dir los ist? Und schiebe es nicht auf die dämlichen Sprüche der Jungs. Du warst schon vorher schlecht drauf. Also?«

»Die blöden Sprüche sind mir egal«, murre ich. Klar ist es nicht schön, wenn man gesagt bekommt, dass man flach wie ein Brett ist, aber da die beiden nicht mal Haare am Sack haben, sind sie schließlich keine Experten, was Brüste anbelangt.

»Das sollte es auch, Sam. Es ist egal, ob eine Frau große oder kleine Brüste hat, Hauptsache sie passen zu ihr«, meint er und fügt hinzu: »Und du bist nun einmal sehr klein und zierlich. Stell dir doch mal vor, wie es wäre, wenn du einen Doppel-D-Vorbau hättest, dann würdest du beim Surfen ja ständig vornüberkippen.«

»Vermutlich nicht nur beim Surfen«, stimme ich lachend zu, denn ich habe ein ziemlich genaues Bild davon vor Augen, wie albern solche Monsterbrüste an mir aussehen würden.

»Abgesehen davon, was nicht ist, kann ja noch werden. Du bist schließlich erst dreizehn.«

»Fast vierzehn«, korrigiere ich ihn.

»Fast vierzehn ist immer noch sehr jung.«

»Das siehst du so, aber das ist bloß deine Meinung.«

»Sorry, mein Fehler«, meint er, und ich höre es rascheln. Ich kenne Dean gut genug, um zu wissen, dass er gerade abwehrend die Hände gehoben hat, wie immer, wenn wir ihm widersprechen. Seine Geste steht stets im krassen Kontrast zu der ironischen Betonung seiner Entschuldigung. Wie ich sagte, er ist süß.

Wir schweigen wieder, und schließlich ist es Dean, der sagt: »Du warst toll heute.« Ja, ich weiß. Ich war toll, aber irgendwie tut das nichts zur Sache. Mein Sieg könnte sich gut anfühlen, doch es ist nicht so. »Joe hat alles auf Video aufgenommen«, lässt er mich wissen.

Ich lächle schwach. Ja, es ist cool, dass meine Freunde sich so über meinen Sieg freuen und dass sie mich begleitet haben und auch meine Mum kam, um mich zu unterstützen. Ich sollte glücklich und dankbar darüber sein, dass sie alle da waren. Abgesehen davon war sowieso klar, dass *er* nicht kommt. Denn *er* kommt nie, egal wie sehr ich es mir wünsche und wie oft ich ihn darum bitte. Doch dieses Mal hatte er es versprochen, und obwohl ich längst geschnallt haben sollte, dass man sich auf sein Wort nicht verlassen kann, hatte ich die Hoffnung, dass er da sein würde.

»Ich habe mich extra so angestrengt«, gestehe ich ihm niedergeschlagen. »Ich habe alles gegeben, weil ich annahm, er würde im Publikum stehen und mir zuschauen, wie er es versprochen hatte. Ich hatte mir ausgemalt, wie er mich in den Arm nimmt und stolz sagt: Das ist mein kleines Mädchen.«

Stattdessen ist es Dean, der seinen Arm um meine Schulter legt und mir zuraunt: »Es tut mir leid, Sammy.«

»Man kann sich seine Eltern nun einmal nicht aussuchen«, erwidere ich und lehne meinen Kopf gegen seine Schulter.

Er antwortet mit einem schlichten Ja, denn auch er hat es nicht einfach. Sein Vater wälzt – seit dem Tod seiner Mutter – eine ganze Menge Verantwortung auf ihn ab. Damals, als sie starb, war Dean erst elf, und es ist nicht so, dass ich mich gut daran erinnern könnte, doch meine Mum hat mir einmal gesagt, dass Sean – so heißt der Vater von Dean, Joe und Rus – sich damals ganz schön hat gehenlassen.

Erst durch Joes schlimmen Unfall vor zwei Jahren hat er sich geändert. Er hat aufgehört zu trinken, aber wirklich kümmern tut er sich nicht um seine drei Kinder.

Na ja, trotzdem: Er ist immer noch besser als mein Dad, denn der interessiert sich seit Jahren einen Scheiß für mich. Ich bin ihm völlig gleichgültig, und egal, was ich tue und wie gut ich bin, es kümmert ihn nicht die Bohne.

In meiner Fantasie, da schlägt er morgen die Lokalzeitung auf, sieht mich mit meinem Pokal in der Hand auf dem Podest stehen und sagt stolz zu seiner neuen Frau: »Das ist meine Sam!«

Doch die Realität sieht anders aus. Er hat jetzt eine neue Familie mit *ihr* und auch neue Kinder. Ich könnte diese Frau umbringen, und ich hasse ihre Kinder. Ich hasse sie, weil Dad sich um sie kümmert, und das, obwohl es nicht mal seine sind. Ben und Luke sind sowieso voll die Arschgeigen. Sie sind ein wenig älter als ich, und mit ihnen geht er zum Angeln und zum Surfen. Ich weiß es, weil ich sie schon zusammen gesehen habe. Damals war ich auch noch so dämlich und bin zu ihnen gegangen, um Hallo zu sagen. Es war peinlich und unangenehm. Mein Vater weiß nichts mit mir anzufangen, aber nun hat er ja die Söhne, die er immer wollte.

Ich beiße mir auf die Unterlippe, weil es so wehtut, dass ihm die beiden Blödmänner wichtiger sind als ich. Ich versuche wirklich nicht zu weinen, aber es will mir nicht gelingen.

Dean zieht mich enger an sich und streichelt über meinen Arm. Ich halte mich an ihm fest und habe mein Gesicht an seinem Hals vergraben, als die Tür aufgerissen wird und Russel »Die Zeit ist vorbei!« in den Schrank ruft. Ich wende mich ab, ich will nicht, dass sie mich weinen sehen.

Dean beugt sich vor und schirmt mich dadurch vor dem neugierigen Blick seines Bruders ab. Ich spüre seinen heißen Atem in meinem Nacken, als er sagt: »Mach die Tür wieder zu! Sammy und ich sind noch nicht fertig.« Sein Tonfall lässt keinen Widerspruch zu. Es ist ein Befehl, und Russel kommt diesem umgehend nach.

»Whooo, er ist noch nicht fertig mit ihr«, tönt Rus draußen.

»Waren sie noch angezogen?«, will Rory wissen. »Nicht, dass Sam gerade ihre Jungfräulichkeit an Dean verliert.«

»Na ja, besser an ihn als an einen Esel wie dich«, kommt es von Joe, und ich muss unwillkürlich schmunzeln.

»Ich liebe deine Schwester«, lasse ich Dean wissen.

»Weißt du was?«, fragt er, doch ehe ich etwas entgegnen kann, schiebt er hinterher: »Ich liebe sie auch.«

Er hält mich noch immer in seinen Armen, und es fühlt sich gut an – irgendwie tröstlich. »Danke!«, sage ich und wische mir die Tränen ab. Mein Vater hat es gar nicht verdient, dass ich wegen ihm traurig bin, und dennoch weine ich eigentlich immer nur wegen ihm.

»Du brauchst dich nicht zu bedanken, Sammy. Ich finde es auch schrecklich unangenehm, wenn ich vor anderen weinen muss.« Kaum vorstellbar, dass Dean – groß und stark und allen Widrigkeiten gewachsen – weint. Gern würde ich ihm in die Augen sehen, um zu wissen, ob das, was er gerade gesagt hat, sein Ernst ist. Doch in der Dunkelheit geht das nicht. Er ist mir allerdings so nah, dass ich das Gefühl habe, ich würde seine Worte auf meiner Haut spüren. Ich beuge mich ein klein wenig vor und verharre unvermittelt, weil ich merke, dass ich ihm nun wirklich nah bin. Ich bade in der Wärme, die sein Körper ausstrahlt, und versuche zu verstehen, was das andere ist, was ich da spüre. Allerdings fällt es mir schwer, mich darauf zu konzentrieren, denn mein Herz klopft mit einem Mal ganz schnell.

Dean zieht seinen Arm, der bisher um meine Schultern lag, zurück, und ich spüre seine Hand an meiner Wange und als

Nächstes seine Stirn, die sich gegen meine drückt. Ich recke ihm mein Gesicht entgegen. Hitze durchflutet mich, mein Atem wird zittrig …

»Sam?« Die Art, wie er meinen Namen nur Millimeter von meinen Lippen entfernt ausspricht, klingt wie eine Frage.

»Ja!«, entgegne ich, spüre seine andere Hand auf meiner linken Wange und einen flatternden Herzschlag später seine samtweichen Lippen auf meinen. Ja, wiederhole ich im Geiste und lasse mich von ihm küssen. Mit Sicherheit werde ich in diesem Schrank nicht meine Jungfräulichkeit verlieren, dafür jedoch meinen ersten richtigen Kuss empfangen.

Dean ist erfahren, was das Küssen und auch den Rest anbelangt. Er ist eben nicht nur süß, sondern auch ziemlich attraktiv. Obwohl ich ungeduldig bin und mehr von ihm spüren möchte, will ich mich nicht blamieren. Ich warte also ab, was er macht, und imitiere sein Verhalten lediglich. Er lässt sich Zeit und denkt gar nicht daran, mir seine Zunge in den Hals zu stecken. Im Gegenteil, ich spüre, dass er zögert, dass er kurz davor ist, sich zurückzuziehen – dabei sind meine Lippen willig für ihn geöffnet. Zwar habe ich Angst davor, etwas falschzumachen, doch mein Verlangen nach diesem Kuss ist stärker. Ich will ihn unbedingt.

Ich tauche mit meinen Armen unter Deans hindurch und lege sie um seinen Hals. Meine Finger gleiten wie von selbst in seine Haare, und ich weiß auch nicht, wie ich Sekunden später auf seinen Schoß gekommen bin. Irgendwie ist es so, als würde ich meinen Körper gar nicht selbst steuern, sondern als wüsste dieser im Gegensatz zu mir ganz genau, was zu tun ist. Ich denke jedenfalls keinen Moment darüber nach, was ich tue, sondern mache einfach, wonach mir ist. Und da mir danach ist, Dean zu küssen – richtig zu küssen, meine ich –, lasse ich meine

Zunge in seinen Mund gleiten. Er keucht unter mir auf. Es ist ein wunderschöner Laut, der mir das Gefühl vermittelt, dass Dean mich wirklich will. Seine Hände liegen nun auf meiner Taille, und er umfasst sie mit festem Griff. Sanft zieht er mich zu sich, während ich mit meiner Zunge seinen Mund erforsche.

Dean schmeckt ganz süß, was vielleicht daran liegt, dass er – bevor wir zusammen im Schrank verschwunden sind – Ananas gegessen hat. Er schmeckt nicht nur fruchtig, sondern riecht auch so – ziemlich lecker. Ich lecke mit meiner Zunge über seine und finde, dass es sich großartig anfühlt. Ich bin davon überzeugt, dass es der wunderbarste Kuss aller Zeiten ist – allerdings nur, bis Dean meinen Kuss erwidert und mir zeigt, wie fantastisch es sich wirklich anfühlen kann.

Ich schmiege mich dichter an ihn. Überrascht stelle ich fest, dass sein Penis hart gegen meine Jeans drückt. Unwillkürlich rutsche ich etwas auf seinem Schoß hin und her, was ihm ein weiteres Stöhnen entlockt. Die Beule in seiner Hose geht mir nicht mehr aus dem Kopf, und ich lasse meine Hand zwischen uns gleiten, um ihn dort zu berühren. Dean hat inzwischen wieder mein Gesicht in beide Hände genommen. Er nagt an meiner Unterlippe, und ich stupse ihn mit meiner Zunge an. Er grinst, ich kann es nicht sehen, aber an meinem Mund spüren … es verfliegt jedoch schlagartig, als ich meine Hand gegen seinen Ständer drücke. Dean keucht in meinen Rachen und küsst mich dann so heftig, dass meine Lippen noch am nächsten Tag davon geschwollen sind. Ich merke eindeutig, dass ihm gefällt, was ich da tue. Ich massiere die Beule in seiner Hose mit meiner Handfläche, und es fühlt sich gut an. Neu, aufregend, interessant, und weil sein Schwanz mehrmals heftig zuckt, ist es auch irgendwie lustig, denn es scheint, als hätte dieser ein Eigenleben.

Da ich merke, wie sehr Dean genießt, was ich tue, überrascht es mich umso mehr, als er sagt: »Nein, Sammy! Bitte nicht.«

»Warum?«, frage ich verwirrt.

Dean schiebt mich von seinem Schoß runter, und es dauert eine Ewigkeit, bis er antwortet: »Weil du erst dreizehn bist, und das ist zu jung dafür.«

»Wofür?«

»Dafür, um mir an die Hose zu gehen.« Er klingt nun entschiedener.

»Aber zum Küssen nicht, oder wie?«

»Für diese Art von Küssen schon, denn das sind die Küsse, die man irgendwann nicht mehr stoppen kann«, erklärt er, was gar keinen Sinn macht, denn schließlich hat er den Kuss ja beendet. Als ich ihm das sage, lacht er heiser auf und meint dann: »Ja, Sammy, weil ich dich mag.«

»Das ergibt ja noch weniger Sinn«, behaupte ich.

Er lacht erneut, und ein dumpfes Geräusch verrät mir, dass er gerade etwas zu fest mit seinem Hinterkopf gegen die Wand gestoßen ist. »Autsch!«, brummt er und atmet dann lange aus. »Es war wirklich schön, dich zu küssen«, meint er, was ich ihm aber nicht abkaufe – eben weil er den Kuss beendet hat. Als würde er genau wissen, was in mir vorgeht, meint er: »Lass es uns wiederholen, wenn du älter bist.«

»Ganz bestimmt?«, frage ich ungläubig.

»Unbedingt. Und ich freue mich schon jetzt darauf.«

»Wie alt …«, beginne ich, was ihm einen weiteren Lacher entlockt. »Hey, ich meine ja nur!«, protestiere ich.

»Wenn du achtzehn bist!«

»Achtzehn?«, echoe ich ungläubig. »Dir ist aber schon klar, dass das noch beschissene fünf Jahre bis dahin sind?«

Dean zieht mich an sich. Er kichert und schnaubt dabei in meine Haare. »Ach, Sammy!« Er seufzt.

Mir egal, wenn er denkt, dass ich zu jung zum Küssen bin. Ich kann jedenfalls nicht fünf verdammte Jahre warten, ohne es noch einmal getan zu haben. Also stehle ich mir einen letzten Kuss. Als Dean versucht, sich zurückzuziehen, sage ich ihm genau das, und irgendwie hat er dafür Verständnis. Ich bekomme also einen weiteren dieser unglaublichen Küsse, allerdings lässt Dean nicht zu, dass ich erneut auf seinen Schoß krieche, und ich spüre auch, dass er sich nicht voll darauf einlässt, was mich jedoch nur anspornt, ihn aus der Reserve zu locken. Ich lasse meine Zunge in seinen Mund gleiten und reibe sie verlangend an seiner. Ich seufze sehnsüchtig in seinen Mund und will, dass er alle Hemmungen verliert und sich ganz und gar darauf einlässt – so wie zuvor. Es dauert einen Moment, bis ich ihn so weit habe, doch dann erwidert er meine Bemühungen leidenschaftlich, und seine Hände wandern wieder auf meine Hüfte. Innerlich juble ich, als es mir gelingt, ihn zu verführen. Denn ja, ich verführe ihn zu diesem Kuss, den er eigentlich nicht wollte, und dem er sich nun trotz seiner Bedenken hingibt. Es ist so toll, mit ihm zu knutschen. Ich kann mein Glück nicht fassen.

»Mmmmhhh!«, brumme ich missmutig, als er sich schließlich doch von mir löst.

»Gott, ich liebe es, dich zu küssen«, stößt er keuchend hervor.

Und ich grinse zufrieden in die Dunkelheit, viel cooler, als ich mich fühle, denn stehen könnte ich im Moment mit meinen wackeligen Knien mit Sicherheit nicht. Deshalb sage ich: »Dann lass uns doch weitermachen.«

»Du bist dreizehn«, holt er mich auf den Boden der Tatsachen zurück.

»Ich bin aber kein Kind mehr«, protestiere ich.

»Nein, bist du nicht«, stimmt er mir seufzend zu. »Lass dir einfach noch ein wenig Zeit, Sam. Das alles kommt früh genug, und du verpasst nichts.«

»Ich würde dir ja gern glauben, aber es fühlt sich großartig an, was wir gerade machen, also …«

»Es ist nicht immer so, Sammy. Es ist ganz oft weitaus weniger schön und befriedigend.« Wir schweigen eine Weile. Tausend Fragen brennen mir auf der Zunge, aber ich traue mich nicht, sie zu stellen, denn ich will nicht indiskret sein. Schließlich finde ich doch den Mut und will von Dean wissen: »Wie fühlt sich Sex an?«

»Das ist wie beim Küssen, es hängt ganz entscheidend damit zusammen, mit wem man es macht.«

»Du warst damals, als du es das erste Mal getan hast, fünfzehn, oder?« Ich erinnere mich an diesen Tag, als sei es gestern gewesen.

»Ja«, entgegnet Dean knapp.

»Klingt ja nicht sonderlich begeistert.«

»Du weißt doch, was an diesem Tag passiert ist. Von daher: Es war auch nicht sonderlich toll«, gibt er zu.

»Und danach? Ich meine du und Anna, ihr wart doch …«

»Freunde mit gewissen Vorzügen. Jedenfalls eine Weile lang.«

»Und?«

»Es war schon ganz okay mit ihr. Es war jedenfalls nicht der schlechteste Sex, den ich jemals hatte, aber ich hatte auch schon besseren.« Er seufzt leise. »Sammy, versprich mir, dass du mit

Sex wartest, bis du sechzehn bist, in Ordnung?« Da ich zögere, drängt er noch einmal: »Versprich es einfach!«

»Von mir aus.«

»Fein! Und wenn du dich noch nicht bereit fühlst und er dich drängt, dann sag es mir, dann schneide ich ihm die Eier ab.«

»Gott, Dean! Was ist denn mit dir los«, amüsiere ich mich.

»Ich will einfach nicht, dass du an irgendeinen Idioten gerätst.«

Ich lache und meine: »Keine Sorge, ich schlaf schon nicht mit Russel.« Dean gluckst belustigt. Just in dem Moment geht die Schranktür auf, und Rus streckt seinen Kopf herein. »Habe ich da gerade meinen Namen gehört?«

»Yep!«, meine ich und stehe auf. »Wir haben schließlich gerade über den Kerl mit dem kleinsten Schwanz der Welt geredet.«

Rus kneift die Augen zusammen und mustert mich durchdringend. »Du weißt, was das bedeutet?« Ich schüttle den Kopf. »Krieg!«, schreit er und stürzt sich auf mich. Ich ducke mich unter ihm hinweg und flüchte Richtung Billardtisch. Deans lautes Lachen dröhnt zu mir hinüber, während ich versuche, seinem kleinen Bruder zu entkommen.

Kapitel 01

RUSSEL | 07.12.2013 | Oahu | Hawaii

Jeder führt mehr als nur ein Leben. Gerade jetzt bin ich der Vorzeigesohn und Ausnahmeathlet. Na ja, vielleicht bin ich nicht ganz der Vorzeigesohn, wie mein Vater ihn gern hätte, sonst würde ich nicht an der Bar stehen und meinen dritten Drink an diesem Abend ordern.

Ich lasse meinen Blick über die Menge schweifen, während der Barkeeper tut, was Barkeeper eben so tun. Was für ein langweiliger Job! Zum Glück hat es das Schicksal mit mir besser gemeint. Ehrlich, ich würde verrecken, wenn mein Leben derart öde wäre. Doch das ist es nicht. Mein Leben ist genau genommen ziemlich geil. Nicht umsonst sage ich immer zu meinen Leuten: Life is good!

Der Spruch hängt meinen Freunden und meiner Familie inzwischen sicherlich zum Hals raus, aber da müssen sie durch. Niemand hat behauptet, dass es mit mir einfach wäre. Ich kann ein ziemliches Großmaul und ein echt übler Klugscheißer sein, und ich bin jemand, der nicht besonders gut verlieren kann, weshalb ich immer vollen Einsatz bringe.

Apropos Einsatz: Wie lange kann es eigentlich dauern, einen Drink einzuschenken? Ich werfe dem Kerl, er ist ein paar Jahre älter als ich, einen Blick zu und bemerke, dass er seine volle Aufmerksamkeit der schönsten Frauen im Raum widmet. Er starrt sie wie der letzte grenzdebile Idiot an. Ich strecke meinen Arm aus und schnippe einmal mit den Fingern – direkt vor seinem dümmlichen Gesicht.

»Mein Drink«, erinnere ich ihn nachdrücklich und füge

hinzu: »Schlag dir die Kleine aus dem Kopf, wenn du weißt, was gut für dich ist.«

Meine Worte irritieren ihn. Das kann ich sehen. Er schenkt mir den Drink ein, serviert ihn mir und fragt dann: »Warum? Weil sie nicht meine Liga ist?« Na ja, wenigstens weiß er, dass er keine Chance bei ihr hätte.

»Nein. Weil sie meine kleine Schwester ist und ich dir sämtliche Knochen brechen werde, wenn du sie anfasst. Deshalb!« Er schluckt trocken, schiebt mir meinen Drink rüber, und ich begebe mich zu Joe, die mit dem einzigen Mann, den ich in ihrer Nähe dulde, zusammensteht. Sie und Rory albern wie so oft herum. Er ist unser bester Freund, und mit seinen blonden Locken und seiner Größe von fast eins neunzig sticht er aus der Menge heraus.

Ich höre, wie Joe ihn wegen seines Barts aufzieht. »Echt, diese Fussel da unten stehen dir gar nicht«, lässt sie ihn wissen. Sie haben sich eine ganze Weile nicht gesehen, weil wir auf Tour waren und sie in L.A. studiert, daher kennt sie sein »schickes« Kinnbärtchen noch nicht. »Warum macht ihr Kerle so was? Das ist furchtbar!« Sie stöhnt genervt auf und zupft daran.

Ich lege ihr den Arm um die Schulter und erwidere an seiner Stelle: »Lass den armen Jungen in Ruhe, Josephine. Jetzt, wo er endlich Gesichtsbehaarung hat, da will er die doch auch zeigen.« Sie verdreht die Augen, ehe sie mich an den Schnauzer erinnert, den ich mal hatte. »Das war eine verlorene Wette, und ich habe ihn nicht mit Stolz getragen wie Rory sein Ziegenbärtchen.«

»Ich trage es nicht mit Stolz, lieber Russel, dieses Bärtchen ist eine Notwendigkeit.«

»Inwiefern?«, platzt Joe heraus. Wenn meine Schwester eine Charakterschwäche hat, dann ist es ihre Neugier. Dass die tödlich sein kann, sage ich ihr häufiger, doch vielleicht ist Rorys Antwort heilsamer.

»Na, was glaubst du, wie viele Frauen sich von mir lecken lassen würden?«

Joe verzieht angewidert ihr Gesicht und sagt: »Keine, die bei klarem Verstand ist.«

»Genau, siehst du!«, antwortet er, woraufhin meine Schwester die Augen verdreht.

»Dann sag doch einfach, dass du das nicht machst.«

»Ja, aber dann kann ich auch nicht erwarten, dass sie mir einen blasen. Da würde ich ja wie der letzte Arsch rüberkommen.«

Ich grinse amüsiert. Sowohl seine Argumentation als auch Joes fassungsloser Gesichtsausdruck sind einfach großartig. Das Grinsen vergeht mir jedoch, als sie sagt: »Oh, so einen Typen hatte ich auch mal. Und das ist einer der Gründe, weshalb er inzwischen mein Ex ist.« Das will ich nicht hören. Ich habe nichts gegen Sex, aber ich habe etwas dagegen, dass meine kleine Schwester Sex hat, und nun habe ich Bilder im Kopf, die ich gar nicht haben wollte.

»Was ein Depp«, kommt es von Rory. »In einer Beziehung ist das was völlig anderes. Gab habe ich immer gern geleckt, aber bei irgendeinem Groupie will ich das nicht machen.«

»Was stimmt mit dir nicht?«, keucht Joe noch immer entgeistert über seine Ansichten. Sie schaut hilfesuchend zu mir, aber ich bin definitiv auf Rorys Seite, allerdings ist es mir egal, wenn die Frauen mich für einen Arsch halten. Ich habe kein Problem damit, einen Blowjob zu bekommen und mich nicht zu revanchieren, was ich auch sage. Sie knufft uns beide in die Seite. »Ihr seid manchmal solche Idioten.«

Eine niedliche Blondine wirft mir einen verführerischen

Blick zu und flötet mir im Vorübergehen ein Hi zu. Ich drehe mich nach ihr um und genieße den Ausblick auf ihren erstklassigen Hintern, den das hautenge Stretchkleid mir bietet.

»Du sabberst«, informiert Joe mich und stößt mir erneut unsanft ihren Ellbogen in die Rippen. Ich sehe zu meiner kleinen Schwester hinunter und schenke ihr einen vorwurfsvollen Blick.

»Ärgerst du deinen großen Bruder wieder?«, erkundigt sich Rory und legt Joe einen Arm um die Schulter. Ihr hübscher Mund verzieht sich zu einem amüsierten Lächeln. Sie beißt sich auf die Unterlippe und schaut zu ihm auf. Rory überragt mich um ein paar Zentimeter und sie um gut einen Kopf.

»Wenn du es nicht tust, bleibt mir doch gar nichts anderes übrig«, meint sie und knufft dann ihn in die Rippen wie zuvor mich.

»Boah, Joe, kannst du das mal lassen?«

»Was?«

»Mir dauernd deinen spitzen Ellbogen in die Rippen zu jagen.«

»Nee, du hast es verdient.« Sie verdreht die Augen, als sei er schwer von Begriff. »Und? Habt ihr schon entschieden, welche willigen Frauen ihr heute Nacht mit auf eure Zimmer nehmen werdet?« Sie lässt ihren Blick über die Menschenmenge schweifen.

»Die Auswahl ist dieses Jahr so wahnsinnig begrenzt«, brummt Rory frustriert und sieht sich ebenfalls um.

»Es sind genauso viele Frauen da wie im letzten Jahr, Schwachkopf!«, rügt Joe ihn.

»Ja, ich will aber keine, auf der Dean schon drauf war, und da er echt umtriebig war, ist die Auswahl eben inzwischen deutlich eingeschränkt. Ich fürchte fast, es bleiben bald nur du und Sam übrig.« Mein Mund öffnet sich wie von selbst, um ihn darüber zu informieren, dass er dann auch Sam von der Liste streichen muss, doch zum Glück setzt im letzten Moment mein Hirn ein. Ich beiße mir auf die Unterlippe und schlucke meine Anmerkung hinunter.

Diesmal knufft Joe Rory nicht nur, sondern rammt ihm ihren Ellbogen richtig fest in die Rippen. »AUTSCH!«, zischt er und legt seine Hand darauf.

»Schlag dir das aus dem Kopf!«

»Was?«

»Dass du mit Sam im Bett landest.«

»Wieso? Ich meine …«

Joe schüttelt seinen Arm, der noch immer über ihrer Schulter liegt, ab und dreht sich zu ihm herum. Mit dem Zeigefinger fuchtelt sie vor seiner Nase herum. »Hast du denn aus der Sache mit Gab gar nichts gelernt, du Armleuchter?«

»Fuck, niemand redet von einer Beziehung, und Sam ist ein Profi!«, behauptet Rory. »Sie kann Sex und Liebe trennen.«

»Wenn du nicht willst, dass ich dir im Schlaf deinen blonden Schopf abrasiere, Goldlöckchen, dann …«

»Hey, jetzt wird es aber persönlich«, echauffiert Rory sich. »Schwachkopf und Armleuchter lasse ich mir ja noch gefallen, aber Goldlöckchen geht zu weit.«

Joe hat ihre Augen zu Schlitzen verengt und funkelt ihn wütend an. »Du lässt deine dreckigen Pfoten von Sammy, haben wir uns verstanden, Mr. Johnson!«

»Natürlich, Miss Reynolds. Na, dann fällt die Wahl wohl auf Sie.« Er legt ihr besitzergreifend erneut den Arm um die Schulter.

»Was?«, fragt Joe verwirrt. Im Gegensatz zu mir kann sie

den Gedankensprüngen unseres besten Freundes scheinbar gerade nicht folgen.

»Nun ja, wenn ich Sammy nicht ficken darf, dann bleibst bald nur du über, und du …« Er verstummt augenblicklich, als er sich meines eisigen Blicks bewusst wird.

»Veto, Bro! Du kennst die Regeln: Wenn du nicht willst, dass ich dir sämtliche Finger breche, dann lässt du die lieber von meiner Schwester.«

»Joe, kommst du bitte mal«, tönt die Stimme unseres Vaters durch den Raum.

»Macht keine Dummheiten, ihr zwei«, ermahnt sie uns, ehe sie seiner Aufforderung, die ehrlich gesagt eher ein Befehl war, nachkommt. Ich schaue Joe hinterher und frage mich, was Dad von ihr will. Allerdings bekomme ich dadurch mit, wie mindestens ein halbes Dutzend Kerle meiner Schwester auf den Hintern glotzen. Ich stoße Rory den Ellbogen in die Rippen, denn er gehört dazu.

»Was?«, fragt er, und seine Augen werden schmal.

»Das weißt du genau«, grolle ich.

»Was weiß ich genau?«

»Du hast Joe, wie die anderen nottriebgeilen Idioten auch, auf den Arsch geglotzt.« Er setzt zu einer Erwiderung an, doch ich würge ihn ab: »Komm mir nicht so, Goldlöckchen. Ich weiß, was ich gesehen habe.«

»Ja, aber du hast es absolut missverstanden, Arschloch! Ich habe mich nur gewundert, dass du sie in dem Kleid überhaupt rumrennen lässt. Sie sieht wirklich heiß darin aus und sorgt damit für mehr Trouble, als wir zwei es jemals fertigbrächten. Schau dir nur Sid und Ken an. Den Jungs ist gerade die Kinnlade runtergefallen.«

»Du hast Joe nicht auf den Arsch geglotzt?«, hake ich noch einmal ungläubig nach.

Rory blickt mich völlig perplex an. »Nein, sie ist wie eine Schwester für mich. Das eben war doch bloß ein dummer Spruch. Fuck, das solltest du eigentlich echt wissen. Weder mit ihr noch mit Sammy kann ich mir was Derartiges vorstellen.«

Ich kneife die Augen zusammen und mustere ihn durchdringend. »Wenn sie ankommen würde und …«

»Würde sie aber nicht, Rus«, unterbricht er mich entschieden.

»Aber wenn …«

»Komm schon, Rus, die Antwort kennst du. Es wäre meine männliche Pflicht, sie zu besteigen, wenn sie mich dazu auffordern würde, aber solange sie sich nicht die Klamotten vom Leib reißt und mich anfleht, es ihr ordentlich zu besorgen, komme ich in keinen Gewissenskonflikt.«

Ich bin versucht, ihm erneut einen Knuff zu geben, doch er fügt hinzu: »Ehrlich, wenn ich es in so einer Situation nicht machen würde, dann würde mich das meinen Ruf kosten. Die Jungs würden behaupten, ich sei eine Schwuchtel oder eine Pussy.«

»Du bist eine Pussy«, werfe ich ein.

»Nein, aber ich würde meinen Schwanz ganz tief in die von deiner Schwester stecken, um gerade solche haltlosen Gerüchte zu unterbinden.«

Nun stoße ich ihn doch noch mal mit dem Ellbogen an, woraufhin er laut aufkeucht.

»Du kannst so kleinlich sein, Alter.«

»Und du kannst so ein Arschloch sein.«

»Komm schon, Mann, es war ein Witz. Du weißt, wie sehr ich Joe liebe. Abgesehen davon ist sie nicht dämlich, sie würde nie was mit mir anfangen. Ich bin schließlich nicht Brad Hoover.« Bedauernd fügt er hinzu: »Leider.« Ja, wir wären alle gern ein wenig Brad Hoover. Scheiße, der Typ hat es aber auch echt drauf. Meiner Meinung nach der beste Tube-Rider ever. Dass meine Schwester scharf auf ihn ist – und das bereits seit ihrem fünfzehnten Lebensjahr –, ist allerdings eine ganz andere Sache. So grenzenlos ist meine Bewunderung für Brad Hoover dann doch nicht, und gerade als Mann ist er nichts, was ich mir für Joe wünsche. Ein Kerl wie er, der seinen Schwanz nicht in der Hose lassen kann, würde sie zerbrechen. Und selbst wenn es ihm gelänge, ihr treu zu bleiben, woran ich meine Zweifel habe, dann würde er trotzdem ständig in Versuchung geführt werden. Die Groupies und Goldgräberinnen sind schließlich nicht nur scharf auf Rory und mich, und bei ihrer Jagd auf einen reichen Mann sind sie gnadenlos. Joe ist für so ein Leben nicht geeignet. Sie ist eine hoffnungslose Romantikerin.

Wie sie die Menge scannt, sagt mir jedoch, dass sie ihn nicht vergessen kann. Ich weiß, sie hält Ausschau nach ihm. Während alle Blicke auf sie gerichtet sind, hat sie immer nur Augen für ihn gehabt ... Vielleicht ganz gut so, denn sonst würde sie schnallen, wie scharf sie die ganzen Kerle macht, und sich der Optionen, die sie hat, bewusst werden. Das könnte verheerende Folgen haben. Nicht auszudenken, wenn sie an einen Typen wie Rory oder mich geraten würde.

»Hey, es war echt ein Witz, Rus. Das weißt du doch hoffentlich, oder?«

Ich sehe zu Rory, stoße einen abgrundtiefen Seufzer aus und nicke dann schicksalsergeben. Ich weiß, es war kein Witz, aber ich weiß auch, dass Joe niemals so blöd wäre, sich mit ihm einzulassen. Abgesehen davon ist er der Ex einer ihrer besten Freundinnen. Zwar ist die Sache zwischen Gab und ihm schon gefühlt hundert Jahre vorbei, doch das ist ja eher eine Grundsatzfrage.

Gab … Gott, auf diese Hochzeit habe ich gar keinen Bock. Aber natürlich gehe ich hin, schließlich hat sie mal zu unserer Clique gehört. Okay, ehrlich gesagt gehe ich vor allem wegen Rory hin. Zwar hat es für ihn seit der Trennung unzählige Frauen gegeben, aber wenn die Ex heiratet, dann ist das immer Scheiße, oder? Dass sie ihn eingeladen hat, empfinde ich persönlich als Frechheit. Würde ich selbst nie machen. Fein, ich gebe es zu, ich war nie lang genug mit einer zusammen, um behaupten zu können, sie wäre meine Ex. In meinem Leben gab es bisher nur Bettgeschichten, und außer meiner Mutter, die viel zu früh verstorben ist, gibt es nur eine Frau, die ich liebe, und das ist Joe. Dennoch würde es mir nicht im Traum einfallen, eine Verflossene zu meiner Hochzeit einzuladen. Das ist sowohl für diese Person als auch für die Braut demütigend, und ehrlich: An diesem Punkt im Leben sollte man es doch nicht nötig haben, dem anderen unter die Nase zu reiben, dass man ganz offensichtlich über ihn hinweg ist, weil man eine andere heiratet.

Rorys Plan für Gabs Hochzeit steht jedenfalls fest, und ich bin fest entschlossen, ihm jede Brautjungfer, die er haben will, zu überlassen … Okay, alle bis auf Joe. Auch heute bin ich spendabel, die Blondine, die sich auf uns zu bewegt, kann er gern kriegen. Ihre Freundin werde ich mir allerdings schnappen. »Wir bekommen Besuch«, raune ich ihm zu.

Er schaut in die Richtung der Groupies und sagt: »Kannst du gern haben. Ich halte mich heute Abend an die da.« Er deutet auf eine unfassbar hübsche Brünette, die von ihren Freundinnen umringt ist.

»Marcia Martin?«, frage ich zweifelnd und füge hinzu, weil

ich nicht glaube, dass er mitbekommen hat, wie skeptisch ich der Sache gegenüberstehe: »Das ist nicht dein Ernst, oder?« Rory nickt nachdrücklich und schenkt mir ein dreckiges Grinsen.

»Shit, Bro! Nie was von ›Never fuck the company‹ gehört? Meinst du, dass es klug ist, ein Mädel zu vögeln, das bei dem gleichen Label unter Vertrag ist? Abgesehen davon trägt sie Perlenohrringe, und du weißt doch, was ich über Mädels mit Perlenohrringen sage, oder?« Die Groupies haben es sich scheinbar anders überlegt und steuern die Bar an – vielleicht, um sich Mut anzutrinken. Was nicht nötig ist. Ich beiße nicht, außer natürlich, sie wollen es.

Rory lacht über die Sache mit den Perlenohrringen, beugt sich zu mir herüber und erwidert: »Klar weiß ich das, aber bei Marcia liegst du daneben.«

»Alle Frauen, die auch nur einen Hauch Sinnlichkeit verströmen, tragen niemals so was Spießiges wie Perlenohrringe. Aber bitte, stürz dich ruhig in dein Unglück, Bro, doch komm später nicht an und behaupte, ich hätte dich nicht gewarnt.«

Er winkt ab und sagt dann auch noch kackdreist: »Ja ja, ich weiß, du und deine bekloppten Theorien. Du bist echt ein Freak.«

»Und du unbelehrbar! Ich teile meine Weisheiten, die auf jahrelangen Erfahrungswerten basieren, mit dir, und du tust sie ab, als würde ich dir irgendwelche Märchen auftischen. Fakt ist aber: Frauen, die Perlenohrringe tragen, taugen im Bett nichts, und Frauen, die Fußkettchen tragen, sind schwanzgeile Luder.«

»Trägt Sammy nicht immer ein Fußkettchen?«

»Womit meine Theorie eindrucksvoll und unwiderlegbar bewiesen wäre.«

»Lass sie das nicht hören, Alter. Sie kastriert dich eigenhändig.«

Ich zucke mit den Schultern. »Sam steht zu ihren Vorlieben.«

Rory lacht belustigt auf. »Trotzdem will sie bestimmt nicht hören, dass du sie für eine Schlampe hältst.«

»Ich halte sie nicht für eine Schlampe. Ich habe den Ausdruck ›Luder‹ benutzt. Ich respektiere Sams Einstellung, und es ist, wie sie sagt: Warum sollte sie sich zurückhalten, wenn es bei uns völlig okay ist, nur weil wir Kerle sind?«

»Stell dir mal vor, Joe würde sich plötzlich Sams Lebenswandel anschließen, dann …«

»… dann ist das was völlig anderes. Sie ist meine kleine Schwester, und ich will nicht, dass sie … ach du weißt schon, aber Sam ist Sam. Sie ist anders, und es ist völlig okay, dass sie etwas umtriebig ist.«

»Würdest du sie knallen? Oder eine, die so drauf ist wie sie?«

Ich nicke. »Du würdest auch einen Pornostar ficken, was?«, meint Rory, und es klingt wie ein Vorwurf.

»Wenn jemand mit Sex sein Geld verdient, dann ist er vermutlich gut darin, also ja, warum nicht?«

»Weil in so einer schon jeder drin war?«

»Und?«

»Komm schon, Mann, das ist widerlich.«

»Alter, das ist jetzt nicht dein Ernst, oder? Fuck, ich will gar nicht dran denken, wo dein Schwanz schon überall drin war.«

»Ja, aber das ist was anderes.«

Ich hebe eine Augenbraue, um meine Skepsis auszudrücken, schenke mir aber jeden Kommentar. Dean kommt zu uns herüber. Mein Bruder ist noch einen winzigen Tick größer als Rory und deutlich breiter und muskulöser. Er trägt einen Faux

Hawk, was bei ihm ziemlich cool aussieht. Rein optisch gibt es zwischen uns keinerlei Gemeinsamkeiten. Dean hat dunkelbraune Haare, meine sind blond, und er ist deutlich größer und massiger als ich. Er kommt nach unserem Vater. Von ihm haben Joe und Dean auch ihre Augenfarbe geerbt.

»Ich verstehe, dass du nicht weißt, was mich an Marcia reizt«, sagt Rory und erklärt: »Aber sie ist nun mal kein Groupie, das nur mit mir ins Bett will, weil ich reich und berühmt bin. Sie ist so süß und unschuldig … Ich habe den instinktiven Wunsch, ihr meinen Stempel aufzudrücken und sie – für alle Zeiten – zu verderben.«

»Mir fehlt die Geduld, um den Lehrer zu geben«, gestehe ich. Dean wird aufgehalten und begrüßt noch Sid und Ken. Ich werde ihm gleich mal stecken, dass diese Vollpfosten Joe begafft haben, als wäre sie eine Gelegenheitshure.

Rory schielt erneut zu Marcia. »Vielleicht ist sie ein Naturtalent?«

»Sicher nicht. Ich sage es dir ein letztes Mal: Perlenohrringe. Ich bin mir sicher, dass sie sich nicht mal im Traum vorstellen könnte, sich vor dich zu knien und dir den Schwanz zu lutschen.«

»Wer soll wem den Schwanz lutschen?«, erkundigt Dean sich. Er hat es endlich zu uns geschafft und legt Rory und mir jeweils einen Arm über die Schulter.

»Rory denkt darüber nach, sein Glück heute Abend bei Marcia Martin zu versuchen«, informiere ich ihn.

»Die ist süß. Ein bisschen langweilig, aber süß und alles in allem recht lernfähig, wenn auch nicht sonderlich motiviert.«

»Hattest du mal was mit ihr?«, fragt Rory alarmiert.

Dean nickt.

»Fuck, Alter, jetzt hast du sie mir versaut. Ich will keine, in der du schon drin warst.«

Ich lache, weil er so angewidert klingt. »Dann musst du früher oder später doch noch mit Joe vorliebnehmen«, werfe ich ein, denn Dean ist … Nun ja, Rory und ich sind grenzwertig schlimm, aber Dean? Dean ist so viel krasser drauf als wir.

Mein Bruder sieht mich an, als hätte ich sie nicht mehr alle. »Ja, bring den kleinen Perversling noch auf Ideen, du Armleuchter.« An Rory gewandt sagt er drohend: »Finger weg von Joe, sonst kannst du was erleben.«

Rory hebt beschwichtigend beide Hände. »Was mit Joe anzufangen würde mir nicht im Traum einfallen. Aber das mit Marcia ist echt Scheiße«, schmollt er.

»Du hast nichts verpasst«, beruhigt Dean ihn. »Marcia war ein wenig schwer von Begriff und hat geklammert. Ich musste ihr die unschöne Wahrheit ins Gesicht sagen und sie darauf aufmerksam machen, dass sie bloß eine Eintagsfliege war. Aus unerfindlichen Gründen war sie darüber wenig amüsiert. Allerdings hat sie mich danach noch zweimal rangelassen, es konnte ihr also nicht so ernst damit gewesen sein, als sie mich als mieses, schwanzgesteuertes Dreckschwein bezeichnet hat.«

»Hat sie dir einen geblasen?«, erkundigt Rory sich. Ich rolle mit den Augen. Sie sieht nicht aus wie eine, die das macht. Fuck, sie trägt Perlenohrringe.

»Nein, wie ich sagte, ihr habt nichts verpasst. Sie ist langweilig im Bett. Prüde, um genau zu sein.« Dean nickt in Richtung der beiden Groupies an der Bar. »Anders als die beiden da drüben.« Deans breites Grinsen scheint für sie eine Einladung zu sein, und sie kommen nun doch zu uns herüber.

»Ich weiß sowieso nicht, woher Rorys plötzliche Abneigung gegen Groupies kommt«, werfe ich ein und begrüße dann die beiden Frauen.

»Ich habe gar nichts dagegen«, kommt es von Rory. »Es ist einfach, es ist unkompliziert, und du weißt, ich mag es einfach und unkompliziert, Bro. Es spricht also nichts dagegen, sich etwas zu amüsieren«, fügt er aalglatt hinzu. Die kleine Schwarzhaarige mit dem Bob und den knallrot geschminkten Lippen legte eine Hand auf seine Brust und schmiegt sich mit katzengleicher Anmut an ihn. Die andere Frau, ein echtes Babe, gräbt mich an. »Hi du«, säuselt sie. Welche wollte ich ursprünglich noch mal? Im Prinzip auch egal …

»Hi«, erwidere ich und füge hinzu: »Ich bin Rus.«

Sie kichert und erwidert: »Das weiß ich doch. Ich bin Melanie.«

»Hi Melanie!«

Sie lächelt. »Die unvergleichliche Melanie.«

Unvergleichlich? Okay, wenn sie meint? Ich sehe noch nichts, was ich nicht schon mal gesehen oder gehabt hätte, aber ich bin zum Glück offen für alles und nicht wirklich voreingenommen. Die Kleine soll ihre Chance bekommen. Wer weiß, vielleicht schafft sie es ja, mich zu überraschen. Sie wickelt sich eine Strähne ihrer blonden, langen Haare um ihren Finger.

Joe kommt zu uns zurück, erfasst die Situation mit einem Blick und meint: »Hatte ich nicht gesagt, ihr sollt keine Dummheiten machen?«

»Deans schlechter Einfluss«, verteidige ich mich, dabei ist er der Einzige in unserer Runde, der keine Frau im Arm hält. Die Schwarzhaarige dreht ihren Kopf zu Rory und flüstert ihm etwas ins Ohr, nachdem sie Joe kurz, aber abschätzig taxiert hat. »Russels und Deans Schwester«, erwidert er auf ihre Frage.

Melanie, die an mir klebt, entspannt sich daraufhin merklich und sagt zu Joe: »Keine Sorge, die Jungs machen keine Dummheiten. Trish und ich haben alles unter Kontrolle.«

»Ich wünschte, das hättet ihr auf der Arbeit auch«, wirft Dean ein.

»Sie arbeiten für Wavehunters?«, frage ich und versuche, nicht allzu erstaunt zu klingen. Ich dachte, die beiden wären Groupies … andererseits, auch Groupies müssen einem Job nachgehen, oder? Und warum nicht in der Redaktion eines renommierten Surfmagazins.

»Arbeiten ist zu viel gesagt«, ärgert Dean die beiden Frauen, woraufhin Melanie mit den Augen rollt und Trish erwidert: »Vermutlich würden wir mehr arbeiten, wenn du uns nicht ständig ablenken würdest.« Sie schmiegt sich erneut an Rory und flirtet schamlos mit ihm, schielt jedoch immer wieder zu Dean, der sich mit Joe unterhält.

»Was wollte Dad von dir?«

»Mich daran erinnern, dass ich ihm versprochen habe, Fotos zu machen.«

»Na, dann mal los, bevor du unseren alten Herrn verärgerst.«

»Tja, nur leider ist die Kamera im Abstellraum, und du hast den Schlüssel.«

»Na, daran soll es nicht liegen.« Dean greift zielsicher in die Innentasche seines Jacketts und reicht Joe die Keycard.

»Brauchst du Hilfe?«

»Nee, was wäre ich denn für eine Fotografin, wenn ich meine Ausrüstung nicht allein tragen könnte«, erwidert Joe.

Dean hebt abwehrend die Hände. »Da will man einmal ein Gentleman sein und dann …«

Unsere Schwester stellt sich auf die Zehenspitzen, drückt

ihm einen Kuss auf die Wange und entgegnet: »Heb es dir auf für die Frauen, mit denen du ins Bett willst.«

Dean grinst breit und meint: »Die sind es nicht wert. Komm, ich helfe dir echt gerne.« Er legt ihr einen Arm um die Schulter, hebt zum Abschied die freie Hand zum Gruß und zieht mit Joe von dannen.

Trish starrt ihm regelrecht nach. Als sie merkt, dass ich sie dabei ertappt habe, sagt sie: »Ich wusste gar nicht, dass ihr eine Schwester habt.«

»Nicht?«, kommt es von Melanie. »Sean hat doch das Foto auf seinem Schreibtisch stehen.«

»Welches Foto?«, erkundige ich mich. Ich war schon lange nicht mehr im Büro meines Vaters.

Melanie lächelt mich an. »Darauf seid ihr drei zu sehen. Sieht aus, als wäre es hier auf der Terrasse gemacht worden. Ihr seid deutlich jünger.«

Ich ahne, von welchem Bild sie spricht. Gott, das ist bereits asbachuralt. Es wird dringend Zeit für ein neues, zumal ich auf der Aufnahme den bescheuerten Schnauzer trage. Vielleicht kann Joe ihn aber auch wegretuschieren, das sollte wohl einfacher sein, als einen Termin für ein gemeinsames Fotoshooting zu finden.

»Deine Schwester ist also Fotografin, ja?«, erkundigt sich Trish.

»Ist sie, und zum Glück fotografiert Joe besser als Russel surft«, wirft Rory ein. Ich zeige ihm den Finger und lache ihn aus. Während ich Rorys Ausführungen lausche – er berichtet von Joes Studium in L.A. und davon, wie talentiert sie ist –, geht mir die Sache mit dem Familienfoto nicht mehr aus dem Kopf. Ich zücke mein Handy und schreibe Joe und Dean eine knappe Nachricht.

Tolle Idee, textet Joe zurück. *Aber wann willst du das machen? Ich muss übermorgen bereits zurück nach L.A.*

Morgen?

Und wo kriegen wir einen Fotografen her?

Du bist doch Fotografin.

Ich dachte, ich soll mit drauf?

Na ja, dafür, dass du der Profi bist ... also gut, ich will dir ja nicht sagen, wie du deinen Job zu machen hast, aber ein Stativ könnte möglicherweise helfen.

Joes Antwort ist ein Smiley mit Teufelshörnchen. *Nee, das will ich nicht!*, jammert sie. Bevor sie anfängt, groß zu erklären, warum ihr das gegen den Strich geht, texte ich: *Okay, ich arrangiere was.*

»Ihr entschuldigt mich kurz?«, meine ich an Rory und die beiden Frauen gewandt und versuche mir einen Überblick im allgemeinen Getümmel zu verschaffen.

Heute sind ja nicht nur Surfer, Manager, Sponsoren und Journalisten da, sondern auch Shaper und Fotografen. Ich sehe mich suchend um und checke die Auswahl ab. Schnell werde ich fündig, und es dauert keine zehn Minuten, da habe ich uns ein Shooting organisiert. Eines bei Bobby Newman, einem von Joes großen, fotografischen Idolen. Ich weiß, sie wird ausflippen, wenn ich es ihr sage, und so aufgeregt sein, dass sie die halbe Nacht nicht schlafen kann. Ein Grund mehr, ihr bloß zu texten, dass wir morgen ein Shooting haben, aber nicht mit wem. Sonst sieht sie auf den Bildern völlig gerädert aus.

Ich geselle mich wieder zu den anderen, die inzwischen in einer Sitzgruppe herumlümmeln. Rory spielt den Alleinunterhalter, und die beiden Frauen kleben förmlich an seinen Lippen. Mein bester Freund ist voll in seinem Element.

»Hey, über was redet ihr?« Ich nehme neben Melanie Platz.

Sie strahlt mich an. »Über dich natürlich.«

»Gibst du wieder irgendwelche peinlichen Storys zum Besten?«, frage ich Rory, woraufhin er so unverschämt und dreckig grinst, dass ich nicht anders kann, als es ebenfalls zu tun. Er fährt sich mit der Rechten durch die blonden Locken und nutzt die Gunst der Stunde, um Trish den Arm um die Schultern zu legen. Sie schmiegt sich an ihn, checkt aber die Menge ab. Ich wette, sie schaut sich nach Dean um. Melanie hingegen hat nur Augen für mich.

»Und? Stimmt es, was Rory erzählt?«, erkundigt sie sich und strahlt mich an.

Ich grinse zurück: »Dafür müsste ich wissen, was der alte Mistkerl euch für Storys aufgetischt hat.«

»Nur die besten, Bro, nur die besten.«

Ich verdrehe die Augen und ahne Schlimmes.

»Ich war gerade dabei, den beiden von dieser scharfen Frau in der Bar zu erzählen, die dich so schamlos angebaggert hat. Die in L.A., weißt du noch?«

Wie könnte ich das vergessen? Ich nehme einen Schluck von meinem Drink.

»Lass mich raten, es stellte sich heraus, dass die megaheiße Frau ein Kerl war«, kommt es von Trish.

Rory lacht. »Auch nicht schlecht! Und es würde zu Russel passen«, meint er doch glatt, woraufhin ich ihm den Finger zeige. »Nein, sie waren bereits wild am Rumknutschen, als sie mit ihrem Bein über seins strich und er bemerkt hat, dass sie eine elektronische Fußfessel trug.«

Ich hebe meinen Drink und sage: »Ich hatte dir was zu Mädels mit Fußkettchen gesagt, Bro!«

»Ja ja, sie war eine von der ganz schlimmen Sorte. Ein wirkliches Luder.«

»Mein Gott, was hat sie getan?«, fragt Trish.

»Rus hat es nie erfahren. Er hat dann doch recht flott einen Rückzieher gemacht.«

Ich zucke mit den Schultern. »Hey, wir haben alle unsere Grenzen, und ich habe eben in dem Moment beschlossen, es nicht mit einer Frau zu treiben, die vom Staat Kalifornien als gemeingefährlich eingestuft wird. Handtaschendiebinnen bekommen so einen Scheiß nämlich nicht verpasst.«

»Wir haben uns jedenfalls zahlreiche Geschichten dazu einfallen lassen, wie sie in den Besitz dieses ganz besonderen Accessoires gelangt sein könnte.«

»Die meisten davon waren sehr blutig«, werfe ich ein.

»Oder sehr schmutzig«, kommt es von Rory, woraufhin Trish und Melanie kichern. Ich hasse es, wenn Frauen das tun. Vielleicht geht es mir so extrem auf den Wecker, weil Joe und Sammy so was nie machen … jedenfalls nicht, seit sie keine vierzehn mehr sind. Ich erinnere mich, dass sie als kleine Mädchen auch immer am Rumgiggeln waren, aber das hat irgendwann schlagartig aufgehört.

»Deine waren schmutzig, aber du hattest ja auch nicht die Zunge einer Kettensägen schwingenden Axtmörderin im Hals.«

Melanie runzelt skeptisch die Stirn. »Müsste die Axtmörderin nicht eine Axt schwingen?«, fragt sie.

Okay, heute Nacht startet meine Studie über humorlose Frauen und ihre Qualitäten im Bett. Ich bin kurz versucht, ihr den Witz zu erklären, beschließe dann jedoch, es zu lassen. Wenn sie den nicht selbst versteht, dann ist Hopfen und Malz verloren.

Ein Journalist gesellt sich zu uns und nimmt mir gegenüber Platz. Er arbeitet für ein australisches Konkurrenzmagazin –

wobei Dad das vermutlich vehement verneinen und behaupten würde, dass die von Surf Attack nun wirklich keine Konkurrenz seien. Dennoch passt es ihm natürlich nicht, wenn ich mit denen rede. Allerdings hatten wir ja bereits festgestellt, dass ich nicht der perfekte Vorzeigesohn bin.

»Hey, Bill!«, begrüße ich den Typen.

»Hey, Rus. Baust du ein bisschen Stress ab?« Er deutet auf mein Bier und bedenkt Melanie in meinem Arm mit einem Lächeln, das seine Augen jedoch nicht erreicht. Diese Typen sind wie Raubtiere. Sie warten darauf, dass du einen Fehler machst und Schwäche zeigst.

»Nein«, erwidere ich. »Ich bin total fokussiert.«

»Bei dir geht es um alles oder nichts in diesem Jahr. Bist du bereit, dir den Titel zu holen?«

Ich nicke bedächtig. »Ja, der Titel ist das große Ziel, und noch ist alles offen.«

»Das stimmt. So eng war es schon lange nicht mehr.«

Erneut bedenke ich ihn mit einem zustimmenden Nicken.

»Wie fühlt es sich an, Platz zwei der Weltrangliste zu sein?«

Ich lecke mir über die Lippe, ehe ich meinen Mund zu einem schwachen Lächeln verziehe. »Nicht so gut wie der erste Platz, nehme ich an.« Die Pipemasters werden den Ausschlag geben. Sie werden zeigen, ob ich das Blatt noch wenden kann – dazu bin ich wild entschlossen, und wie gesagt, es ist alles offen.

»Na, dann hoffen wir mal, dass dir der große Wurf gelingt. Ich drücke dir die Daumen.« Er wendet sich Rory zu und fragt ihn: »Und du bist auf Platz vier, theoretisch gibt es eine minimale Chance für dich, den Titel zu holen.«

»Ja«, murmelt Rory und winkt ab. »Es gibt da drei mögliche Szenarien, die alle super unwahrscheinlich sind. In allen müsste ja erst mal Kane vor den Quarterfinals ausscheiden, und dann müsste es auch für Rus und Strider super schlecht laufen, während ich jeden Heat gewinnen müsste.«

»Habe ich meinen Namen gehört?«, erkundigt sich Strider Sinclair, flankt über die Sitzlehne eines freien Sofas und nimmt darauf Platz.

»Wir spielen gerade die möglichen Optionen durch, wie Rory noch den Titel ergattern könnte.«

»Die sind ja mal alle total unwahrscheinlich«, meint Strider. Er wirft Rory einen entschuldigenden Blick zu. »Aber für mich sieht es nicht viel besser aus. Klar werde ich jede Möglichkeit nutzen, aber es liegt nun mal weder allein in Rorys noch allein in meiner Hand. Wir brauchen, anders als Rus, glückliche Umstände.«

»Werdet ihr als Teamkameraden Russel unterstützen, wenn ihr die Gelegenheit bekommt?«

Strider bestimmt nicht, aber Rory erspart ihm eine Antwort, als er sagt: »Klar! Er ist mein bester Freund, wir surfen im gleichen Team. Logisch, dass ich ihm den Rücken freihalte, wenn ich die Möglichkeit habe.«

»Habt ihr was gegen ein Foto?«

»Nichts, was hilft«, witzelt Rory, der sich nicht gern fotografieren lässt. Er nimmt es stets zähneknirschend in Kauf und ist auch durch Joe abgehärtet. Aber anders als ich hält er diesen ganzen Medienrummel für Zeitverschwendung.

Wir rücken enger zusammen. Ich stelle das Glas auf den Boden. Mir reicht es, dass ich Melanie im Arm halte. Mein paranoider Verstand kann sich die Schlagzeile bereits vorstellen: *Pro-Surfer Reynolds, Sinclair und Johnson feiern wilde Partys mit Drogen und Nutten.*

»Danke! Dann noch einen schönen Abend mit euren reizenden Begleiterinnen.«

»Gerne, Bill. Dir auch noch einen schönen Abend«, sage ich und schaue ihm gedankenverloren nach. Strider schließt sich Bills Abgang an. Zwischen uns gibt es nicht viel zu sagen. Er schmollt immer noch, weil ich ihn in Frankreich habe alt aussehen lassen, aber wer kann, der kann, und wer hat, der hat.

Ich greife nach meinem Glas und nehme noch einen Schluck. Joe gesellt sich zu uns. »Es geht gleich los, soll ich dir sagen. Dad sitzt bereits auf glühenden Kohlen.«

Sie scannt erneut die Menge. Hält wieder nach Brad Ausschau, da bin ich mir sicher.

»Er ist nicht da«, informiere ich sie.

Sie sieht mich an, hebt die Augenbraue und mustert mich fragend. »Ich habe ihn heute Morgen beim Surfen getroffen, und wir haben kurz gesprochen.« Sie sieht so wahnsinnig enttäuscht aus, dass es mir das Herz zusammenzieht und ich unwillkürlich sauer auf ihn bin.

Ich greife nach ihrer Hand. »Es geht ihm gut, er ist nur noch nicht bereit, sich diesem Stress hier auszusetzen. Er surft hervorragend. Er ist in Topform, aber er braucht noch ein wenig Zeit, um sich zu berappeln und wieder auf die Füße zu kommen.«

Joe sieht erleichtert aus. Sie schenkt mir ein schwaches Lächeln, und ich drücke ihre Hand. »Na, dann gehen wir mal lieber rein«, meint sie.

Drei Stunden später ist der offizielle Teil des Abends rum. »Und was machen wir jetzt?«, erkundigt sich Joe. Sie äugt zu Rory, der Trish seine Zunge in den Mund schiebt. »Gott! Nehmt euch ein Zimmer!«, schnaubt sie empört.

Trish löst sich von Rory, sie schielt zu Dean hinüber und senkt dann verlegen ihren Blick, als er sie ansieht. Rory tut so, als würde er es nicht bemerken. Ich weiß genau, dass es ihm nicht entgeht. Ich kenne ihn schon mein ganzes Leben lang. Er ist extrem aufmerksam. Ja, er ist verdammt gut darin, es zu kaschieren, aber ihm entgeht so gut wie nichts. Er ist ein achtsamer Beobachter und der, der mich zurückpfeift, wenn ich hin und wieder übers Ziel hinausschieße – was so gut wie immer der Fall ist. Was Trish angeht, so ignoriert er, dass sie sich sehr offensichtlich zu meinem Bruder hingezogen fühlt.

Wenig später habe ich die Möglichkeit, ihn danach zu fragen, denn Melanie und ihre Freundin gehen sich an der Bar ein paar Drinks holen. Joe hat Kopfschmerzen und sich bereits auf ihr Zimmer verdrückt, und Dean geht Dad zur Hand. Für ihn ist der Abend noch lange nicht gelaufen.

Rory und ich hingegen können uns entspannen, und so sitzen wir zusammen da. Ich frage ihn, ob es ihn gar nicht stört, dass Trish eigentlich nur Augen für meinen großen Bruder hat. Ein lapidares Schulterzucken ist Rorys Antwort. »Echt nicht?«, hake ich nach. Mich würde das ziemlich ankotzen.

»Ist doch völlig egal, ob sie auf ihn steht. Ich will sie ja nicht heiraten, sondern nur vögeln«, meint er. »Und die Sache mit Marcia hat dein Bruder mir schließlich total versaut. Abgesehen davon, vielleicht geht Trishs Plan ja auf, und er wird wirklich eifersüchtig und entdeckt seine Gefühle für sie, dann hätte mein Schwanz sogar eine gute Tat vollbracht … also zusätzlich dazu, dass er sie dazu bringen wird, meinen Namen zu stöhnen, meine ich.«

Ich verdrehe die Augen. »Joe hat echt recht. Du bist unmöglich.« Und Dean … Deans Herz gehört bereits seit vielen Jahren einer anderen. Die hübsche Trish hat keine Chance. Sie ist so gar nicht sein Typ und das komplette Gegenteil der Frau, von der mein Bruder einfach nicht loskommt.

»Blödsinn! Es ist bloß genau so, wie Sammy immer sagt: Du bist einfach ein Egoschwein!«

Ich gebe einen genervten Laut von mir und rutsche unruhig in meinem Sessel hin und her. Fuck, ich hasse es, wenn Leute das über mich sagen. Nicht, weil es nicht stimmt. Nein, es ist die absolute Wahrheit, aber … Manchmal würde ich mir wirklich wünschen, dass es mir gelingen würde, mich selbst nicht so ernst und auch mal zurückzunehmen, andererseits brauche ich das … Es ist auch irgendwie mein Antrieb. Ich will der Beste sein. Was bedeutet, ich will gewinnen.

Die Mädels kommen zurück. Trish und Rory fangen wieder an zu knutschen, und ich beschließe, dass ich mich auch nicht länger in Zurückhaltung übe. Melanie legt ihre Beine über meins und ich streichle ihren Oberschenkel, während ich mich zu ihr beuge und sie küsse. Meine Hand gleitet unter den Saum ihres kurzen Kleides, und meine Zunge leckt in ihren Mund. Sie gibt einen süßen, kleinen Laut von sich, der einen Moment später wahnsinnig versaut klingt, als ich beginne, ihren Hintern zu kneten.

»Vielleicht sollten wir tun, was deine Schwester vorhin Rory und Trish vorgeschlagen hat.«

»Uns ein Zimmer nehmen?« Sie nickt. »Zum Glück bewohne ich hier ein wirklich, wirklich schönes im vierten Stock.« Rory und Trish sind so aufeinander fixiert, dass sie ihr Zungenspiel nicht einmal unterbrechen, als wir uns verabschieden.

Ich klopfe Rory auf die Schulter. »Hey, Goldlöckchen, wir seilen uns ab, und wenn ihr weiter rummachen wollt, dann tu dir einen Gefallen: Such dir einen weniger öffentlichen Ort.« Er grinst mich völlig stoked an. Scheinbar hat er echt Spaß mit Trish.

Sie erhebt sich unvermittelt, leckt sich über die geschwollene Unterlippe und sagt: »Ich gehe dann jetzt lieber.«

Rory gibt einen frustrierten Laut von sich, schenkt ihr dann jedoch ein Lächeln. »Das musst du nicht«, startet er einen letzten Versuch. »Ich habe ebenfalls ein Zimmer hier und wäre bereit, es mit dir zu teilen – jedenfalls heute Nacht.«

Sie legt ihre Hand an seine Wange. »Du bist süß, aber nein danke.« Und mit diesen Worten lässt sie ihn stehen, dreht sich um und geht.

»What the fuck?«, flucht er.

»Macht sie immer so«, kommt es von Melanie. Rory wirkt sichtlich nicht amüsiert.

»Sie steht nun mal nicht auf dich, sondern auf Dean«, erinnere ich ihn.

»Das soll mich jetzt trösten, oder was, Rus?«, brummt er. »Fuck! Das ist Scheiße!«

»Sorry, Bro, aber du wusstest vorher, dass sie in ihn verschossen ist.« Ich schaue zu Melanie, die knapp nickt.

»Ja, und solange sie mit mir vögelt, sehe ich darin nach wie vor kein Problem.« Melanie kichert belustigt. »Toll, dass du das amüsant findest«, murrt Rory.

»Was du brauchst, ist eine kalte Dusche. Mach dir mal keine allzu großen Gedanken wegen der Sache. Trish vögelt mit niemandem, und sie hat leider echt nur Dean im Kopf.«

»Dean!«, knurrt Rory unwirsch. »Fuck! Manchmal hasse ich deinen Bruder echt. Erst versaut er mir Marcia und jetzt komme ich wegen ihm nicht mal bei Trish zum Schuss.«

»Sorry, Bro!« Ich weiß, er hasst Dean nicht. Im Gegenteil, er liebt ihn wie verrückt. Dean war nicht nur für Joe und mich Vaterersatz, sondern auch für Sam und Rory. Er ist ein Held, denn er hat uns vier großgezogen, ohne einen davon umzubringen. Okay, drei, denn Joe war immer schon die Brave. Ihre einzige Macke ist Bradley Hoover, wegen dem sie in der Schule eine Weile lang ziemlich abgekackt hat. Ich will gar nicht wissen, was damals in ihren Tagträumen abgegangen ist, aber jugendfrei waren sie sicherlich nicht – darauf würde ich meinen Arsch verwetten.

Melanies Hand findet just in diesem Moment ihren Platz auf eben jenem. Sie drückt einmal zu, und ich komme nicht umhin, mir einzugestehen, dass es mir gefällt. Rory starrt sie an. »Sorry, Bro!«, sage ich noch mal.

»Sorry, tut mir leid, dass du heute Abend keinen Stich landest, oder sorry, aber ich gehe jetzt ficken?«

»Beides.«

»Zu gütig, Mr. Reynolds«, grollt er übellaunig.

»Sei kein Baby!«, rüge ich ihn. »Life is good.«

»Ja, für dich läuft es gut, aber du hast auch jemanden, den du gleich knallst.«

»Tja, wer hat, der hat, und wer kann, der kann.« Er zeigt mir den Mittelfinger. »Ist so!« Ich weiß, er hatte ein paar Tage lang keinen Sex, dann ist er immer etwas unausstehlich. Kurz spiele ich mit dem Gedanken, ihm Melanie zu überlassen, doch in dem Moment steuert eine unfassbar heiße Frau auf uns zu. Sie trägt ein hautenges, pinkes Stretchkleid, aus dem ihre üppigen Brüste beinahe rausquellen, transparente High Heels … Rory wirft mir einen vielsagenden Blick zu. Ganz offensichtlich hat er auch keine Bedenken, einen Pornostar zu ficken, denn genauso sieht die Frau aus. »Wünsche dir viel Vergnügen, Bro«, meint er und hebt zum Abschied die Hand.

»Dir auch«, erwidere ich. Zusammen mit Melanie mache ich mich auf den Weg in meine Suite, während Rory seine Eroberung an die Bar führt. Melanie erwischt mich dabei, wie ich den beiden hinterherstarre.

»Du findest sie heiß.« Es ist weder eine Frage noch ein Vorwurf.

»Yep!« Ich rechne mit einem empörten, pseudoverletzten Aufschrei der Entrüstung, doch Melanie sieht mich bloß an und wartet. »Ich bin zweiundzwanzig«, ergänze ich. »Und ich bin nicht blind oder impotent.«

»Was ein Glück. Sonst müsste ich auch eine kalte Dusche nehmen«, antwortet sie kichernd. Wir gehen in Richtung der Aufzüge.

Ich muss schmunzeln, und weil sie mir gerade echt gut gefällt, die unvergleichliche Melanie, füge ich hinzu: »Und sie sieht aus wie ein Pornostar.«

»Sie sieht vielleicht wie einer aus, aber ich ficke wie einer«, lässt sie mich wissen. Sie raunt es mir zu, und es verfehlt seine Wirkung nicht. Ja, optisch ist sie nicht so ein Hammer wie Rorys Fick-des-Abends, aber sie ist auch nicht hässlich. Sie sieht eher normal aus, beinahe unauffällig.

»Setz die Latte nicht noch höher«, ermahne ich sie, woraufhin sie fragend eine Augenbraue hebt. »Na ja, du hast dich mir als die unvergleichliche Melanie vorgestellt und dadurch gewisse Erwartungen geweckt.«

»Die werde ich alle erfüllen, du wirst schon sehen«, meint sie voller Überzeugung und betritt vor mir den Aufzug. Ich schaue auf ihren Hintern, der sich gegen ihr kurzes Kleid drückt.

»Meine Erwartungen zu erfüllen wird nicht einfach sein«, warne ich sie vor, nachdem ich eingestiegen bin und mich neben sie gestellt habe. Sie gluckst belustigt, doch ich scherze nicht, was ich sie mit meinen nächsten Worten auch wissen lasse. »Nicht einmal ich schaffe es, ihnen immer gerecht zu werden, und dabei bin ich wirklich gut.«

»Worin?«

»Im Surfen beispielsweise.«

»Und worin noch?«

»Beim Sex.«

»Vielleicht solltest du die Latte nicht noch höher legen, denn meine Erwartungen an dich sind auch nicht ohne. Schließlich bist du ein heißer Surfstar, und ich hoffe, dass du draufhast, was man über Profisportler so sagt.«

Ich lege den Kopf schief und mustere sie amüsiert. »Was sagt man denn?«, frage ich und gebe mich betont ahnungslos.

Sie grinst dreckig und zieht vielsagend die Augenbrauen hoch. Ich muss lachen. Witzig ist sie ja schon mal. Ich würde wetten, dass Rory mit dem Pornostar weniger Spaß hat – jedenfalls auf dieser Ebene. Melanie beugt sich zu mir und flüstert mir einen Satz ins Ohr, der mich trocken schlucken und meinen Schwanz bretthart werden lässt. »Das sagt man?«

»Ja, das sagt man.« Der Fahrstuhl hält, und wir steigen aus. Ich führe Melanie zu der Suite, die ich für heute gemietet habe. Ab morgen lebe ich wieder im Mad-Crush-Haus, und ehrlich, ich freue mich drauf. Ich mag es dort. Es sind die Atmosphäre und die Leute, die es für mich zu so etwas wie meinem zweiten Zuhause machen. Dennoch vermisse ich nichts von alldem heute Abend. Denn dort zu sein, ist auch ein wenig so, als würde man sich unter einem Mikroskop befinden. Eingeklemmt zwischen Objektträger und Deckglas, den aufmerksamen Blicken der Beobachter ausgesetzt, von denen jede Veränderung registriert und analysiert wird.

Doch heute Nacht bin ich nur ein junger Kerl, der ein wenig Dampf ablassen und seinen Schwanz in eine Frau stecken will – ohne Verpflichtungen, ohne Theater. Einfach mal runterkommen, abschalten, den Druck vergessen, und kaum haben wir die Suite betreten, sinkt Melanie vor mir auf die Knie und verpasst mir einen wirklich soliden Blowjob. Solide bedeutet: Ich hatte schon bessere, aber ich hatte auch schon deutlich schlechtere, und so ist es mit dem Sex mit ihr auch. Er ist absolut okay, und jeder kommt auf seine Kosten, aber ich falle nicht aus allen Wolken, und es war sicherlich nicht der beste Fick meines Lebens – doch wie ich sagte: Ich bin schwer zufriedenzustellen.

Kapitel 02

SAM | 13.12.2013 | L. A. | Kalifornien

Ich quietsche überrascht auf, als Cam mich schnappt und auf seinen Schoß zieht. Er küsst mich hungrig, lässt seine Hände unter mein Shirt gleiten, greift nach meinen Brüsten. Cam ist, was solche Dinge angeht, unfassbar zielstrebig. Er hält sich nicht mit Spielereien auf. Ich vergesse fast zu atmen, als er beginnt, an meinen Brustwarzen zu zupfen. Ich mag, wie er das macht. Es ist fest, beinahe schmerzhaft, aber eben nur beinahe. »Cam!« Ich seufze, als er sich mit mir zusammen erhebt und mich ins Schlafzimmer bringt, wo er sich zusammen mit mir aufs Bett fallen lässt. Kurz richtet er sich auf. Ich schaue ihm zu, wie er in der Nachttischschublade nach einem Kondom angelt, es sich überstreift, ehe er sich zwischen meine Beine legt, sie spreizt und die Spitze seines Penis an meinem Eingang platziert. Ich stöhne leise auf, als er sich in mich schiebt. Er ist vorsichtig, denn er weiß, dass ich nach letzter Nacht etwas wund bin.

»Du bist unersättlich«, rüge ich ihn, woraufhin er lacht. Ich küsse seinen Hals, vergrabe meine Hand in seinen Haaren und genieße es, diesen Mann über und in mir zu haben. Cam ist geil. Ich liebe seinen Body, muskulös und durchtrainiert. Kein Gramm Fett zu viel. Gott, er hat sogar ein Sixpack. Auch sein Gesicht gefällt mir ausgesprochen gut. Er erinnert mich an jemanden, auf den ich als Teenager ungeheuer abgefahren bin. Bradley Hoover, aber er ist besser als Brad, denn er liegt hier zusammen mit mir in diesem Bett.

»Gib's zu, Sam, darauf stehst du doch!«

»Aber so was von«, presse ich mühsam hervor, ehe ich meine

Zunge tief in seinen Mund stoße und die Augen schließe. Ich genieße, was wir tun, doch Cam ist niemand, der es lange in einer Stellung aushält. Ich könnte allerdings gerade ewig so liegen – auf meinem Rücken, ohne mich anzustrengen, ihn einfach nur spüren.

»Was ist los?«, will er wissen. »Du bist doch sonst nicht so ein faules Stück.«

Ich ignoriere seinen Vorwurf und erwidere: »Vielleicht bin ich nach letzter Nacht einfach nur müde.«

»Du bist nichts Gutes mehr gewohnt«, meint er, und in dem Punkt hat er recht. Der Typ, mit dem ich die letzten Wochen zusammen war, war deutlich älter, und unser Sex war … nun ja, wertfrei kann man wohl sagen, er war ruhiger, obwohl mir das Wort langweilig auf der Zunge liegt. Aber ich mochte ihn. Mag ihn eigentlich immer noch, dennoch ist es vorbei. Er wollte mehr, als ich zu geben bereit war, und ich wollte mehr, als er mir geben konnte – wenn auch auf anderer Ebene. Seine Liebeserklärung vor ein paar Tagen hat mich dazu veranlasst, die Reißleine zu ziehen, und nun bin ich hier.

Ich drehe mich auf den Bauch, damit Cam aufhört, sich über mich lustig zu machen. Darin ist er nämlich ebenso gut wie im Bett. Ich strecke ihm meinen Hintern entgegen und schaue ihn über meiner Schulter erwartungsvoll an. »Soll ich deinen Arsch ficken, Sam? So wie gestern Nacht? Willst du das?« Mir ist es ehrlich gesagt egal. Mit Cam ist es immer gut. Er tätschelt meinen Hintern und entscheidet sich dann doch für meine Pussy. »Du bist echt fertig, oder?«, fragt er, während er sanft in mich stößt. Da er nicht gerade der feinfühlige, rücksichtsvolle Typ ist, ist das für ihn schon eine sehr fürsorgliche Frage.

»Ja«, entgegne ich schlicht.

»Haben wir dich gestern echt so geschafft?«

»Habt ihr«, gebe ich zu. Aber ich war schon fertig, bevor ich mit Hunter und ihm im Bett gelandet bin. Der Flug war anstrengend, oder vielleicht waren es auch die wilden Partys am Wochenende zuvor, die ihren Tribut gefordert haben – wer weiß? Dennoch bin ich mehr als froh, hier zu sein. Hunter und Cam sind großartig, und ich mag die beiden wirklich sehr, sehr gern.

Später, als ich allein im Bett liege und Cam ins Bad verschwunden ist, denke ich an unsere erste Begegnung, die bereits viele Jahre zurückliegt. Heute finde ich es verrückt, wie sich alles gefügt hat, aber damals hat es sich einfach nur gut angefühlt. Manchmal denke ich, dass Hunter mich gerettet hat in jener Nacht … Keine Ahnung, wie sich alles entwickelt hätte, hätte er mich nicht in dieser Bar aufgegabelt und auf sein Zimmer verfrachtet. Ich war damals so fertig und … Ja, ich glaube, ich hätte in dieser Nacht vielleicht wirklich vor lauter Verwirrung und Kummer eine große Dummheit begangen, wären sie nicht gewesen. Ich bin froh, dass ich damals in meiner Verzweiflung Hunters helfende Hand ergriffen habe.

SAM| 20.03.2010 | Sydney | Australien

Die Musik ist ohrenbetäubend laut. Schwitzende Leiber drängen sich auf der Tanzfläche eng aneinander. Ich wende meinen Blick ab, starre auf meinen Drink. Ich sollte gehen, doch ich habe so gar keine Lust, in mein Zimmer zurückzukehren. Es war eine Scheißidee, einfach so wegzugehen. Was habe ich mir dabei bloß gedacht? Als ob es in einem anderen Land besser werden würde. Die gleichen Fragen quälen mich noch immer, und heute ist es so viel schlimmer als sonst. Wenn ich mich doch bloß erinnern könnte! Nichts ist schlimmer als dieses schwarze Loch, das man mit allen möglichen albtraumhaften Fantasien stopfen kann. Ich leere den Drink, rutsche von meinem Hocker und gehe Richtung Ausgang. Während die Menschen um mich herum sich die Seele aus dem Leib tanzen und Spaß haben, empfinde ich nichts. Vielleicht liegt es an diesen Schlaftabletten, die ich seit einer Weile nehme. Sie machen mich ganz … ich weiß auch nicht, irgendwie taub oder so, aber ohne war es noch schlimmer. Oder nicht? In diesem Moment weiß ich gar nichts, sondern fühle mich bloß noch erschöpft und müde und dann … dann pralle ich gegen jemanden. Gegen einen Mann, der mich hält, als ich taumle und fast zu Boden gehe. Er zieht mich an sich, und ich atme seinen Geruch ein. Er sagt etwas, doch ich kann ihn nicht verstehen – die Musik ist zu laut. Die Bässe rauben einem fast den Atem, oder vielleicht ist er es, der es mir unmöglich macht, Luft zu holen. Ich bin verwirrt und unfähig, einen klaren Gedanken zu fassen.

Der Typ, groß, gutaussehend, erinnert mich an Dean. Es sind die Haarfarbe, sein Körperbau und sein Gesicht, die in mir etwas auslösen, das einem Gefühl nahekommt, und vielleicht ist es gut, dass die Pillen mich so abstumpfen, denn dieses Reißen in meinem Herz ist gewaltig. Ich fühle mich mit einem Mal schrecklich verloren, und ohne dass ich es verhindern kann, beginnen die Tränen zu fließen. Alles an diesem hübschen Kerl erinnert mich an Dean, der nicht mehr mit mir redet und nichts mehr mit mir zu tun haben will. Der Schmerz und die Sehnsucht und das Heimweh, ja, ich habe Heimweh nach ihm, sind so gewaltig, dass ich mich kaum auf den Beinen halten kann. In meiner Handtasche krame ich nach dem Döschen, in dem sich die Schlaftabletten befinden, hole es hervor und bekomme es im nächsten Moment von dem Unbekannten abgenommen. Er wirft einen Blick darauf und dann einen missbilligenden zu mir. Er steckt sie ein, greift nach meiner Hand und zieht mich hinter sich her. Ich folge ihm … willenlos und verloren. Er bringt mich raus an die frische Luft. Meine Lungen füllen sich mit ihr, und nach ein paar tiefen Atemzügen habe ich mich wieder etwas beruhigt.

»Kann ich meine Schlaftabletten wiederhaben?«, frage ich den Unbekannten, der mich wachsam mustert.

»Nein, kannst du nicht.«

Ich starre ihn an und versuche seine Worte zu verdauen. »Ohne kann ich nicht schlafen!«

»Wenn du den Scheiß weiter nimmst, dann wirst du nie wieder ohne das Zeug schlafen können. Wie lang nimmst du die schon?«

Ich zucke mit den Schultern, schüttle verwirrt den Kopf … »Seit ein paar Wochen«, gebe ich vage zurück, genauer weiß ich es im Moment nicht. Es fällt mir schwer zu denken. Ich wische mir die Tränen von den Wangen.

»Die machen depressiv und abhängig«, lässt er mich wissen, woraufhin ich ihn erstaunt anblicke.

»Davon hat der Arzt nichts gesagt«, murmle ich.

»Aber ich sage es dir jetzt.«

»Wer bist du? Ich meine …«

»Ob du meinen Rat annehmen sollst? Keine Ahnung, meinem Vater gehört ein Pharmakonzern … wenn du meine ehrliche Meinung wissen willst: Die Hälfte von dem Scheiß, den die herstellen, ist dafür da, Leute krank zu machen. Ich hasse, was er tut.«

Ich zwinge mich zu einem Lächeln. »Die besten Voraussetzungen für ein harmonisches Familienleben«, gebe ich zurück. Er schenkt mir ein breites Grinsen und ist sichtlich amüsiert.

»Was ist dein Problem?«

»Offensichtlich, dass ich nicht schlafen kann«, erwidere ich.

Abwehrend hebt er die Hände und rudert zurück. »Sorry, geht mich nichts an. Du bist auch aus Amerika, nicht wahr?«

»Hawaii«, stimme ich ihm zu.

»Ich komme aus L.A.«, sagt er. Ich mag den Klang seiner Stimme. Sie hat etwas ungemein Beruhigendes.

»Du erinnerst mich an einen Freund von mir.« Keine Ahnung, warum ich das laut gesagt habe. Es hätte ja auch gereicht, es zu denken, denn ja, nach wie vor erinnert er mich ungemein an Dean.

»Dein Freund?«

»Nein!«, wehre ich beinahe entsetzt ab. Zwar war ich jahrelang in Dean verschossen, denn wie hätte ich das nach den heißen Küssen im Wandschrank nicht sein können, doch für ihn war ich immer nur Joes Freundin. Zugegeben, man muss sagen, dass er sich rührend um uns gekümmert hat. Wir sind mehr oder weniger bei ihm aufgewachsen, und er war stets für mich da … Nun ja, bis ich diesen Trip hier angetreten habe. Vielleicht hätte ich es ihm erzählen sollen, aber ehrlich: Das konnte ich nicht. Ich musste einfach erst mal selbst damit klarkommen. Nicht, dass mir das bisher besonders gut gelingen würde. Die meiste Zeit versuche ich zu verdrängen, was an meinem achtzehnten Geburtstag passiert ist. Ich habe jede Menge Sex mit Männern, die ich nicht kenne und die ich danach nie wiedersehe, ich feiere ordentlich, trinke zu viel … will eben einfach nur vergessen.

»Ich bin übrigens Hunter«, meint der Typ und streckt mir seine Hand hin.

»Sam«, entgegne ich und ergreife sie.

»Darf ich dich auf einen Drink einladen, Sam?«, erkundigt er sich.

Ich lache freudlos auf. »Du musst nicht den Seelsorger für mich spielen, nur weil ich …« Ich verstumme.

»Weil du was?«

»Na ja, weil ich gerade offensichtlich durch den Wind bin.«

»Das ist mir schon klar, aber vielleicht möchte ich es.«

»Warum solltest du dir den Abend von einem verheulten Mädchen versauen lassen, oder willst du meine Situation …« Ich setze das Wort Situation mit Zeige- und Mittelfinger beider Hände in Anführungszeichen. »… ausnutzen?«

Meine Unterstellung prallt an ihm ab. Gekränkt ist er jedenfalls nicht, denn er grinst breit und ziemlich schmutzig. »Du meinst, ob ich es darauf anlege, dich flachzulegen?« Ich nicke, woraufhin er lacht, ehe er hinzufügt: »Wenn ich das hätte tun wollen, würdest du bereits mit weit gespreizten Beinen unter mir liegen und laut ›Gott, oh Gott!‹ stöhnen, weil ich dir meinen Namen mit Sicherheit nicht verraten hätte.« Das Bild, das er in meinen Kopf malt, lässt mich erschauern. Er mustert mich, sieht ziemlich interessiert aus, schüttelt dann jedoch den Kopf und sagt: »Es ist nicht mein Stil, deine Situation, wie auch immer die ausschaut, auszunutzen. So bin ich nicht.« Er wendet sich zum Gehen, und ich greife nach seinem Handgelenk, um ihn zurückzuhalten. »Ja?«

Ich fackle nicht lange. Ich will ihn, und er hat es gesehen. Er weiß, dass es mir nicht gut geht, und ich weiß, was ich in so einem Moment brauche. Sex ist wirklich nicht die schlechteste Lösung. Drogen wären schlimmer, oder laut ihm auch diese Schlaftabletten … Daher schlinge ich meine Arme um seinen Hals, stelle mich auf die Zehenspitzen und küsse ihn. Da es für mich keinen Grund gibt, mich in Zurückhaltung zu üben, ist der Kuss alles andere als zaghaft. Die Art und Weise, wie er ihn erwidert, ist es jedoch auch nicht. Hunter hebt mich hoch, torkelt mit mir zusammen in eine Seitengasse und drückt mich dort gegen die Wand. Weil er so groß ist, ist das für uns beide bequemer. Wir knutschen ein paar Minuten lang hitzig und getrieben rum, ehe er es schafft, sich von mir zu lösen.

»Bitte nicht!«, murmle ich. »Ich will dich.«

»Ich weiß, aber …«

»Warum muss ich ausgerechnet heute Nacht an den einzigen Kerl in diesem Club geraten, der ein Gewissen hat?«, brumme ich und drücke meine Lippen auf seinen Hals. Ich lasse meine Zunge hoch zu seinem Ohrläppchen gleiten, nehme es zwischen meine Lippen und sauge daran. Er stöhnt auf, drängt sich enger an mich. Gott, ist er hart, und verdammt, ist sein Schwanz groß. Ich versuche, mir ein Grinsen zu verkneifen, denn es fühlt sich gut an, von einem Typen wie ihm gewollt zu werden. »Lass mich nicht betteln, okay?«, keuche ich.

»Du würdest darum betteln, von mir gebumst zu werden?«

»Yep! Das würde ich. Bitte, lass es nicht so weit kommen.«

Er gluckst belustigt. »Okay, ich bin kein Unmensch, wenn du es so nötig hast, dann gibt es nur noch eine Frage, auf die ich eine Antwort brauche.« Er schaut mich erwartungsvoll an und sagt: »Zu dir oder zu mir?«

»Zu dir.«

Wir nehmen ein Taxi, und ich gratuliere mir zu meiner Entscheidung, als er uns ins Pullman Quay Grand Sydney Harbour, eines der teuersten Hotels der Stadt, bringen lässt. »Wow!«, entfährt es mir, als er mich in den Aufzug führt. »Sei froh, dass ich ›zu dir‹ gesagt habe, sonst wärst du mit mir in einem billigen Hostel in der Queen Street gelandet, und der Name ist das Einzige, was daran Luxus ist.«

Kaum haben wir die leere Kabine betreten und der Fahrstuhl hat sich in Bewegung gesetzt, drückt Hunter mich gegen die verspiegelte Wand, um mich erneut zu küssen. Seine Hände gleiten über meinen Körper unter meinen Rock. Er gräbt seine Finger in meine linke Pobacke, und ich stöhne laut auf. Ich erwidere seine hitzigen Küsse. Ich beiße ihn in die Unterlippe, werde von ihm umgedreht und stütze mich mit beiden Händen am Spiegel ab, während er grob meinen Körper erkundet. Er knetet meine Brüste, knabbert an meinem Nacken und drückt seinen erigierten Penis gegen meinen Hintern.

»Ich werde dich gleich richtig durchnehmen, Sam«, verspricht er mir, und seine Worte sorgen dafür, dass ich noch feuchter werde, als ich es von unserem Rumgemache sowieso schon bin.

»Hier?«, keuche ich und hätte nichts dagegen.

»Ich denke, bis in die Suite schaffen wir es noch.« Die Fahrstuhltüren öffnen sich mit einem Ping, und Hunter lässt mit einem frustrierten Knurren von mir ab. Ich lecke mir über meine Lippen, ehe ich seine ausgestreckte Hand ergreife und ihm in sein Zimmer folge. »Ich wäre übrigens auch da mit dir hingegangen«, meint er und fügt hinzu: »Dann hätte Cam mal gesehen, wie es ist, wenn man die Nacht allein verbringt.«

»Wer ist Cam?«, frage ich.

»Er ist mein Freund«, beantwortet er meine Frage, als er die Keycard durch das Lesegerät zieht. »Cam, Honey, bist du schon da?«, ruft er in den Raum hinein. Das Zimmer, das sich vor uns erstreckt, als großzügig zu bezeichnen, wäre eine Untertreibung, doch der ganze Luxus, der mich sonst sicherlich in eine Art Schockstarre hätte verfallen lassen, verfehlt seine Wirkung, denn mein Hirn ringt immer noch mit Hunters Worten.

Honey? Sein Freund? »Dein Freund?«, echoe ich verwirrt. Wenn er schwul ist, was will er dann mit mir? Nein, er ist nicht schwul. Seine verdammten Küsse waren heiß. Okay, sie waren nicht so heiß wie die von Dean, aber das erwarte ich auch gar nicht mehr. Niemand küsst so göttlich wie Dean Reynolds.

Hunter dreht sich zu mir um. »Er ist noch nicht da«, meint er und klingt enttäuscht.

»Entschuldige, ich weiß, du wolltest meine Verwirrung nicht ausnutzen, aber ehrlich gesagt hatte ich auch nicht damit gerechnet, dass du sie noch vergrößern würdest. Also, wer ist Cam?«

»Mein Freund – noch immer«, meint er.

»Dein Freund im Sinne von dein Kumpel …«

Hunter lacht. »Klar, Sam, deshalb nenne ich ihn auch ›Honey‹. Nein, er ist mein Geliebter.«

»Dein Geliebter?«, wiederhole ich ungläubig. »Du bist …«

»Bi. Ich bin bi, richtig.« Ahhhh, okay, dass ergibt Sinn. »Findest du das schlimm? Willst du lieber gehen?«

»Nein, nein gar nicht, es ist bloß, ich kenne niemanden, der schwul oder bi ist, weißt du?« Zu sagen, dass es so etwas da, wo ich herkomme, nicht gibt, erscheint mir falsch, zumal ich mir recht sicher bin, dass es auch in der Szene, in der ich mich normalerweise bewege, homosexuelle oder bisexuelle Männer gibt, aber mir ist eben auch klar, dass diese es unter keinen Umständen zeigen können. Das Line-up ist der Ort, an dem selbstüberhebliche Arschlöcher, frauenverachtende Machos und Männer, die eine »Schwuchtel« mit Steinen bewerfen würden, sich tummeln. Sprich, es ist kein schöner Ort für mich als Frau oder für einen Kerl, der auf Kerle steht. Aber da ich das Surfen nun einmal liebe, muss ich diese Typen zwangsläufig in Kauf nehmen. Die bittere Wahrheit ist: Surfer sind Machos, und zwar allesamt. Ohne Ausnahme! Ehrlich, ich kenne keinen, der es nicht ist, und die wenigsten von ihnen finden es gut, wenn eine Frau sich im Line-up breitmacht. Auch wenn sie es nicht sagen – obwohl die meisten dazu tendieren, ihre Meinung laut und deutlich zu vertreten –, denken sie sich, dass sie die Wellen lieber für sich hätten und diese an eine Frau pure Verschwendung sind. Denn natürlich können sie so viel besser surfen als wir. Und warum? Klar, weil sie Männer sind. Ist ja auch völlig logisch. Wahrscheinlich verstehe ich das bloß nicht, weil ich eine Frau bin, aber es gibt diese Tage, da liegt so viel Testosteron im Line-up in der Luft, dass ich Angst habe, meine Pussy könnte sich schlagartig nach außen stülpen und in einen Schwanz verwandeln. Vielleicht kapiere ich dann endlich, was in den Köpfen der Männer vor sich geht.

»Na ja, jetzt kennst du mich«, meint Hunter gutgelaunt. Er scheint es kein Stück persönlich zu nehmen, was ich gerade gesagt habe, und darüber bin ich froh. Ich wollte ihm nämlich sicherlich nicht zu nahe treten.

»Yep, und du gefällst mir«, bekenne ich.

»Du gefällst mir auch.«

»Davon gehe ich aus, sonst wäre ich nicht hier, oder?« Er nickt. »Aber hat Cam nichts dagegen, dass du … also, dass wir …« Ich beiße mir betreten auf die Unterlippe. Es ist nicht meine Art, mich irgendwo dazwischenzudrängen.

»Wir haben eine offene Beziehung, und uns war heute beiden nach einer Frau, also … Keine Ahnung, ob er überhaupt herkommt oder wo er gelandet ist.« Hunter lächelt matt.

»Und das ist für dich okay?« Es klingt nämlich nicht so, als wäre es okay für ihn.

»Wenn er wirklich bei einer Frau landet, dann ja, aber tja, das ist nicht immer so. Meistens schleppt er dann doch einen anderen Kerl ab, und in dem Fall, also …« Er unterbricht sich, wechselt das Thema und fragt: »Willst du einen Drink?« Und dann, als ich nicke: »Wie alt bist du eigentlich, Sam?«

»Achtzehn. Und du?«

»Dreiundzwanzig.« Er ist auch noch so alt wie Dean – wie witzig. Wobei Dean noch eine Ecke attraktiver ist als Hunter. Es sind die grünen Augen mit den goldenen Sprenkeln darin, die er und Joe von ihrem Vater geerbt haben. Ich liebe seine Augen, und was ich noch an ihm liebe, sind dieses Kinngrübchen und seine vollen Lippen. Hunters sind deutlich schmaler, und zugegeben, bei einem Kerl wirken volle Lippen auch ganz schnell schwülstig, aber bei Dean nicht. Sie sind perfekt. Seine Nase ist länger als Hunters und er an sich, also sein Body, ist breiter. Dean ist ein ziemliches Muskelpaket. Kein Wunder, der Sport ist seine Art, Frust abzubauen, und davon hat er nun mal viel. Fuck, er fehlt mir so sehr.

Ich seufze leise vor Sehnsucht und Heimweh. »Kriege ich dennoch einen Drink?«, frage ich Hunter.

»Klar! Wir sind ja nicht zu Hause«, erwidert er grinsend. Ich wette, auch da würde er es nicht so genau nehmen. Er öffnet die Tür zum Balkon und bittet mich hinaus, ehe er sich um unsere Drinks kümmert. Doch ich betrete den Balkon nicht, sondern folge ihm stattdessen zur Bar und schaue ihm dabei zu, wie er unsere Drinks zubereitet. Ich beobachte jeden seiner Handgriffe genau, und obwohl er mich an Dean erinnert, ist er nun einmal nicht Dean. Ja, Hunter gefällt mir, und ich habe definitiv vor, mich von ihm vögeln zu lassen, aber ich vertraue ihm nicht – dazu kenne ich ihn zu wenig, und die Vergangenheit hat mich gelehrt, vorsichtig zu sein.

»Die Suite ist der Hammer«, sage ich, weil mir sonst nichts einfällt, was ich sagen kann.

Hunter sieht sich um, es macht beinahe den Eindruck, als

würde er all den Luxus zum ersten Mal registrieren. »Ja, das stimmt wohl. Warte, bis du den Blick auf den Hafen genossen hast.« Er drückt mir meinen Drink in die Hand und geleitet mich hinaus. Wir heben erst die Gläser, stoßen an, schauen uns dabei natürlich tief in die Augen – wer will schon jahrelang schlechten Sex haben – und versuchen die sonderbare Stimmung, die sich zwischen uns breitmacht, zu überspielen. Hunter scheint unsicher zu sein, ob ich noch mit ihm ins Bett steigen will.

Ich leere meinen Drink, stehe auf und stelle mich mit dem Rücken zu ihm an die Brüstung – über die Schulter schaue ich zu ihm zurück und schenke ihm ein verführerisches Lächeln. Auch sonst ist alles an meiner Haltung eine Einladung, und er versteht mein Verhalten richtig. Ich höre, wie auch sein Glas abgestellt wird, und dann spüre ich seine männliche Präsenz in meinem Rücken. Er schließt mich von hinten in die Arme, legt meinen Nacken frei, indem er meine Haare zusammenfasst und mir über die Schulter nach vorn schiebt.

Seine warmen, weichen Lippen berühren meinen Hals. Er knabbert und saugt daran, während seine Hände über meinen Körper wandern. Wie es wohl wäre, mit ihm hier draußen Sex zu haben? Ich lehne mich gegen ihn, lasse zu, dass er meine Brüste berührt und sie durch das Kleid knetet. Ich beiße mir auf die Unterlippe, denn sonst würde ich hemmungslos aufstöhnen. Hunter wird forscher, wagt sich weiter vor. Meine Knie werden weich, als er seine Hand unter mein Kleid gleiten lässt und mich zwischen den Schenkeln streichelt. Ich spreize meine Beine etwas für ihn.

Ein ausgelassenes Lachen in unmittelbarer Nähe verhindert, dass wir weitermachen. Es dringt von einem der anderen Balkone zu uns herüber. Hunter reicht mir seine Hand, und wir gehen hinein. Er führt mich in eines der beiden Schlafzimmer und nimmt auf der Bettkante Platz. Ich hocke mich rittlings auf ihn und küsse ihn. Unsere Zungen spielen wild miteinander, und mir wird bewusst, dass ich noch eine Unterbrechung nicht ertragen würde. Ich will ihn, und zwar jetzt. Seine Hände umschließen meine Brüste einen Moment, dann lässt er sie los, streift mir die Träger des Kleides und des BHs von den Schultern und klappt die Schalen nach unten weg.

Ich hasse diesen Augenblick, denn ich trage einen Push-up-BH, etwas anderes bleibt mir bei meiner winzigen Oberweite – über die sich Russel seit Jahren lustig macht – nicht übrig. Hunter jedoch reagiert auf meine kaum vorhandenen Brüste großartig. Da ist kein Zögern, und wirklich gar nichts in seinem Verhalten deutet darauf hin, dass er enttäuscht ist. Im Gegenteil, er umfasst sie mit beiden Händen und drückt sanft zu. Etwas zu sanft für meinen Geschmack. Ich lege meine Hände über seine und zeige ihm, wie ich es brauche. Er sieht mich fragend an, während er sein Glück noch mal versucht. Diesmal findet er den richtigen Druck, nicht zu fest, nicht zu sanft. Ich quittiere seine Bemühungen unwillkürlich mit einem Stöhnen.

»Zieh dich aus«, fordert er mich auf. Ich reibe mich noch einmal an seinem Steifen, der begehrlich gegen seine Hose und meine Mitte drückt, und erhebe mich dann. Ich schlüpfe rasch aus meinem Kleid hinaus, lasse es zu Boden gleiten und setze mich dann wieder auf Hunters Schoß, wo ich mich des BHs endgültig entledige.

Er greift unter meinen Po und zieht mich enger an sich. Ich bade in seinen Liebkosungen, genieße jede seiner Berührungen und komme mir zum ersten Mal seit Langem nicht einsam und verloren vor. Die anfängliche Zurückhaltung weicht schnell einem regelrechten Rausch. Ich vergrabe meine Finger in seinen Haaren und küsse ihn leidenschaftlich. Hunter nimmt meine Unterlippe zwischen seine Zähne, nagt daran, ehe er sich mit mir erhebt, sich umdreht und mich auf der Matratze ablegt. Vor mir stehend zieht er sich aus. Er ist muskulös und durchtrainiert. Sein Body ist wirklich hübsch anzuschauen. Ich beobachte ihn, als er die Socken auszieht, seine Jeans mitsamt den Boxershorts abstreift und dann über mich kriecht.

»Halt das«, murmelt er und drückt mir ein Kondompäckchen in die Hand. Ich glaube, das ist der Moment, in dem ich ihm restlos verfalle. Ein Kerl, der freiwillig einen Gummi benutzt. Verrückt! Ich hatte mich schon auf das übliche Gerede und Rumgedruckse eingestellt. Ehrlich, es gab sogar schon Situationen, in denen ich dann doch noch gegangen bin, weil der Typ die Notwendigkeit eines Gummis nicht einsehen wollte. Dabei ist es die Dean-Reynolds-Sexregel-Nummer-Eins. Dean … Ich seufze leise, und Hunter schenkt mir ein gewinnendes Lächeln, als er nach meinem Spitzentanga greift und auch dieses letzte hinderliche Kleidungsstück entfernt. Er wirft ihn hinter sich und beginnt dann, meinen Körper zu küssen. Sein Mund wandert über meine Hüfte nach oben in Richtung meiner Brüste. Meine Nippel haben sich erwartungsvoll zusammengezogen und recken sich ihm gierig entgegen. Ich keuche heiser auf, als er einen in seinen Mund saugt und ihn mit seiner Zunge liebkost. Hunter greift unter mir hindurch, als ich meinen Rücken durchdrücke und meinen Kopf in die Matratze presse. Er schmiegt sich an mich und widmet sich hingebungsvoll meinen Brüsten. Ich schließe die Augen und gebe mich seinen Zärtlichkeiten hin. Es ist Ewigkeiten her, seit ich beim Sex so entspannt war. Ich weiß, dass es zum Teil daran liegt, dass er mich so sehr an Dean erinnert, und Dean vertraue ich … Obwohl er nichts mehr mit mir zu tun haben will, ist er doch mein bester Freund und der Einzige, der immer für mich da war. Ich bin mir sicher, wenn ich mich ihm erkläre und ihm nach meiner Rückkehr davon erzähle, was mich fortgetrieben hat, wird er es verstehen. Er wird mich in seine Arme nehmen, meine Tränen trocknen und mir sagen, wie ich damit umgehen soll.

Hunter saugt einen Tick zu fest, und ich fasse in sein Haar. »Vorsicht!«, stoße ich schwer atmend hervor.

»Sorry«, nuschelt er, doch ihn trifft keine Schuld. Ich bin es nur nicht gewöhnt, dass sich jemand so eingängig mit meinen Brüsten beschäftigt. Die meisten Männer haben kein Interesse an ihnen, und ja, natürlich ist klar, dass es an ihrer Größe liegt. Die meisten Typen stehen nun mal auf richtig dicke Dinger – ob echt oder künstlich spielt für sie keine Rolle. Irgendwie traurig.

Weil ich bereits so überreizt an dieser Stelle bin, lege ich meinen Zeigefinger unter Hunters Kinn und dirigiere ihn zu mir nach oben. Ich händige ihm das Kondom aus mit den Worten, dass ich es sicher verwahrt hätte, was ihn zum Schmunzeln bringt. Aufmerksam betrachte ich, wie er es über seinen steifen Schwanz streift. Er ist gut bestückt, aber ich hatte schon Größere in mir. Die meisten Frauen leugnen es, aber die Größe zählt nun mal doch. Hunter platziert seinen Schwanz zwischen meinen Beinen und schiebt ihn mit einem leichten Stoß seines Beckens ein paar Zentimeter in mich. »Fuck, bist du eng«, entfährt es ihm, was mir ein Kichern entlockt.

»Bin ich gar nicht!«, widerspreche ich.

Er sieht mich misstrauisch an. »Aber du bist keine Jungfrau mehr, oder?« Mit einem Mal klingt er panisch.

Ich gluckse belustigt. »Gott bewahre!«

Hunter beugt sich tiefer und küsst mich. »Gut, denn ehrlich gesagt befürchte ich, dass ich kurz davor bin, es zu versauen.« Er keucht leise auf, als er sich tiefer in mich schiebt. »Hatte ich erwähnt, dass du verfickt eng bist?«

Ich beiße mir auf die Unterlippe und nicke. »Hattest du, aber ich bin gar nicht so eng. Du bist bloß groß.«

»Quatsch, alles an dir ist winzig …«, murrt er.

Um ihn abzulenken, küsse ich ihn. »Du musst nicht so verdammt vorsichtig sein«, ermuntere ich ihn. »Ich bin nicht aus Zucker, und ich bin echt ziemlich feucht.« Ich recke ihm mein Becken entgegen, woraufhin er stöhnt. »Komm schon, Hunter, fick mich einfach.« Als hätte er nur darauf gewartet, stößt er zweimal hart zu und ist plötzlich bis zum Anschlag in mir.

»Besser?«, will er wissen, während er mir einen Moment gibt, um mich an die Fülle zu gewöhnen.

»Perfekt!«, murmle ich und grinse ihn an. »Ich sagte doch, dass ich ziemlich feucht bin.« Das schmatzende Geräusch, als er sich langsam zu bewegen beginnt, bestätigt meine Worte, und wir müssen beide lachen.

»Bist du immer so albern im Bett?«, will er wissen.

»Nur wenn ich jemanden habe, mit dem ich es sein kann.« Und mit ihm kann ich es sein … vielleicht greift auch hier der Dean-Ähnlichkeits-Vertrauensvorschuss, kein Plan, aber Hunter ist echt süß. Nett, rücksichtsvoll, zuvorkommend … er ist keiner, der einem Mädchen das Gefühl gibt, eine Schlampe zu sein, nur weil es Spaß haben will. So was hatte ich leider auch schon, und ich stehe echt nicht darauf, mich, nachdem die Nummer gelaufen ist, wie Dreck behandeln zu lassen.

»Entspann dich, Sam!«, raunt Hunter mir zu und unterbricht meinen wirren Gedankenstrom. Er küsst mich erneut.

Wenn das bloß so einfach wäre. Mich fallenzulassen war nie ein Problem, aber … Ich würge meine Gedanken ab, konzentriere mich auf Hunter über mir. Ich lasse meine Hände über seinen Rücken gleiten. Er hat breite Schultern, eine schmale Taille und einen knackigen Po. Er ist wirklich verdammt sexy, und er ist nett. Ich atme langsam aus, versuche mich zu beruhigen und den Sex mit ihm zu genießen.

Doch ich bin nur halb bei der Sache und darauf bedacht, die Kontrolle zu behalten, und unwillkürlich frage ich mich, ob es je wieder so sein wird wie früher. Werde ich irgendwann wieder in der Lage dazu sein, mich einem Mann vorbehaltlos hinzugeben? Oder wird mir diese Sache ewig nachhängen? Doch eigentlich will ich nicht darüber nachdenken, ich will …

»Fuck, Sam, weinst du? Tu ich dir weh?« Hunter gleitet aus mir raus und rollt sich von mir runter. Er starrt mich an, sieht bestürzt aus, und mir wird erst jetzt bewusst, dass er recht hat. Ich weine.

»Bitte, Sam, sag was«, fleht er.

Wie ich sagte, er ist ein toller Typ. Deshalb wollte ich auch mit ihm mitgehen, aber …

»Es tut mir leid«, stoße ich hervor. Ich bin beschämt und verwirrt.

»Muss es nicht. Was ist los? Was …« Er runzelt die Stirn und betrachtet mich eingehend. Ich greife nach der Decke und ziehe sie über mich. Das Gefühl, das ich gerade verspüre, die Verletzlichkeit, ist nicht auszuhalten.

»Ich weiß es nicht«, lüge ich.

»Hast du was genommen? Also außer diesen Schlaftabletten.« Ich schüttle den Kopf.

»Warum nimmst du die? Warum kannst du nicht schlafen?«

Ich stehe auf, ignoriere ihn und seine Fragen. Rasch ziehe

ich mich an. Ich bücke mich nach meinem Kleid, da steht Hunter plötzlich neben mir und packt mein Handgelenk. Erschrocken schaue ich zu ihm hoch, und als unsere Blicke sich treffen, lässt er mich los.

»Wann ist das passiert?«

»Was?«, erwidere ich, aber ich weiß, was er meint. Er hat ein verdammt gutes Gespür. Er ist sensibel, aufmerksam, beschützend … er ähnelt Dean so sehr, dass ich seine Nähe in diesem Moment kaum ertrage.

»Wann wurdest du …« Er verstummt, und ich bin froh, dass er es nicht ausspricht. Trotzdem weiß er Bescheid. Er als Einziger. In diesem Moment kommt alles hoch, und ich habe das Gefühl, kaum atmen zu können.

»Ich weiß gar nicht, was genau passiert ist«, gestehe ich. »Ich kann mich nicht erinnern. Aber ich weiß, dass etwas passiert ist. Ich meine, also es gab … na ja, es gab Spuren.« Der oder die Typen haben nicht mal ein Kondom benutzt. Allein deshalb habe ich mich bestimmt nicht freiwillig darauf eingelassen. Ich meine, Scheiße … Es ist ja nicht so, als würde ich oft Nein sagen, aber ein Kondom ist nun mal Pflicht. Ich halte mich an die Dean-Reynolds-Sexregel-Nummer-Eins. Immer. Und dann war da noch die zerbrochene Nachttischlampe. Offensichtlich kam es zu einem Kampf, vermutlich habe ich mich gewehrt. Mein Herz beginnt bei der Vorstellung daran zu rasen, und ich bekomme kaum noch Luft. Hunter verhindert, dass die Panikattacke, die droht, von mir Besitz zu ergreifen, mich überrollt. Seine Frage lenkt mich ab.

»Wann war das? Hast du Anzeige erstattet?«

Ich ziehe mir das Kleid über. Hunter steht noch immer nackt vor mir, aber es scheint ihm egal zu sein. Mein Blick huscht zu seinem Penis, der inzwischen abgeschlafft ist, aber noch immer im Kondom steckt. Er bemerkt es und meint: »Ich sollte mir wohl lieber was anziehen. Moment.« Er nimmt seine Sachen und geht ins Bad. Die Tür schließt sich hinter ihm. Ich kann es nicht ausstehen, wie er sich mir gegenüber gerade verhält. So, als würde was mit mir nicht stimmen. Ich muss hier weg. Ich muss ganz, ganz dringend hier weg. Inzwischen fließen die Tränen in Strömen. Ja, vielleicht bemitleide ich mich gerade selbst. Aber ehrlich, wie sollte es anders sein? Hunter hat recht, etwas stimmt mit mir nicht mehr. Ich habe Sex geliebt. Das habe ich wirklich, doch jetzt … ich komme mir kaputt vor, und Hunter hat es gesehen. Ich haste durch den Wohnbereich der Suite, öffne die Tür und eile zu den Aufzügen. Während ich warte, versuche ich mich zu beruhigen, doch es will mir nicht gelingen. Ausgerechnet jetzt muss ich zusammenbrechen. Etwas über zwei Monate sind seit meinem achtzehnten Geburtstag und dieser Nacht, die ein schwarzes Loch in meinen Erinnerungen ist, vergangen. Mein Blick huscht zu der Anzeige des Fahrstuhls. Ich hoffe inständig, dass Hunter mir nicht folgt, oder zumindest, dass der Scheißlift vor ihm eintrifft. Ich will nicht darüber reden, will nicht daran denken … ich will einfach nur, dass alles wieder normal und beim Alten ist.

Ich frage mich, warum das eben passiert ist. Seit dieser Nacht habe ich mit einem Haufen Typen gefickt, und es war immer okay. Ich beiße mir auf die Unterlippe, weil ich weiß, dass es nicht okay war. Ich bin nur nicht zusammengebrochen wie heute. Ich habe es irgendwie hinbekommen, auch wenn ich dabei nichts gefühlt habe und …

»Sam, warte!« Ich drehe mich zu ihm um. Hunter steht barfuß und mit freiem Oberkörper in der Tür zu seiner Suite. Der Fahrstuhl kommt, und die Türen öffnen sich mit einem Ping.

Nein, ich will nicht warten. Ich drehe mich herum, gehe rein, senke den Knopf, die Türen schließen sich bereits, doch Hunter huscht im letzten Moment zu mir in die Kabine. »Geh nicht!« Er betätigt den Knopf, der dafür sorgt, dass sich die Türen wieder öffnen, greift nach meiner Hand und führt mich wieder nach draußen. Ich lasse es geschehen, denn seine Hand, die sich um meine geschlossen hat, fühlt sich so verdammt gut an. Ich folge ihm in die Suite, wo er mich in die Arme nimmt und mir den Halt gibt, den ich so dringend brauche.

SAM | 13.12.2013 | L.A. | Kalifornien

»Hey, Sammy, hast du meine Uhr gesehen?«, fragt Cam und reißt mich aus meinen Gedanken.

»Nee, aber du kommst doch sowieso immer zu spät«, necke ich ihn.

Cam wirft mir einen genervten Blick zu. Er weiß genau, dass ich recht habe. »Nur privat«, meint er.

»Klingt nicht wie eine Entschuldigung.«

»Ist es auch nicht.« Er räumt einen Haufen Kleider zur Seite und gibt ein erfreutes »Ach, da ist sie« von sich. Er wirft einen Blick darauf und fragt: »Wann wollte Hunt zurück sein?«

Ich zucke mit den Schultern, denn ich habe nicht die geringste Ahnung. Als ich aufgewacht bin, da war er bereits weg. »Vielleicht vögelt er gerade seine Sekretärin«, meine ich.

»Während wir auf ihn warten?« Cam hebt eine Augenbraue. »Im Leben nicht! Du hast scheinbar echt keinen Plan, wie sehr er sich auf deinen Besuch gefreut hat.« Cam kommt zu mir und legt sich neben mich. Er küsst meinen Hals und sagt dann: »Ich wünschte, du würdest nicht so weit weg wohnen.«

»So weit wohne ich doch gar nicht weg«, erwidere ich

schmunzelnd. »Abgesehen davon würdest du mich binnen kürzester Zeit mit deiner Unpünktlichkeit wahnsinnig machen.« Er dreht sich auf den Rücken und verzieht den Mund. »Schmoll nicht«, rüge ich ihn und krieche auf ihn. Ich beuge mich zu seinem Gesicht hinunter und knabbere an seiner Unterlippe. Wir fangen wieder an, miteinander rumzumachen, und Cam fragt: »Wer ist hier unersättlich?«

»Ich vertreibe uns bloß die Wartezeit«, entgegne ich, gleite zwischen seine Beine und nehme seinen Schwanz tief in meinen Mund. Er quittiert es mit einem lauten Stöhnen.

»Gott, Sammy, wo hast du das bloß gelernt?«, fragt er.

»Hat Dean mir beigebracht«, erwidere ich, ehe ich mit meinen Bemühungen fortfahre.

»Die Geschichte will ich hören«, keucht er, als ich meine Zähne zum Einsatz bringe. Ich bin sehr vorsichtig, obwohl ich weiß, dass es für Cam hin und wieder ruhig härter sein darf. »Hast du vor ihm gekniet und ihm den Schwanz gelutscht?« Ich schüttele kaum merklich den Kopf und mache weiter. Ich habe Dean Reynolds nie den Schwanz gelutscht, auch wenn ich es bereits damals liebend gern getan hätte. »Komm schon, Sammy, raus damit. Du weißt, dass ich darauf stehe.«

Ich höre auf, ihm einen zu blasen, um zu sagen: »Ich kann nicht, ich habe den Mund voll.«

Cam lacht. »Redet er nicht mehr mit dir, weil du ihm den Schwanz beim Üben abgebissen hast?«

Ich zeige ihm den Finger und mache weiter. Scheinbar muss ich mich mehr anstrengen, wenn er noch immer dazu in der Lage ist, einen zusammenhängenden Satz von sich zu geben. Und über Dean will ich wirklich nicht reden oder auch nur nachdenken. Zwischen uns herrscht seit Jahren Eiszeit, und ich weiß noch immer nicht, warum, aber ich werde ihm nicht mehr nachlaufen. *Reisende soll man ziehen lassen*, heißt es, und da ist was dran. Ich brauche weder ihn noch meinen Vater. Unwillkürlich frage ich mich jedoch, was diese beiden Männer über mich denken würden, wenn sie wüssten, was ich gerade mache. Wobei das hier im Vergleich zu letzter Nacht harmlos ist.

»Ich bin zu Hause!«, tönt es aus der Ferne, und ich muss schmunzeln. Okay, bis eben war es harmlos. Keine zehn Minuten später reite ich Hunter, während Cam sich dessen Knackarsch vorgenommen hat. Anfangs fand ich es gewöhnungsbedürftig mitzumischen, wenn sie Sex hatten. Es war einfach ungewohnt und fremd, doch das ist es schon lange nicht mehr, und ich freue mich jedes Mal, die beiden zu sehen. Mit ihnen ist es immer gut, und ich komme stets auf meine Kosten. Cam greift in mein Haar, ballt seine Hand zu einer Faust und zieht meinen Kopf zu sich, um mich hart zu küssen, während er die andere unter Hunters Hintern geschoben hat. Cameron stößt schnell und hart zu, und Hunter unter mir stöhnt laut auf, als auch ich mich stärker bewege.

»Ihr bringt mich um!«, keucht er. Worte, die Cam zum Grinsen bringen. Hunters Hände legen sich auf meinen Po, während Cameron mit seiner Zunge meinen Mund aufmischt. Er lässt von meinen Lippen ab, küsst meinen Hals. Saugt und knabbert daran. Ich schiele zwischen uns, schaue zu, wie er Hunter nimmt. Er fickt ihn hart – richtig hart, so wie er auch meine Pussy ficken würde. Wenn er sich meinen Arsch vornimmt, ist er sanfter, doch gerade jetzt nimmt Cam keine Rücksicht. Sein Atem weht hektisch gegen meine Haut, er lässt mein Haar los, packt Hunter mit beiden Händen an der Hüfte und stößt noch zwei-, dreimal tief in ihn, ehe er sich ergießt. Ein markiger Laut entfährt ihm, und dann keucht er: »Ich liebe dich, Honey!«

Hunter antwortet ihm, sagt ihm, dass er ihn auch liebt, und kommt ebenfalls. Sein Stöhnen erfüllt den Raum, als der Orgasmus über ihn hinwegbrandet. Cam beugt sich vor und saugt meine rechte Brustwarze in seinen Mund. Er umspielt meinen Nippel mit seiner Zunge, peitscht in raschen Bewegungen darüber, packt meinen Hintern grob, während Hunter wieder und wieder in mich stößt. Ich klammere mich an Cam, halte mich an seinen breiten Schultern fest, als auch ich zum Höhepunkt gelange.

Kapitel 03

RUSSEL | 16.12.2013 | Oahu | Hawaii

Es ist keine Schande, gegen Kane zu verlieren.« Deans Worte hallen in meinem Kopf wider, während ich wie ein Besessener durchs Wasser pflüge. Meine Arme fühlen sich an wie Spaghetti. Sie schmerzen und sind inzwischen kraftlos, dennoch paddle ich weiter, denn es nicht zu tun, kostet mich definitiv den Sieg.

Im Line-up angekommen, sagt mir ein Blick auf die Uhr, dass meine Anstrengungen umsonst waren. Noch vierunddreißig Sekunden, bis es vorbei ist. Am Horizont in weiter Ferne zeichnet sich ein schönes Set ab. Meine Erfahrung sagt mir, dass es niemals rechtzeitig da sein wird. Ich setze mich auf, lasse meine Beine links und rechts von dem Board im Wasser baumeln und versuche, zu Atem zu kommen.

Zweiundzwanzig Sekunden. Fuck, denke ich und ärgere mich über mich selbst, weil ich ein Riesenidiot bin und es verbockt habe. Ich lasse den Kopf sinken, gebe mich geschlagen und schließe die Augen. Die Niederlage schmeckt bitter. Kane kommt zu mir gepaddelt und klopft mir auf die Schulter. Ich blicke auf, sehe ihn an und schlage in seine Hand ein. Er legt mir den Arm um die Schulter, zieht mich an sich und in eine Umarmung.

»Gratuliere, Mann«, stoße ich hervor. Sieben Sekunden, sechs, fünf, vier, drei, zwei, eins … Das Tröten dringt vom Land zu uns herüber. Nun ist es offiziell. Kane Slade ist Weltmeister, wieder mal. Zum achten Mal, um genau zu sein – aber wer zählt schon mit?

»Danke. Du warst großartig.«

War ich, richtig, und doch habe ich es versaut. Ich nicke knapp und presse meine Kiefer fest aufeinander. Da ich Kanes mitfühlenden Blick nicht ertrage, nehme ich die nächste Welle, die reinkommt. Ich lasse mich von ihr zum Strand bringen. Es kostet Überwindung, nach einer Niederlage an Land zurückzukehren. Wird man nach einem Sieg mit Jubel empfangen, ist es anders. Da will man raus, will unter die Leute, will die Energie spüren.

Ich klemme mein Board unter den Arm, halte den Kopf gesenkt und haste an Leuten vorbei, die mit mir reden oder ein Autogramm von mir haben wollen. Das kann ich gerade nicht, dafür habe ich einfach keinen Nerv. Die Jungs von der Security schirmen mich ab, dennoch gelingt es dem ein oder anderen Fan, mich zu berühren … ich hasse das. Ich kann es so oder so nicht ausstehen, doch gerade ertrage ich es noch weniger. Ich will allein sein, will einen Moment den Schmerz über meine Niederlage spüren können, ohne dass jemand es mitbekommt.

Ich lasse den Strand hinter mir und verschwinde auf dem Grundstück meines Sponsors Mad Crush. Mein Board werfe ich achtlos zu Boden. Den Leuten aus meinem Team genügt ein einziger Blick, um zu wissen, dass ich einen Augenblick für mich brauche, und niemand kommt, um mich zu trösten oder mich vollzusülzen. Ich stelle mich unter die Dusche, wo ich meinen Tränen freien Lauf lasse. Sie vermengen sich mit dem Wasser und werden unsichtbar. Ich halte den Kopf weiterhin gesenkt, verberge mein Gesicht und durchlebe, was man nach einer so gewaltigen Niederlage nun mal erlebt … ich fühle mich beschissen, es tut weh, ich bin verzweifelt … meine Gefühle sind extrem. Ich war so nah dran und dann habe ich mir mit einem einzigen strategischen Fehler alles verbaut. Ich hätte die Welle nicht nehmen dürfen. Hätte meine Priority nicht aufgeben dürfen. Ich hätte Kane blocken, ihn behindern müssen, doch was tue ich? Die Welle sah zu gut aus, ich konnte nicht widerstehen und habe sie genommen ... aus dem Bauch heraus. Hätte sie wenigstens Punkte gebracht, doch ich hatte den schwersten Wipe-Out im gesamten Contest, wobei mein Board zerbrach. Ich musste zurück an den Strand, musste es tauschen und habe es einfach nicht rechtzeitig ins Line-up zurückgeschafft, um Kane, der in dieser verlorenen Zeit einen Wahnsinnsritt hinlegte, zu übertrumpfen. Long story short: Ich habe es verbockt, und das tut weh.

»Gegen Kane zu verlieren ist keine Schande«, höre ich Dean in meinem Kopf sagen. Er hat mir die Worte mitgegeben, als er mir mein anderes Board in die Hand drückte. Er wusste schon in dem Moment, dass ich es nicht rechtzeitig zurück ins Line-up schaffen würde. Ich könnte kotzen! Ich hasse es, wenn mein großer Bruder recht hat. Ja, natürlich ist es keine Schande, gegen Kane zu verlieren. Hängt mein Leben von diesem Sieg ab? Nein! Doch das alles hilft mir gerade wenig. Diese Niederlage war unnötig, und sie hat mich um meinen ersten Weltmeistertitel gebracht. Ich war besser ... die ganze beschissene Saison hindurch war ich besser als er ... bis zu dem Zeitpunkt, an dem ich den entscheidenden Fehler gemacht habe. Ich habe den Heat dominiert, habe Kane regelrecht alt aussehen lassen. Tja, und dann hat mich diese eine bescheuerte, scheißdämliche Aktion alles gekostet. Am liebsten würde ich meine Frustration herausschreien, doch das geht nicht. Ich halte meine Gefühle im Zaum, schiebe sie beiseite und ziehe das restliche Programm durch.

Mir bleiben noch ein paar Sekunden, ehe ich zur Siegerehrung auf die Bühne muss. Ich atme tief ein und aus, bekomme mich unter Kontrolle, straffe meine Schultern und stelle das Wasser entschlossen ab.

Jemand reicht mir ein Handtuch, und nachdem ich mir das Gesicht abgetrocknet habe, erkenne ich, dass es sich bei dieser Person um Joe handelt. Meine Joe! Mein Sonnenschein und die einzige Frau, deren Meinung mir etwas bedeutet. Ich liebe sie wahnsinnig. Joe ist meine bessere Hälfte, und auch wenn sie nicht annähernd so extrem ist wie ich, so versteht sie mich doch. Ich kann es in ihrem Blick sehen. Ich bin froh, dass sie mich nicht umarmt, auch wenn sie der einzige Mensch ist, dessen Berührung ich im Moment zulassen würde. Sie weiß, dass mir nicht danach ist, und auch, dass ich alle Kraft brauche, um mich aufrechtzuhalten. Joe weiß, wie sehr ich den Titel wollte und was ich dafür geopfert habe.

Bloße Willenskraft bringt mich dazu, auf die Bühne zu gehen und die Siegerehrung zu erdulden, doch danach halten mich keine zehn Pferde mehr dort. Ich verdrücke mich, und es ist mir scheißegal, ob ich für unhöflich gehalten werde. Ich will kein Interview geben und sagen, wie es in mir aussieht. Jeder vernünftig denkende Mensch kann sich vorstellen, wie beschissen es mir gerade geht. Meine Frustration ist grenzenlos. Dean ist mein Fluchthelfer, und ich bin ihm unendlich dankbar dafür, dass er mir die Schlüssel zu seiner Wohnung in Honolulu und die zu seiner Triumph Rocket III Roadster in die Hand drückt. »Ich bleibe die nächsten beiden Nächte woanders«, meint er.

»Musst du nicht.«

»Schon okay. Mir ist klar, dass du Ruhe brauchst. Fühl dich ganz wie zu Hause.« Ich nicke, gehe zu seinem Motorrad und setze den Helm auf. Auf dem Weg Richtung Süden versuche ich, alle Gedanken aus meinem Kopf zu verbannen und mich ausschließlich aufs Fahren zu konzentrieren. Mein Bruder hat ein Faible für schwere Maschinen, während ich es lieber sportlich und schnell mag. Der Chopper fährt sich gut, und mir wird bewusst, dass es ewig her ist, seit wir zuletzt einen Ausflug mit den Motorrädern gemacht haben. Beim letzten Mal waren Joe und Sam mit von der Partie, doch Dean redet nicht mehr mit Sam, und Joe war eine gefühlte Ewigkeit lang in L.A. zum Studium. Ich schlucke trocken. Tja, und Dean schuftet wie ein Tier, und ich war auf Tour … Ich trauere den alten Zeiten nach, in denen wir noch wir waren und nicht nur durch Verpflichtungen Getriebene. In denen ich aus Spaß an den Wellen und daran, sie zu reiten, rausgepaddelt bin, doch diese Zeiten gehören der Vergangenheit an. Ich surfe, weil es mein Job ist und meine Sponsoren das erwarten. Ich weiß, dass andere Menschen mich dafür beneiden, dass ich für etwas, das ich liebe, Geld bekomme – viel Geld! Aber für dieses viele Geld arbeite ich hart, auch wenn es nicht so scheint.

Der Druck ist extrem. Die Erwartungen meiner Geldgeber sind hoch, aber längst nicht so hoch wie meine eigenen. Ich habe versagt, und gerade fühlt sich mein Leben furchtbar an. Ich merke, dass mir etwas fehlt, habe jedoch keine Ahnung, was genau es ist. In klaren Momenten ist mir bewusst, dass selbst der Weltmeistertitel mich nicht erfüllen würde. Obwohl es alles ist, was ich will, ist es nicht das, was mich glücklich machen würde. Nicht dauerhaft jedenfalls. Gemeinhin gelte ich als zielstrebig und ehrgeizig, und ja: Das stimmt, aber wenn man kein Ziel hat, wie kann man es dann erreichen? Was würde mich glücklich machen? Was würde in mir ein Gefühl vollkommener Zufriedenheit auslösen? Was würde dieses innerliche Vibrieren, das mich manchmal um den Verstand zu bringen droht, verstummen lassen? Diese Leere? Ich habe keine

Ahnung, woher sie kommt, aber sie war schon immer da. Es ist ein nagendes Gefühl der Unzufriedenheit, das ich nicht ausräumen kann … Dabei ist mein Leben geil. Es ist unfassbar geil. Ich bin erst einundzwanzig und habe bereits Millionen verdient, ich surfe wie ein Gott, Fans beten mich an, Frauen lassen reihenweise ihre Höschen für mich fallen, und doch ist es nicht genug. Wird es jemals genug sein? Werde ich jemals satt sein?

Mir ist klar, dass der Druck mir nicht guttut. Joe – mein schlauer Zwilling – sagte erst vor Kurzem, dass sie niemals mit mir tauschen würde. Sie sagte, dass all der Ruhm und Erfolg es nicht wert wären, so viel von sich selbst aufzugeben. Ich habe behauptet, dass ich das nicht tue, woraufhin sie mich ausgelacht hat. Ich habe unzählige Beispiele von Situationen aufgeführt, in denen ich mich gegen meinen Sponsor und seine Entscheidungen gestellt habe. Joe hielt mit etlichen Situationen, in denen ich mich seinem Willen gefügt habe, dagegen.

Zu erkennen, wie fremdbestimmt ich eigentlich bin, war bitter, und auch, dass ich drauf und dran war, zum Verräter an meinen Idealen zu werden. Schon vor der Niederlage heute habe ich überlegt, was ich ändern kann, um zufriedener zu werden. Fuck, ich bin noch so jung und das Kämpfen bereits leid. Es dürfte nicht mehr lange dauern, da haben sie mich weichgekocht, und ich trage zur Belustigung aller rosa Boardshorts, weil die Farbe gerade hip und angesagt ist.

Natürlich kann man jetzt sagen, dass das Zeug, für das man sein Gesicht zur Verfügung stellt, einem nicht gefallen muss, solange man dafür anständig bezahlt wird (und ja, das werde ich), doch es geht hier eher ums Prinzip. Rosa Boardshorts sind bloß meine ganz persönliche Horrorvorstellung.

Endlich erreiche ich Honolulu und entfliehe dem sich kreisenden Gedankenkarussell. Der Aufzug bringt mich zu Deans luxuriöser Wohnung am Ala Moana Boulevard, und als die Tür hinter mir ins Schloss fällt, atme ich erleichtert aus. Der Druck und die Last fallen von mir ab, und ich rutsche mit dem Rücken an der Tür zu Boden, wo ich die nächste halbe Stunde hocke und meiner verpatzten Chance auf den Weltmeistertitel hinterherweine. Weinen ist wörtlich zu verstehen, und vermutlich können das die wenigsten Leute nachvollziehen, weshalb ich froh bin, dass keiner dieser Idioten hier ist. Vor ein paar Tagen nannte Sammy mich während eines Chats ein Egoschwein, und Sam hat recht: Ich bin ein Egoschwein, aber daran ist nichts falsch. Ich will diesen Titel. Ich will ihn um jeden Preis.

Auch wenn ich ahne, dass dieser Sieg mich nicht dauerhaft glücklich machen würde, so ist er ein Ziel, das ich unbedingt erreichen will. Temporär würde er mich sättigen ... Fuck, ich habe keine Ahnung, wie ich diesen Hunger, der so verlangend und unnachgiebig in mir brennt, erklären soll. Manchmal kommt es mir vor, als würde in mir etwas leben, das ein eigenes Bewusstsein hat. Ein wildes Tier, ein erfolgsgeiles Monster. Keine Ahnung, ob ich es an die Kette legen oder es rauslassen sollte, doch ich weiß, dass es gerade dabei ist, mich innerlich zu zerfleischen, weil ich versagt habe.

Gegen Abend – meine Tränen sind getrocknet und der Whiskey, den ich Deans kostbarer Sammlung entwendet habe, hat das wilde, hungrige Tier in mir besänftigt – klingelt es an der Tür. »Ja?«, frage ich misstrauisch. Ich bin nicht betrunken, aber nüchtern ist anders.

Der Monitor zeigt mir zwei Frauen, die vor der Haustür stehen. Eine kommt mir vage bekannt vor. »Dein Bruder schickt uns. Wir sollen dich auf andere Gedanken bringen.«

Unwillkürlich muss ich lachen. Dean ist echt der Hammer!

»Dann kommt mal hoch«, ermutige ich sie und drücke auf den Türöffner, denn ich wette, die beiden lassen mich kurzzeitig vergessen, was mich im Moment so quält. In all den Jahren habe ich eine Sache gelernt: Alkohol besänftigt das Tier vielleicht, aber Sex verwandelt es in einen zufrieden schnurrenden Stubentiger. Und Sex habe ich wirklich reichlich. Das ist definitiv ein Vorteil in meinem Job, man bekommt willige Weiber quasi auf dem Silbertablett präsentiert. Als ich die Tür öffne und den beiden Schönheiten gegenüber stehe, erinnere ich mich auch, woher ich die eine kenne. Es ist Rorys Pornostar vom Wavehunters Award.

»Hi«, meint sie zuckersüß. »Ich bin Cassy, und das ist meine Freundin Ruby.«

Ich trete zur Seite, bedeute ihnen mit einer eleganten Handbewegung hereinzukommen – zugegeben, in meinem doch stark alkoholisierten Zustand halte ich diese Bewegung vermutlich bloß für elegant, aber wen kümmert das schon – und schließe die Tür hinter ihnen, als sie meiner Einladung gefolgt sind.

»Schick!«, kommt es von Ruby, nachdem sie sich im großzügigen Wohnbereich umgeschaut hat.

»Das ist nicht meine Bude«, stutze ich ihren Enthusiasmus zurecht. »Könnte ich mir nicht leisten«, lüge ich, woraufhin beide kichern, denn sie wissen, dass ich bloß Mist von mir gebe. Vermutlich kennen sie meinen Kontostand besser als ich, und ehrlich, bei der Sorte Frauen habe ich mal gar kein Problem damit, sie zu ficken und am nächsten Tag vor die Tür zu setzen. Ehrlich, warum auch nicht. Für die beiden hohlen Fritten bin ich bloß ein wandelndes Portemonnaie.

Doch ich setze sie nicht bereits am nächsten Morgen vor die Tür, sondern lasse mich ein paar Tage lang von ihnen schröpfen.

Von dem, was ich tun muss, erledige ich nur das Nötigste. Sonst kapsle ich mich von der Außenwelt ab und lecke meine Wunden, beziehungsweise lasse sie mir lecken. Am Donnerstagabend klingelt es Sturm. Anfangs versuche ich es zu ignorieren, doch wer auch immer mit mir sprechen will, lässt nicht locker. Ich befürchte, es könnte Dad sein, oder Joe.

»Nicht weglaufen, ihr Süßen!«, instruiere ich die beiden Groupies.

Cassy kichert. »Wie denn auch? Es gibt doch bloß eine Tür.«

»Okay, nicht durchs Fenster klettern«, ermahne ich sie.

»Hatten wir nicht vor«, informiert mich Ruby. »Ist ja nicht so, als wäre das hier das Erdgeschoss.«

»Richtig«, meine ich, als wäre mir das gerade erst aufgefallen. Das Klingeln verstummt, dafür höre ich eine weibliche Stimme von draußen meinen Namen rufen. »Rus, bist du da?«

»Sam?«, murmele ich leise und runzle die Stirn. Was zum Teufel macht die hier?

»Wer ist Sam?«, will Cassy wissen.

»Meine Freundin.«

»Du hast eine Freundin?«, platzt Ruby heraus. Sie grapscht nach dem Bettlaken und bedeckt sich. Im nächsten Moment geht die Tür auf, und Sam kommt herein. Ihr Mund verzieht sich in Anbetracht der Situation zu einem breiten Grinsen. Sie hebt eine Augenbraue, legt dann kurz den Finger auf die Lippen und ruft: »Also hier ist er nicht, Joe.«

Ich reiße die Augen auf. Fuck, Joe ist hier? Ich will unter keinen Umständen, dass sie mich so sieht. Mir reicht das eine Mal, als sie mich in flagranti erwischt hat, und das hier ist fast ebenso schlimm. Sam geht zum Nachttisch rüber, wo mein Handy liegt, nimmt es und kommt zu mir zurück. »Ruf sie an«, wispert sie. Dann verschwindet sie ebenso rasch, wie sie gekommen ist, und ich höre, wie die Wohnungstür hinter ihr ins Schloss fällt. Erleichtert atme ich aus.

»Das war deine Freundin?«, fragt Ruby irritiert.

»Ja, meine beste Freundin.«

»Und wer ist Joe?«, will Cassy wissen.

»Meine Zwillingsschwester.« Ich lasse die beiden Groupies stehen und gehe ins Wohnzimmer, um Joe anzurufen. Ich muss es dreimal probieren, ehe sie rangeht. Vermutlich war sie noch im Haus und hatte keinen Empfang. »Rus!«, stößt sie erleichtert hervor und sagt dann – vermutlich zu Sam: »Es ist Russel. Fuck, wo steckst du? Wir suchen dich schon überall.«

»Ich bin bei einem Freund«, erwidere ich.

»Ein Freund?«, fragt Joe misstrauisch. Sie kennt all meine Freunde. »Meinst du einen Freund mit Titten und gewissen anderen Vorzügen?«

Ich lache – in meinen Ohren klingt es gekünstelt und krampfig. »Erwischt.«

»Rus, du kannst nicht einfach tagelang abtauchen. Du …«

»Joe, ich bin erwachsen. Ich kann machen, was ich will und …«

»Kannst du nicht! Du hast keine Ahnung, was ich mir für Sorgen um dich gemacht habe. Seit dem Finale habe ich dich nicht mehr gesprochen. Ich habe keine Ahnung, wie es dir geht und ob alles in Ordnung ist.«

»Mir geht es gut«, erwidere ich und habe ein schlechtes Gewissen, weil sie recht hat. Ich hasse es, wenn sie recht hat, aber da sie der klügere Zwilling ist, liegt sie leider viel, viel zu oft richtig. Und weil das so ist und ich sie wahnsinnig liebe, sage ich etwas, das ich wirklich selten sage: »Es tut mir leid, Sonnenschein.«

Joe stößt einen herzzerreißenden Seufzer aus. »Geht es dir wirklich gut?«

»Nein, aber ich komme klar. Ich freue mich auf morgen.«

»Lügner!«, tadelt sie mich.

»Bis dann. Ich hab' dich lieb.«

»Ich dich auch.«

Keine zwei Sekunden später bekomme ich eine WhatsApp von Sam. *Beeil dich mit dem Ficken. Ich bin in einer halben Stunde da und will mit dir reden.*

Ich will nicht reden, texte ich zurück.

Ich habe den Schlüssel!

Fuck, sie hat den Schlüssel. Ich stehe auf, strecke mich und gehe zurück ins Schlafzimmer. Erst das Vergnügen, dann die Arbeit.

Als ich nach getanem Vergnügen ins Wohnzimmer zurückkomme, sitzt Sam bereits dort. Ich schließe meinen Gürtel, gehe zur Bar und schenke uns jeweils einen Drink ein. Ob Sam einen haben möchte oder nicht, brauche ich nicht zu fragen. Sie feiert hart – womöglich sogar härter als ich. Ich reiche ihr das Glas.

»Auf dich, den weltgrößten Wichser!«, murrt sie und nimmt einen Schluck.

Ich seufze. Wenn Sam so angefressen ist, kann das nur eins bedeuten. Joe muss sich wirklich große Sorgen gemacht haben, und es muss ihr richtig scheiße gegangen sein. »Es tut mir leid.«

»Mir musst du das nicht sagen!«

»Ich habe mich bei ihr entschuldigt«, verteidige ich mich und ernte einen strafenden Blick. »Bist du deshalb hier? Um mir ein schlechtes Gewissen zu machen? Brauchst du nicht. Ich habe es bereits.«

»Du hast ein Gewissen?«, höhnt sie. »Wer bist du, und was hast du mit Russel The Ripper Reynolds gemacht?«

Ich zeige Sam den Finger, woraufhin sie lacht. »Nein, Sammy, mal ganz im Ernst: Danke, dass du vorhin Joe hier rausgehalten hast.«

»Will ja nicht, dass sie deine schwache Seite sieht, wo du doch ihr Superheld bist.«

Niemand weiß so gut wie Joe, wie schwach ich wirklich bin, doch gerade habe ich gefühlt einen neuen Tiefpunkt im Leben erreicht.

»Es fiel mir schwer, dich vorhin allein zu lassen.«

»Ich war nicht allein. Das weißt du doch am allerbesten.« Schließlich war die Situation sehr wohl kompromittierend und auch recht eindeutig.

»Ja klar, aber keine von denen tut dir gut, Russel.«

Ich lache überrascht auf. »Oh, du würdest dich wundern, wie gut mir die beiden getan haben«, kontere ich, obwohl ich ahne, was sie meint.

Sam beugt sich zu mir, und ich kann den Duft ihres Parfüms wahrnehmen. Ich kenne die Marke, die gleiche benutze ich auch. Just von Cavalli. Ich hatte Sams Spleen für Männerparfüms ganz vergessen. »Ich rede nicht vom Ficken«, wispert sie. »Ich rede davon, dass du einen Freund brauchst, jemanden, der dich versteht und der dir hilft, mit der Niederlage, die wohl die schlimmste Schlappe ist, die du jemals einstecken musstest, fertigzuwerden.«

Ich presse meine Kiefer aufeinander, senke den Kopf und versuche, mich stoisch zu geben.

»Du bist noch nicht bereit, darüber zu reden, was?«

»Ich habe darüber geredet. Wir haben heute Morgen den Heat analysiert und meine strategischen Fehler durchgekaut.«

»Du und die Hühner?«

Ich verdrehe die Augen. »Quatsch! Ich habe sie mit an den Strand genommen, während ich im Mad-Crush-Haus war. Stell nicht solche dummen Fragen, sonst halte ich dich auch für eine hohle Fritte.«

»So schlimm?«

Ich nicke. »Cassy liebt Guacamole. Es ist ihr Lieblingsgemüse.«

»Was?«

»Genau!«

»Denkt sie wirklich, Guacamole sei ein Gemüse?«

»Du hast es aber schnell kapiert. Ich brauchte eine geschlagene Viertelstunde, um zu verstehen, was sie meint – zugegeben, ich war möglicherweise nicht ganz nüchtern, was meine Kombinationsfähigkeit vielleicht etwas beeinträchtigt hat. Nach weiteren dreißig Minuten, hatte ich es dann geschafft, ihr zu erklären, dass das bloß die Bezeichnung für den Dip ist und folglich Avocados ihr Lieblingsgemüse sind.«

»Gemüse ist aber auch falsch«, klärt Sammy mich auf. »Auch wenn man das denkt, ist es aus botanischer Sicht eine Frucht, also kannst du sie darüber informieren, dass es ihr Lieblingsobst ist.«

»Ihr Lieblingsobst ist aber Ananas, und ich fürchte, wenn ich jetzt auch noch damit um die Ecke komme, dann flackert in ihren Augen das Wort ›Error‹ auf, weil sie das einfach nicht verarbeiten kann.«

Sam lacht. »So schlimm?«, will sie wissen. Ich nicke, und sie sagt ernst: »Bitte, bitte Rus, nimm einen Gummi! Es wäre grässlich, wenn du dieses Dumm-Dumm-Geschoss schwängerst.«

»Ehrlich, dann erschieße ich mich«, gebe ich zurück.

Sam leert ihren Drink und mustert mich aufmerksam. »Aber es geht mir nicht darum, dass du irgendwelche dummen Groupies knallst.«

»Nicht alle Groupies sind zwangsläufig dumm«, lasse ich sie wissen – weniger aus Überzeugung, sondern vielmehr, um das unliebsame Thema zu wechseln.

»Ach ja?« Sie sieht aus, als müsse sie den blöden Spruch, der ihr auf den Lippen liegt, mit aller Gewalt hinunterwürgen. Schließlich winkt sie ab. »Mir egal«, behauptet sie. »Ich halte es aber nun mal für dämlich, mit einem Kerl ins Bett zu springen, nur weil er reich und berühmt ist.«

»Ich bin ja nicht nur reich und berühmt, sondern auch ziemlich heiß, witzig und cool.« Sie verzieht das Gesicht zu einer Grimasse. »Frag die beiden da drin«, fordere ich sie auf und deute Richtung Schlafzimmer.

»Ich kann mich gerade noch beherrschen«, entgegnet Sam und verdreht die Augen. »Sie halten dich echt für witzig?«

»Yep!«

»Gott, dann sind die noch dümmer, als ich dachte«, scherzt sie und entlockt mir ein belustigtes Glucksen. »Versteh mich nicht falsch, Rus, ich verurteile ihr Verhalten nicht, aber es entzieht sich komplett meinem Verständnis.«

Ich sehe sie an und grinse breit. »Ich weiß, Sammy, und glaub mir, das ist verdammt gut so, sonst würden wir nicht hier sitzen, einen trinken und dieses Gespräch führen.«

»Ja, aber wir reden um den heißen Brei rum. Ich mag nicht über die Groupies, den Heat oder darüber, welche Fehler du gemacht hast, reden. Nein, mich interessiert, wie du dich fühlst, Rus. Ich will wissen, was es mit dir macht und wie es dir geht.«

»Scheiße, Sam, was soll ich dazu sagen?«, murre ich.

»Keine Ahnung, aber verschließ dich nicht vor uns, und

wenn du nicht gewillt bist, mit mir darüber zu sprechen oder mit Rory, dann rede bitte mit Joe.«

Aber ich will nicht mit Joe reden, denn die würde mir nur erzählen, dass sie mich dennoch liebt und es ihr egal ist, dass ich verloren habe. Sie würde sagen, dass es keinen Grund gibt, mich mies zu fühlen. Die Sache ist nur: Mir ist es nicht egal, und ich fühle mich nun mal schlecht. »Nicht hier und heute, Sam. Lass uns darüber sprechen, wenn wir in Sydney sind. Ich brauche noch etwas Zeit, um mit allem klarzukommen.«

Sie nickt verstehend und streicht sich eine Strähne ihrer langen, braunen Haare aus dem Gesicht. »Denk dran, halt dich an die Dean-Reynolds-Sexregel-Nummer-Eins«, sagt sie nachdrücklich und bringt mich erneut zum Lachen. »Ich meine es ernst«, schiebt sie nachdrücklich hinterher.

»Nach dem Fehler, der mich den Titel gekostet hat, scheinst du mich für einen echten Idioten zu halten, was?«

Sie beugt sich vor, gibt mir einen Kuss auf die Wange und entgegnet: »Kein Stück, Rus.«

»Ich knalle bestimmt keine Groupies ohne Gummi«, versichere ich ihr.

»Dann ist ja gut. Es bleibt bei Sydney?«

Ich nicke. Ich kann Rory unmöglich allein lassen. Dass Gab ihn zu ihrer dämlichen Hochzeit eingeladen hat, ist echt Kacke. »Klar, ich freue mich schon wie verrückt.«

Sam verdreht genervt die Augen. Erst denke ich, meine Einstellung zu Gabs Hochzeit ist es, die ihr sauer aufstößt, doch dann sagt sie: »Na, immerhin musst du kein kotzgrünes Kleid tragen.«

»Allein der Anblick von dir in einem Kleid ist es wert, dort aufzutauchen.« Sam trägt so gut wie nie Kleider. Zu weiblich, vermute ich, und Sammy ist alles, nur nicht weiblich. Sie redet wie ein Kerl, sie surft wie ein Kerl, und nach allem, was man hört, fickt sie wie ein Kerl.

Sie seufzt leise.

»Keine Bange, ich werde Fotos und Videos ohne Ende machen, denn dieser einmalige Anblick muss für die Nachwelt festgehalten werden.«

»Verreck doch«, murmelt sie und zeigt mir den Finger. Ich schnappe mir ihre Hand und tue so, als würde ich in ihn beißen wollen. Sam quietscht, und ich lache belustigt auf.

»Du klangst gerade total mädchenhaft.«

»Gar nicht wahr!«, protestiert sie beleidigt.

»Und ob«, erwidere ich und hebe meine rechte Augenbraue. Sam rollt erneut mit den Augen und wendet sich zum Gehen. »Hey, Sammy«, sage ich, als sie gerade dabei ist, ihre Hand nach der Klinke auszustrecken. Sie blickt über die Schulter zu mir zurück. »Danke für alles.«

»Ich habe doch gar nichts gemacht.«

»Du warst da.«

»Ich bin immer für dich da, Rus, und das weißt du auch. Du bist zwar ein perverser Idiot mit einem unfassbar miesen Frauengeschmack, aber ich habe dich dennoch wahnsinnig lieb.«

Ich grinse breit und schüttle lachend den Kopf. Sie verschwindet zur Tür hinaus, lässt sie ins Schloss fallen, und ich fühle mich mit einem Mal verdammt einsam und allein.

Kapitel 04

SAM | 21.12.2013 | Sydney |Australien

Kann er sich nicht einfach für mich freuen?«, mault Gab.

Ich sehe sie an, als hätte sie sie nicht mehr alle, und es dauert gefühlt zehn Minuten, bis ich meine Mimik wieder unter Kontrolle habe.

»Ich meine, mal im Ernst, Sam, das hier ist meine Hochzeit, ich kann nicht begreifen, warum er sich nicht einfach mal zusammenreißen kann.«

Weil er so nicht ist, will ich erwidern, doch das würde Gab nie verstehen. Sie und Russel trennen ganze Universen, was ihr Verhalten anbelangt. »Warum ist er überhaupt gekommen, wenn er doch bloß an der Bar sitzt und Trübsal bläst, und dann Rory …« Wie sie seinen Namen sagt, bringt mich auf die Palme, doch sie ist die verdammte Braut, also erwidere ich nichts und höre ihr bloß zu – auch wenn es mir unendlich schwerfällt. Sie ist doch selbst schuld. Schließlich war sie es, die Rory eingeladen hat. Den Ex auf die Hochzeit zu bestellen ist scheiße. Was also wundert sie daran, dass er nichts Besseres zu tun hat, als eine ihrer Brautjungfern schamlos anzubaggern, um in ihr Höschen zu kommen? Sie soll froh sein, dass er nicht hier – vor der versammelten Gesellschaft – seine Hose runterlässt und die Kleine auf dem Geschenketisch fickt, nur um aller Welt zu beweisen, dass er schon lange über Gab hinweg ist.

Tja, und nach Rory kam Darell, ein guter Freund von Dean, und dann Marc. Gab hatte bisher überschaubar viele Männer in ihrem Leben – und theoretisch sollte es nach dem heutigen Tag auch so bleiben, doch daran glaube ich nicht. Diese Ehe …

Gabs Stimme reißt mich aus meinen Gedanken. Wieder ist

Russel das Thema, und es ist nicht so, als könnte ich sie nicht verstehen, denn ja, es ist ihr großer Tag. Gab, diese furchtbare, unverbesserliche Romantikerin, die immer einen starken Mann mit breiten Schultern zum Anlehnen gesucht hat, heiratet lustigerweise einen total kaputten Typen, der das komplette Gegenteil von einem weißen Ritter in strahlender Rüstung ist. Keinen Plan, was sie an diesem Typen findet. *Versager* steht ihm überdeutlich auf die Stirn geschrieben, und ich wette, es sind immer alle anderen schuld, wenn er scheitert.

»Mit seiner miesen Stimmung killt er die komplette Party«, beschwert sie sich.

»Gab, sei froh, dass er sich die Mühe gemacht hat, überhaupt herzukommen. Hast du eine Ahnung, was es für ihn bedeutet, gegen Kane verloren zu haben?« Fuck, nicht mal Joe oder ich können in vollem Ausmaß erahnen, was das heißt. Russels Lebenstraum ist vor wenigen Tagen vorerst zerplatzt, und dennoch ist er hier. Das zeugt von Loyalität, auch wenn ich mir nicht sicher bin, ob sie Gab gilt oder ob er nicht bloß hier ist, um Rory beizustehen.

Gab verdreht die Augen und sagt: »Es ist bloß ein blöder Titel. Stimmt es, dass er wegen der Niederlage geheult hat?«

Ich funkle sie zornig an. »Gab, hörst du dir eigentlich auch manchmal zu? Dieser ›blöde Titel‹, wie du es nennst, ist alles, was Russel schon immer wollte. Und es ist nicht irgendein Pokal. Es ist der Weltmeistertitel. Es ist sein Lebenstraum. Bereits als kleiner Junge hat er davon geträumt, dieses Ziel zu erreichen, und nun hat er es haarscharf verfehlt. Er hat alles Recht der Welt, frustriert zu sein.« Ich schnaube aufgebracht. Gab gehört zu diesen Leuten, die sich mit Mittelmaß zufriedengeben und keine echten Träume und Ziele haben. Manchmal glaube ich, dass es von diesen Menschen mehr gibt als von uns anderen. Hin und wieder kommt es mir so vor, als hätten fünfundneunzig Prozent der Bevölkerung diese halbherzige Einstellung, die in erster Linie darauf beruht, ein gesichertes Einkommen zu haben, mit dem sie über die Runden kommen. Zugegeben, es ist nicht so, dass diese Leute keine Ziele hätten, nur unterscheiden die sich maßgeblich von den unseren. Ein neues Auto, eine glückliche Partnerschaft, Kinder, ein treudoofer Hund, ein Haus … solche alltäglichen Ziele eben. Und dann gibt es Menschen wie Russel, die etwas Besonderes erreichen wollen und auch über die dazugehörigen Fähigkeiten verfügen.

Er strebt den Weltmeistertitel an, und ich werde später mein eigenes Modelabel gründen. Ich weiß auch schon, wie es heißen wird, und wenn ich die Augen schließe, dann kann ich meine Models in meiner Kollektion über den Laufsteg gehen sehen.

Ja, Rus und ich, wir sind erfolgsorientiert, keine Frage, und natürlich werden wir auch mal auf dem Weg zum Ziel straucheln. Klar kann uns das kurzzeitig umhauen, so wie Russel jetzt, doch letztendlich werden wir nicht aufgeben, und irgendwann erreichen wir unser Ziel auch. Wir beide verfügen über einen eisernen Willen, und nichts und niemand kann uns aufhalten.

»Es ist meine Hochzeit, Sam«, erinnert Gab mich. Das ist unnötig, denn mit all der Schminke im Gesicht, den toupierten Haaren und dem scheißteuren Kleid, das sie trägt, schaut sie aus wie eine Zuchtstute. Ja, zugegeben, sie sieht umwerfend aus, aber es täuscht über eine Tatsache nicht hinweg: Mit einundzwanzig Jahren zu heiraten ist unglaublich dämlich. »Ich habe ein Recht auf einen wunderschönen, unvergesslichen Tag …«, lamentiert sie. Ich schiele in Richtung des Bräutigams, der – hinter Gabs Rücken – gerade dabei ist, Joe anzubaggern, und unterdrücke nur mit Mühe ein freudloses Schnauben. »… und Russel sorgt mit seiner miesen Laune, die man ihm bereits auf drei Meilen Entfernung ansieht, nicht gerade dafür, dass er das auch wird.«

Ich seufze leise. »Ich kümmere mich um ihn, in Ordnung?«

Gab schenkt mir ein Lächeln und sagt: »Du bist die Beste!« Warum sie mich nicht gleich darum gebeten hat, Russel aufzumuntern, ist mir ein Rätsel, doch Gab war noch nie sonderlich gut darin, ihre Bedürfnisse zu formulieren. In diesem Punkt unterscheiden wir uns grundlegend.

»Hey, Hübscher, du weißt schon, dass es ganz schön armselig ist, alleine an der Bar abzuhängen und sich vollllaufen zu lassen?«, meine ich, als ich auf den Barhocker neben ihm gleite.

Er gibt ein unwirsches Brummen von sich, ehe er sich dazu herablässt zu sagen: »Ich warte hier bloß darauf, dass mich eine schöne Frau anquatscht, damit ich in Gesellschaft trinken kann.«

»Dein Wunsch ist mir Befehl«, erwidere ich und entlocke ihm ein mattes Lächeln. Rus sieht unendlich müde aus. »Und ich fungiere auch als dein Wingman, wenn es sein muss.«

Er lässt seinen Blick einmal durch den Raum schweifen, zuckt lapidar mit den Schultern und murmelt: »Nur zu! Aber wenn du mich fragst, dann gibt es hier kein spaltbares Material.«

Spaltbares Material? Der ist neu, und den muss ich mir merken, aber was erwartet man von einem Typen, der mit einer Horde anderer Kerle, die so drauf sind wie er, mehr als die Hälfte des Jahres um die Welt reist? Ich für meinen Teil beschließe, ihm beim Sondieren der Lage zu helfen. »Was ist mit der da?«, frage ich und deute in Richtung einer rothaarigen Schönheit, die ihn interessiert anschmachtet.

»Die ist nicht mein Typ«, meint er gelangweilt und dreht sich zur Bar rum, um an seinem Drink zu nippen. Nicht sein Typ? Scheiße, hat er was geraucht? Sie ist umwerfend! Schließlich ist sie wie unsere Freundin Gab ein verdammtes Model. Im Gegensatz zu den zwei anderen Brautjungfern kackt selbst Joe – und sie sieht aus wie Barbie – ganz schön ab. Die andere Blondine hat unser Kumpel Rory schon klargemacht, also bleibt nur noch die Rothaarige für Rus, und ich wüsste wirklich nicht, was gegen sie spricht. Ich würde sie nicht von der Bettkante stoßen – also, wenn ich ein Kerl wäre oder auf Frauen stehen würde.

Ich sehe mich im Saal um. Anders als für Rus sieht es für mich wirklich düster aus. Die heißen Kerle sind natürlich alle vergeben, und die anwesenden Singlemänner sind aus gutem Grund allein da – damit meine ich nicht nur die Optik. Es gibt da einen, der echt hübsch ist, aber kleine Hände hat. Was darauf schließen lässt, dass sein Schwanz auch mickrig ist. Früher dachte ich, das sei Blödsinn, aber meinen Erfahrungen nach ist es das nicht. Nase und Hände verraten echt viel über das, was ein Typ in der Hose hat, und seine Nase ist ebenfalls klein und knubbelig.

Tja, alternativ wäre da noch dieser wirklich heiße Typ im Anzug. Bei seinem Anblick läuft mir das Wasser im Mund zusammen. Eigentlich stehe ich nicht auf Männer, die sich den Kopf rasieren, aber bei ihm ist das anders. Es betont seine wirklich blauen Augen, die von der Farbintensität denen von Rus ähneln. Doch leider ist der Typ ein übler Langweiler. Also nicht Rus, sondern die Glatze. Ich habe vorhin mit ihm gesprochen, und er hat ausschließlich von sich erzählt und war kein Stück daran interessiert, etwas über mich zu erfahren. Jetzt kann man natürlich einwenden, dass das bei einem One-Night-Stand auch gar nicht nötig sei, aber dahinter steckt System. So ein Kerl ist nämlich im Bett ebenfalls nicht darauf bedacht, dass die Frau auf ihre Kosten kommt. Solche Männer sind – und auch hier spreche ich aus Erfahrung – in der Horizontalen genauso selbstbezogen, und so einen Typen braucht nun wirklich keine Frau zwischen ihren Beinen.

Zwar entdecke ich nichts Interessantes für mich, doch die Rothaarige schaut nach wie vor begehrlich in Russels Richtung. »Was bitte schön stimmt mit ihr nicht?«, will ich von ihm wissen, während ich noch immer meine Augen über die Menge schweifen lasse und die spärliche Auswahl abchecke. Die Hoffnung stirbt bekanntlich zuletzt. Sex wäre genau das Richtige heute. Das letzte Mal war ich Anfang des Monats mit Hunter und Cameron zusammen. Es war eine tolle Zeit, und als sie mich erst nach London und dann zum Skifahren nach Jackson Hole eingeladen haben, da hätte ich liebend gern zugesagt, doch Weihnachten und Silvester will ich mit meiner Familie feiern, und meine Familie sind nun mal Joe, Rory und Russel.

Dennoch brauche ich heute dringend Sex. Und hey, dafür sind Hochzeiten schließlich da, oder? Die laden regelrecht dazu ein, etwas über die Stränge zu schlagen. Die Jungs erwarten, dass sie die Brautjungfern flachlegen können, und ich habe nicht vor, mich querzustellen. Reicht ja, wenn Joe den Herren der Schöpfung einen Strich durch die Rechnung macht.

Rus wendet sich zu mir. »Was mit ihr nicht stimmt, Sammy? Ernsthaft? Hört mir eigentlich nie jemand zu?«, beschwert er sich. Ich muss grinsen, denn ich weiß, was gleich kommt. Ich habe sein Ausschlusskriterium inzwischen nämlich entdeckt.

»Perlenohrringe«, erwidert er just in diesem Moment und klingt maßlos frustriert. Ich verdrehe die Augen und nehme einen Schluck von meinem Bier. Rus hat echt einen Hau. Er denkt, alle Mädels, die Perlenohrringe tragen, sind Spaßbremsen. Ich schaue zu Joe hinüber, die ebenfalls welche drin hat … Na ja, vielleicht hat dieser Spinner doch recht mit seiner Theorie. Bei Joe jedenfalls ist nichts zu holen. Sie wird definitiv heute Nacht allein ins Bett gehen, und ich auch, wenn ich nicht bald ein ansehnliches Exemplar Mann finde, das bereit ist, es mir ordentlich zu besorgen.

»Mädels mit Perlenohrringen sind frigide und …«, lässt Russel verlauten.

»Deine Schwester trägt auch welche«, informiere ich ihn und unterdrücke ein Kichern.

»Siehst du! Sage ich doch. Damit wäre meine Theorie bestätigt.« Seine tiefblauen Augen funkeln belustigt, und ich lache, obwohl es eigentlich gemein ist, was er über seine Zwillingsschwester vom Stapel lässt, aber Joe ist wirklich … nun ja, sagen wir einfach, sie ist die Brave in unserer Truppe. Abgesehen davon jedoch auch meine beste Freundin, weshalb ich Russel auf den Oberarm boxe.

»Autsch, Sammy! Verdammt! Du hast einen echt fiesen Schlag drauf«, jammert Russel.

Ich lache ihn aus. »Ich höre nur ›Mimimi‹«, sage ich. »Ihr Profisurfer seid auch nicht mehr das, was ihr mal wart.«

Russel grinst breit und deutet dann auf einen echt geilen Typen. »Und der da?«

»Der ist asexuell«, erwidere ich schnaubend. Das ist so unfassbar unfair. Ich würde diesen Typen wirklich gern vögeln … Gott, ich würde ihn reiten, bis er das Gefühl hat, seine Hoden verschrumpeln zu Rosinen, doch leider hat er mich schon vor Stunden abblitzen lassen.

»What the fuck?« Rus nimmt einen Schluck Bier. Er mustert den Typen skeptisch, und eine steile Falte bildet sich auf seiner Stirn. »Du meinst schwul, oder?«, hakt er nach.

Ich schüttle den Kopf. »Nein! Unvorstellbar aber wahr, nach eigenen Angaben hat er keinen Sex.«

»Wie, er hat keinen Sex?« Rus verzieht das Gesicht zu einer ungläubigen Grimasse. Er sieht so fassungslos aus, dass ich erneut beginne zu kichern.

»Er will keinen und braucht scheinbar auch keinen. Ich habe es echt versucht.«

»Das kann doch nicht sein«, behauptet Rus und winkt Joe zu uns herüber, die sich gerade mit Gabs Eltern unterhält. Sie gibt ihm mit einer Geste zu verstehen, dass sie registriert hat, dass er mit ihr reden möchte, lässt sich jedoch nicht aus der Ruhe bringen.

Ich fische in meiner Handtasche nach meinem Handy und checke meine Nachrichten. Cam hat mir geschrieben. *Alles klar bei dir, Sammy, bist du gut angekommen? Wie ist die Hochzeit? Bist du eine schmutzige kleine Brautjungfer?*

»Du grinst so dreckig, Sammy. Hat dir der alte Sack geschrieben?«

»Mit dem alten Sack bin ich schon seit einer gefühlten Ewigkeit nicht mehr zusammen«, informiere ich Russel und füge hinzu: »Du bist so gar nicht up to date.«

Er lacht auf, leckt sich über die Unterlippe und kontert: »Nimm es mir nicht übel, Sammy, aber es ist schwer, bei deinen ständig wechselnden Männergeschichten auf dem Laufenden zu bleiben.«

»Willst du etwa sagen, ich bin ein Flittchen?«, frage ich gespielt empört, denn genau das ist es, was Leute über mich sagen. Allerdings sind es die Leute, die keinen Spaß im Leben haben, weil sie zum einen nicht über den Tellerrand hinausschauen und zum anderen ihre Nase ständig in die Angelegenheiten von Dritten stecken.

»Der Begriff Flittchen wurde eigens für dich erfunden, trifft es aber nicht mal ansatzweise.«

Ich lache und boxe Russel erneut. Jahrelange Übung ermöglicht es mir, die gleiche Stelle noch mal zu treffen, auf der meine Faust bereits zuvor gelandet ist. Rus gibt ein schmerzerfülltes Geräusch von sich. »Wer im Glashaus sitzt, sollte nicht mit Steinen werfen«, gebe ich zurück. Rus, dieser attraktive, reiche und erfolgsverwöhnte Kerl, ist eine männliche Hure, wie sie im Buche steht. Er ist der klassische Bad Boy aus einem dieser New-Adult-Romane, die Joe so liebt. Doch wer könnte es ihm verübeln? Russel ist Weltranglistenzweiter, und Surf-Groupies betteln darum, dass Russel The Ripper Reynolds sie fickt.

Den Spitznamen The Ripper hat er einem Artikel in einer Surfzeitschrift zu verdanken, der über ihn verfasst worden ist, als er noch kein einziges Haar am Sack hatte. Schon als Russel zwölf Jahre alt war, war klar, dass er einmal ganz weit vorn mitspielen würde, und ja, keiner rippt wie er. Ich meine, Rory ist auch wahnsinnig gut, aber Russel surft wie von einem anderen Stern. Die Frage ist nicht, ob er sich den Titel irgendwann holt, sondern lediglich, wann das der Fall sein wird.

»Du weißt hoffentlich, dass das mit dem Flittchen ein Scherz war«, sagt Rus in diesem Moment und reißt mich aus meinen Überlegungen.

Ich schaue ihn an, und sein besorgter Blick lässt mich

schmunzeln. »Hey, klar weiß ich das. Sorry, ich war bloß in Gedanken.«

»Gib es zu, du hast an Sex mit diesem Typen gedacht«, unkt er.

»Was für ein Typ?«, frage ich verwirrt. Rus deutet auf mein Handy. »Oh, nein … ja … keine Ahnung. Ich habe dir doch von Cam und Hunter erzählt.«

Russel nickt. »Deine schwerreichen Kumpel aus L.A.?« Er klingt spöttisch, dabei gehört er selbst in die Riege meiner schwerreichen Kumpel. Die Reynolds sind wirklich stinkreich, waren es schon immer, doch das war nie ein Problem zwischen uns. Rory und ich hatten nie das Gefühl, schlechter oder weniger wert zu sein, nur weil Dean, Joe und Rus mit einem goldenen Löffel im Mund geboren wurden.

Während Rory und ich aus ärmlichen Verhältnissen kommen, hat Gabs Vater es geschafft, sich ein Vermögen aufzubauen … eines, das an diesem Abend, bei dem alles auf seine Kosten geht, ordentlich geschröpft wird.

»Also, was ist mit diesen Jungs?«

»Cam fragte, ob ich eine schmutzige kleine Brautjungfer bin. Er steht auf Sexgeschichten.«

»Na, da hast du ihm ja viel zu erzählen«, meint Rus lakonisch. »Er ist megascharf auf dich, was?«

Ich zucke mit den Schultern. »Er ist ein Freund.« Rus kennt keine Details über diese besondere Freundschaft mit gewissen Vorzügen, und so soll es auch bleiben. Dass Hunter und Cam ein Paar sind, habe ich Rus nie erzählt. Er ist hetero durch und durch. Ich glaube, er müsste sich übergeben, wenn er es wüsste. Ich für meinen Teil liebe es, wenn Cam und Hunter es miteinander treiben und ich dabei zusehen kann. Es erregt mich, denn die beiden sind nicht zimperlich miteinander, und doch merkt man ihnen an, wie viel sie einander bedeuten. Sie lieben sich wirklich, und das zu sehen, ist schön. Ja, vielleicht bin auch ich irgendwo tief in mir drin eine hoffnungslose Romantikerin. Ich denke nun mal, dass es wahre Liebe unabhängig von Geschlecht, Alter, Religion und Hautfarbe gibt, und solange alle Beteiligten damit glücklich und zufrieden sind, ist es doch völlig egal, was und wie sie es miteinander tun oder ob überhaupt – wobei das mit dem asexuellen Typen der reinste Jammer ist.

Russels Blick huscht zu Joe rüber. Er lässt sie niemals mehr als ein paar Minuten aus den Augen. Er ist so ein Macho. Aber Dean und er sind nicht davon zu überzeugen, dass Joe gut auf sich selbst aufpassen kann. Mich würde das wahnsinnig machen. Ich betrachte Joe, die sich endlich von Gabs Eltern lösen konnte und zu uns rüberkommt, ebenfalls. Fuck, was würde ich dafür geben, so auszusehen wie sie. Meine beste Freundin ist das komplette Gegenteil von mir. Sie ist blond, ich bin brünett, sie ist groß, ich klein, und das auch in Bezug auf unsere Oberweite, sie hat die tollsten grünen Augen, die man sich nur vorstellen kann, und meine sind einfach so gar nichts Besonderes. Die Farbe meiner Iris ist ein langweiliges Babyblau. Das Einzige, was ich an meinem Körper wirklich mag, ist mein Hintern, auch wenn Russel mich seit Jahren mit meinem »Moppelarsch« aufzieht. Doch was weiß er schon. Sein Beuteschema sind irgendwelche klapperdürren Models, wie sich das für einen Pro-Surfer gehört. Joe jedenfalls würde sich sehr gut an der Seite eines Typen wie ihm machen. Sie ist ein richtiges Armcandy. Eine Vorzeigefreundin, wenn man so will. Der Typ, der sie sich einmal angelt, kann ordentlich mit ihr angeben: meine Villa, mein Auto, meine scheißhübsche, supersexy Freundin, die ich jeden Tag dreimal besteige. Seine Buddys werden vor Neid erblassen, denn sie ist groß, schlank und einfach nur heiß. Ich persönlich habe nicht mal in meinen krassesten High Heels die Chance, ihr auf Augenhöhe zu begegnen. Zugegeben, wirklich riesig ist sie nicht, aber ich bin eben winzig. Ich kratze gerade so an den eins sechzig, eigentlich sind es nur eins achtundfünfzig, aber im Ausweis steht eins sechzig, also belassen wir es dabei.

»Hi«, begrüßt Joe uns. »Was gibt es?«

Rus deutet auf den Tisch mit dem Asexuellen. »Joe, ich sage das nicht oft, aber kannst du mal da drüben zu dem Tisch gehen und diesen Kerl anmachen? Ich meine, so richtig krass angraben?«

Joe schaut Rus irritiert an. Denn normalerweise kriegt Rus schon die Krise, wenn sie nur mit einem Typen spricht. »Warum …?«, beginnt sie, doch er unterbricht sie.

»Ist eine Sozialstudie.«

»Sozialstudie? Ja?«

»Ja«, entgegnet er nachdrücklich. »Sam ist bei ihm abgeblitzt, und ich hege den naheliegenden Verdacht, dass ihm bloß ihre Titten zu klein waren.« Joe und ich schauen uns an, ehe wir ihm von links und rechts auf den Oberarm boxen.

»AUTSCH!«, entfährt es Russel.

»Du bist ein Idiot«, knurre ich, und ja, er ist ein wirklicher Idiot. Ein scheißgutaussehender, scheißarroganter und scheißselbstverliebter Idiot.

»Oh, habe ich deine zarten Gefühle verletzt?«, will er wissen. Ich weiß, ich bin nicht sein Typ. Er mag meine Lippen nicht, weshalb er mich ständig Breitmaulfrosch nennt, und meine Brüste mag er auch nicht. Es sollte mir egal sein, ist es aber nicht. Rory hat irgendwann aufgehört, mich wegen meiner Makel zu triezen, doch Rus wird scheinbar nie erwachsen und benimmt sich immer noch so, als wäre er elf. Ich werde wütend, wenn ich zur Zielscheibe seines Frusts werde. Ich wende mich meinem Bier zu und ignoriere Russel. Ich weiß, er ist angetrunken und scheiße drauf, dennoch ist das kein Grund, mich wieder einmal dumm anzumachen. Ich warte, bis Joe gegangen ist, um ihm das klarzumachen.

Sie verschwindet in Richtung des Typen, und ich beobachte, wie sie ihn angräbt. Man merkt, dass sie super unerfahren ist. Sie hat echt keinen Plan, wie man mit Männern umgeht. Manche muss man einfach an den Eiern packen und kräftig schütteln, so wie Rus.

»Hör zu, du Arsch, wenn du dich heute Abend nicht allein volllaufen lassen willst, dann sei lieber nett zu mir. Ich habe nämlich so was von keinen Bock darauf, dein Punchingball zu sein, nur weil du ein mieser Verlierer bist.«

Sein Kopf ruckt hoch, und er funkelt mich böse an. Er öffnet den Mund, will mich zurück ankacken, doch so läuft das gerade nicht.

»Spar es dir, Rus! Ich meine es ernst. Ich bin keine dieser Tussis, die du wie Dreck behandeln kannst und die sich das von dir bieten lassen, bloß weil du Russel Reynolds bist. Komm von deinem blöden Höhenflug runter! Mir ist es nämlich scheißegal, ob du eine ›lebende Legende‹ oder ›The Ripper‹ oder ›die Maschine‹ oder was weiß ich, was die Medien noch für einen Quatsch über dich schreiben, bist, verstehst du? Und du wärst nicht der erste Reynolds, den ich deshalb aus meinem Leben streiche!«

Meine Stimme klingt hart und übertüncht den Schmerz über den Verlust. Dean aus meinem Leben zu streichen war übel, aber er hat mir mit seinem Verhalten keine Wahl gelassen. Wenn ich eine Sache gelernt habe, dann die, dass ich Menschen, die sich nicht für mich interessieren, nicht hinterherrenne. Gott, wie viele Jahre habe ich um die Liebe meines Vaters gebettelt, habe wirklich alles getan, um seine Aufmerksamkeit zu erlangen, und heute weiß ich, wie dumm das war. Wenn er mich nicht will, dann ist er selbst daran schuld. Er verpasst etwas! Nicht ich! Lustig ist, dass es sich inzwischen genau andersherum verhält. In letzter Zeit sucht er den Kontakt, doch ich weiß, wie unzuverlässig er ist. Sein Interesse ist im Moment nur vorhanden, weil er sich von seiner zweiten Frau getrennt hat oder sie sich von ihm – im Grunde ist mir das völlig wurscht, aber darum geht es. Er ist der Typ, der nicht allein sein kann. Der die Bestätigung von außen sucht, und was soll ich dazu sagen: Er kann mich mal! Denn eins ist sicher, sobald er eine neue Flamme hat, bin ich wieder abgeschrieben. Das war schon immer so, und ich falle auf den Scheiß bestimmt nicht noch mal rein. Ich bin vielleicht kein Superhirn wie Joe, habe nicht studiert, aber das brauche ich auch nicht, um zu wissen, dass mein Vater mir nicht guttut. Und so war es auch mit Dean. Er hat mich fertiggemacht, und eine Weile habe ich das zugelassen, weil er mir mal echt viel bedeutet hat, aber irgendwann habe ich einen Schlussstrich gezogen.

Bei Rus neben mir ist die Botschaft jedenfalls angekommen. »Sorry, Sammy, du weißt, es war nicht böse gemeint«, nuschelt er kaum hörbar.

»Was?«, frage ich. »Das habe ich nicht verstanden.« Denn mal ehrlich, so leicht kommt er mir nicht davon, und wenn sich ein Alphamännchen wie Russel Reynolds schon mal entschuldigt, dann muss man das auch ausnutzen.

Russel dreht sich zu mir um, sieht mich aus seinen tiefblauen Augen an und schenkt mir ein schwaches, aber dennoch hammermäßiges Lächeln. Dieses Lächeln ist einfach nur … WOW!

Es ist das Lächeln, das reihenweise Mädchen dazu bringt, ihr Höschen für ihn fallen zu lassen, und mit dem er jeden um den Finger wickelt, aber ich bin nun mal nicht jeder. »Sorry!«, sagt er erneut. Ich kann hören, dass er schon ziemlich angetrunken ist. Er lallt nicht, aber man merkt, dass er Schwierigkeiten hat, klar zu artikulieren. Es ist sicherlich nicht der erste Abend, an dem er sich hemmungslos betrinkt, seit er den Kampf um den Titel verloren hat, und ich überlege, ob ich mir ernsthaft Sorgen um ihn machen muss.

»Ach, Rus«, seufze ich leise, als ich den traurigen Ausdruck in seinen Augen bemerke. »So schlimm?«

Er nickt, und ich höre, wie er trocken schluckt, ehe er sagt: »Tut mir leid, du hast recht. Ich habe meinen Frust an dir abgelassen, und es ist nicht fair, aber …« Er verstummt, und ich weiß genau, was er sagen will: So bin ich nun mal. Wobei unterschwellig auch immer ein Komm-damit-klar-oder-lass-es-sein mitschwingt, und ich für meinen Teil komme damit klar. Mir ist bewusst, dass er nicht aus seiner Haut kann – warum sollte es ihm da besser gehen als mir? Gewiss habe ich ihn deshalb nicht weniger lieb. Im Gegenteil, er ist, wie er ist, und seine impulsive Art, für die er geradezu berüchtigt ist, gehört nun einmal zu ihm. Rus steht nicht zu Unrecht im Ruf, ein echter Hitzkopf zu sein.

Eine Eigenschaft, die ihn in diesem Jahr den blöden Titel gekostet hat, denn eigentlich war Russel besser als Kane. Ich meine: Ja! Kane Slade ist der King of Surfing, keine Frage. Er ist großartig, toll und absolut bewundernswert, aber Rus war trotzdem besser, und ich verstehe seinen Frust darüber, dass er auf den letzten Metern wegen seiner Unbesonnenheit gescheitert ist.

Ich betrachte ihn von der Seite her. Er hat die Niederlage

noch immer nicht gut verkraftet. Rus ist extrem, und er ist sowohl ein schlechter Gewinner als auch ein schlechter Verlierer, denn er ist nun einmal mit Abstand der leidenschaftlichste Mensch, den ich kenne. Wenn er gewinnt, dann wirkt er schnell großkotzig, wenn er verliert, zieht er alle um sich herum ebenfalls runter. Aber man kann nun mal nicht immer oben sein, oder? Aber wenn er es ist, wenn es gut läuft, dann steckt er mit seinem Enthusiasmus und seiner Energie alle anderen um sich herum an. Das ist dann ungeheuer beflügelnd und motivierend. Er kann einen mitreißen, und wenn man erst mal in seinen Sog geraten ist, dann ist es wahnsinnig schwer, sich daraus zu befreien. Diese krasse Leidenschaft, die er besitzt, ist faszinierend und sein Motor. Doch jede Medaille hat zwei Seiten. Es ist toll, dass Rus so Feuer und Flamme für eine Sache sein kann, aber manchmal habe ich Angst, dass er ausbrennt. Ihn die letzten Tage so down zu sehen, hat Joe und mich einige schlaflose Nächte gekostet. Das sind die Momente, da ich diesem egoistischen Mistkerl den Arsch aufreißen will, denn Joe ist nun mal meine beste Freundin. Ich weiß nicht, was ich ohne sie tun würde. Sie ist mein Lieblingsmensch, ohne den ich nichts wäre, und sie wäre nun mal ohne Russel nichts. Er ist ihr Zwillingsbruder, und vielleicht empfindet er nicht so tief für sie wie sie für ihn, weil er in seinem Trott zu gefangen ist und da nicht rauskommt, doch Joe würde alles für ihn tun – für ihn und Bradley Hoover.

Ich nehme einen weiteren Schluck von meinem Bier. Rus leert seins und steigt dann auf Whiskey um. »An was denkst du?«, erkundigt er sich.

»An Brad«, gestehe ich. »Und an Joe«, ergänze ich rasch. Ich will nicht, dass er das in den falschen Hals bekommt.

Rus presst seine Kiefer fest aufeinander. Sein Blick ist mit einem Mal ganz kalt. »Ich wünschte, sie würde sich diesen Typen endlich aus dem Kopf schlagen«, bekennt er nach einem Schluck von seinem Whiskey.

»Aussichtslos«, murmle ich resigniert. Joe ist so verrückt nach diesem Kerl, das ist echt schon nicht mehr normal. Sie denkt, er sei der Eine für sie, und irgendwie – vielleicht ist das mein mädchenhafter, romantischer Anteil, den ich die meiste Zeit über unterdrücke – wünsche ich es mir für sie.

»Keine Ahnung, was sie sich da einbildet, aber das liebe, brave Mädchen, das den abgefuckten Bad Boy zähmt, gibt es doch nur in irgendwelchen schnulzigen Romanen. Das echte Leben ist nicht so.«

Was das betrifft, hat er natürlich recht, daher nicke ich zustimmend. »Ja, man kann keinen Menschen ändern.«

»Yep!« Er hält mir sein Glas hin, und wir stoßen an. »Veränderung«, meint er, »muss aus dir selbst kommen. Ich würde den Teufel tun, mich für eine Tussi zu verbiegen.«

»Warum solltest du das auch«, stimme ich ihm zu. »Wenn sie dich so nicht will, wie du bist, dann soll sie dir den Buckel runterrutschen.«

»Amen!«

»Und das gilt auch für verkackte Sponsoren«, setze ich hinterher, woraufhin er lacht. Es ist nicht so, dass sie ihn nicht wollen. Rus ist … Fuck, keine Ahnung, wie man ihn beschreiben soll, aber er ist ein Typ, den man unbedingt in seinem Surf-Team haben will. Nein! Nicht will, sondern den man haben muss, aber er ist auch schwierig, keine Frage.

Der Typ ist wie ein verdammter Magnet, er polarisiert. Wie könnte es auch anders sein? Er sieht göttlich aus – kein Scheiß! Keine Übertreibung! Er ist unfassbar attraktiv, und wenn ich ehrlich bin, so ziemlich der schönste Kerl, den ich kenne. Sein dunkelblondes Haar trägt er im Moment kinnlang. Es ist leicht gewellt und von helleren, von der Sonne ausgebleichten Strähnen durchsetzt. Über seinen Körper will ich erst gar nicht reden, aber er sieht nun mal aus wie jemand, der acht bis zehn Stunden am Tag im Wasser verbringt und surft. Breites V-förmiges Kreuz, sexy Waschbrettbauch sowie ein schön definierter Oberkörper. Rus ist zweifelsohne verdammt heiß, und er ist – wie bereits erwähnt – einer der besten Surfer seiner Generation. Er verdient Unsummen. Und sein verficktes Lachen ist einfach absolut göttlich! Ich liebe dieses Lachen so sehr, liebe seine Lebensfreude und seine hammermäßige Ausstrahlung.

Ja, er ist vom Glück bevorzugt, denn er ist ein absoluter Hingucker, clever, witzig, ein Ausnahmeathlet – wirklich, er ist unfassbar talentiert – und bodenlos charismatisch. Kein Wunder also, dass es Leute gibt, die ihm allein deshalb die Pest an den Hals wünschen.

Aber auf der anderen Seite gibt es eben auch die Leute, die deshalb den Boden anbeten, auf dem er geht, und wegen diesen will man ihn im Team haben. Russel ist so was wie eine Gallionsfigur – was für ihn natürlich hin und wieder echt beschissen sein muss. Die Sponsoren wären dumm, wenn sie dieses Gesamtpaket nicht haben wollen würden.

»Was würde ich ohne dich bloß machen, Sammy«, murmelt er, nachdem er aufgehört hat zu lachen.

Ich feixe und erwidere: »Du wärst voll am Arsch!« Wir stoßen erneut an.

»Ich überlege, Mad Crush zu verlassen«, verrät er mir.

»Tu es nicht!«, rate ich ihm.

»Warum, Sammy? Du hast mir gerade gesagt, dass sie mir den Buckel runterrutschen sollen und ja, ich habe es so satt, fremdbestimmt zu sein und mich zu verbiegen. Ich bin es leid, denen Rechenschaft ablegen zu müssen und …«

Ich verdrehe die Augen.

»Was denn?«, blafft er.

Ich atme einmal durch und erkläre: »Es ist eine Phase. Mal liebst du sie, und mal hasst du sie. Ich meinte bloß, dass du dir nicht alles von ihnen gefallen lassen sollst.«

»Ja, aber ich brauche sie nicht.«

Theoretisch stimmt das. Weil seine Familie reich ist und er in den letzten fünf Jahren bereits ein Vermögen verdient hat, braucht er sie wirklich nicht. Er könnte die Tour allein finanzieren, indem er seine Rücklagen antastet. Eine dumme Idee, wie ich finde.

In diesem Moment kommt Joe zurück. Es baut mein Ego auf, als sie verkündet, dass der Kerl auch sie hat abblitzen lassen.

»Eindeutig schwul«, attestiert Russel ihm.

»Asexuell«, erinnere ich ihn.

»Klingt wie eine Krankheit. Ich hoffe, dass das nicht ansteckend ist.« Ich lache, denn er spricht mir aus der Seele. Gott, was würde ich ohne Sex tun? Nicht auszudenken.

»Ja, für euch zwei bestimmt kaum zu glauben, aber es soll echt Menschen geben, die kein Interesse an Sex haben«, nimmt Joe den Fremden in Schutz.

»Klar, du kannst ja mit ihm zusammen einen Club aufmachen oder eine Facebook-Gruppe gründen«, entgegnet Russel kopfschüttelnd.

Joe verdreht die Augen. »Ich habe Sex«, informiert sie ihren Bruder, woraufhin Rus knurrt: »Hast du nicht!«

Joe und ich kichern belustigt. Joe ist nicht asexuell, auch wenn ihre Brüder und ihr Vater das vermutlich gern hätten.

»Wo steckt eigentlich Rory?«, erkundigt sie sich.

»Der hat gerade das, was du gefälligst nicht hast«, informiert Russel sie.

»Gibt es eigentlich einen Grund, warum ihr Idioten alles bumsen dürft, was nicht bei drei auf den Bäumen ist, und warum ich meine Beine geschlossen halten soll?«, erkundigt sie sich provozierend.

Ich drehe mich in Russels Richtung und beobachte gespannt seine Reaktion, denn anders als Joe lebe ich meine Bedürfnisse nun mal ungeniert aus. Mir ist allerdings auch total klar, dass mir das den Ruf einer Schlampe und eines Flittchens eingebracht hat. Etwas, worauf ich einen Scheiß gebe, denn wenn ich ein Kerl wäre, dann würde mir jeder auf die Schulter klopfen und mich zu meiner reichen Ausbeute beglückwünschen. Ich kann diese Bigotterie also nicht sonderlich ernst nehmen.

Rus jedenfalls schüttelt seinen Kopf. »Nein. Also ja, aber wenn ich das jetzt sage, dann reißt ihr zwei mir den Kopf ab, und ehrlich gesagt bin ich heute nicht in der Stimmung für so was. Abgesehen davon kann ich die Welt nicht ändern. Sie ist, wie sie ist. Menschen sind, wie sie sind.«

»Und wie sind sie?«, fragt Joe und betrachtet Russel amüsiert.

Er nimmt einen Schluck von seinem Drink, ehe er erwidert: »Überheblich. Arrogant. Sie meinen, sie wüssten auf alles eine Antwort. Das ist echt manchmal so krass unverschämt und anmaßend, dass ich kotzen könnte.«

Oh ja, Russel ist gefrustet und betrunken, dann wird er stets leicht depressiv. Er muss immer erst das Meer der Tränen durchschwimmen, ehe er in den Zustand kommt, in dem er uns allen sagt, wie sehr er uns liebt, und wieder Licht am Ende des Tunnels sieht.

»Nicht alle sind so«, sagt Joe. Ich schaue sie an und unterdrücke es nur mühsam, meinen Kopf zu schütteln. Ich will ihr nicht den Glauben an die Menschheit rauben. Joe ist so … naiv. Ja, sie ist naiv. Das trifft es wohl am besten. Sie sieht nur das Gute in den Menschen, aber sie ist eben auch anders als Rus und ich. Sie ist süß und niedlich und sie eckt nicht an. Alle mögen sie. Klar urteilen die Leute da nicht über sie. Okay, naiv ist vermutlich auch ein Urteil, aber was ich damit sagen will, ist, dass sie da gerade nicht mitreden kann.

Rus sieht seine Schwester an und sagt: »Du bist echt mein Sonnenschein! Kein Plan, was ich ohne dich tun würde.« In seinen Augen liegt in dem Moment so viel Liebe, dass es mir den Atem verschlägt und ich gedanklich Abbitte leiste, weil ich ihm unterstellt habe, dass er weniger für sie empfinden würde als sie für ihn. »Ich liebe dich wie verrückt«, lässt er sie wissen, woraufhin sie lacht, ihn in die Arme schließt und sagt: »Du bist so betrunken, Rus!«

»Yep!«, gibt er ihr recht.

»Solange er mir nicht sagt, dass er mich liebt, ist es noch nicht so tragisch«, scherze ich.

»Würde ich nie tun«, behauptet er, woraufhin wir drei lachen, denn natürlich hat er mir, Gott und der Welt bereits mehrmals im stark alkoholisierten Zustand verkündet, dass er uns liebt. Nachdem wir uns beruhigt haben, fragt Russel: »Findet ihr diese Hochzeit auch so lahm wie ich?«

Ich nicke zustimmend, während Joe bekundet, dass sie sie schön findet.

»Ich gebe dieser Ehe keine zwölf Monate«, sage ich.

»Keine zwölf Monate? Dann bist du mit Rory in einem Boot. Ich denke schon, dass sie es länger miteinander aushalten. Gab müsste zugeben, dass sie einen Fehler gemacht hat, und ihr wisst, wie sehr sie das hasst.«

»Na, das sagt gerade der Richtige«, unkt Joe. Sie kennt die Schwächen ihres Zwillingsbruders besser als ihre eigenen.

»Ja, und genau deshalb kann ich das gut einschätzen«, erwidert Rus ernst und völlig uneingeschnappt. »Es müsste schon was echt Gravierendes passieren, damit sie ihn verlässt.«

Ich schaue zu Joe: »Und wie ist deine Prognose?«

»Glücklich bis ans Ende ihrer Tage«, meint sie. Einen Moment lang denke ich, sie meint es ernst – zuzutrauen wäre es ihr –, doch dann kichert sie los. »Weiß nicht. Ich könnte mir vorstellen, dass er sie in der Schwangerschaft verlässt oder nachdem das erste Kind geboren wurde.«

Russel verschluckt sich fast an seinem Drink, und ich lache überrascht auf.

»Was denn? Er ist wirklich ein Arschloch! Das wäre genau sein Stil! Habt ihr mitbekommen, wie er mich angebaggert hat? Auf seiner eigenen Hochzeit! Das ist einfach nur mies, und es ist ganz klar, dass Gab viel, viel zu gut für diesen Typen ist. Der würde auch eine ihrer besten Freundinnen besteigen oder heute mit einer der Trauzeuginnen schlafen.«

»Ich lasse den nicht rein«, verkünde ich und ernte Gelächter von Rus. »Lach nicht! Selbst ich habe meine Prinzipien.«

»Darauf möchte ich wetten«, witzelt er, und vielleicht sollte ich gekränkt sein, aber da ich bei meinen Sexpartnern ebenso wahllos bin wie er, stört mich seine Spitze nicht, und ich erwidere lediglich: »Ja, ich mache es immer mit! Dean-Reynolds-Sexregel-Nummer-Eins.«

Schmunzelnd leert Rus seinen Whiskey und ordert sofort einen neuen. »Der letzte, okay?«, kommt es von Joe, und wäre sie seine Freundin, würde er ihr jetzt mit ziemlicher Sicherheit was erzählen, aber sie ist nun mal seine Zwillingsschwester, und daher nickt er schicksalsergeben. Sie gibt ihm einen Kuss auf die Wange, was fast die Glatze abschreckt, die offensichtlich Interesse an Joe hat.

»Er ist bloß ihr Bruder«, informiere ich den Typen, der sich zu uns gesellt hat, aber bereits dabei ist, einen Rückzieher zu machen. Von Rus ernte ich deshalb einen stinkigen Blick, während Joe den Kerl erfreut anlächelt und sich von ihm auf die Tanzfläche führen lässt.

»Das war mutig von ihm«, bekundet Russel, nachdem wir den beiden einen Moment lang zugeschaut haben.

»Gott! Der Typ ist nicht nur langweilig, sondern auch der schlechteste Tänzer, den ich je gesehen habe«, stimme ich ihm zu. Ich nippe an meinem Bier und ergänze: »Ich hoffe inständig für Joe, dass sie keinen Sex mit ihm haben wird, denn der Kerl kommt ja mal so gar nicht aus der Hüfte.«

»Bitte Sam, verschone mich mit so was. Ich will mir Joe nicht beim Sex vorstellen, und schon gar nicht mit einer Schnarchnase wie ihm.«

»Keine Sorge! Der Kerl ist das absolute Gegenteil von Brad, und du weißt ja, wie sehr sie auf Brad steht. Niemals lässt sie sich von dem spröden Anzugheini flachlegen.«

»Wobei wir wieder beim Thema wären«, meint Russel trocken und scannt erneut den Raum. Just in dem Moment kommt die Rothaarige zu uns rüber und will ihn anbaggern. Bevor sie auch nur den Mund aufmachen kann, sagt er knallhart: »Sorry, kein Interesse.«

Wow, denke ich, denn ich hatte mit vielem gerechnet, aber nicht damit, dass er ihren Annäherungsversuch derart gnadenlos abwürgen würde. Beleidigt zieht sie Leine, und ich leere mein Bier in einem Zug. Rus kann ein echter Idiot sein. Die Kleine war so was von scharf auf ihn. »Mensch, Rus weißt du nicht, was man über Rothaarige sagt? Rostiges Dach, feuchter

Keller?« Perlenohrringe hin, Perlenohrringe her, er hätte sicherlich seinen Spaß mit ihr gehabt.

»Du glaubst nicht an meine Theorie, Sammy, aber sie stimmt. Ich habe empirische Studien dazu geführt.« Ich lache und verdrehe erneut die Augen. »Ich habe mit einer nicht unerheblichen Anzahl von Frauen geschlafen …«, fährt er fort. Oh ja, das hat er. Er ist ein solcher Aufreißer! Nur Dean treibt es noch wilder, aber der muss schließlich aufholen, denn er hat erst recht spät damit angefangen, alles zu bumsen, was nicht bei drei auf den Bäumen ist. »… und auf meinen Top Ten der miesesten Ficks gibt es ausschließlich Mädels mit Perlenohrringen«, beklagt sich Russel. Ich breche in schallendes Gelächter aus. Ja, dieser reiche, erfolgsverwöhnte, scheißgutaussehende Kerl zu meiner Linken hat wahrlich ein übles Leben. »Du glaubst, ich spinne, nicht wahr?«, mault er vorwurfsvoll.

»Ein wenig«, erwidere ich. »Aber ich habe dich trotzdem lieb.«

Er grinst und ordert eine weitere Runde Bier für uns. »Hattest du Joe nicht was versprochen?«

»Ja, dass es der letzte Whiskey war«, meint er und zwinkert mir zu. Rus hat das Meer der Tränen hinter sich gelassen und wieder festen Boden unter den Füßen. Das könnte ab jetzt ein sehr vergnüglicher Abend werden. Ich betrachte ihn von der Seite und realisiere, dass der Barkeeper, der gerade unsere Bierflaschen vor uns abstellt, eigentlich auch ein ganz hübscher Kerl ist. Ich mustere ihn eingehender. Doch, mit dem könnte was gehen, beschließe ich.

Russel seufzt lautstark, und all seine Frustration schwingt in dem Laut mit. Okay, vielleicht ist er doch noch in der Depriphase seines Exzesses. »Komm, Rus, Perlenohrringe sagen doch nichts über einen Menschen aus«, spreche ich ihm Mut zu, damit er mit der Rothaarigen doch noch Erbarmen hat und aufhört, hier rumzuflennen. Das ist schließlich nicht zum Aushalten.

»Fuck, Sam! Was machst du beruflich noch mal?«, fragt er, dabei weiß er ganz genau, was ich mache. Ich bin Einkäuferin für ein großes Label. Es ist ein geiler Job. Ich verhandle mit Designern, kaufe Kollektionen oder zumindest Teile davon ein und jette dafür um die Welt – und das mit zweiundzwanzig Jahren. In dem Alter holen andere Frauen ihren Chefs Kaffee von Starbucks oder verrichten sonst irgendwelche niederen Tätigkeiten, doch ich hatte Glück. Ich war zur rechten Zeit am rechten Ort und habe die richtigen Dinge zu den richtigen Leuten gesagt. Na gut, ich habe auch geschuftet wie ein Tier, aber es war schon Glück dabei. Mein Boss hat sich nämlich quasi in mich verliebt. Also nicht wirklich, doch er fand meinen Blog, meinen Reise- und Lifestyleblog, so super, dass er mich unbedingt kennenlernen wollte.

Das mit dem Blog fing eigentlich ganz klein und als Hobby an. Ich habe während meiner Work-and-Travel-Zeit meine Reise dokumentiert, weil ich Joe, Rory, Gab und Rus und andere Freunde daran teilhaben lassen wollte. Ich habe einfach meine Eindrücke gepostet und dazu geschrieben, was mir gerade eingefallen ist.

Zurück zu Hause habe ich dann auch immer wieder Teile, die ich selbst genäht hatte, gezeigt, und auch, wie ich sie mit anderen Sachen kombiniere. Nauti Gal war jetzt nicht megaerfolgreich. Ich konnte nicht davon leben oder so, doch ich hatte immerhin knapp fünfzigtausend Follower. Mein jetziger Chef, der mir damals schon immer ausgewählte Teile seines Labels zukommen ließ, fand mich derart cool, dass er mir einen Job angeboten hat.

Ich begann als Assistentin der Einkäuferin, und ein knappes Jahr später wurde meine Vorgesetzte schwanger. Zu dem Zeitpunkt war ich bereits so drin, dass ich einfach eingesprungen bin. Tja, und jetzt ist ihre Stelle meine Stelle. Ich bin richtig gut in dem, was ich tue, und ich liebe es. Ich brenne für meinen Job.

»Muss ich dir echt erklären, dass Kleider Leute machen? Und Kaschmirpullis und Perlenohrringe sind nun mal der Inbegriff der Spießigkeit«, grummelt Russel. Er ist süß, wenn er so schmollt, und ja, wo er recht hat, hat er recht.

»Und Hermès-Tücher nicht zu vergessen«, ergänze ich.

Er starrt mich an, und es würde mich nicht wundern, wenn er vor lauter Abscheu Lidzucken bekäme. »Frauen, die sich Gedanken um ihre Frisur oder ihr Make-up beim Sex machen, tragen so ein Zeug«, stößt er verächtlich hervor. »Aber ich will nicht, dass eine Frau überhaupt denkt, während ich es ihr besorge. Ich will ihr das Hirn rausvögeln, will, dass sie meinen Namen schreit, sich mir völlig hingibt und alle Hemmungen über Bord schmeißt. Aber das können solche Weiber nicht, und dann lasse ich es lieber gleich bleiben. Ganz oder …«

»… gar nicht«, vervollständige ich Russels Lebensmotto. Da ist es wieder, sein megageiles Eine-Million-Watt-Grinsen.

»So sieht es aus, Baby«, stimmt er mir zu und hält mir seine Bierflasche hin. Ich quittiere sein Baby mit einem freudlosen Schnauben. Baby? Echt? Nun gut, er ist ziemlich betrunken, von daher lasse ich ihm das mal durchgehen. Ich stoße mit ihm an, während ich den Barkeeper unverhohlen mustere. Sein Kollege lächelt mir zu und schüttelt bedauernd den Kopf. Ich sehe ihn fragend an, weil ich es nicht verstehe, bis er den anderen an den Arsch greift. Oh, falsches Ufer und vergeben, wie es scheint. Fuck! Mir ist auch kein bisschen Spaß vergönnt. Na ja, wenigstens die Braut wird heute Nacht flachgelegt. Nicht, dass ich gern an Gabs Stelle wäre. Mal ehrlich, mit zweiundzwanzig bin ich auch einfach noch zu jung, um mich fest zu binden, und schon gar nicht an einen Armleuchter wie Marc. Nee, da habe ich gar kein Interesse dran. Aber an einem Fick! Gott, was würde ich für einen kleinen Fick geben!

»Müssen die so rummachen?«, knurrt Rus neben mir. Ich folge seinem Blick, der an den Barkeepern klebt, die heftig miteinander turteln. Rus ist ein wenig homophob – jedenfalls wenn es um Männer geht. Zwei Frauen geht natürlich immer. Ich verdrehe die Augen, weil er so ein beschissener Macho ist. Aber egal, wir haben alle unsere Schwächen.

»Mein Schwulenradar hat versagt«, erläutere ich. »Dient glaube ich dazu, mir klarzumachen, dass der Schwarzhaarige vergeben ist.« Nun seufze ich, was Russel zum Schmunzeln bringt.

»Scheint, als hätten wir heute Abend beide kein Glück«, meint Rus und nippt erneut an seinem Bier. Dem Schluck folgt ein genüssliches »Ahhhhh«. Ja, das Bier ist wirklich gut.

»Geteiltes Leid ist halbes Leid, oder wie?«, frage ich. Er zuckt mit den Schultern, und ich will wissen: »Gibt es eigentlich auch den Gegenspieler zu Perlenohrringen?« Rus schaut mich fragend an, und ich ergänze: »Also, ein Merkmal oder Kriterium oder was auch immer, bei dem du sagst, das Mädel muss ich unbedingt in mein Bett bekommen?«

Er überlegt einen Moment. »Mädels mit Fußkettchen sind in der Regel ganz schön versaute Luder.«

Ich beginne schallend zu lachen, und auf Russels neugierigen Gesichtsausdruck hin hebe ich den Saum meines Kleides ein Stück an und gewähre ihm einen Blick auf das Fußkettchen, welches um meinen Knöchel liegt. Ich liebe dieses Schmuckstück, auch wenn ich keine Ahnung habe, wer es mir zu meinem achtzehnten Geburtstag geschenkt hat. Es ist wunderschön. Geflochtene, schwarze Lederbänder mit bemalten Keramikperlen. Zum Surfen nehme ich es immer ab, doch sonst trage ich es seit damals täglich. Ich sehe, wie Russels Adamsapfel unter seiner gebräunten Haut hüpft, als er gut hörbar schluckt.

Rus beugt sich zu mir und raunt in mein Ohr: »Ich finde es dennoch heiß, Sam. Extrem heiß!« Was bitteschön heißt, er findet es *dennoch* heiß? Gut, es ist nicht sonderlich hip oder so, aber mir bedeutet es viel. Joes Bruder beäugt immer noch mein Fußkettchen. Er hat sich zu mir rübergebeugt, und da er völlig fixiert auf das Teil ist, nutze ich die Gelegenheit, seinen blonden Schopf zu zerzausen. Rus ist eigentlich ein eitler Kerl, und seine Haare darf man nicht anfassen. Man könnte seinen Look ruinieren – weshalb Joe, Dean, Rory und ich es bei jeder sich bietenden Möglichkeit erst recht machen. Allerdings beschwert er sich dieses Mal nicht, was bedeutet, dass er es überhaupt nicht mitbekommen hat.

Ich lache: »Das Ding törnt dich wirklich an, oder?«

»Yep!«, gesteht er und beißt sich auf die Unterlippe. Die meisten Leute betonen immer, wie schön seine tiefblauen Augen sind, doch ich persönlich finde seinen Mund großartig. Er ist fast so schön wie Deans. »Und ich wette, mit dir könnte man verdammt viel Spaß haben«, meint Russel in diesem Moment und lenkt meine Aufmerksamkeit wieder auf sich. »Fuck, ich würde meinen Arsch drauf verwetten«, fügt er hinzu, was mich zum Lachen bringt, aber auch eine Art Impuls durch meinen Körper jagt. Seine Worte erregen mich, lösen ein sündiges Verlangen in mir aus, und einen Atemzug später stelle ich mir vor, wie es wäre, mit Rus zu vögeln. Wenn er nur halb so leidenschaftlich im Bett wie in seinem Job wäre, dann wäre der Sex bestimmt fantastisch. Ich grinse breit und nehme einen weiteren Schluck von meinem Bier. »Du hast eben an Sex mit mir gedacht«, stellt Rus fest.

»Klar, du Genie, schließlich hast du mir diesen Floh gerade ins Ohr gesetzt«, gebe ich zu.

»Und zu welchem Ergebnis bist du gekommen?«

Nun bin ich es, die auf ihrer Unterlippe herumkaut. Mensch, bin ich plötzlich von diesem kleinen Flirt hier angetörnt. »Dass man mit dir vermutlich auch verdammt viel Spaß haben könnte.«

»Worauf du einen lassen kannst, Sam.«

Schweigend sitzen wir eine Weile nebeneinander und hängen unseren Gedanken nach. Ich für meinen Teil stelle mir noch immer vor, für Rus die Beine breitzumachen. Ihn als erfahren zu bezeichnen, ist die Untertreibung schlechthin. Russel ist ein totaler Casanova, und ich bin mir verdammt sicher, dass er bei seinem Erfahrungsschatz ein Knaller im Bett ist. Ehrlich, es gibt doch nichts Schlimmeres als einen Kerl, der beim Sex unbeholfen rumstümpert.

Mein Handy piept, und ich schaue die Nachricht an, die ich gerade bekommen habe. Sie ist von Rus und enthält lediglich ein Fragezeichen. Ich starre eine ganze Weile lang auf das Display, schließlich hebe ich den Blick und begegne dem seinen. Ja, ich will mich von ihm flachlegen lassen, und wie ich das in diesem Moment will, aber …

»Wir sind doch Profis, Sam, oder?«

Ja, das sind wir wohl. »Und?«

»Komm schon, das Einzige, was uns davon abhält, es nicht zu tun, ist unsere Freundschaft, oder?«

Ich nicke. Ja, ich möchte nicht riskieren, ihn als Kumpel zu verlieren. Aber er hat recht. Wir wissen, wie das Spiel funktioniert, und ganz sicher würde ich mich nicht in ihn verknallen, nur weil wir es einmal miteinander treiben –schließlich kann ich Sex und Gefühle trennen. Natürlich habe ich welche für Rus, schließlich ist er einer meiner besten Freunde, und es wäre verheerend, wenn ich mich in ihn verlieben würde – oder er sich in mich. Aber wie er sagte, wir sind Profis, also tippe ich entschlossen ein: *J*.

Rus leert sein Bier, schiebt mir seine Schlüsselkarte rüber und raunt mir »Gib mir fünf Minuten« zu. Seine Lippen streifen mein Ohrläppchen, und ich erschauere leicht. Ich höre, wie er seinen Mund zu einem Grinsen verzieht und noch einmal mit seiner hübschen Nase nachlegt. Er schnaubt gegen mein Ohr, und Gänsehaut breitet sich über meinen Körper aus. »Überleg dir schon mal, was meine Zunge mit dir anstellt, wenn bereits mein Atem dich zum Erschauern bringt, Sammy«, teast er mich.

Ich bleibe an der Bar zurück und schaue ihm staunend nach, denn seine Worte verfehlen auch diesmal ihre Wirkung nicht. »Gute Wahl«, meint der blonde Barkeeper, der zuvor so offensichtlich sein Revier abgesteckt hat. »Noch ein Bier?« Ich nicke und hadere mit meiner Entscheidung. Nein, Sammy, mach jetzt keinen Rückzieher, sage ich mir. Denk an seine Zunge! Und wie ich an seine Zunge und das Versprechen denke, welches er mir gerade gegeben hat. Dennoch kann ich es nicht glauben, da schickt dieser dreiste Kerl mir doch glatt im Barney-Stinson-Stil ein Fragezeichen. Was für ein Freak. Unwillkürlich muss ich lächeln.

»Alles klar?«, fragt Joe mich, schwingt sich neben mir auf den Barhocker, den Rus gerade erst freigemacht hat, und ordert einen Caipi. Und auch wenn ihr Bruder gerade den Barney gegeben hat, so ist Joe doch der wahre *How-I-Met Your-Mother*-Nerd aus unserer Truppe.

»Ja«, erwidere ich und nehme einen ordentlichen Schluck von meinem Bier.

»Wo steckt Rus denn jetzt?«

Ich grinse vor Vorfreude, als sie seinen Namen erwähnt. »Der hat eine Tussi abgeschleppt, lässt aber lieb grüßen.«

Joe rührt gedankenverloren in ihrem Drink herum. »Mensch, meine Brüder sind echt so wahllos. Als ob ein Sexsüchtiger in der Familie nicht reichen würde, jetzt legt Rus auch alles flach.« Sie seufzt bekümmert.

»Hey, sie sind jung und wild. Lass sie sich etwas austoben, und abgesehen davon könnte dir mehr Sex auch nicht schaden. Wie lange ist es bei dir her?«

Joe überlegt einen Moment. »Ein Dreivierteljahr oder so. Keine Ahnung, aber ich habe echt keinen Bedarf.« Bevor ich etwas sagen kann, meint sie: »Ja ja, ich weiß, ich bin schon fast wieder Jungfrau.«

Vermutlich hat Russel die ganzen Gene abbekommen, die für die Libido zuständig sind, mutmaße ich. Neun Monate keinen Sex, verdammt! Wie hält sie das bloß aus? Und ja verdammt, sie ist schon fast wieder Jungfrau. Da ich keinen Bock habe, ihrem Beispiel zu folgen, informiere ich sie über meine Pläne für den Abend – natürlich ohne ihr zu verraten, dass diese ihren scharfen Zwillingsbruder beinhalten.

»Apropos Fickdate, Süße! Rechne heute Nacht mal lieber nicht mit mir. Ich bin gleich mit einem extrem heißen Typen verabredet.«

»Mensch, Sam«, mault Joe, »du kannst mich hier doch nicht allein lassen. Rory hat sich auch schon eine aufgerissen und ist mit ihr abgezogen …«

»Sorry, Joe, aber da kann ich gerade wenig Rücksicht drauf nehmen. Ich sehe mich ernsthaft gezwungen, meinen primitiven Urinstinkten nachzugeben.«

»Fuck, Sam, du kannst doch nicht einfach mit einem wildfremden Kerl mitgehen. Wer weiß, was das für einer ist.«

»Einer, der es mir hoffentlich ordentlich besorgen wird«, erwidere ich und nippe an meinem Bier.

»Verdammt, was weißt du über diesen Typen eigentlich? Wer sagt dir, dass er nicht seine Freunde zu eurer kleinen Party mitbringt, und dann …«

Ich drehe mich zu Joe um und sehe, dass sie es ernst meint. Sie ist wirklich besorgt. Kein Wunder nach dem, was Trevor ihr angetan hat. Der Kerl, mit dem sie ihr erstes Mal hatte, ist ein Riesenarschloch. Es ist also nur verständlich, dass sie misstrauisch und übervorsichtig ist. Ich schließe sie in meine Arme.

»Joe, mach dir keinen Kopf darum. Heute Nacht bin ich wirklich in guten Händen«, beruhige ich sie und füge trocken hinzu: »Und er darf gern einen Haufen Freunde mitbringen, wenn sie alle so scharf sind wie er.«

Joe verdreht die Augen und lacht. Sie ist nicht prüde oder frigide. Sie ist einfach nur vorsichtig, weil sie diese beschissene Erfahrung hatte, aber das müssen die Jungs nicht wissen – ich weiß es, und es tut mir unfassbar leid. Aber: Man kommt drüber weg. Jedenfalls bilde ich mir das gern ein, und vielleicht hilft es auch, dass meine Erinnerungen an jene Nacht, in der man mich vergewaltigt hat, komplett ausgelöscht sind.

»Dann viel Spaß«, meint Joe, küsst mich auf die Wange und gesellt sich zum Brautpaar. Gab strahlt über das ganze Gesicht. Noch, denke ich. Keine Ahnung, warum sie nicht checkt, was für ein Idiot ihr Marc ist. Das wusste ich allerdings schon, bevor er heute Mittag Joe angebaggert hat. Ich mag ihn nicht. Er ist einer dieser Typen, die einen auf cool machen, um ihre Unsicherheit zu verstecken. Dabei sieht er nicht schlecht aus oder so. Er könnte ganz süß sein, aber mit seiner Art macht er sein ganzes Potenzial zunichte. Er ist ein Versager, der auf dicke Hose macht. Ich habe Kerle wie ihn zuhauf bei uns ein- und ausgehen sehen. Meine Mum hat eine Schwäche für solche Typen – leider. Tragisch nur, dass der Schlimmste dieser Loser mein Erzeuger ist. Sie sucht Bestätigung bei Männern. Klar, könnte man jetzt denken, der Apfel fällt nicht weit vom Stamm, denn schließlich bin ich für meine Umtriebigkeit bekannt, aber ich sehe da einen großen Unterschied.

Ich habe einfach nur gern Sex, ach Quatsch, ich liebe Sex. So, jetzt ist es raus. Bereits nach meinem ersten Mal, mit sechzehn, war ich regelrecht verrückt danach. Ich kenne keine andere Frau außer mir, die gleich beim ersten Mal einen Orgasmus hatte, und vielleicht sollte ich anfügen – lange vor ihm. Nach drei Stößen hat er mich bereits gehabt, und es lag nicht daran, dass dieser Junge so ein begnadeter Liebhaber war, sondern daran, dass ich einfach nur furchtbar geil war. Ich hatte es mir bis zu diesem Zeitpunkt schon häufig selbst gemacht, hatte Hardcore-Petting, und dennoch hat es sich gänzlich anders angefühlt. Wie ich sagte, ich liebe es und wenn ich andere Frauen davon schwärmen höre, wie viel Spaß sie mit ihren Vibratoren haben und dass diese so viel besser sind als jeder Kerl, dann bedauere ich sie. Irgendein Gummiknüppel zwischen meinen Beinen ist nett, aber ich finde die wirkliche Erfüllung auf diesem Weg nicht. Um mich auf allen Ebenen zu befriedigen, reicht ein Orgasmus allein nun einmal nicht aus. Nichts geht über heißen, animalischen Sex mit einem Mann. Ich muss ihn riechen und schmecken. Ich will, dass er sich an mir abarbeitet und schweißnass über mir zusammenbricht, damit ich ihm den Schweiß von der Haut lecken kann.

Es ist nun mal ein Unterschied, ob man mit einem Typen in die Kiste hüpft, weil man Spaß am Sex hat oder weil man sein Ego aufpolieren muss. Ich bin nicht auf der Suche nach Bestätigung, sondern nach Befriedigung. Meine Mum hingegen hängt sich immer mit allem, was sie zu bieten hat, an irgendwelche halbseidenen Typen wie Marc, denen Loser schon auf der Stirn geschrieben steht. Sie gibt sich völlig auf und verbiegt sich regelrecht, und dann wundert sie sich jedes Mal, weshalb der Typ binnen weniger Monate die Fliege macht. Doch mal ehrlich, ich würde auch Platzangst bekommen, wenn sich da jemand so an mich krallen und mich völlig vereinnahmen würde. Die Angst, erneut verlassen zu werden, kann man ihr förmlich ansehen. Tja, und mit jedem Kerl, der sie verlässt, wird ihr sowieso schon angeschlagenes Selbstbewusstsein schwächer und schwächer. Ein Teufelskreis!

Ich trinke mein Bier aus und mache mich dann auf den Weg zu Russels Zimmer. Mein Herz klopft bis zum Hals, und ich habe das Gefühl, etwas Verbotenes zu tun, als ich die Keycard durch das Lesegerät ziehe.

Kapitel 05

RUSSEL | 21.12.2013 | Sydney | Australien

Es ist dunkel in meiner Suite, und ich warte seit einer gefühlten Ewigkeit auf Sammy. Vermutlich sind es nicht mal zehn Minuten, aber binnen dieses Zeitraums werde ich nüchtern, und unser heißer Flirt erscheint mir mit einem Mal grundlegend falsch.

Wegen Dean sollte ich das nicht tun. Das Problem ist, dass ich es will. Ich will Sammy ficken, denn sie wird mich ablenken, wie es die beiden Groupies in den letzten Tagen getan haben. Dass Dean diese Cassy und ihre Freundin zu mir geschickt hat, rechne ich ihm hoch an. Es war genau das, was ich gebraucht habe, um mich besser zu fühlen. Ich denke an Cassy. Sie ist strohdumm, keine Frage, aber ihr Talent in der Horizontalen ist echt nicht zu verachten. Eigentlich hatte ich mir vorgenommen, eine wie sie nicht mit der Kneifzange anzufassen, einfach weil ich vor ihr keinen Respekt haben kann, aber an dem Abend nach meiner Niederlage war ich nicht wählerisch.

Ihre Freundin, Ruby, hatte ich noch nie zuvor gesehen, und sie kam mir nicht vor wie eines dieser Pipeline-Flittchen. Pipeline-Flittchen nennen Rory und ich die Groupies, die bei Pipe abhängen, um im Bett eines Surfers zu landen. Und ja, stellenweise war es ätzend mit Cassy, weil ich wusste, für sie war ich nur irgendein beliebiger erfolgreicher Kerl mit einer dicken Brieftasche.

Etwas, das ich bei Sam nicht befürchten muss. Ihr ist es egal, wie viel Kohle ich habe, und auch, dass ich bin, wer ich bin. Es war ihr Ernst, als sie sagte, dass sie einen Scheiß darauf gibt, dass ich Russel Reynolds, die lebende Legende bin. Im Gegenteil wäre es vermutlich sogar eher das gewesen, was sie abgeschreckt hätte. Ich schaue auf die Uhr. Sie lässt sich verdammt lange Zeit. Ob sie einen Rückzieher macht?

Als ich merke, wie enttäuscht ich bei dieser Vorstellung bin, ist für mich klar, dass ich es durchziehen werde. Sam wird dafür sorgen, dass ich mich gut fühle, und nach den beschissenen letzten Tagen ist es das, was ich brauche. Ich habe genug Jungs über Sammy reden hören. Sie alle sind sich einig, dass sie eine schwanzgeile Schlampe ist, aber auch, dass sie noch nie oder zumindest nur äußerst selten so guten Sex hatten wie mit ihr. Es muss schließlich Gründe dafür geben, warum Dean ihr auch nach mehr als vier Jahren noch nachtrauert. Ich beiße mir auf die Unterlippe, schließe die Augen und atme tief durch. Vielleicht sollte ich es doch nicht durchziehen, denn was ich vorhabe, ist scheiße. Ich kann doch nicht die Frau ficken, von der mein Bruder denkt, er würde sie lieben, oder? Ehrlich, das wäre selbst für mich eine ziemlich miese Aktion. Doch andererseits müsste Dean es nicht erfahren. Weder Sam noch ich würden ein Wort darüber verlieren. Wir würden es einfach tun, und es würde unser schmutziges, kleines Geheimnis bleiben, und nach allem, was man so hört, würde es mit Sicherheit sehr schmutzig werden.

Ich höre ein Geräusch vor der Tür, stehe hastig auf und sehe in dem gedämpften Licht, das von draußen hereinfällt, wie Sam eintritt. Dies ist der Moment der Entscheidung. Jeder Mensch trifft ständig Entscheidungen. Ununterbrochen. Aber manch Entschluss, den man fasst, hat gravierendere Auswirkungen als andere. Mancher kostet einen das, worauf man jahrelang hingearbeitet hat. Mancher kostet einen den Sieg. Sam hat ihre Entscheidung getroffen. Sie schließt die Tür hinter sich und verharrt in der Dunkelheit. Ohne Dean hätte ich keine Skrupel oder Hemmungen. Ohne Dean gäbe es kein Zögern, und vermutlich geht es Sammy ebenso.

Ganz oder gar nicht, sage ich mir und nehme diese Welle. Mit ein paar schnellen Schritten durchquere ich das Zimmer und überbrücke die Distanz zwischen uns. Der Teppichboden dämpft meine Schritte, und Sam zuckt zusammen, als ich mich von hinten gegen sie dränge und sie gegen die Tür presse. Sie stößt einen heiseren Laut aus, der fast ein wenig erschrocken klingt, in dem aber auch Erregung mitschwingt.

»Ich bin es«, beruhige ich sie, fasse ihre Haare zusammen, lege ihren Nacken frei und senke meine Lippen auf ihre Haut. Sam wölbt mir ihren Rücken entgegen, schmiegt ihn gegen meinen Oberkörper. Ich umfange ihren Körper mit meinem, schließe sie von hinten in meine Arme und ziehe sie eng an mich. Ihr lustvolles Stöhnen verrät mir, dass ihr gefällt, was ich tue. Ich lasse meine Lippen über ihren Hals wandern, sauge und knabbere daran. Sie schmeckt gut. Ihre Hände legen sich über meine, und ich spreize meine Finger, damit ihre dazwischengleiten können.

Bereits diese wenigen Sekunden verraten mir, dass die Chemie zwischen uns absolut stimmt. Es ist, als würden wir in einer Geheimsprache kommunizieren, die nur wir verstehen. Es hat etwas von Tanzen, als sie ihr Becken kreisen lässt und ihren Hintern gegen meinen Schritt drückt. Ich mache mit, imitiere ihre Bewegungen und bin bereits jetzt total hart. »Es wäre entsetzlich, wenn du asexuell wärst«, murmelt sie und entlockt mir ein amüsiertes Kichern.

»Davon kann keine Rede sein«, informiere ich sie und drücke mich enger an sie. »Ich will dich«, sage ich nachdrücklich und völlig überflüssigerweise, denn ich weiß, Sammy kann spätestens jetzt die Latte, die ich in der Hose habe, an ihren prallen Arschbacken spüren.

»Du willst nicht mich! Du willst bloß einen Fick, und das ist völlig okay, Rus. Das ist genau das, was ich auch will!«

»Yep! Sorry, ich …«

»Du brauchst mich nicht zu verführen. Ich bin bereit und absolut willig, und komm bloß nicht auf so eine abgefuckte Idee, mich noch mal ›Baby‹ zu nennen.«

Ich muss lachen, denn das ist so typisch Sam.

»Lach nicht«, rügt sie mich. »Befrei mich lieber aus diesem ätzenden Fummel.«

»Das Kleid ist grässlich«, stimme ich ihr zu.

»An Joe sah es gar nicht so übel aus.«

»Kotzgrün sieht an jedem scheiße aus, auch an Joe. Was hat Gab sich bloß dabei gedacht?«

»Was denkt sie sich dabei, einen Vollpfosten wie diesen Typen zu heiraten? Ehrlich, ich verstehe sie im Moment kein Stück«, gesteht sie.

»Hauptsache, du bist mit dir im Reinen«, flüstere ich und küsse ihren Hals. Meine Hände wandern über ihren Körper, und ich öffne den Reißverschluss dieses grottigen Fummels.

Sam dreht den Kopf über die Schulter zu mir, während ich ihr das Kleid abstreife. »Meinst du wegen dem hier?« Ich nicke. Ich sollte ihr diesen letzten Ausweg bieten, doch bevor ich etwas sagen kann, fragt sie: »Hast du Bedenken? Ist es wegen Joe?«

Ich schüttle den Kopf und sage: »Dean.«

Sie seufzt leise. »Sie müssen es nicht erfahren«, entgegnet sie.

»Nein, sie dürfen es nicht erfahren, verstanden?«

Sam steigt aus ihrem Kleid. »Okay«, meint sie lapidar. Ich mache das Licht an, um sie ansehen zu können. Der Ausdruck in ihren Augen lässt sich nicht deuten. Ich beuge meinen Kopf herunter und berühre mit meiner Stirn ihre. Einen Moment lang atmen wir die gleiche Luft. »Ist ja außerdem so was wie ein Notfall«, fügt sie hinzu.

»Ein Notfall? So dringend brauchst du es?«

Sam schaut auf, ein Schmunzeln umspielt ihre vollen Lippen, über die ich mich so oft lustig gemacht habe. »Ich nicht, aber du!«

Mit einem Mal komme ich mir schrecklich durchschaut vor. Es ist, als würde ich nackt vor Sam stehen.

»Schon gut, Rus, du kannst ganz du selbst sein, und ich weiß, dass es dir nicht gut geht. Du brauchst mir nichts vormachen.« Sie legt ihre Hand legt auf meine Wange, und ihr Mitgefühl rührt mich. Einerseits will ich es abstreiten, will nicht, dass sie weiß, wie beschissen es mir wirklich geht, aber andererseits sehne ich mich nach Verständnis.

»Ich bin so sauer auf mich«, gestehe ich ihr.

»Ich weiß. Absolut nachvollziehbar.«

»Rory sagte vorhin, dass ich aufhören soll rumzuflennen. Ich würde mich wie eine Pussy anstellen.«

Sie lacht und meint dann: »Rory ist ein Idiot. Er war noch nie so nah dran am Titel wie du. Fuck, ich würde mir an deiner Stelle so in den Arsch beißen …«

»Ich komme so schlecht dran«, murre ich.

Sam grinst, zwinkert mir zu und erwidert: »Ich übernehme das gerne für dich.« Unwillkürlich muss ich lachen. Es lässt sich gar nicht vermeiden, auch wenn mir eigentlich nicht danach ist.

»Ich liebe dein Lachen«, murmelt sie und reibt mit ihrer Nase über meine. »Alle lieben es«, ergänzt sie.

»Mir ist aber gerade nicht zum Lachen zumute.«

»Und ich schätze deine Ehrlichkeit. Es muss anstrengend für dich sein, es nicht immer sein zu können. Willst du deshalb das Team verlassen?«

Ich nicke. Sie hat keine Ahnung, wie anstrengend es ist. Ich hasse es.

»Ich bewundere dich. Wirklich! Ich könnte das nicht. So in der Öffentlichkeit zu stehen und …«

Ich schnaube. »Und was ist mit deinem Blog?«

Sam winkt ab. »Komm schon, Rus. Das kann man nicht vergleichen. Ich bin bloß eine kleine YouTuberin. Du bist ein gefeierter Surfstar und wirklich berühmt. Die Leute reißen sich um dich.«

»Nicht alle!« Einige sind froh, dass ich versagt habe, und feiern meine Niederlage öffentlichen in Foren auf Facebook und Twitter.

»Scheiß auf die anderen!«, stößt Sam aufgebracht hervor. Ich weiß, dass es stimmt, was sie sagt, und es klingt verfickt einfach, aber das ist es nicht. »Rus, du bist toll! Du bist einer der besten Surfer deiner Zeit, und ja, diese Niederlage ist übel. Sie ist echt richtig, richtig Kacke, aber du kommst drüber weg, und im nächsten Jahr, da holst du dir den verfickten Titel und schmeißt eine verdammte Party!«

Während Sam – lediglich in Unterwäsche – vor mir steht und wild gestikulierend eine flammende Motivationsrede hält, wird mir bewusst, dass sie absolut recht hat. Ich bin einundzwanzig Jahre alt. Ich habe noch einen Haufen Möglichkeiten, mir den Titel zu holen.

»Und du wirst dir den Titel holen, denn ich habe auf dich gesetzt.«

»Hast du?«

»Klar! Ich glaub an dich.«

»Und in diesem Jahr? Wie viel habe ich dich gekostet?«

Sie zuckt mit den Schultern. »Ist doch egal. Lass uns lieber tun, weshalb ich hergekommen bin.«

»Sam«, sage ich mahnend.

»Russel!«

»Wie viel?«

Sie seufzt. »Fünftausend.«

Ich schlucke trocken. Ich meine, fünftausend Dollar sind für mich bloß Kleingeld, aber für Sammy …

»Mach dir deshalb keinen Kopf, Rus.«

»Das kriegst du von mir wieder.«

»Zahl es in Naturalien!«, erwidert sie breit grinsend.

Ich schüttle lachend den Kopf.

»Nein, wirklich, Rus«, setzt sie nach. »Sei heute Nacht mein williges Fickstück, dann sind wir quitt.«

Hat sie das wirklich gerade gesagt? Okay, es ist Sammy, es sollte mich nicht wundern, aber … Ich lache immer noch ungläubig, während ich in ihre Haare fasse und versuche, sie zu küssen. Sam jedoch dreht im letzten Moment den Kopf weg. »Ficken, Rus, nicht küssen. Ich dachte, wir sind Profis.«

»Ganz oder gar nicht, Sammy! Du hast die Wahl.«

Einen Moment lang ist sie unschlüssig. »Ich küsse die Typen normalerweise nicht, mit denen ich bloß ficke.« Ihre Stimme ist kaum mehr als ein Flüstern.

»Ich bin aber nicht irgendein Typ, und das hier ist nicht irgendein One-Night-Stand«, erinnere ich sie, und ehe sie widersprechen kann, tue ich es. Ich küsse sie, und als sie willig den Mund für mich öffnet, weiß ich, dass das ein riesengroßer und saudämlicher Fehler war. Noch nie in meinem Leben bin ich so geküsst worden, und ich habe unzählige Frauen geküsst. Mit Sam ist es komplett anders. Es ist nicht bloß der Austausch von Körperflüssigkeiten, und es dient nicht bloß dazu, sie zu stimulieren, um ans Ziel zu kommen. Es ist …

»Wow!«, fasst Sam in Worte, was ich denke, als ich meine Lippen von ihren löse. »Ihr Reynolds-Jungs versteht es echt zu küssen. Ich … Fuck!« Sie löst sich von mir und steht offensichtlich völlig neben sich, doch warum sollte es ihr besser gehen als mir.

»Sammy, mach jetzt keinen Rückzieher«, warne ich sie inständig.

»Machst du Witze?«, fragt sie ungläubig. »Ich bin seit einer Ewigkeit nicht mehr so geküsst worden. Es gibt gute Gründe, weshalb ich nicht mit meinen One-Night-Stands rumknutsche. Es ist enttäuschend und fühlt sich nie so an wie das hier eben.«

»Ich hatte nicht den leisesten Schimmer, dass es sich überhaupt so anfühlen könnte.«

Sam lacht auf. Sie klingt leicht hysterisch. »Keine Ahnung, ob ich dich deshalb bemitleiden soll oder ob ich dir sagen soll, dass du dafür dankbar sein musst. Ich wusste ja, dass es so sein kann, und ich habe es wahnsinnig vermisst.«

Verständlich. Das geht mir bereits jetzt so. Deshalb behebe ich diesen untragbaren Ist-Zustand. Ich fange Sam wieder ein, ziehe sie in eine Umarmung und küsse sie erneut. Ihr zittriger Atem erfüllt meinen Mundraum, während unsere Zungen einander streicheln. Eine ganze Weile knutschen wir bloß rum und sind völlig berauscht davon. Mir ist es unmöglich, einen klaren Gedanken zu fassen. Sprechen wäre aus diesem Grund ebenfalls nicht drin, doch den Lauten, die ich ausstoße, haftet sowieso nichts Menschliches an. Unser Keuchen und Stöhnen erfüllt die Suite.

»Duschen! Lass uns duschen!«, wimmert Sam irgendwann gegen meine Lippen.

»Duschen? Ich dachte, du willst ficken!«

»Lässt sich problemlos verbinden, Mr. Reynolds«, belehrt sie mich, wodurch sie mich ein weiteres Mal an diesem Abend zum Lachen bringt.

»Echt?«, frage ich gespielt erstaunt.

»Echt!«

»Miss Palmer, ich glaube, mit der Idee könnte ich mich anfreunden.«

»Wusste ich doch, dass sie auf Ihre Zustimmung stößt.«

»Stoßen, Sam, werde ich dich gleich, und zwar bis dir Hören und Sehen vergeht, und das die ganze Nacht lang.«

»Dann darf ich dich ausziehen?«, fragt sie.

»Nur zu.« Sams Hände machen sich an meinem Gürtel zu schaffen. Sie hat ihn schon auf, als sie meinen Schwanz durch die dünne Stoffhose reibt und mir zuraunt: »Ich kann es nicht erwarten, deinen Prügel in mir zu haben.«

»Ich dachte, du wolltest duschen«, necke ich sie.

»Und unter der Dusche Sex haben. Duschen an sich ist doch völlig öde. Aber ich muss mich wirklich frisch machen. Ich stinke furchtbar.«

Ich atme ganz bewusst ihren Duft ein. Ja, sie riecht nach Schweiß, aber es ist nicht unangenehm. Sie riecht gut. Verdammt gut sogar. »Nein, du duftest köstlich, Sam.« Ich lecke über ihren Hals, drehe sie in meinen Armen um und umfasse ihre Brüste. Sie schiebt meine Hände weg. Es ist ein klares Nein, und ich versuche es zu akzeptieren, aber nach ein paar Minuten, in denen wir weiter rumgeknutscht haben, liegen sie erneut da. Ich klappe gerade die Schalen ihres BHs nach unten, als Sam sagt: »Rus, du musst die nicht anfassen.«

»Die mögen das aber«, erwidere ich, denn ihre Brustwarzen recken sich meinen Fingern gierig entgegen. Ich zupfe spielerisch daran.

Sam verspannt sich in meinen Armen, und ich schnalle, dass irgendwas nicht stimmt. Bei jeder anderen Frau müsste ich jetzt raten, was Sache ist, aber Sam ist nun mal Sam. »Ja, aber du magst sie nicht und … ehrlich Rus, es ist mir lieber, du fasst sie nicht an.« Im ersten Moment denke ich, dass sie Witze macht. Wie kommt sie darauf, dass ich was gegen ihre Brüste hätte? Doch sie fügt hinzu: »Schon okay, du hast eben andere Vorlieben. Das ist …« Um sie zu unterbrechen, umfasse ich erneut ihre beiden Brüste. Ja, sie sind klein. Das lässt sich nicht leugnen, aber sie sind verdammt schön. Sie haben eine tolle Form und passen perfekt zu Sam, die ebenfalls sehr klein und zart ist. Meine Finger gleiten über ihre Nippel, und Sam gibt ein verlangendes Stöhnen von sich. »Bitte lass es!«, fleht sie. »Ich fühle mich nicht wohl dabei.« Das stimmt nicht. Ihr erregtes Keuchen straft ihre Worte Lügen. »Rus, bitte! Ich will mir nicht die ganze Zeit einen Kopf drum machen, was du denkst und dass du …«

»Was ich denke? Sie sind perfekt! Und ich denke, ich bin ein Idiot, weil ich dir jahrelang das Gefühl gegeben habe, dass sie es nicht sind, und du nun deshalb gehemmt bist. Ich war ein dummer Junge …«

»Auch noch vor drei Wochen, als du meintest, ich hätte mickrige Titten?«

Ich sehe sie strafend an. »Kontext, Sammy. Du hast vorher geschrieben, dass ich ein Egoschwein sei. Ich habe bloß zurückgeschossen.«

»Du bist ein Egoschwein«, brummt sie und sagt dann: »Und

was war eben an der Bar, als du der Meinung warst, der Asexuelle hat mich bloß abblitzen lassen, weil sie zu klein sind?«

»Fuck, Sammy, ja, deine Brüste sind nicht gerade Doppel-D, aber sie sind – ganz im Ernst – wunderschön«, entgegne ich. Das schlechte Gewissen plagt mich, denn mir wird langsam klar, wie tief ich Sam mit meinen dummen Sprüchen verletzt haben muss. »Es tut mir wirklich sehr leid, Sammy. Ich bin so ein Riesenarsch. Bitte verzeih mir. Darf ich sie anfassen?«, frage ich. »Ich will mich bei ihnen entschuldigen und es wiedergutmachen.«

Sie küsst mein Kinn. Lächelnd sagt sie: »Da hast du aber viel wiedergutzumachen.«

»Ich weiß! Und ich werde mich auch bei deinem Hintern …« Über den habe ich immer gesagt, er sei zu dick. »… und deinen wunderschönen, verlockenden Lippen entschuldigen.«

»Fang damit an, indem du sie noch mal küsst«, schlägt Sam grinsend vor. Ich lege meine rechte Hand auf ihre Wange und fahre mit dem Daumen über ihre vollen Lippen. Sie saugt ihn in ihren Mund und umspielt ihn mit ihrer Zungenspitze. Mir bleibt gar nichts anderes übrig, als mir vorzustellen, wie sie das mit meinem Schwanz macht.

»Du bist ein schlimmes Mädchen, Samantha Palmer«, rüge ich sie, als ich das spöttische Funkeln in ihren Augen sehe.

Sie gibt meinen Daumen frei und erwidert: »Ich kann nichts dafür, wenn du so schmutzige Gedanken hast, Rus.«

»Meine Gedanken sind noch viel, viel schmutziger, als du ahnst, Sam«, murmle ich, ehe ich sie erneut küsse. Ich knabbere an ihrer Unterlippe, beiße vorsichtig hinein. Sam legt den Kopf in den Nacken und seufzt. Die Geräusche, die sie von sich gibt, sind so sinnlich und verführerisch, dass ich nur schwer an mich halten kann. Am liebsten würde ich sie sofort hier und jetzt vögeln, doch Sam wollte duschen. Ich greife nach ihrer Hand und ziehe sie Richtung Badezimmer.

SAM | 21.12.2013 | Sydney | Australien

Im Badezimmer bleibt Rus abrupt stehen, und ich taumle gegen ihn. Vielleicht waren es doch ein oder zwei Bier zu viel, überlege ich, als ich seinen Hals küsse. Ich mache mich daran, sein dunkelblaues Hemd, das seine unglaublich blauen Augen noch mehr betont, aufzuknöpfen. Wir entkleiden uns gegenseitig, und als er nackt vor mir steht, verschlägt es mir beinahe den Atem. Es ist ja nicht so, als würden Boardshorts viel verbergen, aber sie verwehren einem nun einmal den Blick auf die wirklich interessanten Partien eines männlichen Körpers, und Russels Schlong kann sich sehen lassen. Verdammt, ist der Kerl gut bestückt. Allein der Anblick seines Schwanzes – lang und prall – reicht mir, um Lust auf mehr zu wecken.

»Dusche!«, dränge ich ihn, denn ich kann es nicht erwarten, seinen Prügel endlich in mir zu haben.

Rus grinst breit und hebt eine Augenbraue. »Wir haben Zeit, Sam«, murmelt er dicht an meinem Mund, als wir Sekunden später unter dem fließenden Wasser stehen, und dann küsst er mich ein weiteres Mal. Seine Lippen berühren meine, und ich stöhne wohlig auf. Er fasst in meine nassen Haare, und mit sanftem Ziehen sorgt er dafür, dass ich meinen Kopf in den Nacken lege. Seine Zunge taucht erneut in meinen Mund ein, und es ist, als würde die Welt um mich herum explodieren. Fuck, dieser Typ weiß echt, wie man küsst.

Ich lege eine Hand an seine Wange und streichle mit der anderen über seinen feuchten Rücken. »Rus«, seufze ich, denn ich kann nicht glauben, dass er es ist, der mich derart abgehen lässt. Mein Verstand meldet sich zu Wort, gewinnt die Oberhand, und ich schaue ihm tief in die Augen. Sie sind leicht glasig, und ich frage mich, ob es daran liegt, dass er noch immer angetrunken ist, oder ob er von der Knutscherei ebenso berauscht ist wie ich.

»Hast du Zweifel?«

»Nein, Rus. Es ist nur so seltsam, dass wir beide … irgendwie kann ich es nicht glauben.« Er nickt verstehend. »Es fühlt sich so verdammt großartig an. Warum haben wir das nicht früher schon gemacht?«

»Ich weiß es nicht, Sammy«, erwidert er heiser. »Aber weißt du, was das Beste ist? Es hat noch nicht mal richtig angefangen.«

Ich küsse ihn flüchtig und sage: »Na dann, zeig, was du drauf hast, Ripper.«

Er schenkt mir sein umwerfendes Lächeln und sinkt vor mir auf die Knie. Russel bedeckt meinen Bauch und meine Schenkel mit unzähligen Küssen, eher er seine Zunge über meinen Kitzler gleiten lässt. Sie bahnt sich ihren Weg durch meine kurzen, dunklen Härchen, zwischen meinen Schamlippen hindurch zu meiner Pussy. Ich spreize meine Beine weiter und kann nicht genug von seinem heißen Mund bekommen, der mir solche Lust bereitet.

Doch wieder schaltet sich mein Hirn ein. Das ist Russel, der mir diese lustvollen Laute entlockt. Mein Kumpel Russel, von dem ich zwar wusste, dass er ein heißer Kerl ist, es aber nie so empfunden habe. Ich lasse meine Hand in seine Haare wandern, denn ich muss ihn anfassen, um das zu begreifen … um es wirklich zu verstehen. Die ganze Situation ist surreal und ein wenig wie aus einem Traum. Es ist eine Art letztes Aufbäumen, bevor mein Verstand flöten geht und ich mich in der Leidenschaft verliere.

»Entspann dich, Sam«, murmelt er, während das Duschwasser auf uns herabprasselt. Ich verdränge das ungläubige Gefühl, oder vielmehr wischt er es mit seinen gezielten Zungenschlägen beiseite. Er lässt seinen Mund tiefer zwischen meine Beine wandern, wo er mich küsst und leckt, wie es noch niemals jemand vor ihm getan hat. Er ist mit Feuereifer dabei – Russel macht nun mal keine halben Sachen. Wenn es fürs Lecken Trophäen gebe, dann wäre er wohl Weltmeister.

Ich schiebe meinen gierigen Unterleib gegen seine samtigen Lippen und gebe mich ihm mit Haut und Haaren hin. Russels Zunge neckt mich, spielt mit mir, und obwohl er darauf abzielt, mein Vergnügen hinauszuzögern, komme ich binnen kürzester Zeit laut und haltlos an seinem Mund. Er liebkost mich weiter, dehnt meine Lust aus, und ich habe das Gefühl, den Verstand zu verlieren. Ich versuche mich an der Wand abzustützen, denn meine Knie fühlen sich ganz weich an, und ich bezweifle, dass sie mich auch nur eine Sekunde länger tragen können. Ich lehne mich erschöpft und ein wenig überwältigt an und schließe die Augen.

Russels Lippen auf meinen holen mich zurück ins Hier und Jetzt. Er küsst mich hart. Ich schmecke mich an seinen Lippen und seiner Zunge. Fühle seine Hände auf meinem Körper. Er streichelt mich zärtlich, und ich schlinge meine Arme um seinen Hals, um mich an ihm festzuhalten. »Ich will dich, Sam. Sofort!«, grollt er in mein Ohr. Seine Stimme hat sich vor Geilheit dunkel gefärbt. Wir schaffen es aus der Dusche heraus, aber nicht mehr ins Schlafzimmer – und vermutlich wären wir direkt in der gläsernen Kabine übereinander hergefallen, wenn wir nicht an die Kondome hätten gelangen müssen.

Jedenfalls liege ich, kaum hat Rus sich das Gummi übergestreift, mit weit gespreizten Beinen, die auf seinen Schultern liegen, vor ihm auf einem Handtuch und lasse mich von ihm ficken. Ich schließe die Augen.

»Nein, Sam! Schau mich an!« Rus keucht in seiner Ektase. »Ich will, dass du mich ansiehst.« Und ich schaue ihn an. Es kommt mir vor, als würde ich ihn zum ersten Mal überhaupt richtig sehen. Er ist so sexy, wie er sich da an mir abarbeitet. Wassertropfen perlen über seine gebräunte Haut, seine Augen sind dunkel vor Lust und Verlangen, und ich verliere mich in ihrem Blau und seinem strahlenden Lächeln. »Gott, Sam! Du bist so scharf«, presst er hervor und greift nach meinen Brüsten. Er zwirbelt meine Nippel zwischen seinen Fingern, während er weiter in mich stößt. Ich bäume mich ihm entgegen, will ihn noch tiefer in mir spüren und noch mehr von ihm.

»Ich will dich richtig spüren, Rus!«

Er verharrt in der Bewegung und schaut mich fragend an. »Ich bin sauber und ich …« … nehme die Pille, will ich ihm sagen, doch er zieht sich bereits aus mir zurück und entledigt sich des Kondoms. Die Leere, auch wenn sie nur einen Moment lang andauert, ist schier unerträglich.

»Ich auch«, versichert Russel mir, ehe er erneut in mich eindringt. Es ist großartig, und es fühlt sich ganz anders an, viel intensiver, viel intimer. Rus bumst mich hart, und ich bäume mich seinen kraftvollen Stößen entgegen. Mich von ihm vögeln zu lassen, war die beste Entscheidung seit Langem, beschließe ich, während ich unter ihm liege und er wieder und wieder in mich eindringt.

Ich bin hin und weg, als er in mich spritzt und sich sein Sperma warm und schwallartig in mir verteilt. Er pumpt wie besessen weiter, während er mich hungrig küsst. Meine Lippen sind geschwollen, denn er knabbert und beißt mich, während er es tut.

»Sorry, ich konnte mich nicht mehr zurückhalten«, raunt er mir bedauernd zu.

»Nicht schlimm. Die Nacht ist schließlich noch jung, und du bist es auch«, entgegne ich. Es ist eine Anspielung auf meine letzte Affäre mit einem alten Kerl. Russel und Rory haben sich köstlich darüber amüsiert, und mich ständig damit aufgezogen, dass mein Lover mit Mitte vierzig sicherlich nicht mit ihnen mithalten könnte. Ich habe die beiden darauf hingewiesen, dass ihnen diese Ausdauer wohl auch früher oder später abhandenkommen würde, woraufhin Rus meinte: »Dann sterbe ich lieber jung.« Er ist einfach unverbesserlich.

»Lutsch meinen Schwanz, Sammy, dann bin ich gleich wieder bei dir.« Er erhebt sich, und ich knie mich vor ihn, packe ihn an seinem Knackarsch und beginne, seinen abschlaffenden Penis zu blasen, der daraufhin schnell wieder hart wird. Russel schiebt ihn mir tief rein, und ich genieße es, vor ihm zu knien und an seiner Latte zu lecken und zu saugen. Ich verwöhne ihn eine ganze Weile lang mit meinem Mund, meinen Lippen, meiner Zunge und meinen Zähnen, ehe er mich auf die Füße zieht und mich Richtung Bett schiebt.

Russel drückt mich bäuchlings in die Matratze und besteigt mich von hinten. Seine Hände gleiten über meinen Hintern, und er knetet ihn, ehe er mich an der Hüfte packt und immer härter und tiefer in mich hämmert. Ich spreize meine Beine weit für ihn. »Fuck, Sam, das ist so gut«, keucht Rus, während er mich bumst, als gäbe es kein Morgen mehr. Seine Hände gleiten zwischen meine Beine, und er reibt meinen Kitzler. Er sahnt noch mal ab, und ich komme drei Stöße nach ihm – mein Stöhnen dürfte man bis auf den Gang hinaus gehört haben.

Nachdem der erste Druck weg ist, müsste man meinen, dass wir ein wenig runterkommen und ruhiger werden, doch so ist es nicht. Ich will ihn überall berühren und kann nicht genug von ihm bekommen, und ich will, dass er mich überall anfasst und mich auf jede nur erdenkliche Weise nimmt. In den nächsten Stunden ficken wir uns haltlos einmal quer durchs Bett, drehen und wenden uns und verschmelzen wieder und wieder miteinander. Wir küssen uns hungrig, und unsere verschwitzten Leiber kleben aneinander.

So nah war ich noch keinem Mann zuvor – es ist, als würde es keine Schutzmauern geben. Ja, ich bin immer hemmungslos und hingebungsvoll, aber das hier ist etwas ganz anderes, etwas noch nie Dagewesenes. Etwas, was mir Angst machen sollte. Aber ich bekomme keine Panik, will der Nähe nicht entkommen, weil ein anderes Gefühl dominiert. Ich bin mir gar nicht sicher, was genau es ist, aber es lässt mich alle Vorsicht vergessen.

Als Rus über meine Rosette leckt und dann beginnt, meinen Po zu fingern, schleicht sich nicht einmal der Hauch eines Zweifels in meinen Kopf. Was diese Spielart angeht, bin ich extrem vorsichtig, und auf diese Weise habe ich es bisher nur mit Hunter und Cam gemacht – und das nicht von Anfang an. Doch mit Rus ist es anders, ihm vertraue ich vollkommen, und es ist großartig, als sein Penis schließlich bis zum Anschlag in meinem Arsch steckt. »Sam, du bringst mich um den Verstand«, stößt Rus stöhnend hervor, während er in mich drängt.

»Und du mich erst«, gebe ich von mir, ehe meine Stimme kippt und ich nur noch keuche und seufze.

Danach duschen wir zusammen, und ich kann nicht anders, ich muss ihn ständig anfassen und küssen. Rus geht es scheinbar ebenso. Unter der Dusche zieht er mich ganz fest in seine

Arme, und ich schmiege mich, so eng ich kann, an ihn. Das hier ist die großartigste Nacht meines Lebens. Sex mit ihm zu haben ist fantastisch. Wir befinden uns in einem rauschartigen Zustand und machen bis zur Morgendämmerung weiter.

Den Sonnenaufgang erleben wir zusammen im Jacuzzi. Rus hat eine Vorliebe für diese Dinger. Ich beobachte ihn, wie er sich mit geschlossenen Augen, den Kopf auf dem Beckenrand, entspannt. Die Düsen massieren seine Muskeln. Als Top-Athlet hat er sicherlich oft Schmerzen, gerade in den Schultern, im Rücken und in den Armen. Und wieder ist da der Wunsch, ihn zu berühren. Nein, es ist beinahe schon ein Drang.

»Komm her, Sam«, wispert Russel schläfrig. Ich gleite auf seinen Schoß und nehme ihn ein letztes Mal in mich auf. Ich reite ihn ganz sanft und bedecke sein Gesicht mit unzähligen Küssen. Gott, er ist so schön. Russel öffnet seine Augen, und wir schauen uns die ganze Zeit an.

Als wir fertig sind, steige ich von ihm runter und aus dem Pool heraus. Ich gehe ins Bad und klaube meine Unterwäsche vom Boden auf. Ich beginne damit mich anzuziehen, als ich Russels Anwesenheit spüre. Er lehnt komplett nackt im Türrahmen und betrachtet mich.

»Du kannst hier schlafen«, bietet er an. Er klingt heiser und übernächtigt. Seiner Attraktivität tut das jedoch keinen Abbruch, nie war er in meinen Augen schöner als in diesem Moment.

Ich schüttle den Kopf. »Nein, Rus, das wäre sicherlich toll, aber auch sehr dumm.« Er seufzt leise und nickt dann leicht mit dem Kopf. »So von Profi zu Profi muss ich sagen, dass wir ganz schön unprofessionell waren«, scherze ich.

Er nickt erneut. »Ja, das waren wir wohl.«

»Wir hätten uns nicht küssen dürfen«, brumme ich. Aber

im Nachhinein ist man immer schlauer, und ich konnte ihn auch nicht nicht küssen.

»Vermutlich«, räumt Russel ein. »Aber genau darum möchte ich dich bitten, Sam. Ich möchte noch einen Kuss!« Alles in mir schreit danach, seiner Bitte augenblicklich nachzukommen, und andererseits widerstrebt mir diese ungemein. Ich bin zu tief drin, denke ich. Das Bild einer Barrel erscheint in meinem Kopf. Das, was wir hier machen, ist wie ein verdammter Tube-Ride, bei dem man genau weiß, dass man es nicht rausschafft. Der einzige Ausweg ist das Doggy Door, doch ich nehme es nicht.

Rus schlendert sehr lässig auf mich zu, und ich habe nicht die Kraft, ihn zurückzuweisen. Ich bin berauscht von dieser Nacht, und wie bei all den anderen Küssen vorher kann ich es nicht sein lassen.

Er ignoriert, dass ich nichts außer meinem hauchdünnen Slip trage, stellt sich vor mich und lässt seine Hand in meinen Nacken gleiten. Er zieht mich an sich, versiegelt meinen Mund mit seinem, und ich trinke von ihm. Rus schmeckt wunderbar – ein wenig herb, ganz leicht nach Bier, noch immer nach mir und irgendwie nach sich selbst. Meine Hände wandern in seine Haare, und ich dränge mich gegen ihn.

Es ist, als würden unsere Körper magnetisch voneinander angezogen werden. Wir streben einander entgegen, verschmelzen und sind untrennbar verbunden. Schwachsinn, Sam, rüge ich mich und ersticke den romantischen, sentimentalen Mist, den ich gerade denke, im Keim. Du hast nur jemanden gefunden, der in der Kiste eine ebenso hemmungslose Drecksau ist wie du, sage ich mir, und das ist cool! Wirklich cool – aber mehr ist da nicht, denn der Typ ist immer noch Russel Reynolds. Was nicht schlecht ist, ganz und gar nicht, aber wir passen eben nicht zueinander – oder eben nur in der Horizontalen.

Ich löse mich mit einem bedauernden Seufzer von Russels Lippen und ziehe mich fertig an. Rus beobachtet mich schweigend. »Wir sehen uns beim Frühstück«, sage ich schließlich und gehe zur Tür. Etwas in mir will, dass er mich bittet zu bleiben, und mit einem Mal ist sie da: die Panik. Wo Erwartungen sind, bleiben Enttäuschungen nicht aus, und so wundert es mich nicht, als seine Antwort mich schmerzhaft trifft.

»Danke, Sammy, für diese fantastische Nacht«, meint Russel. Kein ›Lass uns das unbedingt wiederholen‹ oder ›Bitte bleib‹, und ja, einerseits bin ich unglücklich darüber. Andererseits auch maßlos erleichtert, denn das zwischen uns würde niemals gut gehen.

Während ich in die Richtung von Joes und meinem Zimmer gehe, denke ich darüber nach, was hier gerade geschieht. Russel war nie eine Option für mich. Im Gegenteil, wenn einer der Reynolds-Brüder mich gereizt hat, dann Dean. Bei ihm habe ich mich immer sicher, geborgen und geliebt gefühlt. Dean war wie der große Bruder, den ich nie hatte, auch wenn er mir stellenweise sogar meinen Vater ersetzt hat. In Wahrheit sind wir alle bei Dean aufgewachsen. Das gilt für die Reynolds-Zwillinge ebenso wie für Rory und mich, und das, obwohl Dean lediglich fünf Jahre älter ist als wir.

Wieder wandern meine Gedanken zu Russel. Lass den Scheiß, Sammy, sage ich mir erneut. Du magst es einfach. Du hasst Bindungen, und du willst dein Leben nicht unnötig verkomplizieren, indem du jemanden hineinholst, der so komplex und schwierig wie Russel ist und dich in diesem Bereich noch um Längen schlägt, denn dass ich verkorkst bin, das weiß ich selbst.

Dennoch gibt es eine Art widerspenstiges Aufbäumen in mir. Etwas will, dass ich umkehre und zurück in Russels Zimmer gehe. Schließlich hatte er mich ursprünglich gebeten zu bleiben. Ich war es, die diese Einladung ausgeschlagen hat. Er hat mich ziehen lassen, weil ich es wollte. Hat getan, was ich auch getan hätte. Ich könnte umkehren, könnte zurückgehen. Und dann? Mich ihm an den Hals schmeißen? Mich bis auf die Knochen blamieren, weil ich gerade völlig neben mir stehe und ihn bereits in diesem Augenblick schrecklich vermisse? Ich meine, wie kann das sein? Vor drei Minuten lag ich schließlich noch in seinen Armen.

Ich ignoriere das sehnsüchtige Ziehen und erinnere mich stattdessen daran, dass Rus einmal wochenlang nicht mehr mit mir geredet hat, weil ich ihn bei einem Surfcontest geschlagen habe. Okay, damals waren wir noch Kids, und ich hatte verdammt gute Gründe, herausragend zu sein – schließlich wollte ich meinen Vater unbedingt beeindrucken, und das ging nur über sportliche Erfolge. Er hat immer bedauert, dass ich kein Junge geworden bin, wie die Ärzte es gesagt haben. Es gibt mehrere Ultraschallbilder, auf denen es wirklich so aussieht, als hätte ich einen Penis. Im Nachhinein waren die Ärzte der Meinung, dass ich bloß meine Hände im Schritt hatte und sie einen Finger fehlinterpretiert haben. Im Prinzip ist es egal: Ich kam auf die Welt und habe seine Erwartungen enttäuscht. Etwas, das er mir nie verziehen hat.

An diesem Tag jedoch war mir das noch nicht egal. Ich wollte von ihm geliebt werden. Nein, wenn ich ehrlich bin, hätte es mir gereicht, wenn er mich überhaupt wahrgenommen hätte. Doch was auch immer ich tat, es stieß nie auf Anerkennung und war niemals gut genug.

Rus jedenfalls war damals tödlich beleidigt, weil ich mich

erdreistet hatte, ihm den Sieg vor der Nase wegzuschnappen. Er war schon immer ein schlechter Verlierer. Von einem Mädchen besiegt worden zu sein, war für ihn der absolute Super-GAU und hat ihn tief in seiner männlichen Ehre gekränkt.

Tja, und warum konnte er das nicht verknusen? Richtig, weil er ein elender Macho ist. Er hält sich allein deshalb für etwas Besseres, weil er ein Mann ist, und er hat, wie die meisten Pro-Surfer, eine Vorliebe für Tussen. Diese Kerle sind eben ziemliche Chauvis, und sie neigen dazu, sich irgendwelche niedlichen Weiber aufzureißen, die sie den lieben langen Tag anschmachten – aber so bin ich nun mal nicht. Ich bin aus einem anderen Holz. Ich will meinen eigenen Stiefel durchziehen und selbst was erreichen. Ich will nicht auf die Kohle eines Mannes angewiesen sein. Meine Unabhängigkeit ist mir wichtig, und mit einer Frau wie mir könnte ein Typ wie er niemals glücklich sein. Ich bin zu frei und stolz, lebe selbst wie ein Kerl, denn mal ehrlich: Warum sollten für mich andere Rechte und Pflichten gelten? Wir befinden uns schließlich nicht mehr im Mittelalter, sondern im einundzwanzigsten Jahrhundert. Natürlich gibt es Unterschiede zwischen Männern und Frauen, doch bei der Bewertung hat unsere Gesellschaft einfach nur einen verdammt großen Knall.

Warum hat meine Attraktivität ein Verfallsdatum und die von Männern nicht? Wer sagt, dass ich mit Ende zwanzig weniger sexy bin als mit Anfang zwanzig? Gott, ich will gar nicht daran denken, wie es sein wird, wenn ich dreißig oder vierzig werde. Als Frau sollte ich untenrum haarfrei sein. Weil ich allerdings einen Scheiß auf so was gebe, sind meine Pussy und mein Venushügel es nicht. Gut, ich laufe zugegebenermaßen auch nicht mit einem Busch im Schritt herum, aber ich weigere mich, diese Vorgaben mitzumachen. Ich habe keine Lust, meine Brüste vergrößern zu lassen, Size Zero ist für mich keine Option, ich werde mir weder meine Schamlippen noch meine Vogelspinne bleichen lassen, nur weil das plötzlich das gängige, völlig absurde Schönheitsideal ist, das uns durch die Pornoindustrie vorgegaukelt wird.

Wie ich zu Rus sagte: Wenn eine Tussi ihn ändern will, dann ist sie die Falsche. Und ich bin nun einmal auch gut so, wie ich bin, und wer mich nicht will, der hat eben Pech gehabt. Das gilt für Dean und meinen Vater und all die anderen schwanzgesteuerten Idioten auf diesem Planeten, die Frauen wie Menschen zweiter Klasse behandeln.

Auf einmal spüre ich, wie müde ich bin. Ich meine nicht die Erschöpfung einer durchgemachten Nacht, nein, es ist grundlegender und tiefer. Es hat damit zu tun, dass ich es leid bin, zu kämpfen und mich zu beweisen, und mir wird klar, dass ich die vergangenen Stunden mit Russel auch deshalb so genossen habe, weil das nicht nötig war.

Dann wird mir allerdings bewusst, dass es eine Ausnahmesituation war. Russel ging es mies, und er war nicht wie sonst. Er war ganz er selbst und hat sich nicht profiliert und in den Mittelpunkt gespielt. An seiner Seite würde ich verblassen, so wie alle um ihn herum, denn er leuchtet so gleißend hell, strahlt so viel Energie und Kraft aus, dass niemand, den ich kenne, mit ihm mithalten kann.

Auf einmal spüre ich erneut dieses extrem sehnsüchtige Ziehen in meinem Herzen. Der Gedanke an ihn hat es ausgelöst, und dieses Ziehen wiederum stürzt mich in eine absolute Krise, denn ich weiß, dass es eine Bedeutung hat, und mir wird klar, dass ich Russel weder beim Frühstück noch sonst irgendwann in den nächsten Tagen über den Weg laufen möchte. Weihnachten mit ihm zu feiern erscheint mir mit einem Mal unmöglich. Ich stelle mir vor, wie es wäre, und komme zu dem Entschluss, dass ich unweigerlich durchdrehen würde. Wir waren uns schließlich einig, dass es eine einmalige Sache war, was bedeutet, dass Rus spätestens morgen die nächste Frau in seinem Bett hat. Der Gedanke verschlägt mir den Atem, und Übelkeit wallt in mir auf.

Reiß dich zusammen, Sam, verlange ich von mir, doch es will mir nicht gelingen. Eine Panikattacke schlägt so heftig und plötzlich zu, dass ich ins Wanken gerate. Ich taumle und stütze mich an der Wand ab. Mir bricht der Schweiß aus, und ich bekomme kaum Luft. Lass endlich den Scheiß, schreie ich mich in Gedanken an. Mir hätte von Anfang an klar sein müssen, auf was ich da zusteuere. Es ist Jahre her, seit mir das zuletzt passiert ist, und ich kann nicht fassen, dass Sex mit Rus eine derart heftige Reaktion bei mir auslöst. Es dauert eine gefühlte Ewigkeit, bis ich wieder klar denken kann. Inzwischen sitze ich im Flur auf dem Boden, lehne mit dem Rücken an der Wand und versuche, meinen Körper dazu zu bringen, mir zu gehorchen. Es war nicht der Sex, sage ich mir. Es liegt an dem Stress der vergangenen Wochen, an der Anspannung und ganz sicher auch an der Übermüdung. Und ja, es besteht kein Zweifel, dass ich wegen der Liebesnacht mit Russel verletzlich und überreizt bin. Ich habe alles gegeben und nichts zurückgehalten. Ich war unvorsichtig, habe mein Herz nicht geschützt und es regelrecht darauf angelegt, verletzt zu werden. Die Regeln standen von Beginn an fest. Nur ein Fick, nur diese Nacht, mehr nicht. Schön blöd war ich, mich darauf einzulassen. Es ist, als hätte ich gewollt, dass Rus mich zurückweist … so wie Dean und mein Vater.

Ich rapple mich auf und setze mich mühsam in Bewegung. Definitiv brauche ich erst einmal Abstand, um klarzukommen, und vielleicht sieht bereits alles besser aus, wenn ich geschlafen habe.

Kapitel 06

RUSSEL | 22.12.2013 | Sydney | Australien

Die Tür fällt hinter Sam ins Schloss, und ich kann mich minutenlang nicht vom Fleck bewegen. Ein Teil von mir möchte ihr nachlaufen und sie umgehend zurück in dieses Zimmer und ins Bett holen. Ich will, dass sie wieder in meinen Armen liegt. Der Gedanke an sie macht etwas mit mir, und mir wird klar, wie recht Sam damit hatte, dass wir uns nicht hätten küssen dürfen.

Diese verdammten Küsse haben aus dieser Sache etwas anderes als einen seelenlosen Fick gemacht. Ja, wir waren unprofessionell. Das lässt sich nun aber nicht mehr ändern. Ich beschließe, mir später darum Gedanken zu machen. Im Moment bin ich zu groggy, ein Wunder, dass ich mich nach der Anstrengung der letzten Tage, vor allem aber der der letzten Stunden, überhaupt noch auf den Beinen halten kann. Sammy hat mir wirklich alles abverlangt. Ich war noch nie mit einer Frau wie ihr im Bett. Sam ist der Wahnsinn, und ihr Appetit steht meinem in nichts nach. Sie würde mir bestimmt nicht sagen, dass ich zu anstrengend bin und zu viel Sex haben will. Nein, Sammy würde mit Kusshand alles nehmen, was ich zu geben bereit bin. Erneut ist da dieses merkwürdige Gefühl.

Auf keinen Fall war das hier eine einmalige Sache. Ja, ich weiß noch genau, worauf wir uns geeinigt hatten, aber es war zu gut, um es sein zu lassen. Später, sage ich mir und zwinge mich dazu, mich zu bewegen. Ich werde dieses Problem angehen, aber nicht jetzt. Jetzt muss ich erst mal schlafen. Sam läuft mir schließlich nicht weg, und sie wird erkennen, wie genial es wäre, wenn wir diese Sache ausbauen. Ich rede hier nicht von einer Beziehung – nicht falsch verstehen! Ich rede hier bloß von einer Affäre. Ich gehe zum Bett und lege mich hin. Meine Eier haben die Größe von Erbsen und pulsieren wie verrückt. Ich lege meine Hand darüber, als ich mich auf die Seite drehe. Durch die Anspannung schlafe ich in der Regel schlecht, nicht jedoch an diesem Tag. Ich bin weg, ehe mein Kopf das Kissen berührt.

Ein Klopfen weckt mich irgendwann. »Moment!«, grolle ich, bevor ich mich mühsam erhebe und zur Tür schlendere. Ich klaube meine Hose vom Boden auf und ziehe sie an, ehe ich mit nacktem Oberkörper die Tür öffne. Ich hoffe, es ist Sam, die zurück in mein Bett will, doch es ist nicht Sam. Es ist Joe. Meine Schwester sieht aus wie immer: perfekt.

»Gott, Rus, wie siehst du denn aus?« Ich ignoriere die Rüge, die ihre Worte enthalten, grinse sie stattdessen an, trete beiseite und lasse sie eintreten.

»Warum? Wie sehe ich denn aus?«, frage ich.

»So, als wärst du gerade erst aus dem Bett gefallen.«

Ich strecke mich und gähne dabei. »Bin ich auch. Ich würde vermutlich immer noch schlafen, wenn du mich nicht geweckt hättest.«

Sie geht zum Fenster und zieht die Vorhänge auf. »Hey, du hast ja ein Jacuzzi auf dem Balkon«, stellt sie erfreut fest. Sie liebt die Dinger ebenso wie ich. Ganz allgemein sind wir verrückt nach Wasser.

»Ja, aber ich würde nicht reingehen.«

»Warum nicht?«

»Weil ich gestern Nacht darin Sex hatte«, erwidere ich trocken.

Joe verzieht ihr Gesicht und errötet. »Bitte verschone mich mit Details, Rus.«

»Keine Sorge, das habe ich definitiv vor.« Ich schlendere zur Minibar, nehme mir eine Flasche Wasser heraus und leere sie in großen Schlucken. Mann, habe ich einen Brand.

Joe lümmelt sich in einen der Sessel. Ich überlege kurz, ihr zu sagen, dass ich auf dem auch Sex hatte, aber sie bat mich ja darum, sie mit Details zu verschonen. Ein Grinsen kann ich mir dennoch nicht verkneifen. Fuck, diese Nacht mit Sam war verdammt großartig.

»Ich dachte, ich schaue mal nach dir, nicht, dass du das Frühstück verpasst.« Sie schaut sich im Zimmer um. »Ist sie noch hier?«

»Wer?«

»Na ja, die Tussi, die du letzte Nacht angeschleppt hast.« Sie versucht cool zu klingen, aber ich weiß, dass sie meinen Lebensstil hasst. Sie macht sich mindestens ebenso große Sorgen um mich wie ich mir um sie. Es ist schwierig zu erklären, wie das zwischen uns ist, aber sie steht mir mit Abstand am nächsten. Sie zu schützen ist auch eine Art von Selbstschutz – ich wüsste nicht, wie ich ohne sie leben sollte. Ich schüttle den Kopf, und sie wechselt abrupt das Thema. »Wie geht es dir sonst? Kommst du langsam damit klar, also dass du …«

»… dass ich gegen Kane abgelost habe?«

»So würde ich das nicht sagen«, lenkt sie ein.

»Nein? Ist aber doch so.« Ich seufze. »Ich werde es überleben, Joe. Es ist nur …«

»Scheiße?« Ich nicke. »Kann ich verstehen, aber mach so einen Blödsinn nie wieder, also einfach abzutauchen und dich nicht zu melden.«

Ich gehe zu ihr, hocke mich neben den Sessel und schließe sie in die Arme. »Sorry«, nuschle ich.

»Schon gut«, murmelt sie.

Ich seufze erneut. »Nein, es ist nicht gut. Ich war ein Arsch.« Wieder mal, füge ich in Gedanken hinzu. Erst habe ich an Sams Selbstwertgefühl irreparablen Schaden angerichtet und dann auch noch Joe in Angst und Schrecken versetzt, weil ich sang- und klanglos abgetaucht bin.

Nun schüttelt Joe den Kopf. »Bist du nicht, aber bitte mach das nie wieder. Ich habe dich so schrecklich lieb, und ich weiß echt nicht, was ich ohne dich tun würde.«

Ich nicke und schlucke beklommen. So ist das ganz oft. Wir denken in ähnlichen Bahnen und erleben unabhängig voneinander Dinge, die den gleichen Bezug haben.

»Was hast du in den drei Tagen eigentlich gemacht?«

»Nichts.«

Sie sieht mich strafend an, und ich knicke ein.

»Nichts worauf ich stolz bin«, räume ich ein.

»Drogen?«

»Um Himmels willen, nein! Nicht vor dem ersten Weltmeistertitel«, scherze ich, woraufhin Joe mir den Mittelfinger zeigt.

»Das will ich dir auch geraten haben, sonst würde ich dir deinen Hintern aufreißen.« Joe klingt in dem Moment so sehr nach Sam, dass es mir die Sprache verschlägt. Wobei Sammy vermutlich Arsch gesagt hätte.

»Ob du es glaubst oder nicht. Ich habe vor allem in Selbstmitleid gebadet«, gestehe ich. Joes Blick ruht mitfühlend auf mir. »Ich wollte nicht drüber reden und musste bloß Dampf ablassen. Es tut mir leid, dass du Angst um mich hattest.«

»Vergeben und vergessen«, sagt sie und fügt hinzu: »Und nun zieh dich an. Langsam bin ich am Verhungern, und du weißt, wie ich bin, wenn ich hungrig bin …«

»Ich beeile mich«, unterbreche ich sie, denn ja, das weiß ich genau. Der Engel mutiert dann zu einem blutrünstigen Monster, und so weit will ich es bestimmt nicht kommen lassen. Also beeile ich mich im Bad. Putze die Zähne unter der Dusche und bin so schnell angezogen, dass Flash Komplexe bekommen würde. Allerdings trage ich das blaue Captain-America-T-Shirt, das Joe mir neulich geschenkt hat und das – laut ihr – meine Augen so richtig zur Geltung bringt.

»Ich liebe das Shirt an dir«, bekundet sie, als ich aus dem Bad komme. Ich verdrehe die Augen, denn als sie es mir gegeben hat, meinte sie, dass ich ihr Held bin. Aber ich bin nun mal kein Held, und schon gar keiner wie Captain America. Nein, ich bin eher Iron Man. Tony Stark versteht es nämlich, Party zu machen und das Leben zu leben.

Ich lege ihr den Arm um und genieße ihre Nähe. Das ist das Härteste an der Tour: Monatelang von Joe getrennt zu sein ist übel. Wir sind nun mal Zwillinge, und es stimmt, was man über uns sagt. Ich meine, ich habe ja den Vergleich mit Dean. Den habe ich auch lieb, aber mit Joe ist es anders, komplett anders, und das liegt nicht etwa daran, dass sie ein Mädchen ist oder dass Dean fünf Jahre älter ist als wir. Nein, es liegt daran, dass … nun ja, sie ist eben ein Teil von mir. Um die Wahrheit zu sagen, ist sie der bessere Teil. Sie ist ein guter Mensch. Ich nicht. Ich bin zu ehrgeizig. Ich will den Erfolg um jeden Preis und habe auch einen Haufen anderer unschöner Eigenschaften. Wie zum Beispiel mit der einzigen Frau zu schlafen, die mein Bruder jemals geliebt hat. Was Joe wohl davon halten würde, wenn sie es wüsste? Mit Sicherheit würde sie mir die Hölle heißmachen und wäre bitter enttäuscht von mir. Das schlechte Gewissen nagt an mir, und ich fühle mich unwohl.

Mit uns im Fahrstuhl steht ein älteres Ehepaar. Die Frau schaut uns unverhohlen an, doch ich denke gar nicht daran, meinen Arm von Joes Schulter zu nehmen. Ein missbilligender Zug umspielt ihre Mundwinkel, und oh Wunder, sie trägt Perlenohrringe und ein Halstuch von Hermès. »War eine echt geile Nacht«, sage ich laut genug, dass sie es hören kann, zu Joe und füge hinzu: »Wie heißt du eigentlich, Kleines?«

Joe wird rot bis in die Haarspitzen, während die Frau ein leises geschocktes Keuchen von sich gibt. Ich grinse breit und sehr dreckig. Ja, ich weiß, ich bin ein Arsch, doch ich kann es nicht lassen, Leute zu provozieren, vor allem so selbstgefällige wie diese Lady. Joe schaut zu der Frau, erkennt, was hier gespielt wird, und sagt: »Vergessen Sie, was er gerade gesagt hat. Er ist bloß mein Bruder.« Der Mimik der Frau ist anzusehen, dass sie das keinesfalls beruhigt. Sie wirkt noch geschockter. Joe stößt mir ihren Ellbogen in die Rippen, als ich laut zu lachen beginne. Die Schrapnelle schnappt empört nach Luft, aber ehe sie etwas sagen kann, öffnen sich die Aufzugtüren, und ich strebe mit Joe an der Hand nach draußen. Wir stürmen den Frühstücksraum.

»Du hast so einen Scheißhumor!«, beschwert Joe sich, doch sie lacht inzwischen auch über die Nummer, die ich im Aufzug abgezogen habe. Keine Ahnung warum, aber ich konnte ums Verrecken nicht widerstehen, diese frigide Tussi in Verlegenheit zu bringen – und damit meine ich Mrs. Perlenohrringe, und nicht Joe.

Ehrlich, was bildet sich diese Frau ein, uns zu mustern und zu meinen, sie wüsste, wer wir sind, und sich ein Urteil darüber zu erlauben. Ja, gut, wenn sie glaubt, ich bin ein ungehobelter Flegel ohne Manieren, dann ist das nah dran an der Wahrheit. Aber Fakt ist, es gibt keinen Grund, Joe mit Missbilligung zu strafen. Sie ist ein Engel.

Etwas, das ein Typ wie Bradley Hoover nie erkennen würde.

Er würde meine sensible, wunderbare Schwester zerstören und ihr das Herz brechen. Dann müsste ich ihn wohl oder übel töten, und weil ich nicht besonders clever bin, würde man mich früher oder später deshalb einlochen, und ich müsste mein Leben im Knast versauern. Der Traum vom Weltmeistertitel wäre dahin. Ich kann Sams Stimme in meinem Kopf hören. Macho, würde sie sagen, lachen und mir zuzwinkern. Frauen haben mir mein chauvinistisches Benehmen oft vorgeworfen, aber ehrlich: Was wissen die schon?

Ich bin nun mal ein Kerl, und ich benehme mich wie einer. Mit der Gesellschaft stimmt etwas nicht, wenn sie erwartet, dass wir unsere Instinkte unterdrücken, uns in Anzüge zwängen und so tun, als wären wir zivilisierte Menschen, denn so ist mein Job nicht. Mein Job ist anders. Ich bin anders. Jeden Tag riskiere ich mein Leben. Der Ozean ist unberechenbar, und auch wenn ich ihn gut kenne und ihn für meinen Freund und die Liebe meines Lebens halte, so hat er mich doch mehr als einmal überrascht und in die Mangel genommen. Und nein, ich verfluche diese urtümliche männliche Seite an mir nicht. Diese Eigenschaften sind in meiner Branche unerlässlich. Da draußen im Wasser begegnet man keinen tugendhaften Pfadfindern, sondern beinharten Burschen, und täglich schwappt das Testosteron über und die Fäuste fliegen. Ich bin nun einmal nicht da draußen, um mir Freunde zu machen und Ringelpietz mit Anfassen zu spielen, nein, ich bin da draußen, um den verdammten Titel zu erringen. Also: Scheiß drauf! Ich wäre schließlich nicht da, wo ich jetzt bin, wenn ich ein netter, rücksichtsvoller Kerl wäre, und das Gleiche gilt auch für Brad und Rory. Keiner von uns wäre derart erfolgreich, wenn er ein weiches Herz hätte und sich von irgendwelchen Sentimentalitäten ablenken lassen würde. Ehrlich, es gibt keinen Platz für ein Mädchen an der Seite von Typen wie uns.

Ich betrachte Joe und mache mir wieder einmal Sorgen, weil sie sich Brad einfach nicht aus dem Kopf schlägt. Ihr geht es wie Dean mit Sam oder wie unserem Vater mit unserer Mutter ... sie ist seit unfassbaren fünfzehn Jahren tot, und er trauert noch immer um sie. Und Joe, sie ist seit sechs Jahren in diesen genialen, aber auch reichlich abgefuckten Typen verschossen. Seit sie sich für Jungs zu interessieren begann, höre ich immer nur Brad aus ihrem Mund, und ehrlich, ich würde meinen Arsch darauf verwetten, dass sie noch immer heimlich davon träumt, eines Tages Mrs. Hoover zu werden. Eine Vorstellung, die mich erschauern lässt. Doch zum Glück entbehrt Joes Traumschloss jeglichen Fundamentes. Sie ist bloß eine hoffnungslose Romantikerin, die einer Kleinmädchenfantasie nachhängt und der Überzeugung ist, dass Brad Hoover der Eine sei.

»Boah, Alter, bläst du noch immer Trübsal, weil du gegen Kane den Kürzeren gezogen hast? Oder steckt die Schnalle dahinter, die du gestern Nacht geknallt hast?«, fragt Rory, der mir gegenüber Platz genommen hat.

»Joe, würdest du diesem Arsch mal deinen Ellbogen in die Rippen stoßen?«, frage ich, weil sie neben ihm sitzt. Sie kommt der Aufforderung umgehend nach und entlockt Rory ein »Autsch!«. Meine Schwester ist echt die Beste.

»So weit ist es schon gekommen, Rus. Nun bist du nicht mal mehr dazu in der Lage, deine Kämpfe selbst auszufechten. Ich meine, klar, Kane hat dich total fertiggemacht und wie die letzte Pussy aussehen lassen, aber allem Anschein nach hat er dich ja dauerhaft kastriert.«

Ich zeige ihm den Mittelfinger und fange den entrüsteten

Blick der Aufzuglady auf. Sie verzieht pikiert den Mund, und ich grinse ihr zu. Sie passt anders als ich wunderbar in dieses Ambiente, auch wenn ich vermutlich das X-fache von dem verdiene, was ihr Alter nach Hause bringt.

»Rory hat aber recht, du bist ziemlich still.«

Ich hebe beschwichtigend die Hände, schenke ihnen ein gefaktes Lächeln und erwidere: »Leute, ich bin bloß müde.«

Die beiden stecken die Köpfe zusammen und tuscheln miteinander. »Joe tendiert ja dazu, dir zu glauben, aber ich halte dich für einen schamlosen Lügner.«

Ich werfe Rory einen finsteren Blick zu.

»Darf man seine Zwillingsschwester und seinen besten Freund anlügen, Rus?« Seine grauen Augen mustern mich durchdringend. »Es ist eine Frau, oder?«

Ich schnaube frustriert und denke an das Versprechen, das Sam und ich uns gegeben haben. Niemand wird von der Sache erfahren. Das haben wir uns geschworen, also muss ich da wohl allein durch. »Du hast recht, Rory. Kane hat mich fertiggemacht, und ich komme nicht drüber weg. Ständig kreisen meine Gedanken um den Heat, und ich … Fuck, ich bin so sauer und so frustriert.« Und gänzlich gelogen ist es ja nicht – nur eben, dass Sam es geschafft hat, diese ganze Kacke in den Hintergrund zu drängen.

»Nimm dir das nicht so zu Herzen, Mann. Sieh es als Lektion, an der du lernen und wachsen kannst, denn was meinst du, wie es dir erst im nächsten Jahr geht, wenn du gegen mich ablost.«

»Träum weiter, Goldlöckchen. Eher friert die Hölle zu«, knurre ich. »Dich stecke ich locker in die Tasche.«

»Gegen Kane zu verlieren ist auch keine Schande«, wirft Joe ein. »Ich meine, er ist Kane Slade, der King of Surfing.«

Rory sieht sie vorwurfsvoll an. »Echt jetzt? Ich dachte, du bist ein Brad-Fan.«

Sie verdreht die Augen und nippt an ihrem frischgepressten O-Saft. »Oh bitte! Ich bin so was von über ihn hinweg, und ein Fan war ich nie, also weder von ihm noch von Kane, aber er ist ein großartiger Surfer. Das ist doch wohl unbestritten.«

»Klang aber gerade anders«, wirft Rory ein. »Du stehst doch nicht etwa auf Surfer, Joe.«

Sie lacht. »Neeee! Ich gebe zu, dass ich mal auf Brad stand, aber du und Rus, ihr seid echt abschreckende Beispiele und bringt eine ganze Branche in Verruf mit euren Eskapaden.«

»Unseren Eskapaden?«, echot Rory ungläubig.

»Na ja, ihr wechselt die Frauen wie die Unterhosen … nein, vermutlich wechselt ihr die nicht mal ansatzweise so oft wie die Groupies, mit denen ihr ins Bett steigt«, mutmaßt sie.

»Hey, wir sind Profisportler«, erwidere ich.

Joe lacht. »Klar, Bruderherz, das erklärt natürlich alles.«

»Hey, Joe, Russel hat recht. Wie könnte man da nicht zugreifen? Ich meine, es ist ja nicht so, als wären wir gebunden und …«

»… und selbst dann könntet ihr armen, triebgesteuerten Kerle den zahlreichen Versuchungen nicht widerstehen, was? Ich sehe schon: Schuld sind allein diese ganzen Groupies, die euch an die Wäsche wollen. Ihr könnt einem echt leidtun«, scherzt sie. Ich werfe Rory einen vielsagenden Blick zu. Ja, manchmal ist mir das in der Tat zu viel, und ihm auch. Zugegeben, die meiste Zeit ist es nicht so. Die meiste Zeit ist es geil, jede Nacht seinen Schwanz in eine andere hängen zu können und sich dafür nicht mal anstrengen zu müssen, aber manchmal sind diese Frauen auch völlig strange. »Ihr lebt wie im

Mittelalter. Zur Sünde verführt durch die triebgesteuerten, unreinen Weiber.«

»Machst du dich über uns lustig?«, fragt Rory und zieht Joe an sich, um sie durchzukitzeln. Sie quietscht, als er sie in die Rippen pikt, und beginnt dann haltlos zu lachen. Die Frau mit den Perlenohrringen schaut erneut zu uns herüber, und sie könnte nicht angefressener aussehen, wenn Joe und Rory es hier mitten im Restaurant auf dem Tisch treiben würden.

»Benehmt euch, ihr zwei«, zische ich ihnen tadelnd zu. Mein gespielt ernster Tonfall bringt auch Rory zum Lachen, doch er denkt nicht daran, von Joe abzulassen. Sie windet sich in seinen Armen und keucht. »Ich mach mir gleich in die Hose!«

»Sag: Ich bin eine böse Joe und werde dich nie wieder ärgern, lieber Rory.«

»Ich bin eine liebe Joe und werde dich ständig ärgern, böser Rory.«

Als Strafe kitzelt er sie natürlich weiter. Ich höre, wie jemand sagt: »Ach, Schatz, lass die jungen Leute doch. Ist das nicht schön, wenn man so verliebt ist? Weißt du noch, wie wir damals waren?«

»Lasst das jetzt! Die Leute halten euch schon für ein Paar«, ermahne ich sie dieses Mal ernster. Mir ist egal, was die Leute denken, aber sie pflanzen gerade diese Vorstellung in meinen Kopf, und mal ehrlich: Die ist ein absoluter Albtraum. Rory ist … na gut, er ist vielleicht nicht schlimmer als ich, aber ebenso schlimm, und ich würde einen Typen wie mich nicht an Joes Seite wollen. Nein, genau genommen will ich gar keinen Typen an ihrer Seite sehen.

»Uns?«, fragt Joe irritiert und sieht verständnislos zu Rory, der sie abrupt loslässt.

»Hallo, das wäre ja so, wie wenn ich meine Schwester ficken

würde«, empört er sich. »Ich meine …« Er verstummt und denkt nach.

»Das wäre, wie wenn du, Rus, Sex mit Sam hättest. Könntest du dir das auch nur im Ansatz vorstellen?«, hilft Joe ihm aus, weil ihm scheinbar nichts passend Absurdes einfällt.

Ich schüttle rasch meinen Kopf, obwohl ich es mir nur zu gut vorstellen kann. Die Erinnerung ist schließlich noch taufrisch. »Das wäre echt strange«, stimmt Rory Joe zu.

»Absolut«, kommt es von Joe. »Also nicht, dass ich Rory nicht lieb hätte oder so, aber …« Unser bester Freund nickt nachdrücklich und bestätigend. »… das kann ich mir beim besten Willen nicht vorstellen.«

»Gut, dass ihr das so seht und euch in diesem Punkt einig seid. Wenn Joe jetzt auch noch Brad abschwört, bin ich ein glücklicher Mann, und vielleicht kann ich dann mal beruhigt schlafen.«

»Brad ist gar nicht so übel«, verteidigt sie ihn.

»Hast du dir gerade zugehört? Von all den schwanzgesteuerten Männern, über die du dich gerade lustig gemacht hast, ist Bradley Hoover der allerschlimmste«, erinnere ich sie.

Joe zieht ihre Nase kraus. »Ich habe triebgesteuert gesagt. Ich nehme das Wort ›Schwanz‹ nicht in den Mund.«

»Du, als meine kleine Schwester, sollst auch keine Schwänze in den Mund nehmen.« Joe verdreht die Augen, und Rory lacht, weil sie doch wirklich errötet.

»Ihr seid blöd, alle beide!«, beschwert sie sich. »Aber ich hab euch trotzdem lieb.«

Rory zieht sie an sich und küsst ihre Schläfe. »Wir dich auch, du bist die Beste. Aber auch wenn du es dir nicht vorstellen kannst, verdammt viele Frauen wollen mit mir ins Bett steigen«, informiert er sie.

»Will ich gar nicht wissen.« Dann seufzt sie leise. »Wisst ihr eigentlich, wie sehr ihr mir gefehlt habt?«

»Du uns auch.« Ich bin froh, dass sie ihr Studium in L.A. zu Ende gebracht hat und heimkehrt. Sie ist unfassbar talentiert und hat es in Rekordzeit durchgezogen. Ich bin so stolz auf sie.

»Ich will nicht, dass ihr wieder auf Tour geht«, nörgelt sie.

»Begleite uns«, schlage ich vor.

»Ich würde bloß all deinen Eskapaden im Weg stehen. So eine kleine Schwester ist eher ein Hemmschuh, wenn man neue Eroberungen machen möchte.«

»Hatte sowieso vor, in Zukunft kürzer zu treten, schließlich gibt es da einen Titel, den ich mir holen will«, erkläre ich grinsend. Ich fände es schön, wenn sie mitkommen würde.

»Ja, Joe, denk drüber nach. Wir hätten super viel Spaß zusammen.« Rory scheint der Gedanke ebenso zu gefallen. Es wäre ein wenig wie früher. Gott, wir waren echt unzertrennlich.

»Ich muss aber eigentlich an meinem Portfolio arbeiten.«

»Und wo könntest du das besser als auf Tour? Du hast quasi den freien Zugriff auf reihenweise Pro-Surfer. Die Jungs lieben dich alle. Sie werden sich drum prügeln, vor deiner Kamera zu stehen, Süße!«, ermutigt Rory sie.

Joe seufzt. Ich kenne sie, sie will mir nicht zur Last fallen. »Hey, Sonnenschein, es wäre das Größte, wenn du mitkommst.«

»Wirklich?«, fragt sie ungläubig.

Ich nicke. »Ja, ich hätte dich liebend gerne dabei«, versichere ich ihr. Ich sehe das freudige Strahlen in ihren Augen und füge hinzu: »Ob du es glaubst oder nicht. Das ist das, was ich an der Tour am meisten hasse: von dir getrennt zu sein.« Die Tour ist cool, und ich liebe sie. Natürlich hat sie ihre Schattenseiten.

Manchmal habe ich Heimweh, manchmal nerven mich der Trubel und das Gefühl, nicht einmal für zehn Minuten allein sein zu können. Hin und wieder komme ich an Spots, wo die Bedingungen nicht mal ansatzweise so großartig sind wie zu Hause auf Hawaii. Dann habe ich im doppelten Sinn Heimweh, denn ich vermisse nicht nur meine Freunde und meine Familie, sondern auch das Land an sich. Andererseits ist die Tour zwar stressig und der Druck ist extrem, aber es ist auch geil. Ich liebe diesen Hype, der um uns gemacht wird. Ja, Sammy hat recht, ich bin ein Egoschwein, aber scheiß drauf!

»Oh mein Gott!«, keucht Rory und starrt in Richtung der Eingangstür. »Ist das nicht …«

»Belinda Sanders«, kommt es von Joe. Nun ist es meine Schwester, die missbilligend ihren Mund verzieht, jedoch nicht ohne Grund. Wir waren mit ihr auf der Schule. »Gab hat sie eingeladen.«

»Was? Wieso?«, platze ich heraus. Gab hat echt einen zweifelhaften Geschmack. Mal ehrlich, wie kann sie diese dumme Nuss einladen, obwohl sie ganz genau weiß, dass Sam mit ihr überhaupt nicht klarkommt.

»Gabs Eltern sind mit Belindas Eltern befreundet, und daher …« Ja, ich erinnere mich. Dennoch, wie ätzend muss das für Sam sein. Ich schaue mich nach ihr um, doch sie ist noch nicht hier. Belinda kommt zu uns. Schenkt Joe ein falsches Lächeln, begrüßt Rory herzlich und setzt sich auf den Platz neben mir. Fuck, wenn es nach mir ginge, dann würde ich die Frau nur noch von hinten sehen, und zwar nicht wie damals, als ich sie gevögelt habe. Das mit uns liegt schon ewig zurück, und ich weiß echt nicht, was das hier werden soll.

»Wie geht es dir, Russel? Wir haben uns lange nicht mehr gesehen.«

»Mir geht es gut, und dir?«, erwidere ich knapp und suche Joes Blick. Ein spöttisches Lächeln umspielt ihre Mundwinkel. Kein Wunder! Sie hat Dean, Belinda und mich damals in einer eindeutigen Situation vorgefunden. Es gibt nicht viel, wofür ich mich schäme. Diese Nummer jedoch gehört zweifelsohne dazu. Von Joe in flagranti erwischt zu werden, war für mich der Super-GAU. Etwas, was aus der Sache, die bis dato maximal heiß war, eine entsetzlich peinliche Geschichte gemacht hat und der Grund dafür sein dürfte, weshalb ich Belinda seitdem aus dem Weg gehe.

Sie legt ihre Hand auf meinen Oberschenkel und heuchelt Mitgefühl für meine Niederlage. Ich versuche, ihr Geplapper auszublenden, und denke an Sam. Ob sie noch schläft? Ich für meinen Teil würde sicher noch pennen, hätte Joe mich nicht aus den Federn geholt.

»Ich brauch unbedingt was zu essen. Du entschuldigst mich«, sage ich, stehe auf und strebe zum Büfett.

Rory gesellt sich zu mir, während ich mich bei den Fruit Loops bediene. »Unfassbar, dass die die hier haben«, meine ich und deute auf die Cerealien.

»Gab will eben, dass wir uns wohlfühlen, und sie weiß, wie sehr du die Dinger liebst«, meint Rory. Ich grinse zufrieden und finde es cool, dass Gab sich an solche Details erinnert und auf sie achtet. »Rus im siebten Himmel«, neckt Rory mich. Ich schiele auf seinen Teller. Er ernährt sich vorbildlich. Ich finde das bewundernswert, aber mir will es nicht gelingen. Ich brauche hin und wieder was Süßes und ohne Fruit Loops oder meine heißgeliebten Skittles würde mir echt was fehlen.

»Nee, der siebte Himmel sieht anders aus.« Den hatte ich gestern Nacht mit Sammy. »Bro, du musst mir einen Gefallen tun. Schaff mir diese Schnalle vom Hals.«

»Wen?«

Ich verdrehe die Augen. Checkt er denn gar nichts? »Belinda Sanders.«

»Warum? Was ist mit ihr?«

»Sie gräbt an mir rum und …«

»Was und?« Er dreht sich rum, mustert sie mehr als auffällig und winkt ihr dann auch noch zu.

Ich stoße ihm meinen Ellbogen in die Rippen. »Alter!«, zische ich zwischen zusammengebissenen Zähnen. »Jetzt ist ihr klar, dass wir über sie geredet haben.«

»Und?« Er sieht mich verständnislos an. »Tun wir doch. Warum willst du sie loswerden? Sie ist heiß. Ich warte, seit ich fünfzehn bin, darauf, sie klarzumachen.«

»Dann, Rory, ist jetzt deine Gelegenheit dazu«, erwidere ich entschieden.

»Bist du krank? Warum willst du sie nicht?« Er schaut mich irritiert an.

»Ich hatte sie schon«, bekenne ich.

»Was? Wann? Alter, warum erzählst du mir das nicht?«

Oh, Mann! Weil er scharf auf sie war. Waren wir irgendwie alle. Sie ist drei Jahre älter als Joe, Gab, Rory und ich. Und dann war sie mit Dean zusammen, aber sie … Gott, eigentlich auch völlig egal. Fakt war, dass Rory ziemlich in sie verknallt war und ich sie gefickt habe … Es gibt also gute Gründe, weshalb ich es ihm nicht erzählen konnte. »Warum sollte ich?«, murre ich. »Führst du Buch, mit wem ich schon in der Kiste war, oder was?«

»Nein, aber sie ist Belinda Das-Objekt-unserer-ersten-feuchten-Träume Sanders. Das ist ja wohl mal eine Erwähnung wert.«

»Okay, fein, ich habe sie gefickt. Und deinen Pornostar auch.«

»Cassy?«

»Genau. Sie und ihre Freundin Ruby.« Rory hält mir die Faust hin, und ich lasse meine dagegenkrachen.

In dem Moment gesellt sich unvermittelt Sam zu uns. Ich habe gar nicht bemerkt, dass sie den Raum betreten hat. »Morgen, Jungs, was geht?«

»Rus hat mir gerade erzählt, wen er in letzter Zeit so geknallt hat.«

Sams Augen weiten sich vor Schreck, und ich schüttle leicht und kaum merklich den Kopf. Die Erleichterung ist ihr förmlich anzusehen, als sie schnallt, dass ihr Name nicht gefallen ist. »Oh, okay. Das ideale Thema beim Frühstück, oder um es mit Joes Worten zu sagen: Was stimmt mit euch nicht?«

»Was stimmt mit dir nicht?«, spöttelt Rory. »Du bist doch die Queen of Eindeutigkeit und die, für die Sex wie Atmen ist.«

Ich verziehe das Gesicht und nicke zustimmend. Sam kann keinen Satz sagen, ohne dass er irgendwie zweideutig klingt, und obwohl sie es in diesem Moment vehement abstreitet, beweist sie beim Essen wieder mal ihr unnachahmliches Talent. Es ist die Braut, die das Stichwort gibt. Sie äugt auf Rorys Teller und fragt: »Haben wir eigentlich damals geklärt, wie Litschis schmecken?«

»Wie ich sagte, ich habe gehört, sie schmecken wie Sperma«, werfe ich ein. Habe ich damals schon gesagt, aber mir hört ja nie jemand zu. Belinda kichert albern, woraufhin ich sie irritiert ansehe.

»Seit wann steht Rory auf Sperma?«, kommt es von Joe.

»Na, immerhin weißt du scheinbar inzwischen auch, wie es schmeckt«, wirft Sam lachend ein.

Ich betrachte sie und kann aus einem mir unerfindlichen Grund meinen Blick nicht von ihren Lippen abwenden. Sie schaut mich ebenfalls an und sagt: »Schieb das Teil endlich rein, Rus, du spritzt alles voll.« Und erst da wird mir bewusst, dass ich den vollen Löffel noch in der Hand halte. Ich führe ihn rasch zum Mund, um zu verhindern, dass noch mehr Loops von ihm runterrutschen und in die Schale fallen.

»Schieb das Teil endlich rein, Rus, du spritzt alles voll«, grölt Rory. Er lacht so laut, dass uns erneut missbilligende Blicke vom Nachbartisch treffen. »Da ist sie wieder, die Queen of Eindeutigkeit!«

»Gott, Rus, was ist denn mit dir los?«, erkundigt sich Joe. »Du sahst eben völlig weggetreten aus.«

»Bin nur müde«, nuschle ich, frage mich jedoch selbst, was das gerade war. Warum konnte ich nicht aufhören, Sam anzustarren? Vielleicht weil ich weiß, wie sich ihre sündigen, vollen Lippen um meinen Schwanz anfühlen. Fuck, wie gern würde ich noch mal in ihrem Mund kommen. Allein der Gedanke daran reicht aus, um mich hart werden zu lassen. Belinda legt ihre Hand wieder auf meinen Schenkel. Sie sieht zu mir rüber, lächelt mich an … alles an der Art, wie sie sich mir gegenüber verhält, ist eine Einladung, doch es lässt mich kalt. »Noch jemand O-Saft?«, frage ich und stehe abrupt auf.

»Oh ja, bitte«, sagt Joe. Ich nehme ihr leeres Glas entgegen und marschiere wieder zum Büfett. Wie werde ich Belinda los? Und wie bekomme ich Sam erneut in mein Bett? Ich schenke uns Saft ein und nehme dann welche von den Litschis mit. Die schleimigen Dinger wecken Erinnerungen an unsere Jugend.

RUSSEL | Fünf Jahre zuvor | Lāhainā | Maui | Hawaii

»Ich mag keine Litschis«, meint Joe und schiebt die Schale von sich.

»Wieso? Wie schmecken die denn?«, fragt Gab.

»Hast du noch nie Litschis gegessen?«, will Rory von ihr wissen. »Ich liebe die Dinger!«

Gab schüttelt den Kopf und errötet. Die beiden sind seit kurzem ein Paar, und irgendwie sind sie voll krampfig miteinander.

»Ich habe gehört, dass sie wie Sperma schmecken«, sage ich.

»Okay«, meint Gab gedehnt und fügt hinzu: »Und das schmeckt dann also wie?« Na, da fragt sie in mir ja den Richtigen, als ob ich das wüsste. Ich zucke mit den Schultern.

»Milchig und irgendwie salzig«, erwidert Sam geistesabwesend und fügt hinzu: »Aber ich weiß nicht, wie Litschis schmecken.«

Wir anderen brechen in schallendes Gelächter aus, und es dauert eine gefühlte Ewigkeit, bis Sam schnallt, was sie da eigentlich gerade gesagt und vor uns zugegeben hat.

Ich komme aus dem Lachen nicht mehr heraus. Tränen laufen meine Wangen hinunter. Das Beste ist echt Sams Gesichtsausdruck. »Gott, Sam«, gluckse ich belustigt. »Hörst du dir eigentlich jemals zu?«

Dean wirft mir einen strafenden Blick zu, während Joe, Rory und Gab ebenfalls kichern.

»Sam ist echt die Meisterin der Zweideutigkeit«, kommt es von Joe.

»Blödsinn, sie ist die Queen of Eindeutigkeit.«

»Ach, fickt euch!«, flucht Sam, der die ganze Sache scheinbar peinlich ist.

»Das, meine Liebe, heißt kopuliert miteinander«, kommt es mit ernster Stimme von Rory – er imitiert meinen Vater perfekt, und ich beginne abermals zu kichern, diesmal können auch Dean und Joe sich nicht zurückhalten. Ich liege vor Lachen fast auf dem Boden, weil er echt eins A wie Dad klingt.

Sam zeigt Rory den Finger, den Dean sich daraufhin schnappt. »Sam«, meint er und lässt mal wieder raushängen, dass er ganze fünf Jahre älter ist als wir. Er ist echt unentspannt. Sams Gesicht verzieht sich zu einer Grimasse, und sie murmelt: »Und? Dann weiß ich eben, wie Sperma schmeckt.«

»Solltest du aber nicht wissen«, entgegnet er leise und mit einem Mal sehr ernst.

»Was? Wieso nicht? Du hast es mir doch beigebracht.«

Erneutes Gelächter unsererseits. Dean sieht empört aus und sagt: »Habe ich nicht!« Er schaut uns an und erklärt: »Okay, jedenfalls nicht so, wie ihr denkt. Sie hat mich gefragt, und ich habe ihr alles darüber erzählt.«

»Quasi eine Gebrauchsanleitung«, wirft Sam ein.

»Ja, und wie ist Regel Nummer Eins, Sammy?« Er klingt streng.

»Ähhhh …«, stammelt sie.

»Dass wir Kondome benutzen sollen«, kommt es von Joe.

»Streberin«, zische ich, doch dieses Mal lacht Dean nicht.

»Wenn du weißt, wie es schmeckt, hast du keins benutzt, Sam!«, folgert er, woraufhin Sam blass wird. »Hört zu, ich sage das nicht, weil ich es euch nicht gönne, und ja, es fühlt sich ohne besser an, keine Frage, aber – und jetzt hört mir verdammt noch mal gut zu – das ist es nicht wert, verstanden?

Eure Gesundheit ist wichtiger als ein bisschen Spaß, und es gibt einen Haufen Krankheiten, die auf diese Weise übertragen werden. »Du machst einen Test, Sam und …«

»Er war aber noch nie mit einer anderen zusammen«, wirft sie ein, woraufhin Dean schon erleichterter wirkt, dennoch sagt er: »Man kann auch sexuell übertragbare Krankheiten auf anderen Wegen kriegen.«

»Zum Beispiel durch eine Bluttransfusion«, kommt es von Joe.

Dean nickt. »Zum Beispiel.« Er verstummt, schließt die Augen und atmet tief durch. Es ist einer der Momente, in denen ich mir Sorgen um ihn mache und in denen ich merke, dass das alles zu viel für ihn ist. »Leute, ich habe euch alle verdammt lieb, und ich will nicht, dass euch was passiert. Also lasst so einen Scheiß. Das Risiko ist das nicht wert.«

RUSSEL | 22.12.2013 | Sydney | Australien

Seine Worte hallen in meinem Kopf nach. »Das Risiko ist das nicht wert.« Und gestern Nacht? Da haben Sammy und ich uns nicht an die Dean-Reynolds-Sexregel-Nummer-Eins gehalten. Warum auch? Wir vertrauen einander, aber … Mit einem Mal habe ich Bedenken.

Ich gebe Joe das Glas mit Orangensaft und setze mich wieder. Das restliche Frühstück über ignoriere ich Belindas Gebagger und hänge meinen Gedanken nach. Ich beobachte Sam, die sich mit Gab und Joe unterhält. Sie schaut immer mal wieder zu mir rüber, und als sie sich schließlich erhebt und verabschiedet, schließe ich mich ihr an. Als wir nebeneinander bei den Aufzügen stehen, werde ich mir der beinahe greifbaren Anspannung zwischen uns bewusst.

»Alles okay?«

»Yep!«, erwidert Sam knapp, doch ich weiß, dass sie lügt.

»Ist es wegen gestern?«

Sie presst die Lippen aufeinander, verschränkt ihre Arme vor der Brust und schweigt.

»Sammy, ich dachte, wir sind uns einig, dass das nichts zwischen uns ändert.« Der Aufzug kommt, die Türen öffnen sich, und wir treten ein, doch leider sind wir nicht allein. Wir steigen auf unserer Etage aus, und Sam marschiert zu Joes und ihrem Zimmer. Ich folge ihr. Habe das Gefühl, dass wir darüber reden müssen. Keine Ahnung, was in ihr vorgeht, doch ich habe Redebedarf. Dass wir keinen Gummi benutzt haben, macht mich im Nachhinein fertig. Sam öffnet die Tür zu Joes und ihrer Suite, und ich folge ihr.

SAM | 22.12.2013 | Sydney | Australien

Ich höre, wie Rus mir ins Innere der Suite folgt, doch gerade lege ich wirklich keinen Wert auf seine Gesellschaft. Wie kann er mich fragen, ob alles okay ist, wo er doch gerade noch mit Belinda Sanders, dieser Ätzkuh, geflirtet hat.

Als ich gesehen habe, wie die ihm die Hand auf den Oberschenkel gelegt hat, da hätte ich ihr am liebsten ihren verkackten Arm ausgerissen. Diese dämliche Nuss hat mich jahrelang gemobbt, und Rus lässt sich von ihr betatschen. Hat er denn gar keine Selbstachtung? Ich meine, mal im Ernst, sie ist so eine versnobte, oberflächliche und blöde Ziege. Dagegen wirkt das Guacamole-Mädel glatt wie Einstein.

»Sam, wir müssen reden.«

»Worüber, Rus?«, frage ich müde.

»Über das, was gestern passiert ist. Darüber, dass wir uns nicht an die Kondomregel gehalten haben und …«

»Das ist deine Sorge?«

Er nickt.

»Wie ich sagte, Rus, ich bin sauber. Ich habe mich erst kürzlich testen lassen.«

»Warum?«

»Was ist das? Ein Verhör?«

»Sam!«

Ich verdrehe die Augen. »Ich wollte einfach sicher sein, okay? Ich mache es zwar eigentlich immer nur mit und …«

»Und uneigentlich?«

Ich schnaube freudlos. »Bildest du die Ausnahme. Etwas, das ich gerade zu bereuen beginne.« Ich setze mich in den Sessel und starre ihn an.

»Bereust du es wirklich?« In seine dunkelblauen Augen schleicht sich ein Ausdruck tiefen Bedauerns. Er wirkt verletzt.

Ja, als ich ihn eben mit Belinda gesehen habe, da habe ich es höllisch bereut. »Ich … ich weiß es nicht«, gebe ich zu, und dann platze ich raus: »Ich vermisse diese Küsse.« Und der Gedanke, dass er sie mit Belinda Sanders austauscht, bringt mich beinahe um den Verstand. Wirklich, mit jeder anderen hätte ich kein Problem, aber diese dumme Schnepfe, die mir schon immer das Leben zur Hölle gemacht hat, die will ich definitiv nicht in seinen Armen sehen.

Rus sieht mich irritiert an, fasst sich jedoch rasch und überbrückt die Distanz zwischen uns mit ein paar schnellen Schritten. Er kniet sich vor mich, zieht mich an sich und küsst mich so leidenschaftlich und verlangend, dass jeder Widerstand in mir sich in Luft auflöst. Verpufft, so als hätte es ihn nie gegeben. Ich grabe meine Finger in seine Haare, keuche in seinen

Mund und rutsche vom Sessel runter auf seinen Schoß. Mein Atem hat sich unwillkürlich beschleunigt und wird noch schneller, als Russels Hände unter meine Bluse und über meinen Rücken gleiten. Ich löse mich von seinen Lippen, küsse seinen Hals und schließe genüsslich die Augen, als ich seinen vertrauten Duft in mich einsauge. Warum ist mir nie aufgefallen, wie gut er riecht? Er umfasst meine Brüste und knetet sie sanft.

»Kein BH?«, wispert er.

»Ich brauche keinen.« Leider. Verdammt, ich hätte echt gern größere Brüste – nur eben keine künstlichen. Die Vorstellung ist mir ein Graus. Rus scheint mein Bedauern aus meinen Worten herauszuhören, denn er sagt: »Weil sie scheißperfekt sind.«

»Hat sich all die Jahre anders angehört.«

»Fuck, Sam, ich sagte doch schon, dass ich ein Idiot bin«, braust er auf. »Wie oft willst du das noch hören?«

Ich rücke ein Stück von ihm ab, damit ich ihm ins Gesicht sehen kann. »Bist du nicht«, widerspreche ich, »aber ich kann nicht glauben, dass sie dir wirklich gefallen.«

»Du hast recht. Sie gefallen mir nicht.«

Seine Worte sind ein Schlag in die Magengrube. Wusste ich es doch! Ich … Gott, Sam, fang jetzt bloß nicht an zu heulen.

»Gefallen trifft es nämlich nicht mal im Ansatz. Ich bin verrückt nach ihnen. Fuck, ich glaube, ich liebe sie.« Im nächsten Augenblick reißt er meine Bluse auf. Knöpfe fliegen durch die Gegend, und ich schnappe erschrocken nach Luft. Sein Blick trifft mich, ehe er sich über meine Brüste beugt und meinen linken Nippel in seinen Mund saugt.

»Russel!«, keuche ich.

Er lässt von meinen Brüsten ab, schaut zu mir auf und fragt: »Ja?«

»Wenn Joe kommt«, bringe ich atemlos hervor, aber eigentlich ist es mir egal. Ich will gar nicht, dass er aufhört.

»Ins Schlafzimmer«, entscheidet er und steht mit mir auf seinem Schoß auf. Er stellt mich auf die Beine und schiebt mich vor sich her. Rus schließt die Tür hinter uns, und keine drei Minuten später wälzen wir uns wild knutschend zwischen den Laken. Ich zerre an seinem Gürtel, öffne seine Hose, und sein erigierter Penis springt mich regelrecht an. Rus packt mich, hebt mich auf seinen Schoß und ist den Bruchteil einer Sekunde später in mir. Ich lache erleichtert auf, und es ist, als … keine Ahnung. Es ist einfach großartig, ihn wieder in mir zu haben. Es nimmt mir all den Druck, der sich seit gestern – nachdem ich aus seinem Zimmer verschwunden bin – in mir aufgebaut hat.

Mein Verstand setzt aus, ich komme zur Ruhe und verliere mich in unseren Bewegungen. Ich reite ihn langsam, lasse mein Becken kreisen, und er bockt mir seins entgegen, wobei er meinen Hintern in beiden Händen hält. Ich umfasse meine rechte Brust, schiebe sie in seinen Mund, während ich mich mit der linken Hand an ihn klammere.

Viel zu schnell baut sich die Erregung in mir auf, wird zu einem gewaltigen Knoten in meinem Bauch. Sie ballt sich zusammen, beinahe schmerzhaft, und dann komme ich lautstark und heftig. Rus lässt von meiner Brust ab, greift in mein Haar und zieht mein Gesicht zu sich. Er küsst mich hart, dämpft mein Stöhnen mit seinem Mund und wälzt mich einen Augenblick später herum. Ich liege nun unter ihm. Er stößt schnell und energisch in mich, und als er kommt, wirft er den Kopf in den Nacken und schreit beinahe. Ich lege meine Hand auf seine Lippen und zische ihm ein »Pst!« zu. Fuck, wer weiß denn, ob Joe nicht zwischenzeitlich zurückgekommen ist. Russel pumpt weiter in mich und bricht ein Dutzend Stöße später erschöpft über mir zusammen. Er seufzt wohlig. Seine Lippen liebkosen meinen Hals. Ich kichere in sein Ohr, kreuze meine Beine über seinem nackten, unendlich geilen Hintern und wünsche mir inständig, dieser Moment würde ewig dauern. Es ist einer dieser Augenblicke, in denen man die Zeit anhalten möchte, weil sie so schön sind. Ich bin erfüllt und glücklich.

»Ich rutsche raus«, warnt Rus mich vor. Der Moment ist vorüber, als er sich von mir runterrollt und auf dem Rücken liegen bleibt. Ich schließe die Augen und trauere dem perfekten Augenblick nach. Ich verteufle die Flüchtigkeit des Seins und wünsche mir, ich könnte die Zeit ein paar Minuten zurückdrehen, um das alles noch mal zu erleben. Rus ergreift meine Hand. Ich drehe mich auf die Seite und betrachte ihn. Er sieht gar nicht aus wie er, wenn ich ihn so anschaue. Er blickt zu mir, und in seinen Augen liegt ein Ausdruck, den ich nicht deuten kann.

»Es wäre eine Schande, wenn wir das nicht wiederholen würden, Sammy!«

Ja, das wäre es. »Wie stellst du dir das vor?«, frage ich vorsichtig. Ich will es wiederholen. Unbedingt! Jetzt sofort. Mein Herz macht allein bei der Vorstellung einen freudigen Sprung, aber das wird schwierig.

»Ich weiß es nicht. Ich will nicht, dass Joe und Dean …« Er verstummt, doch ich weiß, was er meint. Er will nicht, dass sie davon wissen, und das kann ich verstehen. Alle würden sich bloß Sorgen machen und uns den Spaß an dieser Sache versauen, weil sie dazu eine Meinung hätten und es für keine gute

Idee halten würden, aber es ist eine gute Idee – davon bin ich überzeugt.

»Es muss ja niemand wissen. Wir müssen eben vorsichtig sein«, beruhige ich ihn.

Er betrachtet mich, und sein Blick bleibt an meiner senfgelben Chiffonbluse hängen, die er ruiniert hat. »Sorry wegen der Knöpfe, aber …«

»Aber?«

»Ich konnte mich nicht beherrschen«, gibt er zu, und das ist toll. Ich grinse breit bei seinen Worten. Russel lacht. »Was ist?«, frage ich empört, weil es so belustigt klingt.

»Wer von uns ist hier das Egoschwein, Sammy? Mmh? Ich glaube kaum, dass du noch selbstzufriedener aussehen könntest.«

»Boah! Du hast mir jahrelang das Gefühl gegeben, mehr oder weniger behindert zu sein. Breitmaulfrosch. Flach wie ein Brett! Moppelarsch! Mehr als einmal war ich versucht, mir einen Strick zu nehmen.« Er sieht in dem Moment so geschockt aus, dass ich mich bemüßigt fühle einzuräumen, dass es bloß ein Scherz war. »Aber ja, ich mag, dass du auf mich stehst.«

»Blödsinn, ich stehe kein Stück auf dich.«

»Nicht?«, frage ich und rutsche näher an ihn heran. Ich schiebe mein Bein über seine Oberschenkel und reibe meine Nase an seinem Hals. Seine Hand legt sich wie von selbst auf meinen Hintern.

»Du spielst mit dem Feuer, Sammy!«, raunt er mir zu und löst dadurch einen Schwall Erinnerungen aus.

SAM | Fünf Jahre zuvor | Lāhainā | Maui | Hawaii

Ich grinse Dean, der meinen Finger noch immer festhält, an und kann nicht anders, als ihn ein wenig anzuhimmeln, denn verdammt, Dean Reynolds ist auch echt anbetungswürdig. Er ist zwanzig Jahre alt und höllisch sexy. »Sei kein Spießer, Deany«, meine ich, zwinkere ihm zu und frage dann: »Sag mal, lässt du meinen Finger auch irgendwann los?«

»Nur wenn es unbedingt sein muss«, erwidert Dean und fügt rasch hinzu: »Der weiß sich ja nicht zu benehmen.«

»Tja, manchmal reicht es eben einfach nicht aus, ›Arschloch‹ zu denken«, gebe ich zurück.

Dean verdreht die Augen, und ich habe das Gefühl, dass er mich für ein kleines Mädchen hält. Verdammt, dabei bin ich sechzehn. »Gott, Sam, du bringst mich noch ins Grab«, jammert er und klingt dabei gar nicht mehr heiß, sondern als wäre er Mitte dreißig oder so.

Ich denke oft darüber nach, wie das wohl für ihn ist. Sean ist die meiste Zeit unterwegs arbeiten, und Dean ist hier und hat uns. Irgendwie erscheint mir das nicht fair, denn er ist ja selbst noch so jung. Er sollte sein Leben genießen und nicht die Verantwortung für Rus und Joe übernehmen müssen.

»Warum kannst du kein liebes Mädchen wie Gab sein«, zieht er mich auf, doch bevor ich ihm den Finger zeigen kann, hat seine Hand sich schon fest um meine geschlossen. »Böse, Sammy! Keinen Keks für dich«, grollt er. Seine Stimme ist so tief und sexy. Er ist eben kein Junge, sondern bereits ein richtiger Mann.

Ich spüre seinen Atem in meinem Haar und auf meinem Gesicht. Er muss sich zu mir runterbeugen, denn er ist deutlich größer als ich. Auch das finde ich ziemlich attraktiv. Irgendwie stehe ich auf große Kerle. Und ja, es hört sich gewollt zweideutig an. Schließlich habe ich einen Ruf zu verlieren. Ich bin immerhin die Queen of Eindeutigkeit, wobei wir wieder beim Thema wären.

»Gibt ja auch keine Kekse, sondern nur Litschis, und da die wie Sperma schmecken, verzichte ich dankend«, gebe ich zurück, was Dean zum Grinsen bringt. »Und abgesehen davon: Liebe Mädchen kommen in den Himmel …«

»Ja ja, und böse Mädchen kommen überallhin, ich weiß«, entgegnet er gespielt entnervt.

»Sammy ist nun mal total Bad Ass«, mischt sich Russel ein. Ihm gefällt es, denn in dieser Hinsicht bin ich wie er.

»Hast du gehört, Deany, ich bin nun mal total Bad Ass, damit musst du wohl leben.«

Seufzend lässt er meine Hand los und ermahnt mich: »Du gehst nach Hause, wenn ich noch einmal deinen Finger sehe.«

Die Ansage führt dazu, dass wir die ganze Zeit hinter seinem Rücken diese eindeutige Geste machen und uns schier scheckig lachen.

»Kinder, bekommt endlich eure Mittelfinger unter Kontrolle, sonst muss ich das Ganze hier auflösen«, droht Dean.

»Du bist solch ein Spielverderber«, mault Rus, woraufhin Dean ihn in den Schwitzkasten nimmt und ihm seinen blonden Schopf zerzaust.

»Irgendwann, Dean, bin ich größer und stärker als du, und dann kannst du dich auf was gefasst machen«, grummelt Russel und versucht, sich aus Deans Griff zu winden.

»Dann iss brav deine Litschis, damit du groß und stark wirst, du Zwerg!«

»Im Gegensatz zu dir stehe ich nicht auf den Geschmack von Sperma auf meiner Zunge, du alter Sack!«

»Was willst du denn damit sagen, Hosenscheißer?«

»Na, wenn du das nicht verstehst, dann …«

»Hey, Schluss jetzt!«, bestimmt Joe. »Dean, lass Russel los, und Rus, hör auf, Dean von der Seite dumm anzumachen.«

»So Sprüche würde ich mir ja schenken, wenn er endlich mal eine Freundin hätte.«

»Sei kein Arschloch«, knurrt sie Russel an und fügt zwinkernd hinzu. »Dean ist eben schüchtern.«

Diesmal ist er es, der ihr den Mittelfinger zeigt, woraufhin wir alle gespielt entsetzt aufkeuchen. »Dean«, hauche ich schockiert und grinse mir einen Ast. Er verdreht die Augen.

»Ihr seid so doof! Geht spielen und hört auf, mich in den Wahnsinn zu treiben.«

»Das macht doch nur Sam«, wirft Rory ein, woraufhin Gab kichert. Sie kichert in letzter Zeit oft, wenn er was sagt – saunervig!

Dean seufzt. »Ja, das ist wohl so«, stimmt er ihm matt zu.

»Vielleicht, aber ich habe auch sonst keinen Spaß im Leben«, lasse ich die unverschämte Bande wissen.

»Na dann, dann opfere ich mich zum Wohl der Allgemeinheit, was?«

»Na ja, eher zu Sams Wohl«, verbessert Rus ihn.

»Wenn die kleine Pestbeule mich nicht nerven würde, dann sicherlich dich oder Rory, also solltet ihr mir dankbar sein, ihr Pfeifen.«

Pestbeule? »PESTBEULE?«, quietsche ich und werfe ein Kissen nach ihm, das er mühelos abwehrt.

Er schaut in meine Richtung und meint unschuldig: »Etwa nicht?«

Ich warte, bis er mir den Rücken zudreht, und werfe ein weiteres Kissen in seine Richtung. Diesmal trifft es ihn, denn am Hinterkopf sind ihm schließlich noch keine Augen gewachsen.

»Ich wusste es«, murmelt er säuerlich und geht weiter. Und dann bin ich mir nicht mehr so ganz sicher, ob er hinten wirklich keine Augen hat. Denn als ich nach einem weiteren Kissen greife, grollt Dean: »Ich warne dich, Sam! Leg es wieder hin!«

Kurz bin ich versucht, es einfach durchzuziehen, aber mehr als einmal bin ich schon mit ihm im Pool gelandet, weil ich mich ihm widersetzt habe, und an seiner Stimme höre ich, dass er langsam wirklich die Nase voll hat. Ich folge ihm also mit dem Blick, wie er es sich auf dem Sofa bequem macht und den Fernseher anschaltet, um sich die Übertragung eines Footballspiels anzuschauen.

Während er sich berieseln lässt, spielen wir Tischkicker. Gab schaut zu, und Joe und Rory versuchen, Rus und mir eine Lektion zu erteilen, aber da müssen die beiden Flachzangen echt früher aufstehen. Zugegeben, es ist knapp, und zwar vor allem deshalb, weil Joe einfach gut ist. Rory kann man in die Tonne kloppen, denn der hat nur Augen für Gab und ist total abgelenkt.

Gut, ich muss gerade reden, denn an diesem Abend habe ich nur Augen für Dean. Nach Russels und meinem legendären Sieg versuche ich, Deans Bier zu stibitzen, was er jedoch zu verhindern weiß. Wieder einmal darf ich mir anhören, dass ich sein Untergang sei, woraufhin ich sage: »Komm, mit zwanzig sind deine besten Zeiten doch sowieso schon vorbei.« Ich hänge mich über das Sofa und seine Schulter und angle noch einmal nach dem Bier, wobei ich das Gleichgewicht verliere und über die Lehne auf die Sitzfläche und mehr oder weniger in seinen Schoß plumpse.

Eigentlich ganz bequem dort. Ich schaue zu ihm auf, grinse und meine: »Bin ich wirklich so eine Nervensäge?«

»Du hast keine Ahnung, Sammy«, raunt er mir zu. Seine Stimme ist ganz heiser und seine Augen funkeln wie verrückt, als er mich ansieht. Ich kann nur daran denken, wie es wäre, wenn er sich jetzt über mich beugen und mich küssen würde.

Dean kann nämlich küssen wie kein Zweiter. Seine Küsse sind der Hammer! Okay, ich habe nur die Küsse im Wandschrank von ihm bekommen, und das liegt auch schon drei Jahre zurück. Aber die waren echt der Wahnsinn! Sie waren weltbewegend, und bisher hat mich kein Typ noch einmal so geküsst wie er. Ich frage mich hin und wieder, ob er sich noch an diesen Kuss erinnert, denn obwohl ich inzwischen einen Haufen Kerle geküsst habe, komme ich nicht über diesen ersten Kuss hinweg.

Ich erinnere mich genau, wie er mein Gesicht in seine Hände genommen und wie er sich zu mir gebeugt hat. Noch bevor unsere Lippen sich trafen, dachte ich, ich muss sterben. Mir war schwindelig und schlecht, und mein Herz raste, und dann passierte es, und alles, jedes Unbehagen, all die Traurigkeit und Enttäuschung verschwanden. Da waren plötzlich nur Dean und dieser Kuss, den ich von ihm bekam. Seine samtweichen Lippen legten sich auf meine, und ich keuchte vor Erstaunen darüber, wie gut sie sich anfühlten, in seinen Mund. Ich weiß noch, wie ich mich an ihm festhalten musste und wie er seine Hände ganz automatisch auf meine Hüften legte. Damals waren sie noch schmal und unweiblich, doch obwohl ich noch so extrem jung war, loderten die Lust und das Verlangen in mir auf, und ich weiß, er wollte sich zurückziehen, doch ich habe es nicht zugelassen. Ich wollte mehr, wollte ihn ganz und gar.

Ich war es, die ihre Zunge in seinen Mund gestoßen hat – völlig kopflos und unbeherrscht. Einen Augenblick lang wirkte es, als ob er mich zurückweisen würde, doch dann begann seine Zunge mit meiner zu spielen, und was dann folgte, war absolut umwerfend. Ein Bilderbuchkuss, der mich bis heute in meinen Träumen verfolgt und mit dem sich jeder neue erste Kuss vergleichen lassen muss – und sie haben bisher alle gegen ihn abgekackt. Es ist genau wie Dean damals gesagt hat, es ist nicht immer so, wie dieser Kuss zwischen uns es war. Ganz oft ist es leider viel, viel schlechter.

Während mir ganz heiß wird, wird Dean mit einem Mal ernst und sagt: »Du spielst mit dem Feuer und weißt es nicht einmal.« Ob er auf die Sache mit den Kondomen anspielt, wegen denen er mir vorhin eine Standpauke gehalten hat? Ich starre ihn irritiert an, bin versucht, mich für meine Dummheit zu entschuldigen. Verdammt, wenn der Typ nicht völlig unerfahren gewesen wäre, dann hätte ich ihm doch nicht ohne Gummi den Chrom von der Stoßstange gelutscht.

Dean schiebt mich von sich runter, erhebt sich und geht in die Küche, wo er sein Bier ausleert. Verschwendung, denke ich, denn er hat davon nur ein paar Schlucke getrunken. Dean verschwindet in seinem Zimmer, und ich geselle mich zu den anderen, um einen von Russels blöden Sprüchen zu kassieren und ihm daraufhin den Mittelfinger zu zeigen.

SAM | 22.12.2013 | Sydney | Australien

»Woran denkst du?«, will Rus wissen und holt mich zurück in die Gegenwart.

Ich schüttle den Kopf. »An nichts.«

Er schnaubt freudlos und murmelt: »Erzähl mir keinen Scheiß, Sam.« Und dann beweist er, wie gut er mich kennt, indem er fragt: »Hast du an Dean gedacht?«

»An früher«, gebe ich zu. »An die Litschis und an …«

»Daran musste ich vorhin auch denken. Vermisst du es?«

Ich nicke. »Ja, und du?«

»Auf jeden Fall.« Rus seufzt leise. »Es ist nicht so, als ob damals alles besser gewesen wäre.«

Ich nicke, denn ich weiß genau, was er meint. »Erinnerst du dich, dass wir gar nicht schnell genug erwachsen werden konnten?« Ich für meinen Teil wollte unbedingt volljährig sein, weil Dean mir weitere Küsse versprochen hatte, wenn ich achtzehn wäre. Irgendwie hatte ich – naiv und dumm wie ich damals war – angenommen, ich könnte ihn womöglich verführen, doch für ihn war ich bloß die ewige Nervensäge, der Nagel zu seinem Sarg, die Pestbeule. Nun bin ich es, die leise seufzt.

»Und ob du an Dean denkst«, kommt es von Rus.

Ich stoße ihm meinen Zeigefinger in die Rippen. »Ich frage mich einfach, was er davon halten würde.«

»Er würde mir die Eier abreißen«, stößt Rus hervor und sieht mich an. In seinem Blick liegt etwas Gehetztes. »Er darf es nie erfahren, Sam! Versprich es!«, sagt er eindringlich. Ich nicke beklommen. Rus stößt einen frustrierten Laut aus und steht auf. Er beginnt, sich anzuziehen. Da er den Großteil seiner Klamotten noch anhat, dauert es nicht lange, bis er vollständig bekleidet vor mir steht. »Ich gehe jetzt, bevor Joe mich in deinem Zimmer erwischt.« Er schließt die Tür auf und schlüpft hindurch.

»Rus!«, pfeife ich ihn zurück.

Sein blonder, verwuschelter Schopf erscheint wieder in der Tür. »Ja, Sammy?«

»Das hier geht echt nicht.« Mit hängenden Schultern kommt er zurück in mein Zimmer, lehnt sich gegen die Tür und taxiert mich.

»Okay«, murmelt er. Er hört sich bedrückt an, oder vielleicht kommt es mir auch nur so vor, weil ich den Umstand so empfinde. Dann schaut er auf, und unsere Blicke treffen sich. »Das war es dann also?«

Ich zucke mit den Schultern. Ich will nicht, dass es das bereits war. Ich will mehr. Doch ich traue mich nicht, es zu sagen, und es ist auch aussichtslos, weil wir früher oder später auffliegen würden und …

»Ich kann und will es eigentlich noch nicht beenden. Dafür ist es einfach zu gut, verstehst du?«

Und ob ich das verstehe. Ich nicke.

»Was hältst du davon, Sammy, wir genießen unsere Zeit hier, aber danach ist Schluss?«

»What happens in Sydney, stays in Sydney?«

Er lacht über meine Abwandlung des Klassikers und reckt seinen Daumen empor.

»Ich will ein T-Shirt mit dem Spruch«, sage ich. »Das ist das Mindeste.«

»Okay, aber dafür gehörst du die nächsten … « Er schaut auf seine Uhr. Rus trägt eine Sir Bouncer. Die Firma ist einer seiner kleineren Sponsoren. »… fünf Stunden mir.«

»Wie jetzt? Ich überlebe fünf Stunden mit Russel Reynolds, und alles, was ich bekomme, ist dieses lausige T-Shirt.«

Er grinst breit. »Noch hast du sie nicht überlebt. Zieh dich an und komm in mein Zimmer. Wir haben bloß fünf Stunden.« Ich gluckse amüsiert, weil er so versessen darauf ist, mich wieder in sein Bett zu bekommen. »Lach nicht, Sammy! Wir müssen die Zeit nutzen.« Ich nicke schicksalsergeben. Russel Reynolds hat gesprochen, da bleibt mir wohl gar nichts anderes übrig, als mich zu fügen.

Kapitel 07

RUSSEL | 22.12.2013 | Sydney | Australien

Boah, echt keinen Plan, was die Frau an »Zieh dich an und komm in mein Zimmer« nicht verstanden hat. Seit mehr als einer Stunde warte ich auf Sam, und wenn es eine Sache gibt, die ich nicht ausstehen kann, dann ist es warten. Ich hasse diese abgefuckte Scheiße.

Ich bin schon kurz vorm Durchdrehen, als es endlich an der Tür klopft. Ich erhebe mich, reiße die Tür förmlich auf und stehe Sammy gegenüber. Sie grinst mich an und sieht wieder scheißselbstzufrieden aus. »Darf ich reinkommen?«, fragt sie.

»Die Frage ist doch eher, ob ich reinkommen darf!«

»Bloß keine Zeit verschwenden, was? Nein, keine Ahnung, hätte ja sein können, dass du gerade irgendein Groupie oder Belinda Sanders knallst. Wer weiß das bei dir schon so genau.«

Ich schnappe nach ihrem Handgelenk und ziehe sie in die Suite. »Du musst mich echt für einen Idioten halten.«

»Ich halte dich nicht für einen Idioten, sondern für sexbesessen. Das ist ein Unterschied«, lässt sie mich wissen.

»Entschuldige mal, aber ich bin nicht sexbesessener als du«, empöre ich mich.

»Was meinst du, wo ich die letzte Stunde war«, meint sie und zwinkert mir zu.

Es dauert einen Moment, bis mir die Bedeutung ihrer Worte bewusst wird. Mit der Erkenntnis geht ein echt beschissenes Gefühl einher. Es ist, als hätte jemand meine Gedärme in eiskaltes Wasser geworfen. »Du warst bei einem anderen?«, stoße ich hervor und balle unwillkürlich meine Hand zu einer Faust.

Fuck, von wem hat sie sich flachlegen lassen, und warum? Ich meine …

Sam sieht mich an. »War bloß ein Scherz, Rus. Was ist denn mit dir los? Sonst bist du der Erste, der über meine dummen Sprüche lacht.« Das tue ich normalerweise in der Tat, denn sie besitzt einen ebenso strangen und abgefahrenen Humor wie ich, doch der Gedanke an Sam mit einem anderen passt mir nicht.

»Wie ich sagte: Die kommenden vier Stunden gehörst du mir und nur mir. Verstanden?«, knurre ich.

Sie lächelt belustigt, und ich denke schon, sie wird mir gleich was darüber erzählen, dass ich ein Egoschwein oder ein Macho bin, doch das tut sie nicht, stattdessen stellt sie sich auf die Zehnspitzen, schlingt ihre Arme um meinen Hals und küsst mich. Es dauert nicht lange, bis ich sie hochhebe und gegen die Tür gepresst bumse. Gott, ich liebe das Geräusch, das sie von sich gibt, wenn ich mich in ihr versenke. Dieses Stöhnen, so weich, so verletzlich …

Später liegen wir zusammen in meinem Bett. Sam schläft auf dem Bauch, und ich streichle über ihren nackten Rücken. Ich kann nicht aufhören, sie anzusehen. Am liebsten würde ich … Warum eigentlich nicht? Ich beuge mich über sie, verteile Küsse entlang ihrer Wirbelsäule und auf ihrem Hintern. Gänsehaut überzieht ihren Körper, und die feinen Härchen auf ihren Armen stellen sich auf. Sie gibt ein wohliges Seufzen von sich. Animiert davon, platziere ich mich zwischen ihren Beinen. Sam schaut mich über die Schulter an. Ihre Mundwinkel zucken.

»Was wird das?«, erkundigt sie sich.

»Das? Nichts«, behaupte ich und stoße in sie.

»Ich mag diese Art von nichts«, murmelt sie, ehe sie ihren

Kopf wieder in die Kissen sinken und mich machen lässt. Danach liege ich auf ihr, küsse ihren Hals und ihren Nacken, und als sie ihr Gesicht ganz zur Seite dreht, auch ihren Mund. Ich lege mich neben sie, und sie rutscht eng an mich heran. Dann schiebt sie ein Bein über mich, und ich halte sie in meinen Armen, als sie erneut in den Schlaf gleitet, den ich so rücksichtslos unterbrochen habe.

»Es tut mir leid«, murmle ich.

»Mmmh?«, macht Sam.

»Dass ich meine Finger nicht von dir lassen kann«, präzisiere ich meine Entschuldigung. Sie greift nach meiner Hand und schiebt ihre Finger zwischen meine. Fixiert sie, damit ich nicht wieder auf dumme Ideen komme. Ich schmunzle unwillkürlich und drücke Sam einen Kuss auf ihre brünette Mähne.

Ein Klopfen reißt mich aus dem Schlaf. Ich löse mich von Sam, woraufhin sie mürrisch brummt, sich dann jedoch auf die andere Seite wälzt und weiterschläft. Ich stehe auf, schlüpfe in meine Boxerbriefs und gehe aus dem Schlafzimmer in den Wohnbereich der Suite. Es klopft noch mal, und ich öffne schwungvoll die Tür zu meinem Hotelzimmer.

Mein Herz macht einen erschrockenen Satz in meiner Brust, als ich Joe erblicke. »Schwesterherz!«

»Bruderherz!« In der Hand hält sie einen ganzen Stapel Bücher.

»Du warst shoppen«, stelle ich fest.

»Ja«, bekennt sie, »und jetzt passt nicht mehr alles in meinen Koffer.«

»Du packst schon?«

»Schon? Du bist ja witzig.« Sie wirft einen Blick auf ihre Uhr.

»In zwei Stunden müssen wir los. Wann willst du packen, wenn nicht jetzt?«

Ich lehne mich lässig in den Türrahmen. »Ich bin schließlich Profi.«

»Nee, du bist bloß ein Chaot«, murmelt sie, drängt sich an mir vorbei und packt einen Stapel Bücher von der Größe des Eiffelturms auf den Sofatisch. Dass das filigrane Designerstück unter dem Gewicht nicht die Grätsche macht, spricht für seine solide Verarbeitung.

»Sorry, aber der Chaot bist wohl du. Immerhin kaufst du mehr Bücher, als in deinen Koffer passen.«

»Das nennt man Leidenschaft, aber davon hast du ja keine Ahnung.«

»Sonst noch was?«, frage ich, denn dieser Vorwurf ist so ungerechtfertigt, dass er von mir schlicht und ergreifend nicht zur Kenntnis genommen wird. Hinter Joe geht die Tür auf, und Sam kommt nackt aus meinem Schlafzimmer. Ich reiße erschrocken die Augen auf, was Joe nicht entgeht. Sie dreht sich rum, doch da ist Sam bereits verschwunden.

»Du hast ein Mädchen da?«

»Ja.«

»Und du hast mir trotzdem die Tür aufgemacht?«

»Man kann nie genug Mädchen in seinem Zimmer haben«, scherze ich. Joe verdreht die Augen, dann kommt sie auf mich zu, stellt sich auf die Zehenspitzen und küsst mich auf die Wange. »Denk dran, vergiss Deans Sexregel nicht.«

»Halten mich eigentlich alle für einen kompletten Idioten?«, frage ich empört, nur um wieder einmal zu realisieren, dass ich mich gerade wie einer verhalte. Scheiße, ich muss unbedingt mit Sam noch mal über die Sache reden, aber es ist so geil, sie ohne zu vögeln. Ohne Mist, ich habe mich immer an diese

Regel gehalten … Immer! Nur mit der Frau, die es ebenso wild treibt wie ich, mache ich eine Ausnahme. Gott, kann es sein, dass ich den Verstand verloren habe?

»Wer hält dich noch für einen Idioten?«

»Sam.«

»Gutes Stichwort. Weißt du, wo sie sich rumtreibt?«

Lachend erwidere ich: »Sicherlich ist sie bei dem Typen, mit dem sie die letzte Nacht verbracht hat.«

»Meinst du?«, fragt Joe zweifelnd. »Ich meine, Sam ist da wie du. Du gehst doch auch nicht zweimal mit der Gleichen ins Bett.« Ihr neutraler Tonfall verbirgt nur bedingt, wie sehr sie verabscheut, was ich tue.

»Es kommt selten vor, aber es kommt vor, Joe.«

»Wann?«

»Wenn es besonders gut war oder ich zu faul bin, mir eine andere zu suchen.«

»Als ob du suchen müsstest«, brummt sie, dann seufzt sie herzzerreißend und fügt hinzu: »Das ist ja das Problem.« Sie deutet in Richtung des Schlafzimmers: »Diese notgeilen Weiber rennen dir die Bude ein. Ernsthaft, was stimmt mit diesen Frauen nicht? Haben die denn gar kein Selbstwertgefühl?«

Ich verenge unwillkürlich meine Augen und sehe meine Schwester an. »Das kränkt mich jetzt schon.«

»Was? Dass ein Haufen Groupies für dich die Beine breit macht? Ich dachte, du genießt das?« Ich verziehe den Mund, woraufhin Joe lacht und sagt: »Schmoll nicht. Nein, ich weiß bloß beim besten Willen nicht, was mit diesen Frauen los ist.«

»Bradley Hoover«, erwidere ich.

Sie verdreht die Augen. »Ich stehe bestimmt nicht auf Brad, weil er ein Pro-Surfer ist. Das ist das Abschreckendste an ihm.«

»Du stehst also noch auf ihn, ja?«

»Nein! Ich ... ach, egal, du verstehst es ja doch nicht«, murrt sie.

»Was? Warum nicht?«

»Weil du noch nie verliebt warst, aber Brad ... keine Ahnung, es ist ... er ist ...«

»Du weißt gar nicht, wie er ist. Du kennst ihn überhaupt nicht«, werfe ich ihr vor, woraufhin sie sich auf die Unterlippe beißt und auf ihre Fußspitzen starrt. Als sie wieder aufschaut, ist ihr Blick beinahe verzweifelt.

»Ich weiß, Rus, aber so fühlt es sich nicht an. Es ... es kommt mir vor, als würde ich ihn kennen. Er zieht mich an wie ein Magnet und ich ... Er wirkt immer so verloren und verletzt. Ich ...«

Sie schüttelt den Kopf, und ich wünschte inständig, sie würde sich diesen Typen aus selbigem schlagen. Warum kann sie ihn nicht vergessen? Warum steigert sie sich so in diese Sache rein?

»Scheiße, Joe, hörst du dir überhaupt mal zu? Der Kerl ist einer der besten Surfer unserer Zeit. Er ist eine lebende Legende. Er ist knallhart.«

»Das behaupten die Leute auch von dir, Rus, und wir beide wissen es besser.« Sie verstummt, doch bloß um Luft zu holen und energisch fortzufahren: »Brad ist in erster Linie ein Mensch, und er hat Probleme.«

»Das bildest du dir ein! Er hat nicht mehr oder weniger Probleme als jeder andere Mensch auch.«

Meine Schwester schnauft, stemmt die Hände in die Hüfte und fixiert mich einen Moment lang aus ihren grünen Augen heraus. »Du denkst, ich spinne, oder?« Sie wartet keine Antwort ab, dabei war ich gerade dabei, mir etwas Diplomatisches zurechtzulegen, denn ja, wenn es um Brad Hoover geht, dann zweifle ich ernsthaft an ihrer Zurechnungsfähigkeit. »Ich sehe, was ich sehe, und ich weiß, was ich weiß, Russel. Ich kann es spüren. Ich fühle mich ihm verbunden, und ja, ich weiß, wie irrational und verrückt das klingt, aber so ist es.«

Sie schließt die Augen, und ich nutze die Gelegenheit, die Distanz zwischen uns zu überbrücken. Ich packe sie an den Schultern. »Er hat seine Frau betrogen!«, platze ich mit der ungeschminkten Wahrheit heraus. Die Leute sagen über mich, ich sei ein Egoist, aber sollte ich jemals den Fehler machen zu heiraten, dann würde ich meine Frau auf keinen Fall betrügen – noch dazu, während sie schwanger ist. Joe hat recht. Bradley Hoover ist bloß ein Mensch, aber keiner von der guten Sorte. Er benimmt sich wie ein Arschloch.

Joe nimmt es mit Fassung. »Wie ich sagte, Brad hat Probleme.«

»Das ist kein Problem, Joe, das ist Scheiße!«

»Wie kannst du über ihn urteilen, Rus? Woher willst du wissen, was er durchmacht?«

»Woher willst du es wissen?«

»Ich kann es sehen!« Sie schreit es fast und ist den Tränen nahe.

»Du musst dich von diesem Mann fernhalten! Er tut dir nicht gut.«

Sie sieht zur Seite. Ihre Augen schimmern feucht. Joe verschränkt die Arme vor der Brust und starrt ins Leere. »Glaubst du, das weiß ich nicht, Rus? Aber ich denke an ihn. Jeden Tag. Ich kann … ich …«

Ihr Anblick schnürt mir die Kehle zu. Es macht mich krank, sie so zu sehen. Ich liebe sie so sehr, und ich will nicht, dass sie sich wegen jemandem wie ihm quält. Ich bewundere Brad.

Wirklich, aber als Surfer und nicht als Mensch. Als Mensch ist er ein Nichts. »Ja, Joe?«, hake ich nach.

»Er beherrscht meine Gedanken. Immerzu drehen sie sich um ihn, und manchmal raubt mir die Sehnsucht nach ihm den Verstand. Obwohl ich nie mit ihm zusammen war, vermisse ich ihn so sehr! Und ja, ich weiß, wie das klingt. So als sei ich irgendein fanatischer Fan, aber so ist es nicht. Ich fühle mich ihm bloß so krass verbunden.«

»Verbunden?«, echoe ich.

»Ja, so wie wir.«

»Wir sind Zwillinge und …«

»Richtig, aber …«

»Kein Aber, Joe. Das ist etwas anderes!« Sie sieht nicht aus, als würde sie verstehen, was ich meine, oder als würde sie von ihrer Meinung abrücken, also frage ich: »Wie kommst du drauf?«

»Willst du das echt diskutieren, wenn nebenan irgendein Groupie auf dich wartet?«

Ich seufze leise, denn Joe erinnert mich unbewusst daran, dass meine Zeit mit Sam sehr begrenzt ist. »Nein, will ich nicht«, gebe ich zu.

»Gut, dann folge deinen niederen Instinkten.«

Ich rolle mit den Augen. »Meinen niederen Instinkten, wie das klingt.«

»Tja, würdest du einmal deinem Herzen folgen, dann wüsstest du, was ich meine und was ich empfinde, und wir könnten uns jede weitere Diskussion sparen.«

»Für jemanden, der nicht mehr auf Brad Hoover steht, stehst du ganz schön auf ihn«, stichle ich – ich kann es einfach nicht lassen.

»Grüß Belinda von mir«, meint sie. Ich sage nichts dazu,

denn mir soll es recht sein. Soll Joe ruhig glauben, ich hätte Belinda Sanders in meinem Zimmer. Ich schließe die Tür hinter Joe und atme erleichtert aus. So lieb ich meine Schwester auch habe, sie ist scheißneugierig, und die Sache mit Sam darf auf keinen Fall ans Licht kommen. Dean würde mich umbringen.

Als ich zurück ins Schlafzimmer komme, hängt Sammy am Telefon. Sie spricht leise, sieht mich dann fragend an, und als ich nicke, redet sie lauter. »Wie du meinst, Mum«, sagt sie und verdreht genervt die Augen. Sie sitzt nackt auf der Bettkante. Ich komme zu ihr und knie mich zwischen ihre Beine. Sie ahnt, was ich vorhabe, will das eine Bein über meinen Kopf schwingen, doch ich bin schneller. Ich packe sie an der Hüfte, ziehe sie weiter nach vorn und drücke meinen Mund auf ihren Kitzler, um ihn dann vorsichtig hineinzusaugen. Sams Augen weiten sich, und sie beißt sich auf die Lippen, um nicht aufzustöhnen. Ich stoße meine Zunge tief in ihre Pussy, und Sam presst heraus: »Mum, ich muss jetzt los. Wir reden morgen drüber, okay?« Sie legt das Handy beiseite, fährt mit ihren Händen in meine Haare und lässt sich keuchend in die Kissen sinken. Ich verwöhne sie mit meinem Mund, sauge, lecke, knabbere, und es dauert nicht lange, bis sie an meinen Lippen kommt. Sam stöhnt meinen Namen, und ich verlängere ihr Vergnügen, mache weiter, bis sie schließlich doch ihr Bein über meinen Kopf hinwegschwingt und sich auf die Seite dreht, um sich zusammenzurollen. Ich höre ihren schweren, stoßweisen Atem. Mit der Rechten wische ich mir über den Mund und krieche dann hinter sie. Ich schließe sie in die Arme und küsse ihren Nacken.

»Du bist unmöglich!«

Sanft beiße ich hinein. »War das ein Vorwurf?«

»Eine Feststellung.«

»Echt? Das ist dir in all den Jahren nie zuvor aufgefallen?«

Sie kichert, und ich küsse ihren Nacken erneut.

»Was wollte Joe?«

»Sie war shoppen und hat Übergepäck.«

»Typisch.«

»Sie hat gefragt, ob ich wüsste, wo du bist.«

»Und, was hast du gesagt?«, will Sam wissen.

»Dass du mit Sicherheit bei dem Typen bist, mit dem du die letzte Nacht verbracht hast.«

Sam dreht sich in meinen Armen um und sieht mich lange an. »Ich will sie nicht belügen«, antwortet sie schließlich.

»Ich habe sie nicht belogen«, erwidere ich nachdrücklich, denn ich will sie auch nicht belügen.

»Aber was, wenn sie fragt, mit wem ich zusammen war? Oder wie er ist?«

Ich zucke mit den Schultern, drücke ihr einen Kuss auf die Stirn und sage: »Uns wird schon was einfallen, und vielleicht fragt sie ja auch nicht.«

Sam lacht schallend auf und meint: »Wir reden hier noch immer von Joe, oder?«

»Sammy, lass uns einfach die Zeit, die uns noch bleibt, genießen.« Sie nickt, nimmt mein Gesicht in beide Hände und küsst mich. Es dauert nicht lange, bis sie auf mir hockt. Mein Schwanz steckt tief in ihrem unfassbar geilen Hintern, den ich wie bekloppt vögle und von dem ich nicht genug bekommen kann.

»Ich liebe es, deinen Arsch zu ficken!«

»Merkt man kaum«, keucht sie, und wir lachen. Sam verändert die Position. Gleitet aus der Hocke auf ihre Knie, nimmt uns die Tiefe, aber das ist okay, denn sie beugt sich über mich und küsst mich. Ihre Haare fallen mir ins Gesicht. Ich streiche sie beiseite, fasse sie in ihrem Nacken zusammen und bocke ihr mein Becken entgegen, während ich meine Zunge tief in ihren Mund stoße.

SAM | 22.12.2013 | auf dem Weg nach Hawaii

Rory und Joe sitzen in der Reihe vor uns. Rus hat mich zu sich bugsiert, und zwar unter dem Vorwand, dass wir ja kaum die Gelegenheit gehabt hätten zu reden, und auch das war keine Lüge, denn die meiste Zeit haben wir uns in seinem Bett herumgewälzt. Bei der Erinnerung erschauere ich unwillkürlich.

Rus zieht seinen Hoodie aus und gibt ihn mir wortlos. Ich sehe ihn irritiert an.

»Dir ist doch kalt, oder?«

Auch wenn er mein Frösteln missinterpretiert hat, nehme ich den Pulli dankbar entgegen. Mich in seinen Duft zu hüllen und so die Möglichkeit zu haben, unser Abenteuer langsam ausklingen zu lassen, ist genau das, was ich jetzt brauche. Es ist surreal, nun hier in dieser übergroßen Sardinenbüchse zu sein und den Heimweg anzutreten. Irgendwie bin ich noch nicht bereit dafür, meine Eskapade mit Russel Reynolds hinter mir zu lassen.

Den Flug über reden Rus und ich über meine Arbeit und die Tour. Rus hält mich über den neuesten Klatsch und Tratsch auf dem Laufenden, und ich kotze mich über meinen Chef aus. Manchmal ist es so frustrierend. Ich mag Eugen wirklich, aber er kann so verdammt langweilig und fantasielos sein. Die Hose, die ich gerade trage, hätte ich so gern in unserem Sortiment gehabt, doch sie war ihm zu ausgefallen. Zugegeben, nur gewisse Frauen können sie gut tragen (ich gehöre ehrlich gesagt nicht dazu, weil meine Beine zu kurz sind), aber sie ist superschön. Alles an ihr ist toll, der Schnitt, der Stoff … »Echt, fühl mal.«

Russel legt seine Hand auf mein Bein, und ich erschauere erneut, als er mit seinen Fingern kleine Kreise auf die Innenseite meines Schenkels malt. Ich schaue zu ihm, und unsere Blicke treffen sich. Er weiß genau, was er da gerade tut und wie sehr mich seine Berührung anmacht. Ein wissendes Lächeln umspielt seine Lippen, es verschwindet jedoch, als das Flugzeug plötzlich abrupt absinkt. Mein Herz macht einen Satz, und mir entfährt ein leiser Aufschrei. Ich greife nach Russels Hand. Der Beckengurt ist das Einzige, was uns auf unseren Sitzen hält. Ich sehe eine Frau im Gang, die weniger Glück hat und regelrecht durch die Gegend gewirbelt wird. Der Spuk ist schnell vorbei, und ich entspanne mich wieder.

Ich drehe mich zu Rus, der bleich ist, stark schwitzt und meine Hand so fest drückt, dass ich glaube, er bricht sie mir. Der Pilot meldet sich. Er entschuldigt sich und spricht von unvorhersehbaren »clear air turbulences«.

»Alles gut?«, erkundige ich mich bei Rus. Sein Atem geht schnell, und den Ausdruck in seinen Augen als panisch zu bezeichnen, ist weit untertrieben. »Mir ist schlecht«, murmelt er. Ich reiche ihm die Kotztüte, doch er lehnt sie ab. Er beugt sich nach vorn und atmet bedächtig ein und aus. Ich streichle seinen Rücken.

Joes Kopf erscheint über der Rückenlehne, und sie fragt: »Alles okay bei euch?«

Auch Rory äugt darüber, er ist jedoch weniger feinfühlig, und ihm hat der freie Fall scheinbar sogar Spaß gemacht, denn er grinst breit und völlig stoked. »Musst du Rus' Händchen halten? Mann, Alter, du bist so ein Baby. Du musst echt was gegen deine Flugangst machen.«

»Ich habe keine Flugangst«, grollt Rus ohne aufzusehen. »Ich fliege bloß nicht gerne. Das ist was anderes.« Er atmet wieder sehr tief und bewusst.

»Ach ja? Und warum muss Sammy dir dann Händchen halten?«

Ich sehe ihn strafend an, lasse meine Hände jedoch, wo sie sind. Behutsam reibe ich über Russels Rücken und drücke mit der anderen Hand sanft die seine. »Knuff ihn, Joe, er hat es verdient.«

»Mit Vergnügen, Sammy.«

Rorys wehleidiges »Autsch!« zeugt davon, dass sie ihm gerade den Ellbogen in die Rippen gerammt hat. Ihre Köpfe verschwinden, als sie sich zurück in ihre Sessel setzen. Ich höre, wie sie sich kabbeln und Joe ihm vorwirft, ein Mädchen zu sein, weil er wehleidig ist.

Ich beuge mich zu Rus, der noch immer zusammengekauert dahockt, und flüstere in sein Ohr: »Stell dir vor, wir sind segeln.« Er nickt schwach und schließt seine Augen. »Spürst du den Wind? Riechst du das Salz in der Luft? Hörst du das Rauschen des Meeres? Das Wasser schlägt gegen die Bordwand. Joe und Rory necken sich gegenseitig, sie lachen …« Ihr Lachen dringt von vorn zu uns herüber.

»Und wir? Was machen wir?«

»Was hättest du gern, das wir machen?«

»Wir sind unter Deck, und ich nehme dich ordentlich durch.« Seine Stimme ist selbst für mich kaum hörbar, und das, obwohl ich ganz dicht bei ihm bin. Ich löse meine Hand von seiner und schiebe sie in seinen Schritt. Die Vorstellung scheint ihn anzuturnen, denn sein Schwanz ist bereits recht steif. Ich knete ihn vorsichtig, und Rus entspannt sich merklich. Er gibt ein leises Knurren von sich, und dann spüre ich seine Lippen an meinem Ohrläppchen. Er saugt und knabbert daran. Verborgen von meinen Haaren und meinem Körper machen wir rum, und mein Herz hüpft freudig, als Rus sagt: »Das mit dem Segeltörn sollten wir unbedingt machen. Nur du und ich.«

Was für eine wunderbare Vorstellung. »Ja, das sollten wir echt tun«, stimme ich ihm breit grinsend zu. »So wie früher.«

Ich löse mich von ihm. Keinen Augenblick zu früh, denn kaum habe ich mich richtig hingesetzt und meine Hände von ihm genommen, da erscheint Joes Kopf erneut über der Rückenlehne. »Alles gut?«

Rus nickt. »Passt schon«, meint er und strahlt sie mit seinem Hammerlächeln an. Doch es ist kein Lächeln, das seine Augen erreicht, und Joe kennt ihn zu gut, um sich abspeisen zu lassen. »Wirklich!«, fügt er hinzu. »Sammy hält mir ja Händchen.« Er zwinkert ihr zu, und Joe scheint beruhigt zu sein.

Als die Stewardess wenig später Getränke serviert, nehme ich einen Earl Grey und dazu Milch, was bei Russel auf völliges Unverständnis stößt. »Das ist echt eine Macke von dir, was?«

»Es erinnert mich an meine Zeit in Australien«, verteidige ich mich.

»Stimmt es eigentlich, was man über die Aussies sagt?«, erkundigt er sich und öffnet seine Dose Coke Zero.

Ich lehne mich so weit es geht nach vorn, um ihn frontal anschauen zu können. Neugierig frage ich: »Was sagt man denn?«

»Sie behaupten ja von sich, dass sie im Bett megagut wären.«

Ich zucke mit den Schultern. »Ist wie überall auf der Welt auch. Mal ist es besser, mal ist es schlechter.« Dann beuge ich mich ganz dicht zu ihm und raune ihm zu: »Aber so gut wie mit dir war es noch nie.«

Russels Mund verzieht sich zu einem wölfischen Grinsen.

»Ich weiß«, erwidert er, und ich muss schallend über diesen arroganten Sack lachen. »So war es nicht gemeint. Sorry, das kam, glaube ich, falsch an«, meint er für ihn untypisch ernst, und hastig fügt er hinzu: »Ich musste nur daran denken und … nun ja, auch für mich war es anders. Das mit dir war der Hammer.«

Für ihn? Er hat doch noch deutlich mehr Erfahrung als ich.

Rus scheint meinen Zweifel zu spüren. »Doch Sam, das war es. Es war echt großartig.«

»Yep, nur schade, dass es vorbei ist.«

»Es ist nicht vorbei, oder glaubst du, ich werde meine Finger von dir lassen, wenn wir den Segeltrip machen?«, flüstert er mir zu. Bei dem Gedanken daran muss ich lächeln.

Der restliche Flug vergeht ohne weitere Turbulenzen. Rus und ich schlafen sogar ein wenig auf dem beinahe zehnstündigen Flug. Der Landeanflug auf Honolulu wird noch einmal problematisch. Wir schauen aus dem Fenster auf den fluffigen Wolkenteppich unter uns.

»So stelle ich mir die Arktis an einem schönen Tag vor. Endloses Weiß und strahlend blauer Himmel.«

Russel gibt ein belustigtes Geräusch von sich. »Du hast zu viel Fantasie.«

»Man kann gar nicht zu viel Fantasie haben«, erwidere ich. »Ich glaube, es war Einstein, der gesagt hat: Fantasie ist wichtiger als Wissen, denn Wissen ist begrenzt.«

Wir sinken in die Wolkendecke ein und fliegen blind. Um uns herum ist plötzlich nichts als Grau, und Russels Unbehagen ist für mich deutlich spürbar. Ich taste nach seiner Hand und halte sie, woraufhin er mir einen dankbaren Blick zuwirft. Das Flugzeug wackelt etwas, und ich streichle seinen Handrücken mit meinem Daumen. »Sind wir durch diese Suppe auch irgendwann durch?«, fragt er, und just in dem Moment haben wir wieder Sicht.

»Wow!«, entfährt es mir begeistert, denn wir befinden uns einen Moment lang zwischen zwei Wolkenteppichen. Der untere wirkt wie eine zerklüftete Landschaft, der obere wie grauer Himmel, am Horizont ist ein blaues Loch in der weißen Masse, und es erinnert an einen See oder das Meer. Selbst als ich es Russel erkläre, kann er meine Begeisterung nicht teilen. »Du bist so ein Langweiler«, stichle ich.

Er schnaubt, doch es klingt nicht genervt, sondern gequält, als das Wackeln wieder einsetzt und wir auch den zweiten Wolkenteppich durchdringen.

»Macht Rus sich wieder in die Hosen?«, will Rory wissen und äugt zwischen den Sitzen hindurch.

»Mir geht es gut, Goldlöckchen«, grollt Russel, doch da er meine Hand beinahe zerquetscht, weiß ich, dass er lügt. Er entspannt sich erst nach der Landung. Nach einem kurzen Zwischenstopp auf Honolulu erreichen wir schließlich am frühen Mittag Maui.

Dean holt uns ab. Er begrüßt alle freudig, nur mich ignoriert er mehr oder weniger. Mehr als ein »Hi« bekomme ich nicht. Rus scheint zu spüren, wie sehr mich das abweisende Verhalten seines Bruders schmerzt, denn er schenkt mir ein aufmunterndes Lächeln. Die kurze Fahrt über herrscht eine sonderbare Stimmung im Auto. Joe berichtet Dean in allen Einzelheiten von der Hochzeit und wird bei ihrer Schilderung mehr oder weniger durch Rorys eingeworfene Anmerkungen unterstützt. Auch Rus gibt die eine oder andere Anekdote zum Besten, während ich versuche, mit meinem Sitz zu verschmelzen. Ich wünsche mich in diesem Moment irgendwohin, denn Deans Nähe ist für mich unerträglich. Er ist der einzige Mann, den ich jemals geliebt habe. Ich hätte ihm ohne zu zögern mein Leben anvertraut, und bis heute verstehe ich nicht, warum er mich hasst. Ich finde, er übertreibt. Finde es nicht fair, dass er sich so verhält. Was ich getan habe, mag ihm sauer aufgestoßen sein, aber sein Verhalten ist meiner Meinung nach völlig unangemessen und steht in keinem Verhältnis zu dem, was ich gemacht habe. Mir ist klar, dass er enttäuscht ist. Ich habe ihn nicht in die Entscheidung, nach Australien zu gehen, einbezogen, aber das habe ich auch zuvor nie getan. Ich habe immer gemacht, was ich wollte und für richtig hielt. Dean war aber stets da, um mir entweder aus der Patsche zu helfen oder sich anzuhören, was mich umtreibt.

»An was denkst du, Sammy?«, fragt Joe und fügt hinzu: »Du bist so still.«

»An damals, als Dean mich aus dem Knast geholt hat«, antworte ich.

»Gott, das hatte ich fast vergessen«, meint Russel neben mir glucksend.

»Ja, Sam, du alte Schwerverbrecherin«, unkt Rory. »Mein Gott, ist das inzwischen lange her.«

»Ich würde es wieder tun.« Auch wenn Dean mich dieses Mal sicherlich nicht rausholen würde, aber es war richtig. Ich meine, ich bin keine echte Ökoaktivistin, aber was diese Arschlöcher damals abgezogen haben, war unfassbar. Bis heute ist nicht klar, wie viel verschmutztes Wasser sie ins Meer geleitet haben. Irgendwer musste was tun und die Öffentlichkeit auf diese Sauerei aufmerksam machen. Also habe ich mich mit Handschellen an die Einfahrt zum Firmengelände gekettet und ein Banner angebracht, auf dem ich auf die Missstände hingewiesen habe.

»Spielst du eigentlich auch heute noch so gern mit Handschellen?«, erkundigt Rory sich neugierig.

Russel hebt eine Augenbraue und sieht mich forschend an. »Das wirst du nie erfahren, du Perversling«, erwidere ich, woraufhin von Dean kommt: »Warum eigentlich nicht, Sam? Du bist doch sonst nicht so verschlossen.«

Es ist grausam, diese Worte aus seinem Mund zu hören. Es ist völlig okay, wenn die Leute über mich urteilen und mich für ein Flittchen halten … die Welt ist, wie sie ist, da hat Rus schon recht. Aber Dean ist nun einmal nicht irgendwer, und deshalb tut es weh.

Bevor ich etwas erwidern kann, fährt Joe die harten Geschütze auf. »Als ob dich das was anginge«, faucht sie.

Dean schenkt ihr einen kurzen Seitenblick, ehe er sich wieder auf die Straße konzentriert. »Sam weiß, dass es nur Spaß war«, behauptet er und fragt dann: »Nicht wahr?« Sein Tonfall hat etwas Mahnendes und klingt zugleich so verächtlich, dass ich unbehaglich auf meinem Sitz herumrutsche. In Deans Gegenwart mutiere ich von einer Frau, die weiß, was sie will, zu einem unsicheren Mädchen, denn eine Sache wollte ich nie: ihn enttäuschen. Sein Urteil ist mir wichtig, noch immer. Das sollte es nicht, das ist mir klar, aber ich kann nicht aufhören, ihn aus den Augen einer bis über beide Ohren verknallten Fünfzehnjährigen zu sehen. So wie Joe immer für Brad geschwärmt hat, galt meine Schwärmerei stets ihrem großen Bruder.

»Natürlich«, murmle ich tonlos und bin froh, als Dean vor dem Haus meiner Mum hält und ich aussteigen kann.

»Bis morgen«, sage ich noch, ehe ich die Tür zuwerfe und erleichtert die frische Luft in meine Lungen sauge. Ich sehe Deans Wagen nach, wie er davonfährt. In diesem Moment habe ich das Gefühl, dass ich nie darüber hinwegkommen werde, ihn verloren zu haben. Die Einsamkeit droht mich zu erdrücken, und ich straffe meine Schultern, bevor ich die Stufen zum Haus emporsteige. Ich klopfe, und Mum öffnet mir fast augenblicklich die Tür. Sie strahlt mich an, schließt mich in die Arme und tritt dann beiseite, um mich einzulassen. Im Wohnzimmer läuft der Fernseher, und das ist der erste Hinweis auf ihn. Mum verplempert keine Zeit mit Fernsehen. Sie verplempert ihre Zeit mit Männern, die sich auf ihrem Sofa die Ärsche platt sitzen und zu nichts anderem taugen.

Mum führt mich ins Wohnzimmer, um mich ihm vorzustellen. »Sei nett«, ermahnt sie mich, kurz bevor wir eintreten. Ich bemühe mich, unvoreingenommen zu sein. Das tue ich wirklich, aber er ist wie all die anderen. Sein Blick ist auf den Fernseher gerichtet, er schaut sich eine Sportübertragung an. Fußball, keine Ahnung, wer gegen wen spielt. Als Mum ihn anspricht, hebt er die Hand, um sie zum Schweigen zu bringen, und sie verschließt folgsam wieder den Mund. Ich möchte mich übergeben. Hier und jetzt!

Ich schnappe mir die Fernbedienung vom Tisch und schalte die Glotze aus. Dadurch gewinne ich seine volle Aufmerksamkeit. »Hi, ich bin Sam, Lillys Tochter«, plappere ich aufgekratzt und schenke ihm ein einnehmendes Lächeln. Mum soll nicht sagen, ich hätte es nicht versucht. Ich strecke ihm die Hand hin, und er ergreift sie irritiert. »Und du bist …«, souffliere ich, denn gestern am Telefon hat sie mir zum ersten Mal von ihm erzählt. Ich hatte mich auf Weihnachten gefreut. Das hatte ich wirklich, doch dann kam die Mitteilung, dass wir das Weihnachtsfest mit ihm feiern.

»Doug«, sagt er und streckt seine Hand nach der Fernbedienung aus. »Gib sie mir.«

»Gern«, meine ich zuckersüß und reiche ihm das Scheißteil.

»Du kannst die Kiste nicht einfach abstellen. Ich sehe das Spiel«, rügt er mich.

»Oh, echt? Ist mir gar nicht aufgefallen«, erwidere ich. Er spricht kein Sarkastisch, wie es scheint. Doug schaltet den Fernseher wieder an und sagt dann: »Wegen dir habe ich ein Tor verpasst!« Er klingt wie ein kleiner Junge. Wie Rus, wenn er was nicht bekommt, das er haben möchte, um genau zu sein – bloß ist Rus erst einundzwanzig und dieser Typ deutlich jenseits der vierzig.

Ich drehe mich zu meiner Mutter. »Ich werde ihn auf keinen Fall Dad nennen«, lasse ich sie wissen und gehe aus dem Raum. Ehrlich, so wenig wie in diesem Moment habe ich noch nie von ihr gehalten. Ich höre, wie sie sich bei Doug für mein Verhalten entschuldigt, als ich mein Gepäck nehme und die Treppe hochgehe.

»Sie ist nicht immer so …«

»So was?«, fragt er. »Zickig?«

Ich gebe dir gleich mal zickig, du Wichser, denke ich und stampfe nach oben, wo ich meine Zimmertür hinter mir ins Schloss werfe. Mum hat einen beschissenen Männergeschmack. Er ist wirklich zum Kotzen. Bisher hielt ich meinen Vater für den größten Loser, aber dieser Doug ist bereits jetzt dabei, ihn vom Thron zu stoßen.

Es klopft. »Herein«, sage ich. »Was gibt es, Lilly?«, will ich wissen. Sie hasst es, wenn ich sie nicht Mum nenne, und obwohl ich es in Gedanken immer so halte, spreche ich nur so mit ihr, wenn ich sauer auf sie bin. Es ist meine Art, sie zu bestrafen.

»Seit wann bin ich wieder Lilly?«, fragt sie und schließt die Tür hinter sich. Ich halte ihr die Hand hin, wie er es getan hat, um sie zum Schweigen zu bringen, und starre sie an. Sie schaut betreten drein und errötet. »Er mag nun mal Sport«, druckst sie herum.

»Ja, offensichtlich mehr als dich. Fuck, Lilly, wie kannst du dir das bloß gefallen lassen? Du stellst ihm deine Tochter vor, und die blöde Übertragung ist ihm wichtiger?« Unbewusst balle ich die Hände zu Fäusten. Verdammt, ich hasse diesen Typen jetzt schon wie die Pest.

»Entschuldige, Schatz, Doug hat keine Kinder.«

»Ist auch besser so«, grolle ich unversöhnlich. »Verdammt, Lilly, wie lange kennst du ihn schon?«

»Seit drei Wochen.«

»Und er wohnt bereits hier?« Sie nickt, und deshalb fahre ich unerbittlich fort: »Und interessiert sich einen Scheiß für dich?«

»Das ist nicht wahr«, widerspricht sie. Ich wünschte, sie würde diesen Männern widersprechen, die sie sich anlacht.

»Drei Wochen, Mum. Er sollte bloß Augen für dich haben und nicht für den Fernseher.« Ich sollte das Ding sabotieren. Dann würde er sich sicherlich in Windeseile eine Neue suchen, bei der er unterkommen und wo er vor der Glotze rumhängen könnte.

»Was weißt du schon, Sam?«, wirft sie mir vor und ist mit einem Mal den Tränen nahe.

»Dass er dich nicht glücklich macht.«

»Du bist es, die mich nicht glücklich macht«, wirft sie mir vor und verschränkt die Arme vor der Brust. »Du kommst hierher in mein Haus und urteilst über mich.«

»Lilly, ich kann auch gehen. Ich muss nicht bleiben und mir ansehen, wie du Typ Nummer Tausendeinhundertachtzig in dein Haus holst, damit er dir das Herz bricht, weil du wieder mal alle Hoffnung in ihn gesetzt hast.«

»Ich glaube nun mal an die eine große Liebe und daran, sie zu finden«, sagt sie, und ich lache bitter auf, weil das hier gerade so erbärmlich und schlecht ist. Sie ist sechsundvierzig und hangelt sich von Kerl zu Kerl, seit ich denken kann. Die Typen kommen her, ficken sie, versprechen ihr das Blaue vom Himmel und brechen ihr reihenweise das Herz. Doug wird nicht der Letzte sein.

»Gott, Lilly, du bist so naiv. Wenn du wenigstens aus den Fehlern der Vergangenheit lernen würdest.« Wie oft habe ich die Scherben aufgekehrt und versucht zusammenzuhalten, was diese Kerle übrig gelassen haben. Es ist ein Teufelskreislauf. Sie verlassen sie. Mum fühlt sich mies, sucht sich den Nächsten, um sich besser zu fühlen, wird wieder verlassen … Ihr Selbstwertgefühl ist völlig im Keller. Es ist echt kein Wunder, dass ich noch nie eine feste Beziehung hatte. Mum ist so ein krass abschreckendes Beispiel. Sie gibt sich völlig auf, verhält sich total angepasst, macht diesen Männern alles recht. Ich weiß, wie sie ist. Wie sie wirklich sein kann. Sie ist witzig und lebensfroh – ganz tief in sich drin. Sie ist so viel besser als all die Männer zusammen, die sie in ihr Haus und in ihr Herz gelassen hat, aber irgendwann und irgendwo hat sie es vergessen. Ich glaube, es war, als mein Vater sie verlassen hat, und dafür hasse ich ihn.

»Ich habe aus den Fehlern der Vergangenheit gelernt«, behauptet sie.

»Und deshalb wohnt Doug jetzt hier?«

»Manchmal weiß man es einfach, Sam. Manchmal verliebt man sich einfach plötzlich und heftig …«

»Ja, seine brennende Leidenschaft ist wahrlich nicht zu übersehen. Offensichtlich gilt sie dem Fußball.«

Ihre Augen verengen sich zu schmalen Schlitzen. Sie hebt

den Zeigefinger und deutet auf mich, als sie erwidert: »Ich lass mir das von dir nicht kaputtmachen, Sam, hörst du! Du bist nett zu Doug, sonst kannst du gehen.«

»Klar, Mum, ich sehe, du hast echt aus den Fehlern der Vergangenheit gelernt. Du hast die Wahl zwischen deiner Tochter und einem Typen, den du gerade mal drei Sekunden kennst, und entscheidest dich für ihn? Ich habe ein Déjà-vu!« Ich greife nach meiner Tasche und will mich auf und davon machen, doch da packt sie mich am Arm. Sie sieht schrecklich unglücklich aus.

»Ich … ich …« Ich weiß, dass es ihr leidtut, aber es bringt mich schier um mitanzusehen, wie sie immer wieder den gleichen Mist abzieht. »Bitte bleib, Sam!«

Ich lecke mir über die Zähne. Ich bin wütend und enttäuscht, aber ich habe sie nun mal auch lieb. Was soll ich tun? Hunters Angebot doch noch annehmen? Ich könnte auch bei Joe bleiben über die Feiertage. Ich weiß, Dean wäre nicht erfreut, aber es wäre eine Option. Das Haus der Reynolds steht mir immer offen. Ich schließe einen Moment lang die Augen und denke darüber nach. Schaffe ich es wirklich, mir mit anzusehen, wie meine Mutter sich erneut von irgendeinem abgefuckten Typen ausnutzen lässt?

»Okay, ich bleibe, aber erst mal bloß für heute Nacht.«

»Das ist toll. Du wirst sehen, wir werden viel Spaß haben. Doug will nachher sowieso noch mal los und ein paar Freunde treffen. Dann haben wir Zeit für uns.« Ich nicke schicksalsergeben.

Nachdem ich mich frisch gemacht habe, gehe ich runter. Doug ist bereits weg, und so essen Mum und ich allein – auch das ist jetzt nicht wahnsinnig neu. Aber er muss ein noch größerer Idiot sein, als ich dachte, denn Mum kann wirklich gut kochen, und wenn sie es schon mal macht, dann sollte man das auch unbedingt genießen. Doch vielleicht weiß er es nicht, weil er sie noch nicht gut genug kennt. Er kennt sie allerdings gut genug, um sie irgendwann gegen halb zehn anzurufen und ihr die Ohren vollzujammern, weil er seine Brieftasche vergessen hat und Mum sie ihm bringen soll.

»Tut mir leid, Sam«, meint sie und verschwindet. Ich werde nie so sein. Ich werde nie springen, wenn ein Typ das will, und für ihn Männchen machen oder die Klappe halten, nur weil er mir das sagt. Ich werde mein Ding durchziehen und niemals meine Freiheit aufgeben, denn Mums Leben zeigt deutlich, dass auf Männer kein Verlass ist.

Einen Moment lang überlege ich, ob ich noch zu Joe rübergehe, doch ich entscheide mich dagegen. Ich bin müde, und Schlafen ist schließlich auch eine Option. Ich schließe die Tür zu meinem Zimmer ab und mache mich im dazugehörigen Bad fertig. Das Bad, das zu meinem Zimmer gehört, ist der einzige Luxus, den dieses Haus bietet. Ich komme gerade aus der Dusche, als es an mein Fenster klopft. Beim Gedanken daran, es könnte Russel sein, macht mein Herz einen gewaltigen und erschreckenden Satz in meiner Brust. Es gibt schließlich nur eine Person, die über das Vordach klettert, um in mein Zimmer zu gelangen – allerdings liegt das letzte Mal bereits gefühlte hundert Jahre zurück.

Meine Knie werden weich. Es klopft erneut, und ich gehe zum Fenster, ziehe die Vorhänge beiseite und sehe in Joes lachendes Gesicht. Enttäuschung wallt in mir auf. Ich versuche mir davon nichts anmerken zu lassen und schiebe das Fenster hoch.

»Was machst du hier?«, frage ich überrascht. »Ich habe geklingelt, aber du hast nicht aufgemacht«, erklärt sie.

»Und wenn ich einen Mann in meinem Bett gehabt hätte?«

»Wäre ich wieder gegangen. Lässt du mich jetzt rein, oder was? Es fängt an zu regnen«, nölt sie. Ich trete beiseite, und sie klettert durchs Fenster ins Innere. »Und, alles gut bei den Palmers?«

Ich verdrehe die Augen. »Mum hat einen Neuen. Er heißt Doug und ist ein absoluter Verlierer. Keinen Plan, warum mir ein Blick reicht, um das festzustellen, und sie es auf Teufel komm raus nicht schnallt. Und bei euch?«

»Alles super. Wir hatten ja bloß gar keine Zeit, richtig zu quatschen auf der Hochzeit, weil du bei diesem Kerl warst und danach von Rus in Beschlag genommen worden bist.« Einen Moment lang checke ich nicht, was sie meint, doch dann wird mir klar, dass sie nicht dahintergestiegen ist, dass ich es mit ihrem Bruder getrieben habe, sondern dass sie bloß den Rückflug meinte.

»Tja, ich hatte das Gefühl, dass es ihm nach der Niederlage guttut, dass ich mich ein wenig um ihn gekümmert habe.«

Sie verdreht die Augen. »Oh bitte, Sam, du kennst ihn so gut wie ich. Was er in so Momenten braucht, kann ihm keine von uns geben. Er will nicht reden, sondern …«

»… vögeln, ich weiß. Aber hey, warum auch nicht. Ich meine, soll er doch ein wenig Druck ablassen, wenn es ihm dadurch besser geht. Jeder geht mit so was anders um.«

Joe schnaubt freudlos. »War ja klar, dass du das so siehst und dafür Verständnis hast. Ihr seid euch so verdammt ähnlich, das ist manchmal echt unheimlich.«

»Blödsinn«, winke ich ab. »Aber ich denke, er ist schon dabei, es zu verkraften.«

»Ja, das glaube ich auch. Allem Anschein nach hat die Kleine, die er auf Gabs Hochzeit klargemacht hat, seine Stimmung gehoben. Erst dachte ich, er hätte Belinda Sanders flachgelegt, doch die hat sich wohl Rory geangelt. Ich habe sie in seinem Zimmer angetroffen, als ich ihn dazu überreden wollte, ein paar Bücher für mich mitzunehmen.«

»Belinda Sanders? Rorys Geschmack war auch schon mal besser, und du, du bist ein echt übler Buchjunkie, weißt du das?«

»Na komm, so schlimm bin ich nicht. Aber hatte ich dir erzählt, dass Rus zwei Stunden vor der Abreise noch nichts gepackt hatte, weil er dabei war, die ominöse Unbekannte zu knallen?«

Die Situation ist gerade mehr als unangenehm. Ich will Joe nicht belügen, kann ihr jedoch unmöglich die Wahrheit sagen. Joe würde das nicht verstehen. Sie kann Sex und Liebe nicht trennen – daher war es für sie bisher auch immer unerfüllend. Keine Ahnung, ob sie noch jedes Mal, wenn ein Kerl sie besteigt, an Brad Hoover denkt, doch ich würde fast meinen Arsch darauf verwetten. »Ich bin mir sicher, er hatte Spaß dabei«, meine ich und zwinkere ihr zu.

»Und du? Hattest du Spaß?«, will sie wissen.

»Definitiv«, erwidere ich.

»Und wie ist er? Verdammt, Sammy, lass dir doch nicht jedes Wort aus der Nase ziehen.«

»Er ist …« Ich verstumme und suche nach den richtigen Worten. »… toll. Ehrlich, authentisch, wir liegen auf einer Wellenlänge.«

»Ja? Du klingst verknallt.«

»Oh, er ist bestimmt ein Typ, in den man sich verknallen könnte, also andere und nicht ich«, wiegle ich ab.

»Warum nicht?«

»Ach, du weißt doch, wie das mit diesen wahnsinnig gutaussehenden Typen ist. Die sind immer so überheblich, und er ist …«

»Er sieht gut aus?«

»Ja, ziemlich. Er ist groß und sportlich.«

»Im Vergleich zu dir sind alle Männer groß. Wie groß ist er?«

»Puh, so eins achtzig oder so. Jetzt nicht riesig.«

»Und sonst?«

Gott, sie ist echt scheißneugierig. »Wie und sonst?«

»Was weißt du noch über ihn?«

»Eine Menge.«

»Woher kommt er und wie heißt er und …«

»Verdammt Joe, ich will ihn nicht heiraten. Es ist auch schon vorbei.« Leider, denke ich in diesem Moment.

»Oh, okay«, meint sie betreten. »Ich dachte, dass es diesmal vielleicht anders wäre.«

»Oh, es ist anders. Ich meine, ich mag ihn wirklich, wirklich gerne, aber er ist … ach, er ist ein Typ, der nur Probleme mit sich bringt.«

Joe streicht sich eine Strähne ihrer langen blonden Haare aus dem Gesicht und sagt: »Vielleicht ist er all die Probleme wert.« Sie sagt es nicht, aber ich weiß, dass sie denkt, so wie Brad, und weil sie es nicht ausspricht, spreche ich es aus.

»So wie Brad?«

Joe beißt sich auf die Unterlippe. »Er ist da. Ich habe ihn gesehen.«

»Er feiert Weihnachten mit seinen Kindern. Schön.«

»Er ist kein schlechter Mensch«, verteidigt sie ihn.

»Joe, das habe ich auch nie behauptet.«

»Aber Rus.«

»Dein Bruder hat nicht immer recht. Brad hat vielleicht ein

paar schlechte Angewohnheiten.« Wenn man den Gerüchten glauben darf, dann mit Drogen und Frauen, und er kann nicht gut mit Geld umgehen. »Doch ich stimme dir zu, er ist kein schlechter Mensch. Ich mag ihn auch sehr.«

»Aber?«

Ich zucke mit den Schultern. »Nichts aber.«

»Und wenn ich mit ihm zusammenkäme, dann …«

»Dann würde ich mich mit dir freuen, Joe. Du bist seit einer Ewigkeit verrückt nach ihm.« Sie fällt mir regelrecht um den Hals, und ich muss lachen. »Aber Joe, du brauchst von niemandem die Erlaubnis.«

»Aber meine Brüder, sie …«

»Die beiden müssen mal ganz, ganz still sein, Süße.« Joe atmet tief durch, und möglicherweise schmiedet sie einen neuen Drei-Jahres-Plan, wie sie Brad verführen kann. Völlig umsonst, denn einfach zu schnippen wäre in ihrem Fall eine echte Option. Sie sieht so gut aus und ist so zuckersüß. Der Typ, der ihr widerstehen könnte, müsste erst noch geboren werden.

Wir quatschen noch eine Weile. Von draußen höre ich das Prasseln des Regens, und irgendwann, ich bin inzwischen echt hundemüde, bringe ich Joe nach unten und lasse sie zur Haustür raus.

Zurück in meinem Zimmer trifft mich fast der Schlag, denn dort steht Russel. Mein Herz beginnt wie verrückt zu rasen, und ich würde mir gern einreden, dass es der Schreck über sein unerwartetes Auftauchen ist, doch daran liegt es nicht. Ich freue mich bloß wahnsinnig, ihn zu sehen. Er ist tropfnass und gerade dabei, das Fenster zu schließen. Ich habe Russel all die Jahre nicht mal im Ansatz interessant gefunden, kein Stück. Und jetzt? Jetzt betrachte ich ihn und spüre, wie ich feucht zwischen den Beinen werde und mir regelrecht das Wasser im

Mund zusammenläuft. Ja, sein bloßer Anblick macht mich geil. Wie kann das sein? Das ist verrückt!

»Du solltest das Fenster verriegeln, Sammy. Immer!«, brummt er. »Sonst dringt hier noch irgendein Perverser ein und vergreift sich an dir.«

Ich schmunzle. »Und wenn ich nichts dagegen habe, du Perversling?« Ich schließe die Tür hinter mir, drehe den Schlüssel um und höre Rus mit schnellen Schritten den Raum durchqueren. Ich lehne meine Stirn gegen das Türblatt, als er mich von hinten umarmt. Keiner von uns sagt ein weiteres Wort, doch das ist auch gar nicht nötig. Seine Küsse auf meinem Hals verraten mir alles, was ich wissen muss. Ich drehe mich in seinen Armen um. Unsere Blicke treffen sich, und seiner spricht Bände. Das Verlangen in seinen dunkelblauen Augen ist unübersehbar. Meine Hände gleiten unter sein Shirt, langsam schäle ich ihn aus seinen nassen Sachen, und als wir wenig später engumschlungen in meinem Bett liegen, da kann ich nicht genug von seinen Küssen und Berührungen bekommen. In Australien waren wir oft hemmungslos und wild. Wir waren rücksichtslos und haben uns genommen, was wir brauchten. So ist es dieses Mal nicht. Es ist anders, weniger leidenschaftlich, aber nicht minder intensiv. Russel über mir bewegt sich ganz langsam. Er stößt tief und nachdrücklich in mich, während wir uns unentwegt küssen. Er reibt sein Gesicht an meinem, seine Bartstoppeln piken mich, aber es macht mir nichts aus. Im Gegenteil, ich genieße es. Er macht mich schwach, und in mir ist dieses unfassbar sehnsüchtige Verlangen, das auch durch die extreme Nähe nicht gestillt werden kann. Russel nagt an meiner Unterlippe. Ich streichle über seinen knackigen Hintern und gebe mich ihm völlig hin. Wir kommen zeitgleich. Sein heiseres Knurren hallt in der Stille wider, und es fühlt sich so wahnsinnig gut an, dass ich glaube, vor Glück zerbersten zu müssen.

»Ich konnte nicht widerstehen, Sammy, ich musste kommen«, raunt Russel mir später zu.

»Warum?«

»Ich könnte sagen, weil Dean so ein Arsch war und dich verletzt hat und ich mich um dich gesorgt habe, aber das wäre nur die halbe Wahrheit.«

»Und was ist die ganze Wahrheit?«

»Ich habe dich vermisst.«

Ich richte mich etwas auf, um ihn ansehen zu können. »Mich?«, frage ich erstaunt.

»Ja, dich, du Nervensäge!«, beharrt er. Ich lege mich wieder hin und kuschle mich an ihn. Mit meinem Zeigefinger male ich kleine Kreise auf seine Brust und lausche seinem Herzschlag. Ich liege in seinem linken Arm, auf den er sich Joes Namen hat stechen lassen. Das Tattoo ziert die Innenseite seines muskulösen Oberarms. Rus hat noch ein zweites Tattoo. Sein Lebensmotto *Ganz oder gar nicht* prangt auf seinem rechten Rippenbogen.

»Ich bin froh, dass du da bist«, erwidere ich und füge dann hinzu: »Auch wenn wir gerade gegen unsere Abmachung verstoßen haben.«

»Ich weiß«, wispert er kaum hörbar und atmet dann zittrig aus. Ich schmiege mich noch enger an ihn, schließe die Augen und genieße seine Nähe. Die Wärme seines Körpers an meinem zu spüren, verursacht ein wohliges Gefühl, das mich einlullt. Rus greift nach meiner Hand, nimmt sie in seine. Wir verweben unsere Finger miteinander, und ich höre kurz darauf, wie er tief, ruhig und gleichmäßig atmet, als er eingeschlafen ist.

Kapitel 08

RUSSEL | 24.12.2013 | Lāhainā | Maui | Hawaii

Ein Weihnachtsgeschenk für Sam zu finden ist echt schwer. Darüber habe ich die halbe Nacht lang gegrübelt. Ich hatte eigentlich bereits eins, aber irgendwie reicht es jetzt nicht mehr. Ich will, dass sie etwas Besonderes von mir bekommt. Etwas Einmaliges, etwas Unvergessliches …

Ich schaue mich in ihrem Zimmer um und denke noch immer darüber nach, was ihr gefallen könnte, als sie aus dem Bad zurückkommt. »Du warst ohne mich duschen?«

»Ist das ein Vorwurf, Mr. Reynolds?«

»Ja, ist es. Wie gedenkst du, das wiedergutzumachen?«

»Mit Sex«, erwidert sie grinsend. Sie kommt zu mir und setzt sich neben mich aufs Bett. »Ein letztes Mal.«

Ihre Worte erschüttern mich. Die Vorstellung, es könnte wirklich das letzte Mal sein, ist ernüchternd. Sam legt ihre Hand an meine unrasierte Wange und streichelt sie zärtlich. Ich sehe zu ihr auf. Sie beugt sich über mich, küsst mich …

»Sam, Frühstück!«, ruft Lilly. Fuck, Lilly. Ich hatte ganz vergessen, wo wir sind.

»Komme gleich«, brüllt Sam zurück und sieht mich bedauernd an. »Kein letztes Mal.«

Es wäre sowieso nicht das letzte Mal gewesen, tröste ich mich. Wenn, dann bloß auf absehbare Zeit, über die Feiertage oder so. »Ist okay. Zieh dich an und beeil dich, bevor sie hochkommt.«

»Macht sie nicht.« Sam küsst mich noch mal, steht auf und geht zu ihrem Kleiderschrank hinüber. Ich schaue ihr beim Anziehen zu. Wie konnte ich jemals dumme Sprüche über ihren Hintern machen oder darüber, dass sie so klein ist. Sie ist bildhübsch … Sie schlüpft in ultraknappe Hotpants und ein Tanktop und kommt noch mal zu mir. »Bist du noch da, wenn ich wiederkomme?«

Ich schüttle den Kopf. »Nein«, erwidere ich und bedaure es.

»Okay, dann bis morgen, Rus.«

»Ja, dann bis dann.«

Nachdem sie gegangen ist, bleibe ich noch einen Moment liegen, ehe ich aufstehe, mich ebenfalls ankleide und zum Fenster hinübergehe, um zu verschwinden. Auf Sams Schreibtisch entdecke ich etwas Interessantes. Mir springt eine Skizze ins Auge. Sam lässt sich nie in die Karten schauen, doch ich bewundere ihr Talent. Sie zeichnet wirklich gut. Allerdings sind es keine bloßen Zeichnungen, sondern es sind Entwürfe. »Fuck«, murmle ich geflasht. Sam hatte schon immer Talent, aber sie hat das echt gut ausgebaut. Ich blättere durch ihren Skizzenblock und bleibe an einer Art Logo hängen. *Nauti Gal* steht dort. Das ist das Modelabel, das Sammy irgendwann gründen will. Ihr YouTube-Channel hieß auch schon so. Ich zücke mein Handy und lichte die grobe Skizze ab, denn endlich weiß ich, was ich Sammy zu Weihnachten schenken werde.

Ich sehe Sam viel früher als erwartet wieder, denn als ich später vom Surfen komme, steht sie in unserer Küche und macht ihre legendäre Lasagne.

»Hey«, begrüße ich sie, will automatisch zu ihr gehen und sie küssen, doch sie nickt Richtung Wohnzimmer, wo Dean vorm Fernseher lümmelt.

»Alles klar, Bro?«, frage ich ihn.

»Hmm«, brummt er. Sam ist da, und deshalb ist für ihn nichts in Ordnung. Ich schlucke beklommen. Fuck! Das darf doch echt nicht wahr sein. Warum kann er nicht einfach über sie hinwegkommen? Warum muss er so ein Drama aus dieser Sache, die doch nun schon ewig zurückliegt, machen? Es war schließlich bloß eine einzige Nacht. Ich schenke Sam ein schwaches Lächeln und bemerke, dass ihre Augen gerötet sind.

»Hast du geweint?« Sie schüttelt den Kopf, doch ich glaube ihr nicht. Ich trete näher an sie heran. »Was ist los, Sammy?«, erkundige ich mich im Flüsterton. Hoffentlich hatte sie keinen Krach mit Dean. Andererseits würde sie dann nicht hier stehen. Sammy ist jemand, der echt gut darin ist, vor seinen Problemen wegzulaufen. Genau, und deshalb ist sie hier, Sherlock, denke ich. »Hattest du Streit mit Lilly?«

»Mit Doug«, erwidert sie leise. Erklärend fügt sie hinzu: »Das ist Mums Neuer. Joe sagte, ich kann hierbleiben, aber …« Sie nickt Richtung Dean und schüttelt den Kopf.

»Du bleibst«, bestimme ich. »Und wegen Dean mach dir bitte keinen Kopf, Sam. Vergiss es einfach, und das sollte er auch tun.« Sam reißt entsetzt die Augen auf, greift an mir vorbei und zieht einen Topf vom Herd. Scheinbar gerade noch rechtzeitig.

»Sorry«, murmelt sie. »Was hast du gesagt?«

»Ich sagte, dass du gefälligst hierbleibst.«

In diesem Moment kommt Joe die Treppe runtergetrabt und gesellt sich zu uns in die Küche. »Hey, du bist zurück. Und wie war es?«, erkundigt sie sich. Ich ziehe sie in meinen Arm, drücke ihr einen Kuss auf den Scheitel und grinse breit.

»Du bist total stoked!«

»Ich hatte ein paar richtig gute Wellen, Sonnenschein. Danke der Nachfrage«, erwidere ich. Doch vor allem bin ich glücklich, dass das mit Sams Weihnachtsgeschenk noch klappt. Ich freue mich schon jetzt auf ihren Gesichtsausdruck, wenn sie es sieht. »Du hättest mitkommen sollen, Joe.«

Sie seufzt. »Ja, wäre ich echt gern, aber …«

»Aber?«

»Es geht gerade nicht.« Sie verdreht die Augen, und ich stehe auf dem Schlauch.

»Wieso geht das nicht?«, frage ich.

»Sie hat Besuch von der roten Tante«, hilft Sam mir auf die Sprünge.

»Und höllische Krämpfe«, murmelt Joe. Sie stellt den Wasserkocher an. »Zum Glück bin ich auf der Hochzeit und während des Flugs verschont geblieben.«

»Geh ins Bett. Ich mach dir eine Wärmflasche und Tee.«

»Du bist der Beste«, meint sie, stellt sich auf die Zehenspitzen und drückt mir einen Kuss auf die Wange.

Nachdem sie gegangen ist, wende ich mich Sam zu. »Kann ich dir irgendwas helfen?«

»Beim Kochen?«, hakt sie ungläubig nach.

»Ja, irgendwas schnippeln oder so.« Normalerweise würde ich mich ja drum drücken, aber irgendwie bin ich im Moment gern in Sams Nähe. Sie tut mir gut und sorgt dafür, dass ich herunterfahre.

»Du kannst mir die große Auflaufform geben.« Und weil ich nicht mal im Ansatz weiß, wo die ist, instruiert Sam mich. Es sollte mir zu denken geben, dass sie sich in dieser Küche besser auskennt als ich. Aber das ist nicht so. Ihr Anblick ist beruhigend, und ich habe das Gefühl, wirklich zu Hause zu sein. Manchmal kommt man ja nach Hause und fühlt sich fremd – einem fällt dann auf, was sich alles geändert hat, vielleicht auch, dass man selbst nicht mehr der Alte ist, doch in diesem Moment trifft das komplette Gegenteil zu. Keine Ahnung, wie oft Sammy hier schon gestanden und Lasagne für uns gemacht hat.

Wir unterhalten uns, während ich sie bei den letzten Handgriffen unterstütze, verstummen jedoch, als Dean in die Küche kommt und sich ein weiteres Bier aus dem Kühlschrank holt. »Ihr auch?«, fragt er. Scheinbar hat er sich damit abgefunden, dass Sam hier ist.

»Gern«, erwidern sie und ich unisono und müssen darüber lachen. Dean zieht eine Augenbraue hoch, reicht uns jeweils eine Flasche und geht dann in sein Zimmer.

Später beim Essen bemerke ich, wie er Sammy immer wieder verstohlen anschaut. In seinen Blicken liegt etwas Sehnsüchtiges. Die Wut, die er jahrelang ihr gegenüber verspürt hat, scheint nicht mehr zu dominieren. Es freut und beunruhigt mich zugleich, doch ich weiß nicht, warum. Das Unbehagen wächst während des Essens. Ich weiß, ich sollte mich freuen, dass er sich ihr wieder zuwendet. Ich meine, Shit, er spricht wieder mit ihr. Gut, es sind nur wenige, kurze Sätze, aber das ist mehr und besser als alles, was in den letzten vier Jahren an Konversation zwischen ihnen gelaufen ist. Aber ich freue mich nicht. Im Gegenteil: Ich wünschte, er würde den Mund halten. Ich wünschte, er würde sie ignorieren und sie nicht dauernd ansehen.

Ich liege in der Nacht lange wach und denke darüber nach, warum ich reagiere, wie ich reagiere, doch ich komme zu keinem Ergebnis. Meine Gefühle sind nicht greifbar. Vermutlich habe ich einfach nur Schiss, dass Sams und mein kleines, sehr schmutziges Geheimnis rauskommen könnte. Wie gesagt, ich bin mir absolut sicher, dass Dean mir dafür ordentlich eine einschenken würde, und zugegeben: Wirklich unverdient wäre diese Abreibung nicht. Doch ich habe nicht vor, mir von ihm den Arsch aufreißen zu lassen.

Dass ich dahingehend Gefahr laufe, wird mir mitten in der

Nacht klar, als Sam zu mir ins Bett kriecht. Ich erschrecke mich fast zu Tode. »Psssst!«, zischt sie. »Hör auf, rumzukreischen wie ein Mädchen, oder willst du das ganze Haus wecken?« Mein Herz rast wie verrückt in meiner Brust. Schließlich kommt es nicht oft vor, dass ich aus dem Tiefschlaf gerissen werde, weil irgendwer in mein Bett klettert. Ich nehme Sams Hand und drücke sie auf mein wild klopfendes Herz. »Oh, sorry! Ich habe dich echt erschreckt, oder?«

»Schon gut«, brumme ich, drehe mich auf die Seite und schaue sie an. Sam sieht im Mondlicht, das durch das Dachfenster fällt, bezaubernd aus. So bezaubernd, dass der Schreck, den sie mir eingejagt hat, schnell vergessen ist. »Was tust du hier?«, frage ich.

»Na ja, da Mum uns bei unserem letzten Mal gestört hat, dachte ich, wir können das nachholen.«

»Warum frag ich überhaupt, du sexsüchtiges Luder.«

Sammy grinst frech, ich lege meine Hand in ihren Nacken und ziehe sie an mich, um sie zu küssen. Ihr Mund öffnet sich bereitwillig für meine Zunge, und ich dringe forsch in ihn ein. Meine Hände wandern über ihren Körper. Ich packe sie an der Hüfte, drehe sie herum und besteige sie von hinten. Gott, sie ist so verdammt feucht. Ihr Keuchen erschüttert die Stille in meinem Zimmer. »Wie war das? Hör auf, rumzukreischen wie ein Mädchen?«

»Ja!«, stößt sie viel zu laut hervor.

»Joe schläft nebenan«, erinnere ich sie, löse mich von ihr und drehe sie auf den Rücken, damit ich die Laute, die aus ihrem Mund dringen, mit meinem ersticken kann. Es ist sowieso viel besser, sie dabei zu küssen. Sam schlingt ihre Arme und Beine um mich. Sie umklammert meinen Körper regelrecht, und wir küssen uns unablässig, während ich sie nehme. Ich liebe, wie sie aussieht, wenn sie kommt. Sie ist wirklich wunderschön, und ich frage mich, warum ich das zuvor nicht gesehen habe. War ich all die Jahre blind? Ich schiebe mich wieder und wieder in sie, bis auch ich zum Höhepunkt gelange. Sam hält mich in diesem kurzen, verletzlichen Moment. Sie fährt mit ihrer linken Hand durch meine Haare, streicht sie aus meinem Gesicht, um dann ihre Lippen auf meine zu drücken. Ich keuche hemmungslos in ihren Mund und vergesse alles um uns herum. »Sammy«, wimmere ich. Ihre Recht umfasst meinen Hintern, zieht mich tiefer in sich, und plötzlich ist mir alles zu eng. Ich schnappe mir ihre Hände, nagle Sam regelrecht auf dem Bett fest und stoße heftig in sie. Sam versucht, sich aus meinem Griff zu befreien, und ich bin gewillt, sie loszulassen, doch dann treffen sich unsere Blicke, und sie gibt ihren Widerstand auf und sich mir hin. Ich nutze es aus, dass sie so fixiert unter mir liegt, bediene mich und befriedige unser beider Bedürfnisse. Sam kommt noch einmal, als ich mich über ihre Brüste hermache und sie mit meinem Mund verwöhne. Ich muss ihre Hände loslassen, um ihren spitzen Aufschrei zu dämpfen, indem ich ihr den Mund zuhalte. Ihre Augen weiten sich, und ich küsse ihre Stirn, während sie unter mir heftig erbebt. Alles, was wir bisher hatten, war intensiv, aber das hier, das ist noch mal eine ganz andere Hausnummer. Ich rolle mich auf die Seite und ziehe Sam mit mir. Ihr hämmerndes Herz klopft gegen meinen Brustkorb. Sie schließt erschöpft die Augen und bettet ihren Kopf auf meinen Arm. Ich will ihr sagen, dass sie mich umbringt, schaffe es jedoch nicht, auch nur ein Wort herauszupressen. Erneut küsse ich ihre Stirn, streichle sie sanft und ziehe dann die Decke über uns.

»Sam?«, frage ich nach einer gefühlten Ewigkeit. Sie antwortet mit einem »Mmmh?«, und ich stelle die Frage, die mir auf der Seele brennt. »Bist du glücklich?«

»Jetzt gerade?«

»Nein, so allgemein und im Großen und Ganzen.«

»Nein, eigentlich nicht, aber gerade schon.« Das tröstet mich, denn ich will nicht, dass sie unglücklich ist.

»Was müsste sich ändern, damit du glücklich wärst?«, hake ich nach.

Sie stößt die Luft aus und gibt ein »Puh!« von sich. »Na ja, da ist die Sache mit meinen Eltern und die mit Dean. Das sind Dinge, die mich belasten.« Ich drücke meine Lippen auf ihren Scheitel und streichle ihren Rücken. »Ich vermisse Dean.« Das wusste ich zwar, aber es aus ihrem Mund zu hören, gefällt mir dennoch nicht.

»Gib ihm Zeit«, murmle ich resigniert.

Sam setzt sich auf. »Wofür, Rus?«

»Um damit fertig zu werden. Fuck, Sam, er ist unfassbar enttäuscht.«

»Das weiß ich, Russel, aber kann er sich nicht endlich mit mir aussprechen, mir sagen, was er zu sagen hat, und es dann gut sein lassen?«

»Du bist einfach weggegangen, Sam«, erinnere ich sie. »Du hast dich nicht verabschiedet, hast einfach deine Koffer gepackt und bist abgehauen – ohne die geringste Erklärung. Wenigstens das wärst du ihm nach allem schuldig gewesen, also, was willst du?« Wir waren damals alle sauer auf sie, aber natürlich ist es für Dean noch mal was anderes gewesen.

Sam seufzt leise und bekümmert und sieht mit einem Mal so traurig aus, dass ich nicht anders kann, als mich ebenfalls aufzusetzen und sie in die Arme zu schließen. Ich weiß, dass sie ein Problem mit Nähe hat. Dean hat das damals sehr treffend formuliert, als er sagte, dass er ein Idiot war, sie zu überrennen, und es ihn eigentlich auch nicht wundert, dass sie die Flucht ergriffen hat. »Ich habe mir eingebildet, dass es zwischen uns anders wäre und sie mich nicht wie all die anderen Kerle behandeln würde. Ich bin irgendwie selbst dran schuld«, hatte er gemeint. Ich jedenfalls gedenke nicht, den gleichen Fehler zu machen, dennoch gibt es eine Sache, über die ich gern mit Sam reden würde, die jedoch … nun ja, sagen wir, heikel ist.

»Sam, ich habe gestern deine Entwürfe gesehen.«

»Ach, das war nichts«, winkt sie ab. »Ich habe bloß ein wenig rumgespielt.«

»Dann würde ich gern mal sehen, wie gut du bist, wenn du nicht bloß rumspielst, denn die waren gut, und zwar richtig gut.« Sam erwidert nichts. »Sam, wie ernst ist dir das mit Nauti Gal?«

»Weißt du doch«, murmelt sie kaum hörbar.

»Weiß ich das? Denn wenn du es wirklich willst, dann spielst du nicht einfach rum, Sammy. Das ist wie beim Surfen. Du entscheidest dich, diese Welle zu nehmen, und dann ziehst du es durch.«

»Als ob du es immer durchziehen würdest.«

»Ganz oder gar nicht, Sam, das weißt du doch.« Sie beißt sich auf die Unterlippe und nickt dann stumm. Ja, natürlich ziehe ich es nicht immer durch. Es gibt manchmal triftige Gründe, es im letzten Moment doch noch abzubrechen. Beispielsweise, wenn man merkt, dass die nachfolgende Welle besser ist, oder die, die man angegangen hat, sich als echt mies entpuppt, aber normalerweise selektiere ich gut. Wenn es um Wellen geht, dann nehme ich nicht jede, sondern nur die, die mich wirklich reizen und die es echt in sich haben. »Also, willst du diese Sache mit Nauti Gal durchziehen?«

»Ja«, flüstert sie.

»Wie viel brauchst du?«

Sam reißt sich regelrecht von mir los, und ich halte sie nicht auf. Sie sitzt neben mir im Bett und starrt mich an. Ich weiß genau, was jetzt kommt, und ich schaffe es nicht einmal, einen weiteren Atemzug zu machen, ehe sie bereits gesagt hat: »Ich will kein Geld von dir, Rus.«

»Ich will es dir nicht schenken, Sam«, beruhige ich sie, und meine Stimme klingt völlig emotionslos. »Ich will investieren.«

»Verkauf mich nicht für dumm, Russel!«, faucht sie.

»Warum nennst du mich immer nur Russel, wenn du böse auf mich bist? Joe und Dean machen das auch«, maule ich. Mein Versuch, die Stimmung aufzulockern, scheitert kläglich, denn Sam würdigt meinen Einwand mit keinem Wort.

»Du weißt genau, was ich meine. Du würdest nicht mal im Traum daran denken, in ein Modelabel zu investieren, wenn ich da nicht mit drinhängen würde. Du tust das nur, weil ich deine Freundin bin.«

Ich räuspere mich. »Du bist nicht meine Freundin. Du bist eine Freundin.« Weil es sich irgendwie falsch anfühlt, ergänze ich rasch: »Eine sehr gute Freundin, und du bist mir sehr wichtig. Ich kenne dich lange, ich vertraue dir. Ich glaube an dich und an dein Talent und daran, dass du mit Nauti Gal erfolgreich sein wirst. Du bist zuverlässig, perfektionistisch, ehrgeizig und furchtlos. In prekären Situationen bist du eiskalt. Du kannst eine Bitch sein, wenn du es sein musst. Alles Voraussetzungen, um ein florierendes Unternehmen auf die Beine zu stellen.«

»Und das weißt du, weil du BWL studiert hast?«, blafft sie, und ich kann mir nur mühsam das Lachen verkneifen. Ich kenne keine Frau, die mich derart zusammenstauchen würde, bloß weil ich ihr etwas Gutes tun will. War ja klar, dass sie wegen der Sache ausflippen würde, aber dass sie sich derart uneinsichtig zeigt, damit habe ich nicht gerechnet. Mir gehen die Argumente aus. Alles, was ich gesagt habe, ist jedoch wahr.

»Ich will keine Almosen, Russel.« Sam verschränkt die Arme vor der Brust. Ihre Titten werden dadurch angehoben, und ich muss mich echt zusammenreißen, um mich aufs Wesentliche zu konzentrieren.

»Sam, bitte denk doch mal nach. Wir hätten beide etwas davon. Du kannst deinen Lebenstraum verwirklichen, und ich habe eine Geldanlage.«

»Mit Freunden macht man keine Geschäfte, Russel.«

»Freunde fickt man auch nicht, Sammy – jedenfalls normalerweise, aber diese Regeln gelten für uns nicht.« Und warum sollten sie auch? Ich kenne sie schon mein ganzes Leben lang, sie ist ein Teil meines Lebens, ein wichtiger Teil. Dennoch frage ich mich einen Moment lang, was ich mir dabei gedacht habe, ihr diesen Vorschlag zu unterbreiten. Sam ist so verfickt stolz, dass ich sie schütteln möchte.

»Wenn es umgekehrt wäre, Rus, wie würdest du reagieren? Was würdest du denken?«

Ich stoße ein frustriertes Schnauben aus.

»Siehst du! Und ich lasse mich nicht kaufen. Ich will mich nicht abhängig machen und dir was schulden.«

»Gott, Weib! Du schaffst mich. Noch mal, ich tue das nicht für dich. Ich tue es, weil ich zu viel Geld habe und nicht weiß, wohin damit. Ich muss Kosten generieren und Ausgaben tätigen, damit …«

»Dann kauf dir eine Villa oder ein Auto.«

»Habe ich.«

»Was?«

»Mir ein Auto gekauft, beziehungsweise Mad Crush hat es mir gekauft. Ich habe es mir bloß ausgesucht.«

»Cool! Und was für eins ist es?«

»Ein Mustang GT.«

Sam zieht erstaunt eine Augenbraue hoch. »Warum den? Ich meine, fuck, du könntest echt was Besseres haben. Der ist so gewöhnlich.« Ja, sie hat recht. Das ist er, aber er hat das gewisse Etwas. Er gefällt mir, und deshalb wollte ich ihn haben. Ich mag alles an diesem Auto, außer vielleicht, dass es das typische Auto ist, das sich Kerle in meinem Alter zulegen. Ich stehe auf diese Karre, sowohl auf das Design als auch auf den Sound.

»Hör zu, Sammy, ich gebe einen Scheiß darauf, wie du mein neues Auto findest. Ich mag es, also Klappe«, knurre ich.

»Warum bist du plötzlich so pissig? Weil ich was gegen deine doofe Karre sage?«

»Nee, weil ich dir einen Gefallen tun will und du mich wie einen Vollidioten behandelst.«

»Hah!«, meint sie und deutet mit dem Zeigefinger auf mich. Ihre Augen verengen sich zu Schlitzen, als sie sagt: »Siehst du: DU willst MIR einen Gefallen tun. Es ist keine sinnvolle Entscheidung, die du aus einem wirtschaftlichen Aspekt heraus triffst, sondern …«

»Fuck! Das ist es sehr wohl. Es kann nämlich beides sein, Sherlock. Glaubst du, ich wäre so bescheuert, mein Geld in ein Unternehmen zu stecken, an das ich nicht glaube und das von vornerein zum Scheitern verurteilt ist? Du hast in den letzten Jahren Kontakte gesammelt, kennst Hinz und Kunz in der Modebranche und bist mit der Materie vertraut. Es sind die besten Voraussetzungen, Sam. Ich will von Anfang an dabei sein, denn wenn ich zu einem späteren Zeitpunkt einsteige, dann werde ich bloß einer von vielen möglichen Investoren sein, und glaub mir, die werden sich schneller um dich scharen, als dir lieb ist.« Sam schaut mich nachdenklich an. »Hör zu, du musst das nicht jetzt entscheiden. Es ist ein Angebot, und das bleibt bestehen, bis du so weit bist, diese Welle anzupaddeln, okay?«

»Okay.«

Ich atme erleichtert aus, und die Anspannung fällt von mir ab.

»Ich gehe dann jetzt.«

Meinem Gesichtsausdruck muss sie entnommen haben, dass ich nicht will, dass sie geht, denn sie sagt: »Wir sollten unser Glück nicht überstrapazieren.«

»Fein, aber lass mich zuerst gehen und sehen, ob du freie Bahn hast.« Sie nickt zustimmend, schlüpft in ihr Höschen und ihr Nachthemd, während ich lediglich meine Boxerbriefs anziehe, und folgt mir dann zur Tür. Ehe ich sie öffne, drehe ich mich noch mal zu ihr um, nehme ihr Gesicht in beide Hände und küsse sie voller Verlangen.

»Was tun wir hier bloß?«, wispert sie, nachdem ich meine Lippen von ihr gelöst habe.

»Ich weiß es nicht«, gebe ich atemlos zu. »Aber es ist zu gut, um es nicht zu tun, oder?« Sie bestätigt meine Worte mit einem knappen Nicken. »Ich weiß, dass es falsch ist, Sammy. Glaub nicht, dass ich das nicht wüsste, aber …« Ich verstumme, denn mein innerer Kampf frisst mich in diesem Moment beinahe auf. Wäre da nicht Dean …

Sam legt ihre Hand auf meine Wange. In ihrem Blick sehe ich ein tiefes Verständnis und bin froh, dass sie begreift, was diese Sache mit mir macht. Ja, ich weiß, es war meine Entscheidung, doch niemals hätte ich geglaubt, dass mich das schlechte Gewissen derart mitnehmen würde.

Der nächste Tag ist ein Kraftakt. Meine Finger von Sam zu lassen kostet Kraft, und Dean dabei zu sehen, wie er sie ansieht, mit diesem Hunger und dieser Sehnsucht im Blick, kostet ebenfalls Kraft.

Wir machen die Bescherung vor dem Mittagessen, das Sam den gestrigen Abend über vorbereitet hat. Rory und Erik, sein Dad, sind auch gekommen. Es ist perfekt. Wir sind alle zusammen. Ich bin unfassbar nervös, weil ich inständig hoffe, dass Sammy ihr Geschenk mag.

Unser Vater freut sich sichtlich über das gerahmte Foto, das Dean, Joe und ich ihm überreichen. Ich beglückwünsche mich zu meiner spontanen Idee am Abend des Wavehunters-Events. Auch meine Geschwister, Rory und Sam, bekommen einen Abzug. Doch das ist nicht das einzige Geschenk, das ich für sie geplant habe.

»Wir gehen segeln«, quietscht Joe erfreut, als sie den gefütterten Umschlag öffnet, in dem sich ein Gutschein befindet. Ich bin so oft unterwegs, dass das Wertvollste, das wir haben, Zeit ist.

Auch Rory strahlt übers ganze Gesicht. Er liebt das Segeln. »Das haben wir schon ewig nicht mehr gemacht«, meint er und grinst breit.

Dean hingegen ist verhalten erfreut. Er äugt zu Sam, die seinem Blick begegnet. »Ich fürchte, Bro, mir fehlt die Zeit dafür«, murmelt er, erhebt sich und geht in die Küche. Sam sieht aus, als würde sie ihm folgen wollen, doch letztendlich lässt sie es bleiben.

»Und Sam? Segeln?«, frage ich. Sie nickt zaghaft. Ich reiche ihr ihr eigentliches Geschenk und warte gespannt auf ihre Reaktion. Sie starrt es reglos an, nachdem sie das Geschenkpapier gelöst hat. Tränen treten in ihre Augen, und ich frage: »Gefällt es dir?«

»Ja, es ist wunderschön«, haucht sie, und ihre Fingerspitzen berühren das Glas, hinter dem sich die Reinzeichnung ihres Logos verbirgt. »Gott, Rus, wo hast du das her?«

»Ich sagte doch, dass ich deine Entwürfe gesehen habe, und auch, dass ich an dich und deine Idee glaube.«

»Wer hat es gemacht? Das ist irre, genauso habe ich es mir immer vorgestellt.«

»Was hast du dir so immer vorgestellt?«, erkundigt Joe sich. Sam zeigt ihr das Logo, und Joe stößt einen leisen freudigen Schrei aus. Sie strahlt übers ganze Gesicht, und erst da wird mir klar, wie viel Sam das wirklich bedeuten muss. »Wow, das ist Spitze.«

Sam schluckt hörbar und sieht noch immer aus, als würde sie jede Sekunde zu weinen beginnen.

»Ein Freund von mir, ein Grafiker, der für Mad Crush arbeitet, hat es gemacht. Er kann alles ändern, was dir nicht gefällt und …«

»Nein, nein, Rus, das ist nicht nötig. Es ist perfekt. Vielen, vielen Dank.« Sie gibt mir einen Kuss auf die Wange und bestaunt dann weiter das Logo. »Und es gehört wirklich mir?«

Ich nicke. »Ja, es ist deins. Alle Rechte liegen bei dir.«

»Ich kann das noch gar nicht glauben. Das ist so verrückt«, murmelt sie.

»Das größte Geschenk, das du uns allen machen konntest, Bro, ist, dass Sammy sprachlos ist und wir uns nicht ihr Geplapper anhören müssen.« Rory guckt gespielt unschuldig, woraufhin Joe ihn boxt und dann Sam, die nach wie vor völlig überwältigt zu sein scheint, in den Arm nimmt.

Ein paar Minuten später löst Sam sich von ihr und geht hinaus auf die Terrasse. Ich bin versucht, ihr zu folgen, doch Dean beobachtet mich wachsam, und ich weiß, wenn ich ihr jetzt hinterhergehe, dann zieht er die falschen Schlüsse oder die richtigen. Ich meine, es ist ja nicht so, als ob zwischen Sam und mir mehr als Sex wäre. Es gibt also nicht wirklich was, worüber er sich aufregen müsste.

Dumm nur, dass es sich nicht so anfühlt. Ich kann versuchen, mir die ganze Geschichte schönzureden, aber Fakt ist, ich habe mit der einzigen Frau geschlafen, die mein Bruder jemals geliebt hat und für die er offensichtlich immer noch Gefühle hegt.

Ich gehe zu ihm in die Küche. »Was hast du getan, Russel?«, fragt er mich. Sein Blick ist durchdringend und seine Stimme klingt kalt.

»Ich wollte ihr eine Freude machen, aber …« Ich zucke mit den Schultern. »Scheinbar war es, wie bei dir mit dem Segeltörn, ein Griff ins Klo.«

»Du weißt genau, weshalb ich nicht mitkommen kann.«

»Wegen ihr«, erwidere ich und nicke mit dem Kinn Richtung Terrasse. »Dean, findest du nicht, es wird Zeit, das Kriegsbeil zu begraben? Vielleicht gibst du ihr endlich mal die Gelegenheit, sich zu erklären.«

Er verschränkt die Arme vor der Brust und schüttelt den Kopf. Alles an seiner Haltung drückt seinen Widerwillen aus. Ich seufze leise.

»Du verstehst das nicht, Rus, wenn ich sie da so stehen sehe … es zerreißt mir das Herz. Ich will zu ihr gehen, sie in meine Arme schließen, sie küssen und all den Schmerz von ihr nehmen. Ich …« Er verstummt, und das ist gut so, denn seine Worte lösen etwas in mir aus. Ich will nicht, dass er sie in die Arme nimmt, sie küsst, sie fickt … Der Gedanke daran weckt in mir den Wunsch, ihn grün und blau zu schlagen, und mit einem Mal wird mir unmissverständlich klar, was passiert ist: Ich habe mich in Samantha Palmer verliebt.

SAM | 25.12.2013 | Lāhainā | Maui | Hawaii

Ich lehne an der Brüstung der Terrasse, ignoriere den Nieselregen und starre aufs Meer hinaus. Heute ist es grau und sieht bedrohlich aus. Bedrohlich fühlt es sich auch in mir drin an. Russel bringt mich aus dem Gleichgewicht. Er wirft mich aus der Bahn, stellt alles auf den Kopf, und das, ohne sich darüber im Klaren zu sein.

Zu gut erinnere ich mich an den Abend nach unserer Ankunft und daran, wie unglaublich erfreut mein Körper reagiert hat, ihn zu sehen. Das Hüpfen meines Herzens war atemberaubend, ebenso die weichen Knie, die ich mit einem Mal hatte, und jetzt das: Dieses Geschenk, es hat mich umgehauen. Nauti Gal ist mein Lebenstraum, und das Logo, es ist einfach perfekt. Wie kam er bloß auf diese großartige Idee?

Vielleicht weil er mich kennt, grüble ich. Wirklich kennt, meine ich. So wie ich ihn. Das unbehagliche Gefühl in meinem Bauch nimmt zu, und mir wird regelrecht übel. Das ist gar nicht gut. Natürlich wünsche ich mir jemanden, der mich wirklich kennt und mich so liebt, wie ich bin – wer wünscht sich das nicht. Und eigentlich wird es auch höchste Zeit, denn Eltern, die mich richtig geliebt hatten, habe ich nun mal nicht. Mum ist bereit, mich gegen jeden dahergelaufenen Kerl einzutauschen, und mein Vater ist ein selbstsüchtiger Sack.

Ich knabbere auf meiner Unterlippe herum und denke wieder einmal darüber nach, wie unglaublich verkorkst mein Leben ist. Ich krame nach meinem Handy. Von Mum habe ich seit dem Streit mit Doug gestern nichts mehr gehört. Er behandelt sie wie seinen Fußabtreter und meinte dann, mir erzählen zu müssen, dass ich ihr gegenüber mehr Respekt an den Tag legen soll. Natürlich habe ich ihn genau darauf hingewiesen, und dann meinte er doch glatt: »Du kommst in unser Haus und mischst dich in unsere Angelegenheiten ein. Was glaubst du eigentlich, wer du bist?«

Natürlich konnte ich mal wieder meinen Mund nicht halten, aber wirklich, er ist so ein Arschloch, also sagte ich: »Du kennst meine Mutter keine drei Sekunden, schmarotzt dich, wie ein Haufen Kerle vorher, auf ihre Kosten durch, und stellst jetzt schon Besitzansprüche ans Haus? Respekt! Dreister geht es kaum.«

Ich frage mich, wie es ihr geht, denn natürlich hat sie geheult, als er mich rausgeworfen hat. Ist ja schließlich auch sein Haus, oder jedenfalls denkt er das, und sie lässt zu, dass er sich so aufführt, als würde es ihm gehören. Ich verstehe sie beim besten Willen nicht. Sie ist so jämmerlich und schwach.

Okay, ich weiß, dass das auch Leute über mich denken, aber das ist mir egal. Viele Frauen sehen von oben auf mich herab, weil ich meine Bedürfnisse auslebe und mir das hole, was ich brauche. Aber ich mag Sex nun mal, und um welchen zu haben, muss ich in keiner Beziehung sein, und ich muss den Mann nicht lieben, mit dem ich mein Bett teile. Es macht mich nicht zu einer Hure, mit vielen Männern zu schlafen. Den Spieß könnte ich auch umdrehen und diesen Frauen, die mit dem Finger auf mich zeigen, vorwerfen, dass sie zu feige sind, für sich und ihre Bedürfnisse einzustehen. Ich könnte sagen, ihr seid frigide oder ihr seid verklemmt, doch das tue ich nicht. Mir ist Sex wichtig, aber ich gehe nicht davon aus, dass er für jeden wichtig ist. Die Bedürfnisse einzelner Menschen sind so unterschiedlich und individuell wie diese Personen an sich. Nur weil ich am liebsten dreimal täglich Sex hätte, nehme ich nicht an, dass das bei anderen Leuten ebenso ist. Und ja, ich mag es härter, aber auch dafür schäme ich mich nicht. Warum sollte ich auch? Für mich passt das, und für die Männer, die ich mir aussuche, stimmt es auch. Ich bin der Meinung, dass jeder tun und lassen kann, was ihm guttut, solange er damit niemandem schadet. Sprich: Erlaubt ist, was gefällt, solange es einvernehmlich ist.

Bei Mum ist es jedoch anders. Sie gerät immer an irgendwelche miesen Typen, die sie ausnutzen und für dumm verkaufen. Ihr geht es schlecht dabei, und das ist der Punkt, an dem es nicht mehr passt. Einerseits tut sie mir unglaublich leid, andererseits ist es nicht auszuhalten, dass sie immer wieder die gleichen Fehler macht.

Wieder einmal schwöre ich mir, nie so zu werden. Nein, ich werde niemals in eine Beziehung rutschen, in der der Typ mich wie den letzten Dreck behandelt. Ich werde niemandem hinterherrennen, werde nicht alles tun und aufgeben, um geliebt zu werden, denn wenn jemand das erwartet, dann ist es keine Liebe.

Mein Blick schweift zurück zum Haus. Ich sehe Rory mit Joe herumalbern und Dean und Russel zusammen in der Küche stehen und sich unterhalten. Das ist meine Familie, oder zumindest war sie es für lange Zeit. Deans unterkühltes Verhalten schmerzt mich, und ich wünschte wirklich, ich wüsste, was ich getan habe, um mir seinen Zorn zuzuziehen.

Mir ist schon klar, dass Dean ein sehr zuverlässiger Mensch ist und ein solches Verhalten auch von anderen erwartet. Ich habe mir immer Mühe gegeben, dem zu entsprechen, aber ich weiß auch, dass ich ihn enttäuscht habe. Ich bin einfach fortgegangen, und das, obwohl wir Pläne hatten. Ich wäre gern mit ihm auf diesen Segeltörn gegangen, über den wir immer gesprochen hatten, aber ich konnte es damals einfach nicht. Ich musste weg, denn ich habe in jeden Blick etwas hineininterpretiert und mich ständig gefragt, welcher Mann mich unter Drogen gesetzt und missbraucht hat – oder welche. Der Gedanke daran lässt mich erschauern.

Diese Nacht meines achtzehnten Geburtstags sitzt mir auch heute noch in den Knochen. Inzwischen bin ich allerdings froh, mich nicht erinnern zu können. Doch dadurch kann ich auch irgendwie nicht damit abschließen. Bis heute weiß nur Hunter, was damals passiert ist. Aber was soll ich auch sagen? Ich bin irgendwann mal vergewaltigt worden, kann mich aber nicht daran erinnern?

Dean schaut in meine Richtung, und einen Moment lang sehen wir uns in die Augen, ehe er seinen Blick abwendet und sich wieder mit Russel unterhält. Ich will auch eigentlich gar nicht, dass er es weiß, wird mir in dem Moment wieder einmal bewusst. Dean war immer … Er war was ganz Besonderes für mich. Ich war wirklich sehr verliebt in ihn und habe ihm vertraut. Er war meine Bezugsperson, und ich habe mit ihm über Dinge gesprochen, über die ich mit sonst keinem sprechen konnte. Er war immer für mich da, und ich weiß, ich war auch wichtig für ihn. Es ist Quatsch, dass ich mich wegen dieser Nacht schäme, aber ich kann es nicht verhindern. Es ist nicht meine Schuld. Ich habe nichts Falsches gemacht, und dennoch fühlt es sich so an. Das kann man nicht erklären, aber so ist es, und ich weiß, dass es ganz vielen Frauen, denen so etwas passiert ist, ebenso geht. Das ist idiotisch, und im Grunde bin ich mir auch im Klaren darüber, aber es ändert nichts an meinen Gefühlen. Ich fühle mich nun mal schmutzig und benutzt, und ich will nicht, dass Dean mich auch so sieht. Ich könnte das Mitleid in seinem Blick nicht ertragen.

Mir ist bewusst, dass er den Segeltörn, den Rus uns geschenkt hat, nur wegen mir ablehnt, und ehrlich, auch ich wüsste nicht, wie wir es über einen längeren Zeitraum auf einem Boot miteinander aushalten sollten.

Ich straffe die Schultern und gehe wieder rein, als alle sich langsam an den großen Tisch begeben. »Wann kommen eure Freunde?«, erkundigt sich Sean bei seinen Söhnen, während wir auftischen.

»Erst gegen Abend«, beruhigt Russel ihn.

»Erik gewährt mir Asyl, damit wir alten Männer euch Kids nicht im Weg sind.«

»Wird Zeit, dass unsere Kinder auf eigene Füße kommen.«

Ich lache laut los. »Ich liebe deinen Humor, Erik«, lasse ich Rorys Vater wissen. Sein Sohn verdient schließlich seine Millionen mit Surfen und damit, gut auszusehen. Ich meine ernsthaft, Rus und Rory haben wirklich mit Abstand die geilsten Jobs, die man sich nur vorstellen kann.

Als hätte Sean meine Gedanken erraten, sagt er: »Ach, Mädchen, du hättest auch eine steile Karriere als Surferin hinlegen können. Schade, dass du dein Talent verschwendest.«

»Yep, Sammy, noch ist es nicht zu spät«, animiert Rory mich, doch ich schüttle den Kopf. Ich liebe das Surfen, aber ich will damit nicht mein Geld verdienen. »Und dein Modelabel kannst du noch immer gründen, wenn du zu alt bist, also in zwei oder drei Jahren. Startkapital hättest du ja dann.«

Einen Moment lang kommt mir Russels Angebot in den Sinn. »Bist du dann auch in zwei oder drei Jahren zu alt zum Surfen?«, frage ich unschuldig, um mich abzulenken.

»Nee, ich bin schließlich ein Typ. Wir werden mit zunehmendem Alter bloß attraktiver.«

»Weißt du, wie gerne ich dir jetzt den Finger zeigen würde?«

»Mach ruhig«, meint Erik. »Mein Sohn hat ihn sich wirklich verdient.«

Rory seufzt. »Das hat man davon, dass man die Wahrheit sagt«, brummt er. »Ist ja nicht meine Schuld, dass unsere Gesellschaft ist, wie sie ist.«

»Na ja, du hast auch keinen Grund, dich zu beklagen. Du stehst immerhin auf der Sonnenseite, so als Kerl, meine ich.«

»Denkst du das wirklich, Sam? Also, dass wir es leichter haben, weil wir Männer sind?«, fragt Rus mich.

»Ja, natürlich.«

»Inwiefern?«, will er wissen.

»Meint ihr wirklich, dass dieses Thema das ideale Tischgespräch ist?«, fragt Sean.

Rus schaut ihn an und sagt: »Es interessiert mich nun mal.« Sein Blick richtet sich wieder auf mich. Er ist erwartungsvoll.

»Als Frau musst du in allem dreimal so gut sein, um Beachtung zu finden und Respekt zu bekommen. Doch meistens kannst du dich auf den Kopf stellen und mit den Füßen wackeln, in der Regel halten Männer sich für was Besseres und behandeln dich wie einen Menschen zweiter Klasse. Gerade in unserem Alter ist man dann nur ein junges Ding, das keine Ahnung hat. Männer benehmen sich dir gegenüber gönnerhaft, belächeln dich und wissen in der Regel alles besser. Dein Wort hat kein Gewicht.« Ich sehe zu Joe. Sie nickt knapp. Russel lacht kopfschüttelnd in sich hinein. »Was ist?«, frage ich.

»Keine Ahnung, aber bisher hatte ich den Eindruck, es wäre easy, eine Frau zu sein. Man sucht sich einfach einen Typen mit dicker Brieftasche, lässt sich schwängern, und schon hat man ausgesorgt.«

»Findest du? Tja, dann umgibst du dich wohl mit den falschen Frauen«, grolle ich.

»Scheint so«, erwidert er ungerührt.

»Blödsinn«, mischt sich Joe ein. »Als ob du tauschen würdest.« Bevor er antworten kann, fährt sie fort: »Du genießt es, und du brauchst es sogar irgendwie. Diese Frauen, die dich bedingungslos anhimmeln, weil du reich und berühmt bist, das gefällt dir doch.«

Ehe Russel etwas erwidern kann, geht Sean dazwischen: »Schluss jetzt, wie ich schon sagte, das ist kein Tischgespräch. Rus ist nun mal jung und wild und will sich die Hörner abstoßen. Es …«

»… ist, wie Sam gesagt hat. Es ist scheißunfair, denn wenn ich auf die Idee kommen würde, jung und wild zu sein, dann würde …«

»Können wir bitte einfach essen«, unterbricht Dean Joes Gefühlsausbruch. »Sam hat gekocht und sich wirklich Mühe gegeben, und das Essen wird kalt.« Ich sehe ihn erstaunt an und kann nicht glauben, was ich gerade gehört habe. Mein vorsichtiges Lächeln erwidert er jedoch nicht. Gut, ich weiß, dass er mein Essen liebt. Vielleicht hat er einfach nur Hunger oder bloß keine Lust auf das Gezanke der Zwillinge.

Joes Worte gehen mir jedoch nicht aus dem Kopf, und ich weiß, dass sie recht hat. Sie kennt Russel genau. Und ja, er ist nun mal ein Egoschwein, aber in den letzten Tagen war er anders. Ich brauche mir bloß mein Weihnachtsgeschenk anzuschauen. Russel war mir gegenüber aufmerksam und liebevoll. Er hat mich vorbildlich behandelt. Ich äuge zu ihm rüber, und da ist es wieder, dieses sonderbare Gefühl, das ich seit einer

Ewigkeit nicht mehr verspürt habe und das eigentlich immer seinem älteren Bruder galt. Zum Glück sitze ich, denn meine Beine fühlen sich an wie Wackelpudding, während mein Herz aufgeregt in meiner Brust flattert. Lass den Scheiß, Sammy, rüge ich mich, doch so sehr ich mich auch bemühe, mein Blick huscht immer wieder zu Russel. Ich kann es nicht unterlassen, ihn anzusehen. Er sieht wirklich unfassbar gut aus, und schlimmer noch, er fühlt sich unfassbar gut an und er riecht noch besser.

Nach dem Essen passt Russel mich ab. »Und? Hast du drüber nachgedacht?«

»Über was?«

»Über mein Angebot, Sammy«, brummt er, und ich schlucke beklommen. Ich weiß, er wird nicht lockerlassen.

»Wie stellst du dir unsere Partnerschaft vor?«

»Wir gründen die Firma. Jeder erhält Anteile, du siebzig, ich dreißig, und ich fungiere als stiller Teilhaber.«

»Sechzig vierzig.« Ich fixiere ihn mit meinem Blick. »Du sagtest, es soll sich lohnen und du willst investieren. Nimm das ernst!«

»Ich nehme es ernst, Sammy! Sehr ernst sogar«, beruhigt er mich.

»Okay«, erwidere ich.

»Heißt das Ja?«

Ich nicke. »Ja, das heißt Ja.«

»Ich würde gern mit dir anstoßen, aber das machen wir wohl lieber, wenn wir allein sind«, neckt er mich, woraufhin ich unwillkürlich grinsen muss.

»Nettes Wortspiel, und da behaupten die Leute immer, ich würde ständig Zweideutigkeiten von mir geben«, seufze ich. Russel lächelt milde. Er sieht zufrieden aus.

Irgendwann verdrücken Joe und ich uns nach oben, um uns in Schale zu werfen. »Was ist denn mit dir los?«, fragt Joe. »Legst du es darauf an, heute Abend flachgelegt zu werden?«

»Nein, ich will einfach nur gut aussehen.« Joe hat mir eines ihrer Kleider geliehen, damit ich nicht noch mal heim muss. Ich bin inzwischen ziemlich sauer auf meine Mum. Sie hätte sich melden müssen, und nicht ich.

Joe hat einen guten Geschmack, etwas konservativ vielleicht, doch der Stil passt zu ihr. Sie ist eine klassisch elegante Schönheit, und ihre Outfits unterstreichen das stets. Aber sie ist auch mehr als dieses liebe, folgsame und angepasste reiche Mädchen, sonst wären wir wohl keine Freundinnen. Joe hat durchaus eine wilde Seite. Das Tattoo auf ihrem Arm – es ist an der gleichen Stelle wie das von Russel, nur, dass sein Name dort steht – ist ein stichhaltiger Beweis dafür. Ich erinnere mich gut an den Ärger, den die Zwillinge bekommen haben, nachdem sie es sich, sobald sie achtzehn Jahre alt geworden waren, haben stechen lassen.

Ich seufze leise und drehe eine Strähne meiner Haare auf den Lockenstab. Russel geht mir nicht aus dem Kopf, und wie gesagt, das ist schlecht, denn er ist nun mal er. Er ist zügellos und impulsiv. Er ist unbeherrscht und will immer mit dem Kopf durch die Wand. Er ist rücksichtslos, er nimmt sich, was er will, und ist so ehrgeizig, dass früher oder später die Freundschaft zwischen ihm und Rory daran zerbrechen wird. Er kann nicht verlieren. Er ist ein Macho. Seine Einstellung gegenüber Frauen sagt wirklich alles aus. Er ist zweifelsohne ein Idiot.

»An was denkst du?«

»An Rus«, gebe ich zu und merke erklärend an: »An unser Gespräch bei Tisch.«

Joe schnaubt freudlos. »Nimm es ihm nicht übel. Sie wissen nicht, wie das ist. Habe ich dir von dem Grapscher erzählt?«

»Dem Professor, der so scharf auf dich war?«

»Nee, der war harmlos. Nein, dieser Fotograf, bei dem ich mein Praktikum gemacht und abgebrochen habe. Ich habe ihm eben irgendwann auf die Finger gehauen, weil er seine nicht bei sich lassen konnte, und dann meinte er doch glatt, ich sei eine süße Maus, aber wenn ich ihm weiter bei seiner Arbeit über die Schulter schauen wollen würde, dann müsste ich etwas entgegenkommender sein.«

»Und, was hast du gesagt?«

»Dass mein Entgegenkommen darin besteht, ihn nicht wegen sexueller Belästigung anzuzeigen. Daraufhin hat er mich eine frigide Zicke genannt, und ich habe den Job geschmissen. Dad war gar nicht erfreut darüber, aber ich konnte ihm schlecht die Wahrheit sagen, denn dann hätte er deshalb ein Fass aufgemacht, und wenn es eine Sache gibt, die mich mehr ankotzt als Typen, die ihre Finger nicht bei sich lassen können, dann meine Familie, die glaubt, ich kann nicht für mich einstehen. Das ist doch auch sexistisch. Als ob Dad sich Rus gegenüber so verhalten würde.«

Ich nicke und höre Joes untypischem Ausbruch zu. Sie erträgt normalerwiese alles mit stoischer Gelassenheit, aber ich kann verstehen, dass es sie nervt. »Und bitte, was unterscheidet uns denn groß? Die zwanzig Zentimeter«, meint sie und hält Daumen- und Zeigefinger im Abstand von vielleicht fünf auseinander, weshalb ich lachen muss. »Mal ehrlich, sehr viel größer ist Russels Nahkampfstachel doch nicht«, setzt sie nach, und ich muss mir ein Kopfschütteln verkneifen. Man kann viel über Rus sagen, aber nicht, dass er schlecht bestückt ist … Ups, das war jetzt auch sexistisch, oder?

In dem Versuch, das Thema zu wechseln, frage ich: »Für wen machst du dich eigentlich so schick? Hast du die Hoffnung, dass Brad vorbeischneit?«

Joe beißt sich ertappt auf die Unterlippe und schaut zerknirscht drein.

»Ach, Süße«, murmle ich. Diese Brad-Geschichte macht mich irgendwie fertig. Ich würde mir von Herzen wünschen, dass er sich als ihr Ritter in weißer Rüstung entpuppt, sie auf sein edles Ross hievt und mit ihr in den Sonnenuntergang reitet, aber die Wahrheit ist, dass Brad nicht umsonst im Ruf steht, der Bad Boy der Surfszene zu sein. Auch wenn Rory und Russel alles dransetzen, ihm den Rang abzulaufen, so hat er sich dieses Image doch hart erarbeitet.

»Weißt du, Süße, er sollte dich so nehmen, wie du bist. Es gibt keinen Grund, diese Schuhe …«, ich deute auf die High Heels, auf denen sie nicht laufen kann, »… anzuziehen, und ich weiß, dass du dich in dem Kleid nicht wohlfühlst. Verbieg dich nicht für Brad. Okay?«

»Aber ich bin nicht sein Typ.«

Ich lache schallend los. Joe zieht eine Schnute und schmollt, weil ich sie nicht ernst nehme. »Ich bin blond, aber er mag Frauen mit dunklen Haaren lieber. Er …«

»Du, Josephine Reynolds, bist der feuchte Traum eines jeden Mannes.« Und es stimmt. Wenn sie bloß etwas größer wäre, dann könnte sie als Model arbeiten. Sie hat die perfekten Maße, ist ausnehmend hübsch und noch dazu witzig und klug. Sie ist die Sorte Frau, die man sich an der Seite eines erfolgreichen Surfstars vorstellt. Im Gegensatz zu mir. Nur mühsam gelingt es mir, einen Seufzer zu unterdrücken. Ich wollte niemals das Anhängsel eines reichen, erfolgsverwöhnten Kerls sein, also, warum zieht es mich so runter, dass ich nicht mal ansatzweise dafür in Betracht kommen würde? Ich weiß, auf was für Frauen Russel steht, und auch, dass ich nicht in sein Beuteschema passe. Keine Ahnung, warum er mich überhaupt abgeschleppt hat. Aber dann erinnere ich mich daran, dass es ihm mies ging, er Druck ablassen wollte und einfach keine andere verfügbar war. Tja, und dann hat er festgestellt, dass ich zwar nicht sein Typ bin mit meinen Mini-Titten und meinem Moppelarsch, aber es im Bett echt draufhabe. Ich meine, Männer sind so, die machen es sich auch mit dem Staubsauger oder vögeln warmen Apfelkuchen, wenn es sie packt. Ich sollte also dringend aufhören, einen auf Joe zu machen und mich in irgendwas reinzusteigern, was bloß in meinem Kopf existiert. Fakt ist nämlich, dass das zwischen ihrem Bruder und mir lediglich Sex ist und nicht mehr.

Nachdem ich mir das noch mal in aller Deutlichkeit vor Augen geführt habe, geht es mir besser, und ich fühle mich bereit für die coolste Party des Jahres. Die Weihnachtsfeiern bei den Reynolds sind legendär. Als Joe und ich runterkommen, sind bereits etliche Gäste, von denen ich einige kenne und andere nicht, da und feiern wild und ausgelassen. Ein DJ sorgt für Musik, und Rus, der solche Anlässe liebt, strahlt übers ganze Gesicht. Er steht umringt von einem Haufen Leuten da, und zwei Frauen kleben förmlich an seinen Lippen. Er sonnt sich in der Aufmerksamkeit und darin, dass ihn diese beiden Tussis regelrecht anhimmeln. Ich kenne die Frauen auch, wird mir einen Moment später klar. Sie waren mit ihm in Deans Wohnung … um genauer zu sein, waren sie mit Russel zusammen in Deans Bett. Für mich ist der Anblick, sie nun hier zu sehen, ein Schock, und ich komme mir maßlos dumm vor. Wie konnte ich vergessen, wer er ist, und vor allem, wie er ist?

Wie konnte ich mich auch nur eine Sekunde lang der Annahme hingeben, dass zwischen uns mehr gewesen wäre als bloß Sex?

Dennoch drehe ich fast durch, als eine der Frauen, eine hochgewachsene Blondine, die aussieht, als wäre sie einem Porno entsprungen, ihn schamlos anbaggert. Sie legt ihre Hand auf seinen Arm, und ich kann es mir keine Sekunde länger ansehen, denn in meinem Kopf sind sie bereits ein Dutzend Schritte weiter und liegen erneut nackt zusammen im Bett. Fuck, ich will nicht, dass er mit einer anderen schläft … oder zweien … ich … Großer Gott, ich verwandle mich in ein eifersüchtiges, besitzergreifendes Monster, und das bedeutet, dass es noch viel, viel schlimmer ist, als ich dachte.

Im Laufe des Abends wird dieses Gefühl, das an mir nagt, immer heftiger – vielleicht auch, weil die Frauen, die ihn in ihr Bett bekommen wollen, immer hemmungsloser werden. Die andere, mit der ich ihn beinahe in flagranti in Deans Wohnung erwischt habe, steht etwas abseits mit ihm und redet eindringlich auf ihn ein. Rus hält den Kopf gesenkt, hört zu, sein Haar fällt ihm ins Gesicht. Er sagt etwas zu ihr, woraufhin sie in meine Richtung blickt und mir einen interessierten Blick zuwirft. Sie unterhalten sich weiter, und plötzlich beginnt sie zu weinen. Russel greift nach ihr, versucht, sie zu beruhigen, und ich wende mich ab. Es ist nicht das erste Herz, das er bricht, und irgendwie tut sie mir leid.

Doch die beiden aus Deans Loft sind nicht die Einzigen, die um ihn herumscharwenzeln und ihm schöne Augen machen. Ein Dutzend Frauen gräbt ihn derart offensiv an, dass ich es kaum aushalte. Schließlich schnappe ich mir meinen Drink und gehe raus auf die Terrasse. Ich hocke mich auf die Stufen, die zum Strand hinunterführen, und versuche runterzukommen, doch alles, woran ich denken kann, ist, dass ich so dämlich war, mich in Rus zu verlieben. Oder warum sonst will ich in diesem Moment nichts sehnlicher als in seinen Armen liegen und seine Lippen auf meinen spüren? Und warum bringt mich der Gedanke an ihn und eine andere schier um?

Sam, verfluche ich mich, wie kann man bloß so saudämlich sein? Rus! Das kann nur in einer Katastrophe enden. Er ist der neue Bad Boy der Surfszene. Wild und unzähmbar, nicht für eine Beziehung gemacht und schon gar nicht für eine monogame – doch teilen würde ich ihn auch nicht wollen. Nein! Unter keinen Umständen. Ahhhhh, allein der Gedanke, wie er mit einer anderen Sex hat, macht, dass meine Eingeweide sich schmerzhaft verkrampfen und mir übel wird. Ich bin manchmal ein solches Schaf. Warum habe ich mich bloß darauf eingelassen? Es sollte doch lediglich ein kleiner, harmloser Fick sein – mehr nicht! Und jetzt das! Kacke! Wie blöd muss man eigentlich sein?

Eine ganze Weile sitze ich da. Lausche dem Rauschen des Meeres und frage mich, wie das passieren konnte. Schritte nähern sich. Ich sehe nach oben und entdecke Russel und Rory, die näher kommen und sich an die Brüstung stellen. Mein Herz macht wieder diesen blöden, naiven Hüpfer. Bescheuert, ich weiß! Schließlich ist mir absolut klar, wie Russel ist, und dennoch sehne ich mich in diesem Moment wie verrückt nach ihm.

»Alter, das ist die beschissenste Idee, die du je gehabt hast«, kommt es von Rory. »Ich meine, fuck, das kannst du echt nicht bringen.«

»Glaubst du, mir gefällt das?«, fragt Russel. Seine nächsten Worte lassen mich erstarren und unwillkürlich die Luft anhalten. »Aber ich muss sie loswerden.« Wovon redet er? Was will er loswerden?

»Schon klar, aber doch nicht auf diese Weise.«

»Anders geht es nicht! Oder hast du eine bessere Idee?«

»Scheiße, Mann, aber du kannst doch nicht jeder, die du fickst, Geld in den Rachen stopfen, wenn es unbequem wird.« Fuck, er redet nicht von etwas, das er loswerden will, sondern er redet von mir. Wann bitte schön bin ich unbequem geworden? Er hat mir das Geld doch angeboten, und warum erzählt er Rory von uns? Wir hatten doch vereinbart, den anderen nichts davon zu sagen. Ich bin so wütend, dass ich kurz davor bin, nach oben zu stürmen und ihm die Meinung zu geigen, doch dann höre ich, wie Rus sagt: »Fuck, ich bin so ein Idiot. Es war ein gigantischer Fehler, mich überhaupt darauf einzulassen.«

»Was ist denn mit dieser anderen, von der du erzählt hast? Wer ist das?« Eine andere? Das wird ja immer besser. Ich atme bewusst ein und aus und versuche mich zu beruhigen, denn mein Herz klopft wie verrückt.

»Sie ist toll. Wirklich etwas Besonderes.« Er vögelt mit mir, während er eine andere, die ach so toll und besonders ist, am Start hat, oder wie? »Ich … Kacke, sie hat mich einfach umgehauen, und genau deshalb muss ich diese Sache aus der Welt schaffen, und zwar schnell. Ich will nicht, dass sie was davon mitbekommt.«

»Kann ich absolut verstehen. Das würde ich auch nicht wollen«, stimmt Rory ihm zu.

Russel gibt einen frustrierten Laut von sich. »Verdammt, was habe ich mir bloß dabei gedacht? Ich meine …« Andere Leute kommen hinzu, und Rus unterbricht sich. Doch in meinem Kopf hallen bloß seine Worte wider, dass das mit uns ein Fehler war. Ich kann nicht fassen, dass er so darüber denkt. Der Schmerz, den seine Worte auslösen, ist unbeschreiblich und kaum auszuhalten. »Darell, cool, dich zu sehen, Mann«, begrüßt Russel Deans besten Freund. Ich erhebe mich und schleiche, dicht an der Wand entlang, die Treppe empor.

»Hi, Rus, das ist …«

»Nee, lass mal, keine Namen. Das lohnt sich sowieso nicht.« Ich blicke über die Schulter zurück. Sehe Darell mit einem Mädchen an seiner Seite vor Rus stehen. Soweit ich weiß, ist sie seine Verlobte. Was ein Arschloch! Wenn ich die Frau an Darells Seite wäre, dann hätte Rus jetzt meinen Drink im Gesicht.

Ein Drink … ja, das ist genau das, was ich jetzt brauche. Während ich mir den Weg durch die Menge bahne, erinnere ich mich an die Guacamole-Tussi und wie abwertend Russel über sie geredet hat. Ob er auch so über mich spricht? Und wenn ja, was sagt er? Erzählt er den Jungs, dass ich einem guten Arschfick nicht abgeneigt bin und er mich zu seiner Analhure gemacht hat? Oder dass ich blase wie ein Pornostar? Bei dem Gedanken daran zieht sich mein Magen zusammen. Ich will nicht, dass Rus so über mich denkt. Doch scheinbar ist es so. Er gibt mir Geld, um mich loszuwerden. Ich gehe in die Küche, kippe einen Jacky in mich rein und mixe mir dann noch eine harte Mischung mit Cola.

»Alles gut, Sam?«, fragt Dean, der an die Küchenzeile gelehnt dasteht und auf seinem Handy herumtippt. Ich schüttle den Kopf und er presst seine Kiefer aufeinander. »Ist es wegen deinem Vater?«, hakt er einen kurzen Moment später nach.

Mein Dad? Bisher hat er sich nicht gemeldet, aber irgendwie habe ich auch nicht damit gerechnet. Nicht wirklich jedenfalls. Ich meine, Hoffnung und Erwartungen kann man ganz schlecht abstellen. Man hat sie, oder man hat sie nicht. Man kann sich sagen, dass man sie nicht haben sollte, doch meistens ändert es nichts daran, dass sie da sind. Und ja, natürlich habe ich irgendwo ganz tief in mir drin gehofft, dass er sich meldet. Tja, offensichtlich bin ich ihm nicht so wichtig, dass er mich anrufen möchte. Doch diese Sache ist völlig irrelevant im Vergleich zu der Chose mit Russel.

»Es ist alles okay, Dean.«

»Gar nichts ist okay, Sam, und das weißt du auch.« Er klingt angetrunken. Ich leere meinen Drink, gieße mir nach und verlasse wortlos die Küche. Mein Weg führt mich zur Haustür, denn ich habe wirklich genug von dieser Party und von den Reynolds-Jungs. Ich meine, was stimmt mit diesen Kerlen nicht? Dean behandelt mich seit vier Jahren wie den letzten Dreck, meidet mich, wo er nur kann, und dann will er auf einmal den Seelsorger spielen? Und Rus? Das, was er gesagt hat, war einfach das Letzte. Er hat mich aufgerissen. Er hat mir dieses beschissene Fragezeichen geschickt, und jetzt war alles ein großer Fehler und ich stehe ihm und seiner blöden Tussi im Weg?

Ich werfe die Tür hinter mir ins Schloss, bleibe stehen und atme tief durch, ehe ich mich wieder in Bewegung setze. Ich will an den Strand, will meine Ruhe vor diesen beiden Idioten und … Eine Hand schließt sich fest und beinahe brutal um meinen Arm.

»Kannst du einmal aufhören wegzurennen, Sam?«, knurrt eine männliche Stimme hinter mir.

Dean. Ich wirble zu ihm herum. »Was kümmert es dich?« Ich schaue zu ihm auf. Er ist so groß, und in dem Zustand, in dem er sich gerade befindet, wäre er furchteinflößend, aber er ist Dean, und daher habe ich keine Angst. »Lass mich los!«

»Nur, wenn du nicht wieder wegläufst und endlich mit mir redest.« Er steht dicht vor mir. Seine Pupillen sind unnatürlich geweitet. Einen Moment lang frage ich mich, ob er etwas genommen hat, aber er nimmt keine Drogen: Er ist Dean Reynolds, der Inbegriff von Verantwortungsbewusstsein.

Ich schnaube freudlos. »Fuck, Dean, es ist ja nicht so, als hätte ich in den vergangenen vier Jahren nicht versucht, mit dir zu reden. Das letzte Mal hast du mich, ich zitiere, ›dumme Schlampe‹ genannt und mir vor versammelter Mannschaft gesagt, dass ich mich aus deinem Leben verpissen soll.« Damals befanden wir uns ebenfalls auf einer Party, und er war ebenfalls stark alkoholisiert.

Dean packt mich fester am Arm. Es tut weh, und ich versuche, mich zu befreien, doch er lässt nicht locker. Tränen treten mir in die Augen, aber ich werde nicht heulen. »Kannst du es mir wirklich verdenken, Sam? Ich meine nach allem, was du abgezogen hast?«, zischt Dean und klingt total wütend.

»Was ich abgezogen habe?«, frage ich irritiert und sehe mit Erleichterung, wie hinter ihm die Haustür aufgeht. Das Gefühl währt nur einen kurzen Moment, denn bei der Person, die sich zu uns gesellt, handelt es sich um Russel. »Was ist hier los?«, verlangt er zu wissen. Als er sieht, dass Dean mich gepackt hält, faucht er: »Lass Sammy in Ruhe.«

»Was zum Teufel mischst du dich da jetzt eigentlich ein? Du wolltest doch, dass ich mit ihr rede und einen Haken an die Sache mache.«

»Du lässt sie jetzt los, denn du tust ihr weh!«, bestimmt Russel entschieden. Ein Blick in meine Augen reicht Dean, um zu sehen, dass Russels Aussage zutrifft. Dean zieht seine Hand rasch zurück und stammelt eine Entschuldigung. Rus sieht ihn einen Augenblick lang sonderbar an und sagt dann in einem furchterregenden Tonfall: »Geh ins Haus!« Ich habe noch nie erlebt, dass er so mit Dean gesprochen hat. Ich erwarte, dass

Dean ihm etwas zu seinem Verhalten und seinem Ton sagt. Etwas in der Art wie: Halt die Fresse und fick dich, du hast mir gar nichts zu sagen. Doch er tut es nicht. Er wiederholt nur, dass er mir nicht wehtun wollte und es ihm leidtut. Dann geht er, und ich bleibe mit Russel allein zurück.

»Geht es dir gut?«

»Nein, nein, Rus, es geht mir nicht gut«, platze ich heraus. »Du hast recht, das alles war ein gigantischer Fehler.« Seine Reaktion verunsichert mich, denn Rus zieht scharf die Luft ein und sieht für den Bruchteil einer Sekunde so aus, als hätte ich ihm in den Magen geboxt.

Kapitel 09

RUSSEL | 25.12.2013 | Lāhainā | Maui | Hawaii

Sams Worte treffen mich zielsicher ins Herz. Eben noch war die Welt in Ordnung, und dann, binnen einer Stunde, ist alles den Bach runtergegangen.

Nein, eigentlich in den letzten fünf Minuten. Diese Sache mit Ruby und dass sie versucht mich zu erpressen, ist halb so wild im Vergleich dazu, was Sam gerade gesagt hat. »Das ist nicht dein Ernst«, stoße ich hervor und starre sie an.

»Doch ist es. Es ist schon bei Robin und Barney nicht gut gegangen und …«

»Wir sind hier nicht in einer verfickten Sitcom, Sam!«, blaffe ich, denn ich will nicht, dass es aus ist. Jedenfalls nicht wirklich, und dann erinnere ich mich an Dean und daran, wie er eben abgegangen ist. Ob er was genommen hat? Ist ihre Anwesenheit so unerträglich für ihn, dass er wieder zu Drogen gegriffen hat? Nein, er hat mir geschworen, die Finger von diesem Scheiß zu lassen, aber dennoch stand er gerade völlig neben sich. Andererseits wirft Sammys Anwesenheit ihn immer aus der Bahn. Fuck! Sam hat recht, es war ein Fehler, aber …

»Nee, dann wäre das Ganze nämlich lustig, aber das ist es nicht.« Sie verstummt und sagt dann: »Ich habe gehört, was du zu Rory gesagt hast.«

Ich schließe die Augen. Super, dann weiß sie es ja. Ich wollte ihr das Ganze behutsamer und schonender beibringen. Ich weiß ja, wie sie damals auf Deans Liebeserklärung reagiert hat, und ich will, dass sie uns eine Chance gibt. Ich meine, ja, das Ganze ist echt übel. Ich begehre die Frau, die mein Bruder liebt, und nicht genug, dass ich mit ihr Sex hatte, nein, ich musste mich auch in sie verlieben, aber … »Sam«, beginne ich vorsichtig. »Das war nicht geplant. Manchmal passieren Dinge einfach. Es sollte nur Sex sein und …«

»Ich will es nicht hören, Russel.« Sie wendet sich ab und geht. Ich eile ihr hinterher.

»Ich weiß, Sammy, glaub mir, das weiß ich, aber du kennst mich. Ganz oder gar nicht.«

»Ja! Und du bist bereit, dafür über Leichen zu gehen. Du bist egoistisch und rücksichtslos. Du nimmst dir, was du willst, ohne dabei auf die Gefühle und Bedürfnisse anderer zu achten.«

Ich beiße mir auf die Zunge, um nichts zu erwidern.

»Aber das ist falsch, Russel. Hast du dich einmal gefragt, was ich will? Wie ich mich dabei fühle, wenn du so was abziehst?«

»Ich? Du bist doch nicht besser, Sam!«, werfe ich ihr vor. Dazu gehören immer zwei. Wir beide haben Dean hintergangen.

»Mag sein, aber ich kann das nicht mehr. Bitte lass mich in Ruhe.«

»Das will ich aber nicht«, begehre ich auf. Ich will sie, und ich habe mich entschieden. Es ist mir egal, was Dean denkt oder dass er mich windelweich prügeln wird.

»Geh zu ihr und klär das.« Gott, sie weiß von Ruby und dieser Sache. Mir geht gerade der Arsch auf Grundeis.

»Sam, hör mir zu«, sage ich eindringlich. »An dieser Geschichte ist nichts dran. Nicht das Geringste.« Ich sehe ihr fest in die Augen. In ihren schimmern Tränen. Sie sieht verzweifelt aus.

»Ich … ich weiß, es ist nur … ich habe zu viel getrunken und bin verwirrt. Ich kann einfach gerade nicht klar denken.«

Ich nehme ihr das leere Glas aus der Hand und stelle es auf dem Boden ab.

»Kann ich verstehen. Es ist ja auch alles etwas viel.«

Sie lacht. Es klingt so bitter, dass mir übel wird. »Was bitte schön weißt du denn schon davon? Alles ein bisschen viel? Das trifft es nicht mal im Ansatz. In mir brennt es lichterloh. Ich bin so unfassbar enttäuscht von dir. Niemals hätte ich gedacht, dass du so ein Mann bist. Ich dachte, ich kenne dich, und dann muss ich solche Dinge hören, Russel.«

Sie denkt ernsthaft, an der Sache sei was dran? Nun ist es an mir aufzulachen. Das Geräusch klingt ebenso freudlos wie bei ihr. Ich kann nicht fassen, dass sie glaubt, ich hätte etwas Derartiges getan. Sie sollte es besser wissen. Wie kann sie mir so etwas Widerwärtiges zutrauen? Ich meine, gerade sie sollte wissen, welche Art von Sex ich mag. Niemals würde ich eine Frau dabei schlagen und sie zu etwas zwingen, das sie nicht will. Diese dämliche Bitch und ihre Lügen, sie zerstört alles. In diesem Moment wird mir jedoch eine Sache klar: Ich muss Ruby bezahlen, denn wenn Sam mir schon nicht glaubt, wer denn dann? Und Joe? Gott, ich will auf keinen Fall, dass Joe mich so anschaut wie Sam gerade. Der Abscheu in ihrem Blick ist unerträglich. Sie verachtet mich, ich kann es in ihren Augen sehen. Ich greife nach Sams Händen, nehme sie in meine und suche nach den richtigen Worten. Ich muss sie von meiner Unschuld überzeugen.

»Ich kann das beim besten Willen nicht mehr, Russel«, sagt Sam, bevor ich mich erklären kann. Und mit einem Mal ist die Angst, sie zu verlieren, wie weggeblasen, und ich bin furchtbar wütend auf sie.

»Dean hat recht. Alles, was du kannst, ist wegrennen, Sam.

Du hast etwas gehört, das mag sein, aber gib mir die Chance, dir meine Version der Geschichte zu erzählen, okay?«

»Die kenne ich doch schon.«

»Ja? Ich glaube, du hast keinen blassen Schimmer, Sammy.«

»Ich brauche keine schmutzigen Details zu erfahren, okay? Glaubst du echt, das ändert was?«, faucht sie und entzieht mir ruckartig ihre Hände. »Glaubst du wirklich, dass es dadurch besser oder weniger schmerzhaft und schlimm wird?«

Ich schüttle ungläubig den Kopf. »Fuck, du hast echt zu viel gesoffen«, grolle ich. Anders kann ich mir nicht erklären, wie sie Ruby auch nur eine Sekunde lang Glauben schenken kann. Diese dumme Schlampe hat mir ja gesagt, dass ich es bereuen werde, wenn ich sie nicht bezahle, und mich dann gefragt, ob ich mir sicher bin, dass Sam bloß meine beste Freundin ist. Natürlich habe ich Ja gesagt, denn ich wollte nicht, dass dieses Miststück mitbekommt, dass sich die Dinge zwischen mir und Sammy geändert haben, doch offensichtlich hat Ruby es mir nicht abgekauft. Hätte mir klar sein müssen, als sie sagte: »Sicher? Ich sehe nämlich, wie du sie anschaust, und ich könnte mir vorstellen, du willst nicht, dass sie erfährt, was du mit mir gemacht hast.« Ich wünschte, ich hätte die Geistesgegenwart besessen, in dem Moment eine Aufnahme mit meinem Handy oder so zu machen, denn als ich sie darauf hingewiesen habe, dass ich nichts gemacht habe, was sie nicht wollte, meinte sie: »Ja, beweis das mal. Ich werde weinen und sagen, dass du mich geschlagen hast, und allen erzählen, wir brutal du dich an mir vergangen hast. Wem wird man mehr glauben?« Und dann hat sie mir einen kurzen Einblick in ihr schauspielerisches Talent gewährt und begonnen zu weinen. Mir war klar, dass Sammy das mitbekommen hat, und ich hatte Angst, dass sie falsche

Schlüsse zieht, also habe ich versucht, Ruby dazu zu bringen, mit dem Mist aufzuhören.

»Ja, Rus, vielleicht bin ich betrunken«, sagt Sam und holt mich zurück in die Gegenwart. »Aber eine Sache weiß ich mit absoluter Sicherheit: Das mit uns war ein unverzeihlicher Fehler, und egal, was wir sagen oder tun, daran wird sich nichts ändern.«

Ich schüttle stumm den Kopf und will es nicht einsehen. Aber verdammt noch mal, ich werde auch nicht betteln. Bockig verschränke ich die Arme vor der Brust und sage: »Du musst wissen, was du tust. Wie sagst du immer so schön: Reisende soll man nicht aufhalten? Dann fein! Geh! Renn weg, stell dich wieder einmal deinen Gefühlen nicht.«

»Darum geht es doch gar nicht!«

»Nein? Worum geht es dann, Sam?« Ihre Haltung spiegelt meine, auch sie hat die Arme vor der Brust verschränkt. Sie schaut auf ihre Zehenspitzen und nagt nur stumm auf ihrer Unterlippe rum. Mir hingegen schwillt der Kamm. Nach all den Jahren, nach all der Zeit, die wir uns kennen, und vor allem nach den wunderbaren letzten Tagen traut sie mir zu, eine Frau zu missbrauchen? »Antworte mir!«, schreie ich sie an.

»Es geht um dich, Russel, und darum, wie du bist. Kalt, herz- und skrupellos.«

So sieht sie mich also. Das ist echt übel.

»Du willst mich doch gar nicht aufhalten! Du bist froh, dass ich gehe und deinem Glück nicht im Weg stehe.«

Ich runzle die Stirn und starre Sam einen Augenblick lang verwirrt an. Dann höre ich von drinnen Geschrei und Gepolter und einen spitzen Schrei. Ich blicke zur Tür und wieder zu Sam. Jemand brüllt »Lass den Scheiß, Dean!«, und dann vernehme ich das Geräusch von splitterndem Holz und beschließe nachzusehen, was da drin los ist, bevor Dean die ganze Bude auseinandernimmt.

Ich wende mich von Sam ab und befinde mich eine Sekunde später in unserem Flur, der wie leer gefegt ist. Die Partygäste stehen in Wohnzimmer und Küche und drängen sich dicht an dicht. Ich bahne mir den Weg durch die Menge. Dean wälzt sich mit irgendwem auf dem Boden herum. Den Couchtisch haben sie bereits gehimmelt. Ich zerre ihn mit aller Kraft von seinem Gegner runter und fange mir selbst eine ein. Deans Schlag lässt mich taumeln, und ich falle rücklings aufs Sofa. Einen Moment lang kämpfe ich gegen die Bewusstlosigkeit an. Ich schüttle mich. Der Schmerz ist heftig, und Dean hat mich übel erwischt. Ich konzentriere mich auf meine Atmung, und nach einigen Sekunden ist das Gefühl vorbei und ich habe mich so weit im Griff, dass ich nicht vor versammelter Mannschaft k.o. gehe. Mühsam rapple ich mich auf und zerre Dean erneut von dem am Boden liegenden Typ runter, denn statt mit dem Schwachsinn aufzuhören oder nach mir zu sehen, hat Dean sich erneut auf seinen Gegner gestürzt. Der Kerl am Boden entpuppt sich zu meiner Verwunderung als Darell, und seine Verlobte Lisa steht kreidebleich neben dem Geschehen. Diesmal stelle ich mich geschickter an, dennoch ist Dean kaum zu bändigen. Erst als Rory mir zur Seite springt, gelingt es uns, meinen Bruder zu überwältigen. »Was zum Teufel stimmt mit dir nicht?«, brülle ich ihn an.

Dean wischt sich über seine blutende Lippe und nickt in Richtung Darell, der sich gerade auf den Bauch gewälzt hat, um sich hochzustemmen. »Frag Darell«, blafft Dean, reißt sich los und stapft in sein Zimmer.

»Fuck, Bro, was hast du angestellt?«, erkundige ich mich und reiche Darell eine Hand, um ihm aufzuhelfen. Rory hinter mir sagt: »So Leute, die Show ist zu Ende. Am besten geht ihr jetzt alle heim.«

»Habe was Falsches über Sam gesagt.«

»Wiederhol es lieber nicht«, rate ich ihm.

»Hatte ich nicht vor, aber es macht mich verrückt, ihn so zu sehen.« Ich werfe einen unmissverständlichen Seitenblick Richtung Rory. Dean hat mit niemandem außer Darell und mir über diese Scheiße, die damals passiert ist, geredet. »Ja ja, ich weiß!«, brummt Darell.

»Alles okay mit dir?«, will seine Verlobte wissen. Sie ist ein süßes Mädel, soweit man das nach drei Sekunden beurteilen kann, und sie hat Humor. Schließlich habe ich sie zur Begrüßung erst mal fies auf die Schippe genommen. Sammy wäre bei so einer Aktion ausgetickt. Sie ist manchmal so eine Neoemanze, echt unsäglich, aber irgendwie gehört das zu ihr dazu.

»Ja, Baby, alles klar. Sei so lieb und hol mir ein Bier, okay?«

»Bringst du mir auch eins mit, Lisa?«

»Keine Namen, Russel, du weißt doch, lohnt sich nicht«, scherzt sie matt.

Ich versuche zu grinsen, doch es will mir nicht recht gelingen. »Rory, zeigst du Lisa bitte, wo es ist, und gibst den Rausschmeißer?«

»Klar, Mann«, murmelt er.

Darell humpelt in Richtung Sofa, und ich folge ihm. Wir setzen uns beide. »Wegen Dean, ich weiß, er hat es nicht böse gemeint, und vermutlich hätte ich nicht sagen dürfen, was ich gesagt habe, aber er war wieder einmal so down wegen ihr.« Ich nicke, und das schlechte Gewissen bricht sich wieder einmal Bahn.

»Er liebt sie noch immer.« Darell starrt zu seinem Mädchen hinüber. »Ich liebe Lisa wirklich. Ich liebe sie von ganzem

Herzen, aber wenn sie so was mit mir abziehen würde, dann würde ich sie zum Teufel jagen. Sie bräuchte sich nie wieder bei mir blicken lassen. Ich kann nicht verstehen, warum er bereit ist, ihr zu verzeihen.«

»Ich habe ihn drum gebeten, also mehr oder weniger.«

Darell nickt. »Ich habe gesehen, wie du sie ansiehst, Russel.« Er mustert mich. »Fickst du sie?«

Ich schließe die Augen. Da ist sie, die Stunde der Wahrheit. Ich könnte lügen, aber es geht nicht. »Ja«, erwidere ich heiser, und es tut gut, es zu sagen.

Darell neben mir stöhnt leise auf. »Warum machst du das, Rus? Wie kannst du Dean das antun? Fuck!«

»Es sollte eine einmalige Sache sein«, stoße ich hervor.

Er setzt sich auf, dreht sich zu mir um und mustert mich voller Abscheu. »Du bist ein solches Arschloch! Echt unfassbar, und sie ist eine noch größere Schlampe, als ich bisher angenommen habe. Gott, ihr verdient euch echt.«

Ich nicke beklommen. Lisa bringt unser Bier, und ich habe einen Moment lang Bedenken, dass er mir möglicherweise einfach die Flasche von seinem über den Schädel zieht. Darell wartet, bis sie wieder gegangen ist. Er blickt ihr nach. Sie geht Rory zur Hand, und gemeinsam beseitigen sie das Chaos, das durch die Schlägerei und den überstürzten Abgang der Gäste entstanden ist. »Hast du auch nur im Ansatz eine Vorstellung, was du Dean damit antust? Dein Bruder war immer für dich da, und du begehst trotz allem, was er für dich aufgegeben hat, den ultimativen Verrat an ihm? Du fickst die Frau, die er liebt! Wie kannst du nur? Und wie kannst du dich morgens im Spiegel ansehen, Russel?«

Ich beuge mich zu ihm und erwidere: »Es ist Sams Entscheidung. Sie wollte ihn nicht. Sie will mich«, behaupte ich, wohlwissend, dass das Mist ist. Offensichtlich will sie nämlich keinen von uns beiden.

»Nein, es ist deine Entscheidung gewesen, und du hast dich gegen ihn gestellt.« Er erhebt sich und geht ohne ein weiteres Wort in die Küche. Kurz darauf verlassen Lisa und er das Haus, und ich bleibe mit Rory und einem dumpfen Gefühl im Bauch allein zurück.

»Was war los?«, will er wissen.

»Kleiner Streit unter Freunden. Wo ist Joe?«

»Hat Migräne bekommen und ist bereits im Bett.«

»Allein?«

Er nickt. »Aber du kannst auch nachsehen gehen, wenn es dich beruhigt.«

»Nein, lass mal. Weißt du, wo Sam ist?« Ich muss zwingend mit ihr reden. Zum einen, weil wir noch lange nicht fertig waren, uns zu zoffen, zum anderen, weil wir nun ein gewaltiges Problem haben. Darell wird Dean die Sache stecken, da bin ich mir sicher.

»Nee«, erwidert Rory. Ich gehe nach draußen, doch dort ist sie nicht. Ich mache mich auf den Weg zum Haus ihrer Mutter, aber auch dort kann ich sie nicht finden. Erst am späten Nachmittag des nächsten Tages erfahre ich, dass sie mit mir die gleiche Scheiße abgezogen hat wie mit Dean. Sam ist auf und davon und hat nicht einmal den Anstand, auf meine Nachrichten zu reagieren. Ich habe keine Ahnung, wo sie ist und wie es ihr geht, und das ist fast schlimmer als alles andere. Ja, klar bin ich sauer … nein, das trifft es nicht mal ansatzweise. Ich bin scheißwütend. Ich könnte sie in der Luft zerreißen, aber viel, viel schlimmer ist die Angst, die ich um sie habe. Erst von Joe erfahre ich schließlich, dass sie wohl mit ihren Jungs aus L.A.

zum Snowboarden nach Wyoming geflogen ist. Ich könnte kotzen!

Sechs Tage später befinden Dean und ich uns auf dem Boot unseres Vaters im Yachthafen von Honolulu. Ich starre auf das Display und versuche Sam mit bloßer Willenskraft dazu zu bewegen, anzurufen oder zu schreiben. Die Yacht schaukelt hin und her, wiegt sich im Gang der Wellen. Das Klirren der Masten, das Geschrei der Möwen, der Geruch von Salz in der Luft und das Geräusch des an die Bordwand schwappenden Wassers erinnern mich an sie. Eigentlich habe ich mich hierhin verdrückt, um meine Wunden zu lecken, doch so sehr ich mich auch bemühe: Sam geht mir nicht aus dem Kopf. Ich leide, und irgendwie geschieht es mir recht, denn wie Darell sagte: Ich bin ein Arschloch.

Morgen wollen wir alle rausfahren – vermutlich, um uns von der frischen Seeluft den Kater aus dem Kopf spülen zu lassen. Rory hat Joe auf eine Party geschleppt, doch mir ist nicht danach, Silvester zu feiern. Ich brauche Ruhe und Zeit für mich, aber Dean denkt nicht daran, mich allein zu lassen. Er schwirrt seit Tagen um mich herum wie ein Satellit. Ich weiß, er hat ein schlechtes Gewissen, weil er mir eine verpasst hat. Fuck, wenn er wüsste, was ich mit Sammy angestellt habe, dann wäre es nicht bei diesem einen harmlosen Schlag geblieben, darauf möchte ich wetten.

Genervt erhebe ich mich.

»Bring mir noch ein Bier mit!«

»Das heißt bitte, du Honk«, knurre ich Dean an.

»Boah, Alter, du hast eine Laune, die ist nicht zum Aushalten«, motzt mein Bruder zurück.

»Du musst nicht hier sein!« Kacke, es wäre mir lieber, er wäre es nicht. Zum einen will ich wirklich allein sein, zum anderen erinnert er mich an meine Verfehlungen und daran, was für ein furchtbarer Mensch ich bin. Wie hat Sam gesagt? Herz- und skrupellos. Was Dean anbelangt, hat sie recht. Ja, ich war rücksichts- und respektlos, keine Frage.

»Klar muss ich«, erwidert er. »Jedenfalls so lange, bis die Mädels eintreffen.«

Ich hebe eine Augenbraue. »Die Mädels?«

Er nickt und sieht ungemein zufrieden aus. »Ich habe Melanie und Trish eingeladen. Dachte, bei denen wissen wir, was wir bekommen.« Mein Seufzer klingt herzerweichend, und Dean wirft mir einen belustigten Blick zu. »Was ist los? Begeisterung klingt anders.«

Ich weiß, es ist fies, was ich jetzt sage, aber ich kann es auch nicht unterdrücken. »Ehrlich Dean, ich habe keinen Bock auf irgendwelche Nutten.«

»Seit wann?«, fragt er und lacht mich aus.

Seit Sam mich für alle anderen Frauen verdorben hat, denke ich, erwidere jedoch: »Mir ist einfach nicht danach.«

»Wurdest du von Aliens entführt?«

»Als ob ich dir das sagen würde, wenn ich ein Alien wäre.«

»Hey, was ist los?«, fragt er besorgt, und meine Eingeweide ziehen sich vor lauter schlechtem Gewissen zusammen. »Ist es wegen der Niederlage? Oder bist du jetzt schon zu blau dafür?«, hakt er nach. Ich zucke mit den Schultern und schenke mir eine Antwort. Obwohl ich bereits reichlich betrunken bin, ist das nicht der Grund für meine ungewohnte Zurückhaltung. Es geht wirklich nur um Sam, und ja, zugegeben, auch um Ruby. Da ich in eine fatalistische Mir-ist-alles-scheißegal-Stimmung verfallen bin, nachdem Sammy abgehauen ist, weil sie dieser Schlampe geglaubt hat, habe ich Ruby gesagt, sie kann mich mal kreuzweise. Sie hat gezetert und gedroht, aber bisher ist nichts passiert. Irgendwie warte ich darauf, dass irgendwann die Cops vor der Tür stehen und mich verhaften, aber es ist mir echt latte. Sollen sie doch! Von mir sieht diese blöde Bitch keinen müden Dollar. Alles, was mir wichtig war, hat sie sowieso schon kaputtgemacht – auf den Rest kommt es auch nicht mehr an.

Eine Dreiviertelstunde später lasse ich mir doch mal versuchsweise von Melanie einen blasen, schicke sie dann jedoch weg, ohne es zu Ende zu bringen. Dean komplementiert Trish ebenfalls noch vor Mitternacht vom Boot. Er kommt zu mir und fragt mit besorgter Miene: »Was ist bloß los mit dir? Und erzähl mir keinen Scheiß!«

»Ich habe mich verliebt«, erwidere ich ernsthaft, jedoch nicht ohne zu lallen. Ich hasse den Zustand, in dem man weiß, dass man zu viel getrunken hat, es einem jedoch noch nicht egal ist, dass man sich peinlich aufführt. Ich hebe die Flasche Jack Daniel's und nehme einen großen Schluck in der wilden Hoffnung, dass ich dadurch am nächsten Tag einen totalen Filmriss habe und mir schnuppe ist, was ich getan oder gesagt habe. Seliges Vergessen ist genau das, was ich brauche und mir wünsche.

Dean lacht. »Okay, so betrunken bist du also«, frotzelt er.

Ich mustere meinen Bruder. Er wirkt so scheißzufrieden, dass ich mein Handy zücke, um ein Foto von ihm zu machen. Dean im Postkoitusmodus, ein Bild für die Götter. Vielleicht hätte ich die Einladung doch annehmen und es mit Melanie treiben sollen. Möglicherweise würde ich dann auch so debil und zufrieden grinsen wie er.

»Ich bin nicht betrunken … okay, ein ganz klein wenig vielleicht«, räume ich großzügig ein, »aber in erster Linie bin ich unglücklich verliebt.« Und daran besteht inzwischen kein

Zweifel mehr. Tagelang habe ich versucht, es zu leugnen, aber spätestens nachdem ich meinen Schwanz in Melanies Mund hatte und unentwegt an Sam und ihre sündigen Lippen dachte, ist es mir klar: Ich liebe dieses Miststück, und meine Wut auf sie ändert daran gar nichts.

»In wen?«, platzt Dean heraus.

Vorsicht, ermahne ich mich. Ich versuche, mich zu konzentrieren, und stiere, in dem Bemühen, die richtigen Worte zu finden, auf das Meer hinaus. »In eine Frau.« Das ist nicht gelogen.

»Okay, alles andere hätte mich auch ehrlich gesagt extrem verwirrt«, meint Dean lachend.

»Wir hatten ein paar wirklich, wirklich heiße Tage zusammen, und irgendwie habe ich … Na ja, aus Sex wurde irgendwie Liebe, jedenfalls von meiner Seite aus, aber sie will mich nicht. Ist mir entwischt. Wie ein Fisch durch die Lappen gegangen, weißt du?«

Dean greift zur Whiskeyflasche, wischt sie kurz ab und trinkt dann gierig daraus. Er verschluckt sich. Ganz nüchtern ist er scheinbar auch nicht mehr. Erneut richte ich das Handy auf ihn. Das sollte ich unbedingt für die Nachwelt festhalten. Er hustet immer noch, als ich die Videoaufzeichnung starte. Wir lachen beide über sein Missgeschick, und dann sagt Dean unvermittelt: »Manchmal reicht eine Nacht, um dir unwiderruflich den Kopf zu verdrehen.«

Ich schlucke trocken, als ich den alten Schmerz in seinen Augen sehe. Sam hat ihm nicht nur unwiderruflich den Kopf verdreht, sondern auch unwiderruflich das Herz gebrochen – und nicht nur ihm, sondern auch mir. Ich erinnere mich an unsere erste Nacht. Der Gedanke an das, was in meiner Suite abging, führt dazu, dass ich einen Steifen bekomme. So hart wurde er nicht, als diese Melanie ihn gelutscht hat, aber Sam, die bekommt es selbst aus der Ferne hin.

»Was ist so toll an dieser Frau? Ich verstehe es nicht«, lalle ich.

»Weiß nicht, ich kenne sie ja nicht.«

Ups, denke ich, das war knapp. Du musst vorsichtiger sein, sage ich mir, sonst kassierst du die Prügel deines Lebens. »Und, was ist so toll an Du-weißt-schon-wem? Warum lässt sie dich nicht mehr los? Ich meine, seit vier Jahren bist du wegen ihr völlig von der Rolle, dabei hast du sie bloß einmal flachgelegt und …«

»Ich habe sie nicht flachgelegt«, widerspricht er energisch. »Ich habe …«

»… was? Liebe mit ihr gemacht?« Ich fange an, ihn haltlos auszulachen, denn das habe ich ganz sicherlich nicht getan – jedenfalls nicht beim ersten Mal. Ich habe sie kräftig durchgenommen, und mir kann keiner sagen, dass ihr das nicht gefallen hat. Ihr Stöhnen und Keuchen hallt in meinem Kopf wider, und mein Schwanz zuckt verlangend.

Dean antwortet: »Ja, das habe ich. Wenn du jemals das Glück hast, die Eine zu treffen, dann weißt du, was ich meine, Rus.« Er beugt sich zu mir und sagt vertraulich: »Sie ist etwas ganz Besonderes. Ich liebe sie so sehr! Fuck, auch nach all der Zeit kann ich mir ein Leben ohne sie nicht vorstellen.«

»Ja, sie ist knallhart!«

»Schwachsinn!«, widerspricht er erneut vehement. »Niemand ist knallhart. Wir reden uns das gerne ein. Wir verstecken uns dahinter, weil wir Schiss haben. Wir haben einfach nicht genug Eier in der Hose, um uns so zu zeigen, wie wir wirklich sind. Es ist die Angst, abgelehnt zu werden, die uns kastriert.«

»Du bist doch betrunken«, entgegne ich mit schleppender Stimme.

Er nimmt demonstrativ noch einen Schluck.

»Ich habe keine Angst davor.«

Dean lacht mich aus. »Jeder hat Angst vor Ablehnung. Ich wette meinen Arsch darauf, dass du selbst Joe oder mir Dinge verschweigst aus Angst, wir könnten dich dadurch mit anderen Augen sehen.«

Fuck, schießt es mir durch den Kopf, und ich merke, dass er recht hat. Die Sam-Sache ist nur eines der Dinge, die sie nicht wissen müssen. Nie würde ich Joe auf die Nase binden, was ich so alles treibe, und selbst Dean kennt vermutlich nicht mal die Hälfte der Geschichten. Mist, ich bin nicht besser oder mutiger als er.

»Und ja, Rus, ich bin betrunken, und doch bin ich so klar wie niemals zuvor in meinem Leben«, behauptet er. »Es ist mein Ernst. Plötzlich ergibt alles einen Sinn. Ich weiß, warum sie mich zurückgestoßen hat. Warum sie – ohne ein Wort über diese Nacht zu verlieren – abgehauen ist.«

»Ich an deiner Stelle wäre darüber scheißwütend, genauso wie darüber, dass sie erst mit dir in die Kiste springt und dann Brad den Schwanz lutscht.« Und ja, ich weiß genau, wie es sich anfühlt, von ihr verlassen zu werden. Es ist bitter. Sie hat uns keine Chance gegeben, hat einfach ihr Sam-Ding durchgezogen und mich wie unnötigen Ballast zurückgelassen. Noch immer kann ich nicht glauben, dass sie Rubys Lügen geschluckt hat … vielleicht war das auch bloß ein Vorwand, um verduften zu können.

Deans Miene spiegelt all seine Gefühle bei der Erinnerung, und ich verfluche mich, das Thema überhaupt angeschnitten zu haben. »Erwähne dieses Arschloch nicht«, stößt er hervor.

»Wenn ich mich daran erinnere, wie sie vor Brad gekniet und ihm einen geblasen hat, dann könnte ich ausrasten. Ich werde dieses Bild nie mehr aus meinem verkackten Hirn bekommen.« Er schüttelt den Kopf, und seine nächsten Worte untermalen seine Fassungslosigkeit über ihr Verhalten noch. »Ich kann immer noch nicht begreifen, wie sie das machen konnte«, gesteht er.

Tja, sie ist nun mal Sam. Ich bin so megaenttäuscht von ihr, aber irgendwie sieht ihr der ganze abgefuckte Scheiß auch verdammt ähnlich. »Komm schon, Bruder, wundert dich das wirklich? Sie ist doch dafür bekannt, dass sie …«

»Lass es! Sie ist nicht so! Sie …«

»Sie ist eine Schlampe, Dean!«, stoße ich aufgebracht hervor, denn so ist es. Sie hat uns beide verarscht. Ich stehe auf und beginne an Deck hin und her zu gehen. Das Boot wankt, oder vielleicht bin ich es auch. Gott, ich sollte wirklich aufhören zu trinken, wenn ich es morgen nicht bitter bereuen möchte.

»Rede nicht so über sie, Rus!«, faucht Dean.

Ich wende mich zu ihm und starre ihn ungläubig an. »Ich verstehe nicht, wie du sie in Schutz nehmen kannst! Wie kann man nur so verblendet sein? Sie wird sich nie ändern, sie …«

»Sie ist großartig, Russel. Ja, sie hat ihre Fehler, aber ich liebe sie trotzdem. Seit diesen verdammten Küssen im Wandschrank vor acht Jahren bekomme ich sie nicht aus dem Kopf. Es ist egal, mit wie vielen Frauen ich schlafe. Keine ist wie sie, keine …«

»… ist so ein herzloses Miststück.«

Dean verdreht die Augen. »Rus, ich weiß, ich bin in den letzten Jahren mehrfach heftig über sie hergezogen, denn wie sie unsere gemeinsame Nacht mit Füßen getreten hat, das hat mich fertiggemacht. Aber inzwischen denke ich anders darüber. Du weißt, wie Sammy ist, wie sie tickt, und vor ihrem Hintergrund ist es nur verständlich, was sie tut. Denk an ihre Mum, die sich jedem Typen an den Hals wirft.«

»Als ob Sam anders wäre!«

»Sie ist anders, Rus. Ihre Mum kettet sich an diese Typen. Wie oft war sie bereits verheiratet? Sam hat einfach Spaß am Sex. Sie verhält sich wie ein Kerl. Es ist, wie sie sagt: Warum sollten für sie andere Regeln gelten? Wenn Sammy eins nicht sein will, dann eine dieser Frauen, die von einem Kerl abhängig sind, und ich habe damals überdeutlich gemacht, dass sie zu mir gehört. Es ist also kein Wunder, dass sie mit wehenden Fahnen die Flucht ergriffen und sich nach Australien abgesetzt hat.«

»Wenn du denkst, sie hat sich inzwischen geändert, dann irrst du dich. Wer weiß, wo sie gerade steckt und was sie so treibt?«

Dean zuckt mit den Schultern und erwidert: »Nichts anderes als wir. Vermutlich fällt sie von einem Bett ins andere. Versteh mich nicht falsch, Rus, es tut immer noch weh, was sie nach dieser Nacht abgezogen hat, aber sie war erst achtzehn. Ich habe ihr mit meiner Liebeserklärung, dem Fußkettchen und den Rosen vermutlich den Schreck ihres Lebens eingejagt.«

Ich hülle mich in Schweigen. Ich habe ihr nicht meine Liebe gestanden, und dennoch hat sie das Weite gesucht.

»Du kannst sie nicht mit Frauen wie Melanie und Trish vergleichen. Sam ist niemand, der einen Beschützer braucht. Sie ist eine starke und unabhängige Frau.«

»Stark und unabhängig? Sie ist ein Feigling, Dean, ein elender Feigling! Mehr nicht!«

»Gott, so wie du dich aufregst, könnte man meinen, sie hat

diese Nummer mit dir abgezogen und nicht mit mir. Danke für deine brüderliche Anteilnahme.« Er gluckst belustigt und fügt dann ernster hinzu: »Du kannst sagen, was du willst, Rus. Sams Vater wollte immer, dass sie ein Junge ist, es sollte uns daher nicht verwundern, dass sie sich wie ein Kerl benimmt. Und ihre Mum, nun ja, du kennst Lilly ja. Sie hat ihre Männer immer Sam vorgezogen und nie auf der Seite ihrer Tochter gestanden. Dad wird sicherlich niemals zum Vater des Jahres gekürt werden, doch Sams Eltern sind beide einfach nur megascheiße.«

»Ja, kein Wunder, dass sie so verkorkst ist.«

»Mir ist das auch erst nach der Party klar geworden, und ich warte seitdem auf eine Gelegenheit, ein klärendes Gespräch mit ihr zu führen.« Er verstummt und sagt dann: »Ich vermisse sie wahnsinnig. Keine Ahnung, ob ich es aushalten würde zu sehen, wie sie andere Typen datet, aber ich will sie wieder in meinem Leben haben. Die Sache ist nämlich die, Rus, wenn du jemanden wirklich liebst, dann willst du ihn nicht ändern. Dann liebst du ihn mit all seinen Fehlern, denn auch die machen diesen Menschen aus.«

Seine Worte schnüren mir die Kehle zu. Einerseits ist es Panik. Panik, sie zu verlieren, weil er so für sie empfindet und weil ich noch nicht so weit bin. Er liebt sie anders als ich – tiefer und aufrichtiger. An ihrer Stelle würde ich mich für ihn entscheiden, aber andererseits raubt mir die schlichte Wahrheit, die seine Aussage beinhaltet, den Atem. Ich weiß, dass er recht hat, und mit einem Mal ist es mir unmöglich, ihm zu verheimlichen, was zwischen mir und Sam gelaufen ist. Fuck, ich muss es ihm beichten.

Ich öffne den Mund, will etwas sagen, und dann explodiert um uns herum die Welt, als Raketen hochgehen und den Beginn des neuen Jahres verkünden. »Wow!«, ruft Dean überrascht aus, und ich lache, weil ich ebenso überrumpelt bin wie er. Ich schwenke das Handy und fange das Spektakel am Himmel ein. Der Lärm ist ohrenbetäubend, doch ich blende ihn aus und sauge den Anblick der bunten Feuerblumen in mich auf. Dean erhebt sich ebenfalls und kommt zu mir rüber. Er legt mir den Arm um die Schulter und sagt: »Alles Gute! 2014 wird unser Jahr. Du wirst Weltmeister, und ich bekomme Sam.«

Mir wird schlagartig kotzübel. Ich haste zur Reling und übergebe mich geräuschvoll ins Hafenbecken. Dean hinter mir lacht sich schlapp. Was ein Arsch! Der Whiskey gepaart mit Magensäure ätzt sich meine Speiseröhre empor, und ich schwöre mir, nie wieder auch nur einen Tropfen Alkohol anzurühren. Ein guter Neujahrsvorsatz, der sich natürlich keine drei Tage halten wird.

Später, Dean hat mich dazu genötigt, was zu essen und zu duschen, sitze ich ihm unter Deck gegenüber. »Dean, mal angenommen, ich hätte die Eine gefunden«, beginne ich, »aber ich wüsste, dass es da einen anderen gibt, der sie liebt. Was sollte ich da machen?«

»Ist er ein Freund?«

»Wer?«

»Der andere, du Volleule!«

Ich denke einen Moment über meine Antwort nach, dann erwidere ich: »Er ist wie ein Bruder für mich.«

Dean nickt. »Und sie ist die Eine? Hundertprozentig?«

»Ja, das ist sie.«

»Verrate es nicht Barney oder Sammy, aber in diesem Fall, Luder vor Bruder.«

»Bist du sicher?«, erkundige ich mich.

»Unbedingt.«

Ich lächle ihn müde an und fühle mich elend, denn ich will beides in diesem Jahr bekommen: den Titel und Sam, was bedeutet, dass er leer ausgeht.

Der geplante Segeltörn am nächsten Tag fällt aus, weil Dean und ich schon den »Seegang« im Hafen nicht vertragen. Das Schwanken der Yacht facht die Übelkeit beständig an. Joe schmollt deshalb, und auch Rory, der das Segeln wie verrückt liebt, ist wenig begeistert.

»Vielleicht sieht die Welt nach einem Frühstück schon anders aus«, meint Joe hoffnungsvoll, doch damit ist eher nicht zu rechnen, denn ich habe nicht den geringsten Hunger und zweifle daran, auch nur einen Bissen hinunterzubekommen. Erst gegen Abend kommt wieder Leben in Dean und mich. Wir sitzen mit den beiden anderen am Tisch und schaufeln rein, was wir kriegen können.

»Musst du mir immer alles wegfressen?«, faucht Joe mich an, als ich Pommes von ihrem Teller klaue.

Ich habe sie echt lieb, gar keine Frage, aber wenn es ums Essen geht, dann hat sie einen Hau weg. Wehe, sie unterzuckert! Und das scheint gerade in diesem Moment der Fall zu sein. Dass sie mir nicht die Gabel in meine Hand rammt, ist auch schon alles, denn sie legt sofort mit der alten Leier los, dass sie meinetwegen damals im Mutterleib fast verhungert wäre. Was überhaupt nicht der Wahrheit entspricht. Joe ist nun einmal ziemlich zierlich und war es damals schon.

»Komm mal wieder runter«, maule ich mit vollem Mund, wofür ich sofort von Dean einen Rüffel kassiere.

»Mir vollem Mund spricht man nicht«, meint er, und wir alle prusten los, denn er klingt gerade echt wie früher. Genau genommen fühlt es sich auch so an, nur eben dass Sammy fehlt. »Und Joe hat recht. Wenn du Pommes hättest haben wollen, dann hättest du welche bestellen müssen.«

»Das ist die Fries Tax«, entrüste ich mich.

Joe verdreht die Augen und erwidert: »Da darf man sich EINE Pommes nehmen, Rus, und nicht zehn. Du bist so ein Egoist.« Joes Worte treffen mich hart, denn sie hat ja keine Ahnung, wie egoistisch ich wirklich bin. Ich presse meine Kiefer aufeinander und entgegne nichts, während ich meinen Burger auspacke. »Hey, das war bloß ein dummer Spruch«, meint Joe.

Ich sehe ihr fest in die Augen und antworte: »Nein, du hast absolut recht.« Ich beiße in meinen Burger und versuche, das scheißschlechte Gewissen, das ich Dean gegenüber empfinde, zu ignorieren.

»Ich weiß, du willst sie«, höre ich Joe sagen. Mein Herz macht ertappt einen Satz, und vor lauter Schreck verschlucke ich mich beinahe. Ich schaue auf und sehe, dass sie mit einer Pommes vor meiner Nase herumwedelt. Ihre Fürsorge rührt mich, denn in meinem Leben gibt es nicht viele Leute, die sich um mich sorgen. Ich weiß nicht, ob ich erklären kann, wie ich das meine. Meine Sponsoren und meine Fans sorgen sich natürlich auch um mich, aber anders. Ihnen ist es wichtig, dass es mir als Sportler gut geht. Als Mensch bin ich ihnen ziemlich egal. Ich weiß, vermutlich sehen sie das anders, doch sie kennen mich nicht richtig und würden es überhaupt nicht tun, wenn ich kein Profisurfer wäre. Ich schüttle den Kopf. Rory schnappt sich Joes Hand und auch die Pommes. Ich lache, weil sie so empört und er so selbstzufrieden aussieht.

»Ich wusste immer, dass du mir aus der Hand frisst«, neckt Joe ihn.

»Finger weg von unserer Schwester«, kommt es unisono von Dean und mir.

»Hey! Für wen haltet ihr mich? Ich denke nicht mal im Traum daran, was mit Joe anzufangen. Die Vorstellung allein ist absolut eklig.«

Dean hebt zweifelnd eine Augenbraue.

»Was denn jetzt schon wieder? Sie ist wie eine Schwester für mich. Wie ich neulich schon zu Rus sagte, das wäre, wie wenn einer von euch was mit Sam anfängt.«

Joe und Rory sehen sich an, was vermutlich ein Glück für Dean ist, dessen Miene all sein Elend widerspiegelt. Das schlechte Gewissen nagt an mir, und mir wird erneut übel.

»Apropos, Sam, habt ihr was von ihr gehört? Wie geht es ihr?«, erkundigt Dean sich.

»Sie ist bei Hunter. Erst waren sie in Europa, und nun sind sie in Jackson Hole«, berichtet Joe.

Fuck!, ist alles, was ich denken kann. »Kennst du den Typ?«, frage ich, nachdem ich mich gefangen habe.

Joe nickt. »Ja, Hunter kümmert sich bestimmt rührend um sie. Er ist ziemlich nett und vergöttert Sam. Ich bin sicher, ihr geht es ausgezeichnet«, meint sie betont zweideutig. Das wollte ich nun wiederum nicht hören. Shit, am liebsten würde ich dem Arschloch die Fresse polieren. Hunter … das klingt doch schon scheiße. Was ist das überhaupt für ein Wichser? Dean sieht auch aus, als würde er gleich in die Tischplatte beißen. Gott, wenn er wüsste, was ich mit Sam angestellt habe, würde er mir den Hals umdrehen. Kacke, wenn ich daran denke, was er mit ihr gemacht hat, geht es mir ebenso, und von diesem Hunter will ich gar nicht reden.

»Wie lange bleibt sie noch weg?«

Joe zuckt mit den Schultern. »Sie wollte Mitte Januar zurück sein.«

Ich stibitze erneut ein paar Pommes von Joes Teller, denn auf die habe ich mehr Lust als auf meinen Burger, woraufhin meine Schwester mit ihrer Gabel auf meinen Handrücken haut.

»AUTSCH!«, zische ich. »Warum werde ich von euch immer gehauen?«

»Von uns?«, fragt Joe.

»Ja, von dir und Sam.«

»Vermutlich, weil du es verdient hast«, scherzt Rory.

Joe spießt hastig die restlichen Pommes auf ihrem Teller auf und erwidert mit vollem Mund: »Womit er recht hat.« Es klingt allerdings eher nach »Womisch er rescht hasch.« Dean sieht sie strafend an, und sie gibt ein »Wasch?« von sich, das mich in die Vergangenheit katapultiert.

RUSSEL | 12.10.2006 | Lāhainā | Maui | Hawaii

»Es ist auch noch genug da«, informiert mich Sam. Sie hat gebacken, und der Kuchen schmeckt wie immer saulecker.

»Das ist richtig gut«, lobe ich sie, aber erst, nachdem ich noch mal abgebissen habe, weshalb es sich wie »Datsch rischtig gut« anhört.

»Russel!«, ermahnt mich Dean streng. Normalerweise heiße ich Rus, außer ich benehme mich mal wieder daneben, worin ich ziemlich gut bin. »Man spricht nicht mit vollem Mund, wie oft muss ich das noch sagen?«

Ich schlucke das Kuchenstück hinunter, was Joe mit den Worten »Jeder andere wäre daran erstickt, nur nicht dieser Geier« kommentiert. Sam kichert, und Dean verdreht die Augen. »Hast du dir wenigstens vorm Essen die Hände gewaschen?«, fragt er mich. Beißt sich dann auf die Unterlippe und schüttelt ungläubig den Kopf, als er sich die Antwort denken kann. Weshalb fragt er mich so einen Scheiß überhaupt, wenn er es doch sowieso weiß? Ich hole es nach und grapsche mir dann ein Stück des Karottenkuchens. »Russel! Nimm dir gefälligst einen Teller!«, faucht Dean mich ungehalten an.

Dean ist so ein verdammter Spießer! Mein Bruder hat wohl schon viel zu lange keinen mehr weggesteckt. »Gott, Sammy, das ist so lecker«, bescheinige ich ihr und ignoriere Dean. »Ich weiß auch schon, wie ich dich belohnen werde. Ich mache eine Woche lang keine Witze darüber, dass du flach wie ein Brett bist.«

»Wow, Rus, wie nobel von dir«, ätzt Sam und zeigt mir den Finger, woraufhin Dean zischt: »Sam, fuck, lasst den Scheiß! Könnt ihr euch nicht einmal wie zivilisierte Menschen benehmen?«

»Du hast Fuck und Scheiß in einem Satz gesagt.« Joe kichert belustigt.

»Sei nicht so frech, Joe, sonst zeigt er dir auch noch den Stinkefinger«, meint Sam grinsend und beißt dann in den Kuchen.

Dean atmet seufzend aus und sieht auf einmal ziemlich kaputt aus. Er erhebt sich und geht wortlos hinaus auf den Balkon. »Was ist denn mit dem los?«, frage ich.

»Keine Ahnung«, murmelt Joe und will sich erheben, doch Sam hält sie zurück.

»Ich mach das schon«, sagt sie, steht hastig auf und eilt ihm hinterher. Joe schaut ihr besorgt nach, während ich mir einen Teller aus der Küche hole und mir ein weiteres Stück von Sams Backkunst daraufttue. Sam ist zwar eine furchtbare Nervensäge, aber sie kann auch backen und kochen wie eine Göttin. Ehrlich,

ich glaube, dass das der Grund ist, weshalb Dean sie permanent in diesem Haus duldet. Ich denke darüber nach, warum er eben so fertig aussah, und komme zu dem Schluss, dass wir dringend eine neue Haushälterin brauchen. Es ist sicherlich einfach alles ein wenig viel für Dean. Das Problem ist nur, dass so Haushaltshilfen ja nie einfach nur putzen. Nee, die quatschen einem dann nervigerweise in die Lebensführung rein, was mir echt auf den Sack geht, denn unser Leben ist gut.

Klar ist es Scheiße, ohne Mutter aufzuwachsen, aber das geht ja nicht nur uns so, sondern auch Rory, und bei Sam ist es der Vater, der fehlt. Bloß Gab hat eine intakte Familie, die der Grund dafür ist, weshalb sie am wenigsten Zeit hier verbringt. Tja, und weil in diesem Haus nun mal mehr oder weniger vier Teenager, ein Dean und hin und wieder auch mein Dad wohnen und alles zugegeben etwas chaotisch ist, halten es die Putzen in der Regel nicht lange bei uns aus. Kam sicherlich auch nicht so gut an, dass ich der letzten gesagt habe, dass sie ihre neugierige Nase nicht in unsere Angelegenheiten stecken und einfach das machen soll, wofür sie bezahlt wird. Beim Gedanken daran, wie sie sich über die Kondome in meiner Nachttischschublade aufgeregt hat, ärgere ich mich noch immer. Hey, immerhin benutze ich welche oder würde welche benutzen, wenn es ernst werden würde.

Joe seufzt leise. Ich schaue zu ihr und sehe, dass sie Dean und Sam beobachtet, die draußen stehen. »Was denkst du?«, frage ich sie.

»Dass es zu viel für ihn ist.« Sie sieht mich an. »Dass wir zu viel für ihn sind, um genau zu sein.«

»Du ja wohl eher nicht.« Mir ist durchaus klar, dass ich in Deans Augen eine ebensolche Nervensäge bin wie Sammy.

»Lass uns Ordnung in der Küche machen, damit er es nicht

machen muss, okay?« Sie weiß, dass ich nicht gerade der ordentliche Typ bin, okay, das ist die Untertreibung des Jahrtausends. Joe knufft mich. »Komm schon! Das sind wir ihm schuldig. Er macht so viel für uns.« Ich nicke schicksalsergeben, schnappe mir das schmutzige Geschirr und folge Joe in die Küche.

»Was schenkst du Sam eigentlich zum Geburtstag?«, erkundigt Joe sich. In vier Tagen wird Sammy fünfzehn.

»'ne Brustvergrößerung«, witzle ich, woraufhin Joe ihren Ellbogen in meine Rippen rammt. »Was denn? Das hätte sie echt nötig. Mensch, sie sieht aus wie eine Zwölfjährige.«

»Ihr Typen seid solche Schweine«, empört Joe sich. »Ich werde dauernd dumm angequatscht, weil meine so groß sind. Kerle nennen mich Tittenmonster und fragen, ob sie da mal reingrabschen dürfen.«

»Wer hat das gesagt?«, grolle ich, und Joe wirft mir einen vorwurfsvollen Blick zu.

»Das ist total egal, Rus. Du findest die Frage doch eigentlich legitim. Es passt dir bloß nicht, dass man sie an deine Schwester gerichtet hat.«

»Yep! Und?«

»Und? Du bist keinen Deut besser als diese Typen«, wirft sie mir vor. Das habe ich allerdings auch nie behauptet.

»So sind wir Kerle nun mal.«

»Schwanzgesteuerte, widerwärtige Schweine? Es fällt mir schwer zu glauben, dass ihr alle so seid.«

»Primitiv, aber glücklich, Joe.«

»Was stimmt mit dir nicht?«

Ich erwidere: »Ich bin ein Mann«, woraufhin Joe knallhart sagt: »Habe ich dich gefragt, ob du behindert bist?«

Ihr dummer Spruch bringt mich zum Lachen, und als die

Terrassentür aufgeht und Sam und Dean wieder reinkommen, habe ich mich noch immer nicht beruhigt. Stattdessen habe ich vor lauter Lachen einen echt fiesen Schluckauf. Beim nächsten Hickser muss ich auch noch zeitgleich rülpsen, und das Geräusch, das aus meiner Kehle kommt, klingt gar nicht gesund. Dean wirft mir einen irritierten Blick zu und ist allem Anschein nach zu geschockt, um mich deshalb zu rügen.

»Was zur Hölle war das denn?«, platzt Sam heraus.

»Was auch immer es war, es klang extrem widerlich«, verkündet Dean. Ich muss noch mehr lachen und kann mich nicht beruhigen. Tränen laufen mir inzwischen über die Wangen.

»Kannst du dich einmal im Leben benehmen, Rus?«

»Nee, kann er nicht«, meint Joe und räumt die letzten Teller in die Spülmaschine. »Das hatten wir eben geklärt. Er ist ein Mann und deshalb dazu nicht in der Lage. Ich werde wohl einen Behindertenausweis für ihn beantragen müssen.«

»Das war ein Rülpsschluck«, stoße ich hervor, als würde das alles erklären.

»Ein Rülpsschluck?«

»So was wie die Kakamaus in *How I Met Your Mother*«, erkläre ich mühsam beherrscht.

»Na, dann ist ja alles gut«, brummt Dean, verdreht die Augen und geht zum Sofa hinüber. Sammy sieht aus, als würde sie ihm folgen wollen, lässt es dann aber bleiben. Dean legt sich hin, und als wir eine Viertelstunde später was im Fernsehen schauen wollen, stellen wir fest, dass er vor Erschöpfung eingeschlafen ist. Sam legt eine Decke, die normalerweise nur von Joe und ihr benutzt wird, über ihn. Sie streichelt seine Wange und gibt uns ein Zeichen, leise zu sein. Auf Zehenspitzen schleichen wir hoch in mein Zimmer.

RUSSEL | 01.01.2014 | Lāhainā | Maui | Hawaii

»Was meinst du dazu, Rus?«, reißt Deans Stimme mich aus der Erinnerung und zurück ins Hier und Jetzt. Er rollt mit den Augen und gibt ein genervtes Schnauben von sich, als ich nur blöd aus der Wäsche gucke. »Na dazu, dass wir dann morgen den Trip mit dem Boot machen. Joe hat so lange gequengelt, bis ich mich bereit erklärt habe, mir freizunehmen, und ihr zwei Pfeifen habt doch sowieso keine Pläne, außer Groupies abzuschleppen.«

»Wenn ich die Wahl habe, ein Groupie abzuschleppen oder mich von Captain Joe stauchen zu lassen, dann ist ganz klar, wofür ich mich entscheide«, meint Rory.

Joe stößt ihm ihren Ellbogen in die Rippen. »Wenn du nicht so eine erbärmliche Landratte wärst, dann müsste ich dich auch nicht immer zurechtstutzen. Hast du denn den Knoten gelernt, den ich dir beim letzten Mal gezeigt habe?«

»Yep! Habe ihn jedes Mal, wenn ich ein Groupie an mein Bett gefesselt habe, verwendet.«

Joe sieht so geschockt aus, dass keiner von uns anderen sich ein Lachen verkneifen kann.

»War ein Scherz, du Dummerchen!« Joe wirkt erleichtert, doch da hat sie sich zu früh gefreut, denn Rory fügt hinzu: »Ich nehme immer Handschellen. Geht schneller, und weshalb sollte ich mir bei solchen Frauen Arbeit machen?«

Sie verdreht die Augen und meint empört: »Wenn du so weitermachst, darfst du deine Handschellen benutzen, um dich als Gallionsfigur am Bug festzuketten, Goldlöckchen.«

Die nächsten Tage sind wir mit dem Boot unterwegs, und es ist beinahe wie früher – nur eben, dass Sammy fehlt. Auch Rory vermisst sie, wie er mich nach einem langen Tag, an dem wir viele Seemeilen zurückgelegt haben, wissen lässt. Ich zucke mit den Schultern. Nicht, dass ich mich damit abgefunden hätte, dass sie sich verpisst hat, aber was soll ich machen? Ich werde ihr sicherlich nicht hinterherlaufen. »Und was ist mit diesem besonderen Mädchen, von dem du erzählt hast? Hat sich da was getan?«, fragt er interessiert. Auch wenn wir die meiste Zeit des Jahres Konkurrenten sind, so ist Rory doch vor allem mein bester Freund. Eine Tatsache, die ich nur allzu gern vergesse, wenn wir in einem Heat aufeinanderprallen. Aber ich kann nichts dagegen machen. Ich bin besessen von dem Wunsch zu gewinnen, und eine Niederlage, egal in welchem Bereich meines Lebens, schmerzt mich ungemein. Auch das mit Sammy fühlt sich an, als hätte ich versagt.

»Ja, irgendwie schon.«

»Tut mir leid, Mann. Dich hat es echt erwischt, oder?« Ich nicke und nehme einen Schluck von meinem Bier. »Auch andere Mütter haben schöne Töchter«, klugscheißert er.

»Mag sein«, erwidere ich unbeeindruckt.

»Fuck, Alter! Was ist passiert? Du bist ja völlig down.«

»Sie ist auf und davon.«

»Hat einen auf Sammy gemacht, oder was?«

Und in dem Moment macht es Klick, denn einen Augenblick lang bin ich geschockt und denke, er hat eins und eins zusammengezählt und es geschnallt, doch dann wird mir klar, dass er keinen Plan hat, wer die besondere Frau ist, denn ich habe es ja nie erwähnt. Kann das sein? Kann es wirklich so einfach sein? Hat Sammy das Ganze bloß in den falschen Hals bekommen? Denkt sie, ich hätte eine andere? Drei verdammte

Tage vergehen, bis ich wieder Boden unter den Füßen und viel wichtiger Empfang habe, um mich bei ihr zu melden und sie zurückzuerobern.

SAM | 11.01.2014 | Jackson Hole | Wyoming

Mein Handy piept. Ich angle danach und rücke näher an Hunter heran, der mich vom Nachttisch trennt. Er seufzt leise im Schlaf, und ich kann nicht widerstehen, ihn zu streicheln. Hinter mir höre ich Cams regelmäßige Atemzüge.

Endlich habe ich es geschafft, das Handy vom Beistelltisch zu pflücken. Die Nachricht ist von Rus, und ein dicker, fetter Kloß blockiert mit einem Mal meinen Hals und erschwert mir das Atmen. Ich schließe die Augen, lasse mich zurück ins Kissen sinken und ärgere mich über mich selbst. Warum macht mir diese ganze Sache so zu schaffen? Warum rast mein Herz wie bescheuert in meiner Brust, und warum bekomme ich Rus nicht aus meinem Kopf?

Es dauert eine Weile, bis ich es schaffe, seine Nachricht zu lesen. Auch wenn ich es nicht über mich bringe, auf seine Anrufe und seine Mitteilungen zu reagieren, so lese ich sie doch und höre mir auch wieder und wieder die Nachrichten auf der Mailbox an. Ich weiß, ganz schön blöd und völlig masochistisch, aber ich kann nicht anders. Seine Stimme zu hören ist … Ich seufze leise und öffne die SMS.

»Du bist die besondere Frau in meinem Leben. Ich meinte nie eine andere! Bitte sag, dass es ein Missverständnis war und du mich liebst, denn ich liebe dich, und getrennt von dir zu sein, macht mich verrückt.« Ruckartig setze ich mich auf. Ich kann nicht glauben, was ich da lese. Doch mein Herz macht einen gewaltigen Satz in meiner Brust, Tränen schießen mir in die

Augen, als meine Gefühle mich überwältigen. Eine Sekunde zweifle ich daran, dass Russel mir wirklich diese Nachricht geschickt hat, denn die ganze Situation fühlt sich völlig sonderbar und surreal an. Kann das sein, oder träume ich vielleicht bloß?

Ich krabble aus dem Bett, schlüpfe in den flauschigen Morgenmantel und schleiche hinunter ins Wohnzimmer, wo ich mich auf das lederne Sofa kuschle und die SMS erneut lese. Der Wunsch, ihn zu sprechen, wird unerträglich, und ich lasse alle Vorsicht hinter mir. Gebannt lausche ich dem Tuten und dann seinem atemlosen und erleichterten »Sammy!«, das jeden Zweifel ausräumt.

Dennoch frage ich: »Was du geschrieben hast? War das dein Ernst?«

»Noch niemals war es mir mit irgendwas derart ernst, Sam! Wo auch immer du bist, komm zurück.« Seine heisere Stimme verursacht mir Gänsehaut.

»Rus, wen wolltest du loswerden? Mit dem Geld, meine ich.«

Er schweigt einen Moment lang, und ich lausche seinen Atemzügen. Es tut so gut, dieses Geräusch zu hören. »Diese Ruby. Sie hat versucht, mich zu erpressen, und ich wollte nicht, dass du davon was mitbekommst.«

»Inwiefern? Was hat sie gegen dich in der Hand?«

»Gar nichts. Sie ist bloß eine geldgeile Schlampe und hat gedacht, dass was für sie rausspringt, wenn sie erzählt, dass ich ein fieser Perversling bin, der sie zum Sex genötigt hat. Und ich wollte ihr auch einfach das Geld geben, weil ich Angst hatte, dass sie die Sache mit uns sabotieren würde. Das hat sie nämlich auch angedroht.« Er macht eine kleine Pause und fragt dann: »Bist du noch in Wyoming?«

»Yep«, gebe ich kurz angebunden zurück, denn plötzlich habe ich ein schlechtes Gewissen, wegen Hunter und Cam. Es hat sich die ganze Zeit über falsch angefühlt, was ich hier mit den beiden getrieben habe. Ich hatte schon vorher ein schlechtes Gewissen, doch jetzt ist es noch viel schlimmer.

»Ich habe dir einen Flug gebucht. Du musst zweimal umsteigen, was anderes gab es nicht. Er geht auch erst morgen früh um sieben.«

Er klingt so bekümmert, dass ich einen Moment brauche, ehe ich ihn anfauche: »Du hast mir einen Flug gebucht? Was denkst du dir dabei?«

»Ich denke, dass es verdammt noch mal höchste Zeit wird, dass du zu mir kommst, Sam, und auch, dass meine Geduld am Ende ist«, knurrt er.

»Ach ja? Und wenn ich Pläne habe?«

»Pläne mit diesem Hunter?«, grollt er und hört sich so geladen an, dass ich unwillkürlich schmunzeln muss.

Er ist eifersüchtig. Russel Reynolds, berühmter Surfstar und der Traummann unzähliger Frauen, ist wirklich und wahrhaftig eifersüchtig. Zugegeben, er hat auch allen Grund dazu. »Okay, Russel, ich komme, aber du kannst nicht einfach bestimmen, was ich zu tun und zu lassen habe. So wird das nicht laufen.« Gott, diesen Zahn muss ich ihm echt schnell ziehen, sonst nimmt das ein böses Ende.

»Du kommst?«, fragt er beinahe ungläubig.

»Ja, natürlich komme ich.« Ich hadere einen Moment mit mir, doch da er so aufrichtig zu mir war, bin ich es ihm schuldig, ebenfalls mit offenen Karten zu spielen. »Ich habe dich vermisst.«

»Ich dich auch, und ich habe dich verflucht, weil du einfach so abgehauen bist und mir so wehgetan hast. Gott, Sam, ich wollte dir den Hals umdrehen.«

»Und ich dir in die Eier treten«, bekenne ich, woraufhin er belustigt gluckst. »Inwiefern habe ich dir wehgetan?«, frage ich dann.

Russel seufzt. »Ich dachte, Ruby hätte wie angedroht mit dir geredet, und du würdest ihren Lügen glauben und …«

Er verstummt und ich fauche: »Du bist echt ein Idiot! Als ob ich irgendeiner dahergelaufenen Schlampe so einen Scheiß abkaufen würde. Russel, wie lange kennen wir uns?«

»Tja, wie du sagtest, du kennst mich und weißt, was für ein egoistisches und skrupelloses Arschloch ich bin, also …«

Nun ist es an mir zu seufzen. »Tut mir leid«, presse ich mühsam hervor. Im Entschuldigen bin ich fast noch schlechter als er. »Ich war nur so sauer auf mich selbst, weil ich so dämlich war, mich in dich zu verlieben und …«

»Du hast dich in mich verliebt?«

»Ja, ja, das habe ich, und der Gedanke daran, dass es da eine andere gibt, der war einfach unerträglich.«

»Ich liebe dich, Sam! Dich und nur dich!«

»Ich liebe dich auch«, erwidere ich. Danach schweigen wir einen Moment lang, bis Russel sagt: »Okay, ich warte auf dich und hole dich vom Flughafen ab.«

»Mach das. Ich freue mich.«

»Eine Sache noch.«

»Ja?«

»Das hier ist exklusiv, haben wir uns verstanden?« Vor lauter Grinsen kann ich erst mal nicht antworten, weshalb Russel – seine Geduld ist scheinbar wirklich am Ende – sagt: »Ich meine es ernst, Sam. Ganz oder gar nicht.«

»Ganz«, erwidere ich und genieße die Woge der Erleichterung, die von mir Besitz ergreift.

»Perfekt«, entgegnet Russel und fügt hinzu: »Dann bis bald, und pass auf dich auf.« Ehe ich etwas antworten kann, hat er den Anruf beendet, und ich bleibe einfach einen Moment lang wie vom Donner gerührt sitzen. Meine Schockstarre währt jedoch nur kurz, denn Cam kommt die Treppe herunter und setzt sich zu mir aufs Sofa.

»Hey, schon wach?«, fragt er und versucht, mich zu küssen.

»Nein«, sage ich und ernte einen verwirrten Blick. Sanft schiebe ich ihn von mir.

»Nein?«

»Ja, genau. Sorry, bei mir hat sich gerade was geändert.«

Er hebt fragend eine Augenbraue. »So? Und was?«

»Ich, also … ich …«, stammle ich und sage dann: »Ich bin in einer Beziehung.«

»Seit wann?«, fragt er und klingt mehr als nur irritiert. Ein Zustand, den ich absolut nachvollziehen kann.

»Seit fünf Minuten oder so.« Ich erzähle ihm die ganze Geschichte. Hunter kommt hinzu, und Cam setzt ihn über den neuen Stand der Dinge in Kenntnis.

»Und jetzt seid ihr zusammen? So per Telefon, oder wie?«, fragt dieser.

Ich nicke, und Cam meint: »Ich dachte, man kann übers Telefon nur Schluss machen.«

»Witzig«, brumme ich. »Also auf jeden Fall ist … Nun ja, das hier, also das funktioniert nicht mehr. Mein Flug geht allerdings erst morgen.« Ich habe Angst, wie sie darauf reagieren, doch Cam ist völlig entspannt.

»Sam, bitte mach jetzt mal nicht so einen Stress. Du kannst

gerne bleiben, solange du willst, und nein, dafür musst du nicht mit uns ins Bett gehen«, sagt er und zwinkert mir vergnügt zu.

»Was ist so lustig?«

»Wie niedlich du bist, wenn du verknallt bist. Du bist total rot.«

»Bin ich nicht!«

»Und ob«, neckt er mich.

Hunter verpasst der guten Stimmung einen Dämpfer, indem er sagt: »Ich finde nicht, dass sie noch bleiben sollte.« Sowohl Cam als auch ich sehen ihn erschrocken an. »Guck nicht so, Sammy, du willst doch lieber bei ihm sein als bei uns. Gib mir fünf Minuten, ich regle das für dich.« Er zückt sein Handy und wählt eine Nummer. »Finn?«, fragt er nach einem Moment. »Du musst mir einen Gefallen tun. Seid ihr nicht mit dem Privatjet hier?« Er hört zu und nickt. »Ja, in der Tat würde ich das gern. Eine Freundin von uns muss dringend nach Hause.« Er verstummt, hört wieder zu und sagt dann: »Hervorragend. In zwei Stunden? Geht das?« Und scheinbar geht es, denn Hunter gibt noch »Großartig« von sich und legt dann auf.

Er strahlt mich an, und mit einem Mal weiß ich mit absoluter Sicherheit, dass er mich nicht abschieben will, sondern dass er mir einen Gefallen tun wollte. Ich umarme ihn überschwänglich und drücke ihn fest. Ich fliege nach Hause zu Russel, und das nonstop in einem Privatjet. »Sieh es als verspätetes Weihnachtsgeschenk«, murmelt Hunter verlegen.

Ich für meinen Teil bin einfach nur froh, dass er es mir erleichtert, noch heute Nacht mit Russel in einem Bett zu liegen. Kurz überlege ich, ob ich ihn über die Planänderung informieren soll, doch dann entscheide ich mich dafür, ihn zu überraschen.

Der Abschied von Hunter und Cam ist kurz. »Alles Liebe

und erdenklich Gute«, wünscht Hunter mir, während Cam meint: »Wenn es in die Hose geht, du weißt, wo du uns findest, und ich bin echt gut im Trösten.«

»Du meinst, dein Schwanz ist es, oder?«, frage ich, woraufhin er breit grinst. »Ich werde es mir merken«, erwidere ich und besteige nach einer letzten Umarmung den Privatjet, der dem ominösen Finn gehört. Als sich der Jet keine sechs Stunden später Honolulu nähert, bin ich ziemlich panisch. Aus dem Fenster kann man den Diamond Head sehen, und ich atme langsam aus. Alles wird gut, sage ich mir. Doch dann sind da wieder die Zweifel, ob es mit uns überhaupt gutgehen kann. Rus und ich sind uns so verdammt ähnlich, und überhaupt ist es einfach nur eine wahnsinnig doofe Idee, denn wenn es schiefgeht, dann geht alles den Bach runter. Rus ist aus meinem Leben nicht wegzudenken.

Nach einem kurzen Abstecher in meine Wohnung texte ich Rus. »Hi, habe Langweile. Wie geht es dir? Was machst du?«

»Bin mit Rory im Surf'n Turf.«

»Störe ich beim Essen?«

»Wir warten noch.«

Ich rufe an und bestelle für mich, dann mache ich mich auf den Weg in das Steakhouse, in das wir oft gehen, wenn die Jungs in Honolulu sind, und das sich zu so etwas wie unserem Lieblingsrestaurant gemausert hat. Mit schweißnassen Händen betrete ich das Restaurant und sehe Russel und Rory an unserem Tisch sitzen. Mein Herz macht einen Satz, und ich habe das Gefühl, meine Knie hätten sich urplötzlich in Wackelpudding verwandelt. Ja, es ist in der Tat so, als würde mir jemand den Boden unter den Füßen wegziehen.

Ich schnappe nach Luft und will gerade kehrtmachen, um das Restaurant unauffällig zu verlassen, da muss ich erkennen, dass er mich bereits erspäht hat. Fuck, denke ich und wappne mich so gut es geht für unser Aufeinandertreffen. Ich rechne mit allem, als er sich mit einer raubtierhaften Anmut auf mich zubewegt, aber nicht damit, dass er mich einfach an sich zieht und vor allen Leuten küsst. Es sollte mich nicht wundern, denn er ist schließlich bekannt dafür, jede sich ihm bietende Chance zu nutzen und seine Ziele rigoros zu verfolgen – ob im Heat oder im realen Leben. Es ist folglich kein harmloser Kuss, sondern einer von der Sorte, die fürs Bett bestimmt sind, weshalb irgendwer auch sagt: »Nehmt euch ein Zimmer, ihr zwei.«

Russel zeigt sich unbeeindruckt und ignoriert meinen Versuch, mich von ihm zu lösen. »Ganz oder gar nicht, Sam?«

Ich schaue zu ihm auf, und alles, was ich wissen muss, sehe ich in seinen Augen. Die Art, wie er mich betrachtet, raubt mir schier den Atem. In seinem Blick liegen Verlangen, Sehnsucht und Liebe.

»Ganz«, wispere ich kaum hörbar und völlig überwältigt. Er hat mir am Telefon zwar gesagt, dass er mich liebt und will, aber das hier ist etwas völlig anderes. Ist das wirklich möglich, frage ich mich einen Augenblick lang. Doch dann verpuffen alle Gedanken, weil Rus erneut meinen Mund erobert. Der Kuss ist zärtlich und stürmisch zugleich – und er vertreibt den letzten Widerstand aus meinem Herzen.

»Sam«, keucht Russel an meinen Lippen, und ich seufze ebenfalls seinen Namen. Ich bin so glücklich und so erleichtert. Einen kurzen Moment habe ich keine Angst vor der Zukunft. Der Mann, den ich liebe, liebt mich auch – es ist perfekt. Alle Anspannung fällt von mir ab und bricht sich Bahn, weshalb ich kurz davor bin, zu weinen.

»Alles ist gut, Sam, jetzt bist du ja da«, beruhigt Russel mich und schließt mich fest in seine Arme. »Und ich lasse dich nie wieder los!«

Ich zweifle keine Sekunde an seinen Worten. Rus meint immer, was er sagt. Ich kuschle mich an ihn und habe das Gefühl, angekommen zu sein. Nachdem ich mich beruhigt habe, führt er mich an der Hand zu unserem Tisch. Ich begrüße Rory mit Küsschen auf beide Wangen und gleite neben ihm auf die Bank. Russel nimmt mir gegenüber Platz und streckt seine Hände nach meinen aus. Ich schmunzle und reiche sie ihm. Ja, ich habe ihn auch vermisst, und ich rede nicht von meiner Zeit bei Hunter und Cam, sondern von der einen Sekunde, die wir eben beim Hinsetzen keinen Körperkontakt hatten.

Rory ist von dem, was er sieht, völlig verstört – was ich wiederum ziemlich amüsant finde. »Was geht denn mit euch ab?«, fragt er irritiert und fährt sich mit der Linken verwirrt durch die blonden Locken.

Ich schaue zu Rus, und er schenkt mir sein umwerfendes Lächeln. Mein Herz hämmert wie verrückt in meiner Brust, und es würde mich nicht wundern, wenn es dort gleich raushüpft, um wild auf dem Tisch herumzutanzen. Es ist ein wenig strange, das gebe ich ja zu, aber ich bin in diesem Moment so glücklich wie noch nie in meinem Leben.

Rory wartet noch immer auf eine Erklärung, und Rus sagt: »Sam und ich sind jetzt zusammen. Unsere Beziehung ist noch ganz frisch, aber … ich liebe sie, und sie liebt mich.«

»Unsere Beziehung«, echoe ich. Wow, Russel macht ja echt keine halben Sachen.

»Sorry, Sam«, murmelt er. »Ich weiß ja, dass du es damit nicht so hast. Ich meine, wir müssen das ja nicht definieren, oder zumindest jetzt nicht sofort, aber …«

»Nein, schon okay … ich dachte nur nicht, dass ich das Wort jemals aus deinem Mund höre«, scherze ich halbherzig.

»Gott Sammy, du sieht aus, als ob du gleich in Ohnmacht fällst«, meint Rory. »Oder kotzen musst! Wann zum Teufel ist das passiert? Habe ich was verpasst?« Typisch für ihn macht er aus seiner Verblüffung kein Geheimnis, und ich kann es total nachvollziehen. Weder Rus noch ich sind der Typ für eine feste Beziehung. Wir sind jung, wild und unabhängig, doch genau das verbindet uns auch.

Russel streichelt mit dem Daumen über meinen Handrücken.

»Keine Sorge, Rory, ich kotz schon nicht, ich brauche bloß noch etwas, um mich dran zu gewöhnen. Man könnte sagen, die Ereignisse haben sich in den letzten Stunden geradezu überschlagen, und so richtig zusammen sind wir erst seit dem Kuss eben, also hast du nicht wirklich was verpasst.« Fast entschuldigend füge ich an Rus gewandt hinzu: »Es ist nicht so, dass ich nicht möchte, echt nicht, es ist nur so, dass …«

»Dass du ein Feigling bist. Schon klar«, meint er. Bevor ich eingeschnappt reagieren kann, sagt er: »Keine Sorge, Sam, ich habe Verständnis dafür.«

»Wirklich?«, frage ich zweifelnd, denn ich hätte damit gerechnet, dass er, als Egoschwein, gekränkt sein würde. »Ja, schließlich hatte ich ein paar Tage länger Zeit, mich an den Gedanken zu gewöhnen, und wir alle wissen, dass du nicht sonderlich spontan und flexibel bist.«

»Dass ich hier bin, ist ja wohl mal sehr spontan«, murmle ich.

»Vor allem ist es schön, auch wenn ich gar nicht genau wissen will, was du dafür tun musstest.«

Ich entziehe ihm meine Hand und zeige ihm den Mittelfinger, woraufhin er lacht.

»Seid ihr sicher, dass das eine gute Idee ist? Ihr seid wie Feuer und Feuer. Fuck! Das wäre, wie wenn ich was mit Joe anfangen würde. Ihr seid euch einfach viel zu ähnlich, das geht niemals gut.«

»Doch, das wird es«, widerspricht Russel ihm, und die Art, wie er es sagt, beruhigt mich, auch wenn ich mich frage, wie er sich sicher sein kann, dass er in ein paar Monaten noch das Gleiche für mich empfindet. Gefühle ändern sich nun mal, da brauche ich beispielsweise nur an seinen Bruder zu denken, der mich – für alle offensichtlich – verabscheut. Oder eben an meinen Vater, der mir mittlerweile jedoch am Arsch vorbeigeht.

Ja, das, was wir für einen anderen Menschen empfinden, ist nicht zwangsläufig von Dauer, aber in diesem Moment fühle ich mich einfach nur großartig – auch wenn ich es noch immer nicht gänzlich begreifen kann.

»Apropos Joe. Sam und ich brauchen etwas Zeit, um uns aufeinander einzustellen, und ich will nicht, dass Joe schon jetzt von uns erfährt, oder sonst wer, okay?« Mein Blick trifft seinen, und erklärend fügt er hinzu: »Sorry, Sammy, aber ich brauche noch einen Augenblick, bis ich die Bombe platzen lassen kann. Das wird schließlich alles ändern.« Ein Gefühl, Enttäuschung vielleicht, macht sich in mir breit. Rus streichelt meine Hände. »Verstehst du das? Ich will dich nicht verheimlichen oder so. Ich will es nur erst noch mal genießen, bevor es stressig wird.«

»Meinst du, das wird es?«

Er nickt. »Definitiv! Aber wir bekommen das hin«, versichert er mir und klingt so zuversichtlich, dass mir wieder einmal der Atem stockt. Ich nicke dennoch zustimmend. »Und deshalb müssen wir unser Essen auch verschieben, Bro«, informiert er Rory, der darüber alles andere als erbaut ist.

»Ihr habt doch einen Schuss«, brummt er missmutig, als Rus ihm vorschlägt, am nächsten Tag gemeinsam zu brunchen. »Habt ihr jetzt vor, einen auf Lily-Maus und Marshmallow zu machen, oder wie muss ich mir das vorstellen?«

»Entschuldige, Rus, aber ich habe echt Hunger«, sage ich, weil ihm das gar nicht in den Sinn zu kommen scheint.

Er seufzt leise. »Mea culpa, Sammy.«

»Schon okay. Ich gewöhne dir das schon ab.«

Er grinst breit, und es sieht nicht so aus, als würde er das tragisch finden.

»Und ich kann es auch kaum erwarten, mich auf dich einzustellen«, necke ich ihn und zwinkere ihm vielsagend zu.

Zum Glück kommt unser Essen bald. Irgendwann mittendrin meint Rory plötzlich: »Scheiße, Russel, Sam ist diese Frau, von der du mir erzählt hast.«

Rus fängt schallend an zu lachen und meint: »Zum Glück hast du Blitzmerker keinen Job, bei dem es auf Kombinationsfähigkeit ankommt.«

Kurz darauf lassen wir Rory, der nicht müde wird zu betonen, dass er das mit Rus und mir nicht fassen kann, im Restaurant zurück. Ich habe ein schlechtes Gewissen, aber die Aussicht darauf, gleich wieder mit Russel vereint zu sein, ihn zügellos küssen zu können, schmälert meine Bedenken erheblich. Händchenhaltend eilen wir in Richtung meiner Wohnung – auch Rus kann es scheinbar kaum erwarten, mit mir allein zu sein.

»Weißt du eigentlich, wie unglaublich wütend ich auf dich bin?«, platzt Russel heraus, kaum dass wir im Aufzug stehen.

Er zieht mich in seine Arme, presst mich gegen die verspiegelte Wand der Aufzugkabine und küsst mich stürmisch.

»So wütend?«, stoße ich atemlos hervor, nachdem der Kuss geendet hat. »Vielleicht irre ich mich auch, ich meine, ich kenne dich mein ganzes Leben, aber wütend …«

»Ich bin sauer, Sam! Lass dich bloß nicht täuschen«, unterbricht er mich schroff und fügt dann sanfter hinzu: »Aber meine Erleichterung, dass du wieder da bist, die überwiegt im Moment. Dennoch, lass dir eines gesagt sein, wenn du noch mal einfach so abhaust, dann werde ich nie wieder auch nur ein Wort mit dir reden, hast du verstanden?« Ich schlucke trocken, denn ich weiß, dass er es ernst meint, und irgendwie kann ihn auch verstehen, aber … »Es gibt keinen Grund, vor mir davonzulaufen, Sammy. Niemals!« Er nimmt meine Hände in seine und führt sie an seine Lippen, um meine Fingerspitzen zu küssen. Mein Herz flattert in meinem Brustkorb, und die Geste treibt mir die Tränen in die Augen. Das Ping des Fahrstuhls und das anschließende Öffnen der Türen unterbricht diesen emotionalen Moment, und ich wische mir eilig über die Augen.

Russel zieht mich an sich und küsst meine Stirn, und Seite an Seite verlassen wir den Aufzug. Kaum sind wir in meiner winzigen Wohnung, fallen wir zielstrebig übereinander her.

»Du hast mir so gefehlt«, raunt Rus mir zu. Meine Hände wandern begierig über seinen sexy Körper. Wir ziehen uns gegenseitig aus. Rus ist braungebrannt. Nur sein Knackarsch und seine Oberschenkel sind fast weiß. Ich liebe den Kontrast.

»Du mir auch, Surferboy.« Und ja, auch wenn ich versucht habe, mich von Cam und Hunter ablenken zu lassen, Russel und das, was wir hatten, zu vergessen, war mir unmöglich. Es verging keine Minute in den letzten Tagen, in der ich nicht an ihn gedacht habe.

»Ich weiß, es ist unprofessionell, Sammy, aber ich habe mich in dich verliebt. Nein, ich liebe dich!«

Ich küsse sein Gesicht und hauche »Ich liebe dich auch« in seinen Mund.

»Dreh dich rum!«, befiehlt er und schiebt sich auf mich. Rus drängt sein Becken gegen meine Pobacken, und ich spüre seine Latte an meinem Hintern. Er greift mit der rechten Hand in meine Haare und stützt sich auf dem Ellbogen ab, ehe er meinen Kopf zur Seite zieht und sich mit Küssen und Bissen über meinen Hals hermacht. Ich keuche lautstark auf, denn diese Stelle, der Übergang zwischen Schulter und Nacken, ist die erogene Zone an meinem Body schlechthin. Gänsehaut spinnt ihr Netz über meinen Körper und bedeckt jedes bisschen Haut. Rus lacht mir rau ins Ohr. »Ich liebe es, wie du auf mich reagierst«, lässt er mich wissen.

»Du bist nun einmal ziemlich heiß«, murmle ich und hebe ihm mein Becken entgegen. Es ist nicht gelogen, aber es ist nicht der eigentliche Grund, weshalb ich so empfänglich für seine Zärtlichkeiten bin. Rus greift von hinten zwischen meine Beine, schiebt zwei Finger in mich und beginnt mich gemächlich zu stoßen. Er krümmt sie ganz leicht, während er sie in mich hineintunkt. Es scheint, als würde er ganz instinktiv ahnen, wie er mein Vergnügen noch vergrößern kann.

»Du schaffst mich«, seufze ich und recke mein Becken höher, ich spreize meine Schenkel weiter für ihn, und Rus befindet nach einigen Minuten, dass ich es verdient habe, seinen Schwanz – um den ich bereits bettle – in mir zu haben. Er ersetzt seine Finger durch seinen Schlong und versenkt sich tief in mir.

»Ich liebe dich, Sam«, murmelt er in mein Ohr, während er mich nimmt. Das ist der Grund, weshalb er diese atemberaubende Wirkung auf mich hat. Er liebt mich, er begehrt mich, er will mich, und das ist es auch, was er mir rund eine Stunde später sagt, während wir zusammen in der Badewanne liegen.

Ich sitze vor ihm, und er hat seine langen Beine von hinten über meine geschoben, damit ich ihm auch ja nicht entkommen kann – seine Worte, nicht meine. Doch zum ersten Mal in meinem Leben habe ich keine Angst und hege keine Fluchtgedanken. Ich kann und will mich auf diese Sache zwischen uns einlassen.

»Ich kann nicht fassen, was zwischen uns passiert«, murmelt Russel in mein Ohr und knabbert dann an meinem Ohrläppchen, woraufhin ich – trotz der Wärme des Wassers – erschauere. »Da warst du die ganze Zeit vor meiner Nase, und ich hätte bloß zugreifen müssen …«

Ich gebe einen verächtlichen Laut von mir. »Eingebildet bist du wohl gar nicht, was?« Ich stoße zielsicher mit meinem Ellbogen nach hinten. Sein »Umpf!« lässt mich schmunzeln. »Als ob ich mich so einfach einfangen lassen würde.«

Rus überrascht mich, denn er greift fest in meine Haare und zieht meinen Kopf zu sich. »Du wurdest eingefangen, Sammy! Und ich meinte es vorhin ganz ernst: Zieh keine Spielchen mit mir ab. Ich werde mir das nicht gefallen lassen. Ich will dich …«

»Bis du mich nicht mehr willst und mich satthast«, zische ich und versuche, mich aus seinem Griff zu befreien, doch er hält mich eisern fest.

»Ich werde dich nie satt haben, Sammy! Ich habe mich entschieden, und zwar in dem Moment, in dem ich dir das verfickte Fragezeichen geschickt habe, und spätestens seit dem du in mein Zimmer gekommen bist, war mir klar, dass ich nicht ohne dich sein will. Nie wieder.« Er verstummt, lockert seinen Griff und sagt dann: »Du bist die Eine für mich. Ich weiß, dass du für mich geschaffen bist, und ich für dich. Dass du die Richtige bist, und ich will, dass du etwas weißt …« Seine Lippen berühren mein Ohr, als er hineinflüstert: »… nach unserer ersten gemeinsamen Nacht, Sam, gab es keine andere mehr.«

Er löst seinen Griff, als ich versuche, mich zu ihm zu drehen. In seinen Augen sehe ich, dass es die Wahrheit ist, und es schockiert mich. Seine Worte sind umso krasser, wenn man Rus so gut kennt wie ich. Rus, den Aufreißer. Rus, den Typen, der nur schnippen muss, und die Mädchen lassen reihenweise ihre Höschen für ihn fallen. Russel Reynolds lebt das Leben eines Rockstars, denn nichts anderes sind diese Jungs. Pro-Surfer sind nun einmal die neuen Rockstars.

Eine einzelne Träne läuft über meine Wange, als ich bedauere, dass es nach ihm andere gab. »Ich …«, beginne ich stotternd, doch Rus legt mir seinen Zeigefinger auf die Lippen.

»Schhhhhh, Sam! Ich weiß. Ich weiß, dass du versucht hast, mich aus deinem Kopf zu bekommen, und ich weiß auch, wie du es versucht hast. Erspar mir die Details, denn die würden mich umbringen.«

Ich nicke stumm, und wir schweigen einen Moment lang, ehe Russel verrät: »Glaub mir, ich hätte es auch gern probiert.«

»Warum hast du nicht?«

Er verzieht seine Mundwinkel zu einer Grimasse. »Weil, meine Schöne, ich schon immer viel, viel schlauer war als du, und ich wusste, dass es ein hoffnungsloses Unterfangen gewesen wäre.«

Ich boxe ihn für den dummen Spruch. »Aber nicht schlau genug, um mich nicht zu ärgern«, knurre ich, was ihn nun wirklich lachen lässt. Er zieht mich an sich und küsst meinen Scheitel.

»Warum hätte ich versuchen sollen, dich mir aus dem Kopf zu vögeln, wenn mir klar war, dass das nicht hinhaut? Ein einziges Mal habe ich einen halbherzigen Versuch gestartet, aber du hast mich für alle Frauen versaut. Es wäre reine Energieverschwendung gewesen, und ich dachte, ich konzentriere mich lieber darauf, dich zurückzubekommen – jedenfalls nachdem ich geschnallt habe, wo das Missverständnis lag.«

»So clever bist du dann also doch nicht«, grummle ich. Ich bin noch immer angefressen, weil er behauptet hat, dass er klüger ist als ich.

»Hast du es etwa geschnallt und mir geschrieben, dass alles ein großer Irrtum war und du mich liebst?«

»Okay. Eins zu null für dich, du Held!«

»Ich weiß, dass du das gerade ironisch gemeint hast, aber ich bin gerne dein Held.« Bevor ich sagen kann, dass ich keinen brauche, fährt Russel fort: »Ich weiß, dass du gut ohne auskommst. Ist mir klar, Sammy, und ich liebe dich trotz des ganzen Emanzenscheißes, den du immer so vom Stapel lässt, deiner Kratzbürstigkeit, deines dämlichen Dickkopfes und deines Eigensinns. Dennoch hoffe ich, dass du eine Sache begreifst: Du kannst mir vertrauen. Du kannst dich auf mich einlassen und auch mal schwach sein.«

»Ich vertraue dir«, behaupte ich, was dazu führt, dass Russel mich auslacht.

»Quatsch! Du vertraust nur dir selbst, Sammy. Und das war auch bisher fein, aber jetzt gibt es mich in deinem Leben, und ich lasse nicht zu, dass du mich übergehst, mich ausschließt und vor mir davonläufst. Wir sind jetzt ein Team. Sam und Rus gegen den Rest der Welt!«

Nun bin ich es, die über ihn lacht, denn er klingt scheißdramatisch. »Gegen den Rest der Welt?«, versichere ich mich und versuche gar nicht, den ironischen Unterton zu verbergen.

»Ja, den Rest der Welt«, beharrt er. »Du und ich gegen alle Widerstände.« Er seufzt leise, und langsam dämmert mir, was oder besser wen er meint.

»Du denkst, dass Dean …«

Er schüttelt den Kopf, leckt sich über die Unterlippe und sagt dann leise und eindringlich: »Deshalb will ich im Moment noch nicht, dass wir es öffentlich machen. Ich zweifle nicht an uns, aber Dean wird ausflippen, da bin ich mir sicher.«

»Was könnte denn schlimmstenfalls passieren?«

»Er könnte wieder Drogen nehmen.«

»Was?«, platze ich heraus. »Wann hat er Drogen genommen?«

»Damals, nachdem du abgehauen bist, fing das an. Er war mit so einer Tussi zusammen, die kokainabhängig war, und irgendwie konnte auch er die Finger nicht von dem Zeug lassen, und ich vermute fast, dass er erst an Weihnachten wieder was genommen hat.«

»Nicht dein Ernst, oder?«, frage ich, drehe mich noch weiter zu ihm, was dazu führt, dass ich in der Wanne wegglitsche und bäuchlings zwischen Russels Beinen lande.

»Warum sollte er das tun? Ich meine …«

»Was meinst du, Sam?« Er klingt verärgert. »Du hast echt keine Ahnung, was du damals angerichtet hast, oder?«

»Aber es ist doch nicht meine Schuld, dass er Drogen genommen hat«, fauche ich zurück.

Rus senkt seinen Blick. »Nein, nein, das nicht, aber er war nun einmal …« Er verstummt, schaut auf, und unsere Blicke treffen sich. »Es hat ihn alles ziemlich aus der Bahn geworfen, was damals passiert ist. Es war eine gewaltige Umstellung für ihn. Du in Australien, Rory und ich auf Tour, Joe in L.A. … Da kam viel zusammen.«

Ich nicke verstehend und lasse das Thema ruhen. Nun verstehe ich besser, was in Russel vorgeht und warum er unsere Beziehung vorerst geheim halten will. Erst später, als er eingeschlafen ist, denke ich darüber nach, was er über Dean gesagt hat. Ich finde es erschreckend, und es macht mir Angst. Dean und harte Drogen passen überhaupt nicht zusammen. Ich frage mich, wer die Frau war, die ihn dazu verführt hat, und auch, ob Russel recht hat und Dean vielleicht deshalb bei der Weihnachtsparty so sonderbar war. Nein, sicherlich hatte er bloß zu viel getrunken – jedenfalls hoffe ich das inständig.

Kapitel 10

RUSSEL | 12.01.2014 | Honolulu | Oahu | Hawaii

Wo habt ihr denn gesteckt«, fragt Rory, als wir deutlich zu spät zum Brunch kommen. »Ach, vergesst es«, meint er nach einem Blick in unsere Gesichter. »Bei dem stoken Grinsen, das ihr beide habt, da hat Rus bestimmt ganz tief in dir gesteckt, was Sammy?«, begrüßt uns unser Goldlöckchen und fügt an sie gewandt hinzu: »Will ich, dass du mich mit diesen Lippen auf die Wange küsst? Du hattest doch bestimmt erst seinen Schwanz im Mund.«

Sam lacht und küsst ihn dennoch zur Begrüßung. Ich tue es ihr gleich, woraufhin Rory angeekelt das Gesicht verzieht. »Spinnst du, Alter?«

»Was? Mein Mund war an Sammys Pussy, also …«

»Na, dann ist das was anderes! Komm her, aber diesmal mit Zunge«, lenkt Rory ein. Sammy schlägt nach uns beiden, worüber wir uns halb schlapplachen.

»Ihr seid so unmöglich, ihr zwei, aber das wisst ihr schon, oder?«

»Müsstest du nach dem Morgenfick nicht bessere Laune haben?«, stichelt Rory, und Sam sieht aus, als ob sie gleich über den Tisch springen würde.

»Woher willst du wissen, dass wir …«

Er sieht sie strafend an. »Komm schon. Ich kenne euch beide. Du bist schwanzgeil, er ist pussygeil …«

»Noch mal, in erster Linie seid ihr beide total unmöglich«, beschwert sie sich.

»Yep, und wir haben Spaß dabei«, lasse ich sie wissen und greife nach ihrer Hand. Während ich die Speisekarte studiere, beobachte ich Sammy und kann mit einem Mal überhaupt nicht fassen, was da zwischen uns abgeht. Es kommt mir wie ein bizarrer Traum vor, und irgendwie warte ich nur darauf, zu erwachen. Ich kenne sie doch schon so viele Jahre lang, und nie habe ich mehr für sie empfunden als Freundschaft – ganz anders als Dean. Dean … Ich schließe einen Moment die Augen. Das wird übel werden. Fuck! Ich weiß noch immer nicht, wie ich es ihm beibringen soll. Ich habe keine gute Erklärung oder gar eine Entschuldigung. Er wird mich hassen, doch wie ich zu Sammy sagte, in dem Moment, als ich ihr das Fragezeichen geschickt habe, habe ich mich entschieden. Für sie und gegen ihn. Ich gebe zu, ich habe damals nicht groß drüber nachgedacht, was aber nicht heißt, dass ich nicht wusste, was für eine tiefgreifende Entscheidung das war.

Sammy lacht laut über etwas, das Rory gesagt hat, und ich schaue zu ihr – genau wie mindestens die Hälfte der anderen Männer in diesem Restaurant. Sie hat eine Wahnsinnsausstrahlung, die ich vorher nicht bemerkt habe. Warum nicht? Ich meine, sie ist so offensichtlich sexy, dass ich blind und taub und total bescheuert gewesen sein muss, dass mir das entgangen ist. Dean ist nie entgangen, wie sinnlich und verlockend sie ist. Ich brauche sie nur anzusehen und ihre Lippen zu betrachten, da dreht mein Schwanz durch und entwickelt ein Eigenleben. Er wird knallhart, vielleicht weil er nur zu gut weiß, wie sich diese Lippen um ihn herum anfühlen.

Als hätte sie meine Gedanken gehört, blickt Sammy auf, schaut mich über die Speisekarte an und leckt sich über diese sexy Lippen. »Alles klar, Russel?«, fragt sie und lächelt wissend.

»Yep«, erwidere ich knapp und versuche, mich cool zu geben, doch in ihrer Gegenwart will mir das einfach nicht gelingen. Sam macht mich willenlos, und sie weiß es. Ach Scheiß drauf, denke ich und sage: »Ich liebe dich.«

»Ich dich auch«, erwidert sie, und diese drei Worte aus ihrem Mund zu hören, tut unfassbar gut. Rory gibt ein Würgegeräusch von sich, und ich zeige ihm daraufhin den Finger.

Wir brunchen zusammen und geben uns ein Update über die letzten Wochen. Rory quetscht Sam über ihre Zeit in Jackson Hole aus, doch zum Glück berichtet sie nur von den tollen Pisten, den Clubs und erwähnt diesen Typen, mit dem sie dort war, nicht. Wir erzählen ihr von dem Segeltörn, und Rory gewährt uns Einblick in sein Liebesleben, indem er uns von seiner gestrigen Eroberung berichtet.

»Ich nehme sie also mit in mein Hotelzimmer, und dort stelle ich fest, dass …«, sagt er, nachdem er uns in allen Einzelheiten erzählt hat, wie geil sie aussah und wie scharf sie ihn gemacht hat, »… sie megaschlecht im Bett ist. Wirklich! Sie lag da nur und hat rumoxidiert, während ich die ganze Arbeit hatte. Da kam gar nichts von ihrer Seite. Aber ich bin selbst dran schuld, ich hätte es echt wissen müssen, denn sie trug …«

»… Perlenohrringe«, falle ich ihm ins Wort.

»Ja. Scheiße, Bro! Ich hätte echt auf dich hören sollen, ich meine, wie oft hast du mich davor gewarnt?«

»Keine Ahnung, Mann, aber ich sag das immer und immer wieder.« Kopfschüttelnd füge ich hinzu: »Die Tragik meines Lebens: Auf mich hört nie jemand.« Ich seufze, woraufhin Sam kichert.

»Die sehen alle in dir nur den Toy Boy«, tröstet Rory mich.

»Toy Boy? Wie kommst du denn darauf?«, fragt Sam.

»Na ja, er ist deutlich jünger als du, Sam. Aber es ist ja nicht das erste Mal, dass Rus sich mit einer reiferen Frau einlässt«, frotzelt Rory. Sie schlägt wieder nach ihm. Joe und ich sind lediglich achteinhalb Monate jünger als Sammy. Sie verdreht die Augen und leert ihren Champagner in einem Zug.

»Brauchst du mehr Prickelbrause, um ihn zu ertragen, Sammy?«, will ich wissen, woraufhin sie entschieden nickt.

Ich höre Rorys Lachen und ihn sagen: »Fuck, Sammy! Du bist so geil verknallt«, als ich zur Bar rüberschlendere. Ich drehe mich um, und Sams und mein Blick treffen sich. Sie wirkt ertappt. Als ich wiederkomme, informiert Rory mich darüber, dass sie mir bei meinem Abgang auf den Arsch gestarrt hat. Ich reiche ihr das Glas, und sie nimmt einen hastigen Schluck. Ihre Wangen sind gerötet, und sie wirkt ernsthaft verlegen – etwas, was mir bisher an Sam unvorstellbar erschien. Erst da wird mir bewusst, wie unbehaglich sie sich wirklich fühlt, und ich nehme mir vor, einen Gang zurückzuschalten, um sie nicht zu überfordern. Ich weiß, dass sie mich will, aber ich weiß auch, dass Beziehungen nicht ihr Ding sind.

»Danke«, wispert sie.

»Ärger sie nicht«, rüge ich Rory und beiße mir rasch auf die Zunge, denn mir ist nur allzu bewusst, was gleich geschehen wird.

»Du musst nicht meine Kämpfe austragen, nur weil du jetzt mein Freund bist«, kommt es von Sam auch schon prompt.

»Sorry.«

»Du kannst dich nicht immer entschuldigen, wenn du mich wie irgendein Püppchen behandelst«, murrt sie, und Rory wirft mir einen vielsagenden Blick zu.

»Sam, verfickte Scheiße, das hier ist auch für mich neu. Ich weiß nicht, was man als Freund so macht oder wie man sich verhält. Ich weiß, dass du keinen Beschützer brauchst, aber ich habe den Wunsch, dich zu beschützen. Klar, du wirst jetzt sagen, dass ich mir diese Machokacke sparen soll, aber es ist ein

Instinkt. Du gehörst zu mir, ich beschütze, wen ich liebe. Punkt! Gewöhn dich also lieber dran, denn ich werde das nicht immer kontrollieren können.«

Erstaunlicherweise hält Sam den Mund und nimmt lediglich einen weiteren Schluck von dem Champagner.

»Sag was!«, fordere ich sie auf, weil ich gerade partout nicht weiß, woran ich bin.

»Das ist irgendwie süß«, meint sie, beugt sich zu mir und küsst mich. »Ich meine, ich bin nicht dein Besitz und so, nur um das noch mal klarzustellen, und ich hasse es, wenn du das tust … irgendwie, aber irgendwie ist es auch süß.«

»Das sagtest du bereits«, grolle ich. Süß? Ehrlich? Ich? Was stimmt mit ihr nicht? Ich bin alles Mögliche, aber nicht süß. Ganz sicher nicht.

Rory grinst so belustigt, dass ich ihm am liebsten eine reinhauen würde. »Irgendwann hast du auch eine Freundin, die behauptet, dass du süß bist«, murre ich übellaunig.

»Niemals! Den Zahn werde ich ihr im Handumdrehen ziehen, abgesehen davon werde ich ihr niemals Anlass dazu geben, so einen Mist zu behaupten. Fuck, ich werde ja allein von dem Wort impotent.«

»Warst du schon vorher«, stichle ich.

»Seid lieb zueinander«, rügt Sam uns. Einen Moment später seufzt sie leise. »Wir sind echt furchtbar in diesem Pärchenzeug«, murmelt sie und lacht nervös.

Ich greife über den Tisch nach ihrer Hand. »Ich weiß, aber wir bekommen das hin. Wir müssen es nur wollen, und ich will.« Sie öffnet den Mund … »Wehe du sagst, dass das süß war, Sammy«, warne ich sie, woraufhin sie lacht und Rory anschaut, der aussieht, als würde er gleich platzen.

»Es war süß, Bro. Ekelerregend süß! Alter, deine Nüsse

müssen auf die Größe von Stecknadelköpfen geschrumpft sein, bei dem Pussy-Gewäsch, das du gerade abgesondert hast.« Er feixt mich unverschämt an, und ich weiß nur zu gut, dass er keine Ahnung hat, wovon ich rede, denn bis vor ein paar Tagen hatte ich das ja selbst nicht. Ich sehe Sam an, und sie ist alles, was ich will, alles, wovon ich jemals geträumt habe. In diesem Moment ist nichts mehr da, was mich antreibt. Der Hunger nach Erfolg ist nicht mehr da. Es irritiert mich, denn er war immer da, mein Leben lang, aber jetzt, in diesem Moment, ist alles so scheißperfekt, dass ich einfach nur zufrieden bin. Eine Empfindung, die mir bis zu diesem Zeitpunkt völlig unbekannt war, aber es fühlt sich gut an, und auch wenn es mich verwirrt, so möchte ich es nicht missen. Vielleicht hat Rory recht. Vielleicht mutiere ich wirklich zu einer Pussy, aber wenn sich das so anfühlt, dann kann es nicht schlecht sein.

»Ich muss mal für kleine Königstigerinnen«, meint Sammy und erhebt sich. Ich schaue ihr nach, wie sie davongeht, und Rory schüttelt in sich hineinlachend den Kopf. »Fuck, du glotzt ihr ebenso auf den Arsch wie sie dir vor zehn Minuten. Ihr seid echt ein Scream-Team.«

»Sorry, aber der Titel ist dir und Joe vorbehalten, wenn ihr eure dollen fünf Minuten habt. Ich bin nämlich einfach nur wahnsinnig geil auf Sammy.«

»Ist sie eifersüchtig?«, will Rory wissen.

Ich zucke mit den Schultern. »Vermutlich. Ich für meinen Teil bin es und will diesen Hunter, mit dem sie in Jackson Hole war, eigenhändig kastrieren. Warum?«

Rory deutet auf eine Gruppe Frauen, die sich auf uns zubewegen und dann vor unserem Tisch stehen bleiben und uns kichernd um Autogramme bitten. Natürlich geben wir ihnen welche, denn es gehört nun mal dazu. Sammy stößt wieder zu uns, als wir uns gerade mit den Mädels fotografieren lassen.

»Na, hattet ihr Spaß mit euren Fans?«, fragt sie, wobei sie das Wort Fans in einer Weise betont, die verrät, dass sie angefressen ist. Demonstrativ gebe ich die Telefonnummern, die ich zugesteckt bekommen habe, an Rory weiter.

»Kein Grund zur Eifersucht«, beruhige ich sie.

»Fuck! Ihr führt doch nicht so eine scheißspießige monogame Beziehung, oder?«, mischt Rory sich ein.

»Was, Bro, hast du an ›ich liebe Sam wirklich‹ nicht verstanden?«, frage ich ihn. Sammy gluckst belustigt, weil Rory erneut völlig entsetzt dreinschaut.

»Sammy, bist du sicher, dass dir auf Dauer sein mickriger Schwanz ausreicht? Ich meine …« Im nächsten Augenblick habe ich ihn im Schwitzkasten und strubbele ihm durch die Locken. Er versucht, sich meinem Griff zu entwinden, doch ich habe jahrelang mit Dean auf diese Weise gerungen und weiß, was ich tue.

»Pass auf, was du sagst, du Penner«, knurre ich lachend.

Sam quietscht, als wir gegen den Tisch stoßen und die Champagnergläser gefährlich ins Wanken geraten. »Schluss jetzt, ihr benehmt euch wie Kinder«, rügt sie uns. Um sie zu besänftigen, lasse ich Rory los, beuge mich zu ihr und küsse sie. Er verdreht die Augen und brummt: »Auch auf die Gefahr hin, dass ich mich wiederhole, es ist ekelerregend süß.«

»Gewöhn dich besser dran, Bro. Ab hier wird es nicht besser«, verspreche ich.

»Muss ich mir einen Anzug kaufen? Werdet ihr den Bund fürs Leben eingehen?«, fragt er ironisch.

Ich betrachte Sam, und die Vorstellung schreckt mich nicht ab – nicht im Geringsten. Okay, sage ich mir, wenn du willst, dass es nicht so verdammt schiefgeht wie bei Dean, dann trittst du besser mal auf die Bremse, Bro. Das Problem ist nur, dass ich das absolut nicht möchte. Alles in mir schreit danach, Gas zu geben.

»Scheiße«, platzt Rory heraus, und ich denke, er bezieht sich auf mich und meine Gefühle, doch dann sagt er: »Da ist diese Ruby-Schlampe.«

Mein Kopf ruckt herum, und ich sehe sie und den Pornostar im Eingangsbereich stehen, sie erblicken uns und kommen in unsere Richtung. Ich stehe auf und bin bereits auf hundertachtzig. Ruby bleibt stehen und greift nach Cassys Arm, auch ich spüre eine Hand auf meinem, die mich zurückhält. Ruby sieht verängstigt aus, und das ist auch gut so. Dieses Miststück sollte Angst vor mir haben.

Sammy zischt mir »Setz dich, Rus!« zu. Ich funkle sie wütend an, doch sie zupft erneut an mir. »Jetzt!«, sagt sie und fügt dann hinzu: »Wenn du hier austickst, dann spielst du ihr in die Hand. Schau, wie sie guckt. Das ist gespielt. Sie tut, als hätte sie Angst vor dir, und nach allem, was sie dir angedroht hat zu behaupten, ist das nur allzu verständlich. Also wink ihr zu, lächele sie an, lade sie an unseren Tisch ein, aber hör auf, sie anzustarren, als ob du sie bei lebendigem Leib häuten willst. Und jetzt lach! Zeig der Welt, dass du dich amüsierst.« Rory und sie tun es, und ich setze mich wieder und falle nach einem kleinen Moment in ihr Gelächter ein. Doch zu mehr bin ich nicht imstande. Ich bin völlig außer mir und, ja, ich möchte dieser Frau, die mich, mein Glück und meine Existenz bedroht, wehtun.

»Okay, sie hauen ab«, sagt Rory, und Sam atmet erleichtert aus. Ich hingegen vibriere noch immer innerlich und möchte Ruby am liebsten nachsetzen und sie fertigmachen.

»Rus, du musst das unter Kontrolle kriegen«, kommt es von Sam.

Ich presse meine Kiefer aufeinander und nicke. »Sam hat recht«, pflichtet Rory ihr bei. »Sie hat das gut durchschaut. Das hier war ein Test. Ich will mir die Szene, die Ruby hingelegt hätte, wenn du zu ihnen gegangen wärst, gar nicht vorstellen. Lass dich nicht provozieren.«

»Sie hat Sam vergrault.«

»Inwiefern?«, fragt Sam verwirrt und erinnert mich dann daran, dass ich lediglich dachte, Ruby hätte sie vergrault. »Mit der hatte es doch gar nichts zu tun. Aber wisst ihr, was ich jetzt brauche?« Sie schaut uns erwartungsvoll an. »Pancakes! Noch jemand?«

»Nee, ich platze gleich«, sagt Rory, wohingegen ich erwidere: »Mir ist der Appetit vergangen.« Die Beinahe-Begegnung mit Ruby macht mir zu schaffen und auch, dass sie echte Gewaltfantasien in mir auslöst. Sam erhebt sich und strebt zum Büfett. Ich schaue ihr nach.

»Sie ist echt toll«, meint Rory nachdenklich.

»Finger weg! Sie gehört zu mir!«

SAM | 12.01.2014 | Honolulu | Oahu | Hawaii

»Ihr werdet es nicht glauben, Jungs, und ehrlich gesagt fällt es mir selbst schwer, damit klarzukommen, denn was ich gerade am Büfett gesehen habe, war wirklich eine ungeheuerliche Absonderlichkeit«, beginne ich, als ich mit einem Teller voller Pancakes und Ahornsirup zurückkomme.

»Klingt ja spannend«, meint Rory gelangweilt.

»Ist es auch«, bekräftige ich.

»Okay, dann schieß mal los, du Nervensäge, du gibst doch sonst sowieso keine Ruhe.«

»Also, da war eben eine Frau.«

»Eine Frau. Wow, das klingt echt abenteuerlich«, zieht Rory mich auf.

»Gut, dann verrate ich es eben nicht, denn ich war mir auch gar nicht sicher, ob ich euch das überhaupt erzählen kann«, ziere ich mich.

»Nun komm schon, Sammy, wer gackert, der muss auch …«, drängt nun Russel. Er ist fast so neugierig wie Joe, und nur mit Mühe kann ich mir ein Schmunzeln verkneifen.

»Aber es könnte euer ganzes Weltbild zerstören. Ich weiß echt nicht, ob ich das verantworten kann«, unterbreche ich ihn ernst.

»Sam!«, ermahnt mich Rory.

»Okay, aber ich habe euch gewarnt. Also, diese Frau trug ein Fußkettchen …« Ich mache eine beinahe schon dramatische Pause und füge dann hinzu: »… und Perlenohrringe.«

Jeder andere hätte mir nach dieser pseudomäßigen Enthüllung den Vogel gezeigt, nicht so meine beiden Lieblingsspinner.

Rus erhebt sich und zieht wortlos Leine. »Was macht er?«, wundere ich mich. Rory starrt geistesabwesend vor sich hin. Ich bewege meine Hand vor seinem Gesichtsfeld hin und her und sage »Huhu, jemand zu Hause?«, bekomme jedoch keine Antwort.

Russel kommt zurück an unseren Tisch, setzt sich wieder und schiebt Rory ein Glas mit einer bernsteinfarbenen Flüssigkeit rüber, von der ich mal stark annehme, dass es Whiskey ist. Er hebt seines, sie stoßen an und leeren ihre Gläser in einem einzigen Zug. »Und ich?«, maule ich. Geht ja wohl nicht an, dass die beiden mich derart übergehen.

»Du«, stößt Rus hervor, »bekommst nie wieder was, denn nur liebe Mädchen bekommen einen Drink ausgegeben. Fuck, Sam, du hast mein Weltbild zerstört.«

»Ich habe dich gewarnt, dass genau das passieren könnte«, erinnere ich ihn und kneife meine Augen zusammen. »Explizit darauf hingewiesen habe ich euch!«

»Mag sein, aber wegen dir habe ich meinen Glauben an das Gute im Menschen verloren«, behauptet Rory und legt mit einer dramatischen, sehr weiblichen Geste den Handrücken seiner Rechten gegen seine Stirn.

Ich verdrehe die Augen und sage: »Ihr übertreibt. Es geht doch nur …«

»Ja, Sam! Wir haben es verstanden. Du brauchst es nicht zu wiederholen«, fährt Rory mich an.

»Ihr seid solche weinerlichen Spinner«, lasse ich sie wissen.

»Sag was, Rus, es ist deine Frau.«

Seine gespielte Verzweiflung bringt mich zum Lachen. »Das ist wie die Sache mit der Kakamaus. Ich kann das gar nicht glauben. Weißt du genau, dass du dir das nicht nur eingebildet hast, Sam?«

Ich deute auf die Frau, die nur ein paar Tische von uns entfernt sitzt, und meine Jungs stöhnen gequält auf. »Jetzt stellt sich die Frage, was sie ist. Ist sie ein Luder, das sich als Spießerin tarnt, oder ist sie eine Spießerin, die vorgibt, ein Luder zu sein«, fragt Rus tonlos.

Rory erhebt sich. »Ich werde das für dich herausfinden«, meint er.

»Die ist bestimmt über dreißig«, lasse ich ihn wissen. Rory hat da so seine eigenen Regeln, und eine lautet, dass er keine bumst, die über dreißig ist.

»Ich opfere mich für unseren guten Freund hier, damit Rus

keine schlaflosen Nächte wegen dieser Sache hat. Also Klappe, Sam«, entgegnet er und marschiert zu der Frau und ihren Freundinnen hinüber.

Am Abend, wir sitzen auf meinem Sofa vorm Fernseher, bekommen wir eine SMS, in der *LUDER!!!* steht. Wir lachen uns schlapp und ich kriege vor lauter Rumgekicher Schluckauf. Rus beugt sich über mich und küsst mich lange und zärtlich. »Wofür war der denn?«, frage ich ihn, nachdem er den Kuss beendet hat.

»Zungenküsse helfen gegen Schluckauf, wusstest du das nicht? Sie beruhigen das Zwerchfell«, lässt er mich wissen, woraufhin ich hickse. »Offensichtlich hat es nicht geklappt«, meint er, streicht mir eine Haarsträhne hinters Ohr und küsst mich erneut. Russels Blick ist so liebevoll, dass er mir den Atem raubt und ein unruhiges Flattern in meinem Magen auslöst. Sind das die berühmten Schmetterlinge im Bauch? Oder ist es Panik? Nein, Schmetterlinge, entscheide ich. Seit einer Ewigkeit habe ich die nicht mehr gespürt, und ich weiß bloß einfach nicht, wie die sich anfühlen.

Ich hasse es, so unsicher zu sein. Diese ganze Situation überfordert mich total. Das hier ist ein Traum. Rus ist süß, witzig, sexy und einfach nur großartig. Es fühlt sich zu gut an, um wahr zu sein. Ich suche seinen Blick. »Was ist, Sammy?«

»Du machst mich schwach«, gestehe ich. »Du machst, dass ich mich ganz verletzlich und nackt fühle.«

Russel zieht mich enger an sich, und ich kuschle mich in seine Arme. »Ich mag, wenn du dich nackt fühlst, Sammy, denn es geht mir genauso.«

Das zu hören, tut gut. Russel wirkt immer so entschlossen und selbstsicher. Ich kann kaum glauben, dass er ebenso ängstlich und gehemmt ist. Als ich es sage, erwidert er: »Doch bin ich. Du löst was in mir aus. Wie ich im Restaurant sagte, ich will dich mit aller Macht beschützen, aber ich weiß auch, dass dir das zuwider ist, also bin ich hin und her gerissen und weiß nicht, wie ich mich verhalten oder in bestimmten Situationen reagieren soll.« Eine Weile lang schweigen wir, dann sagt Rus: »Ich will Vollgas geben, aber ich habe Angst, dich zu verschrecken, wenn ich … nun ja, wenn ich bin, wie ich bin.«

»Ich mag, wie du bist, und keiner von uns sollte das Gefühl haben, sich zu verstecken oder sich zurückhalten zu müssen.«

»Okay, denn ich habe was für dich«, sagt er, steht auf und holt eine kleine Schachtel aus seiner Tasche, die wir vorhin noch von der Yacht seines Vaters geholt haben. Das Kästchen schreit förmlich »Juwelier«. Ich öffne es, und darin befindet sich ein silbernes Fußkettchen mit dem Symbol für Unendlichkeit. Es ist süß und war bestimmt nicht günstig. »Darf ich?«, fragt er. Ich nicke, und er löst das Fußkettchen, das ich seit Jahren trage, von meinem Knöchel. Russels Augen funkeln, als er mir seines anlegt. Nun trage ich seinen Schmuck, und das gefällt ihm. Ich kann den Besitzerstolz in seinem Blick sehen. Macho, denke ich, aber irgendwie mag ich es, dass er mich als sein Eigentum betrachtet – natürlich ist es nicht so, aber das muss ich ihm ja nicht auf die Nase binden. Scheinbar braucht er es, und ich liebe ihn. Ja, ich liebe es, ihn so glücklich zu sehen, und noch mehr, dass ich meinen Teil zu seinem Glück beitrage. Und wenn mein Beitrag darin besteht, das Fußkettchen, das ich wirklich liebe, abzulegen und stattdessen sein Geschenk zu tragen, dann ist das ein kleines Opfer.

Am nächsten Morgen schleiche ich mich schweren Herzens aus meiner Wohnung, ohne Russel zu wecken. Ich habe das erste Mal seit Jahren keine Lust, zur Arbeit zu gehen, doch Rus hat Termine – und warum sollte ich zu Hause rumhängen.

Mad Crush hat für die nächsten drei Tage Team-Meetings angesetzt, weshalb Rory und Rus an die North Shore fahren werden. Folglich beende ich meinen Urlaub vorzeitig.

Gegen zehn bekomme ich eine Nachricht von Russel: *Sind da! Du fehlst mir, Baby!*

Baby?

Du fehlst mir, Sonnenschein! Besser?

Ich weiß nicht. Fühle mich mit ›Sonnenschein‹ unwohl wegen Joe. So nennt er normalerweise nämlich seine Schwester.

Als Nächstes erhalte ich eine Sprachnachricht. Russels Stimme löst wieder dieses Flattern in meinem Bauch aus. Ja, eindeutig Schmetterlinge. Ich lächle versonnen, während ich seine Nachricht abhöre: »Ich nenne Joe so, weil sie für mich alles ist, was richtig und gut ist. Ich trage einen Arsch voll negativer Gefühle in mir, die jedoch mit ihr an meiner Seite nie zutage kamen, weil sie Licht in meine Dunkelheit gebracht hat … daher Sonnenschein und du, Sammy, tust das Gleiche, aber wenn du dich nicht wohlfühlst, wie wäre es mit ›Sonnenschein‹ auf Probe, um zu sehen, ob du dich dran gewöhnen kannst?«

Yep, passt schon. Ich liebe dich!, texte ich.

Ich dich auch!, schreibt er zurück.

Ich strahle übers ganze Gesicht, was auch meinem Chef nicht entgeht. Auch wenn ich hin und wieder über ihn lästere, weil er bieder ist und über einen zweifelhaften Geschmack verfügt, ist Eugen eigentlich toll. Er ist ein verantwortungsbewusster Boss. Nicht nur er war damals sofort Feuer und Flamme von mir, sondern auch ich hatte vom ersten Augenblick an einen guten Draht zu ihm.

»Samantha«, sagt er. Und er ist der einzige Mensch auf der ganzen Welt, der mich ungestraft mit meinem vollen Namen, den ich abgrundtief hasse, ansprechen darf. »Sie lachen heute ja mit der Sonne um die Wette. So würde ich gern all meine Mitarbeiter am ersten Arbeitstag nach dem Urlaub sehen.« Dann schaut er auf den Kalender. »Haben Sie nicht eigentlich noch Urlaub?«

»Yep, aber ich bin nun mal ein Workaholic«, erwidere ich, füge dann jedoch hinzu: »Nein, im Ernst, bei mir hat sich einiges ergeben, und ich würde gern in zwei Wochen freihaben, wenn das möglich ist.« Da hat Rus nämlich auch frei, und wir könnten Zeit zusammen verbringen. »Ich weiß, das kommt überraschend, aber …«

»Es steht ja nichts Besonderes an, Samantha, also von mir aus können Sie sich das frei einteilen.« Wie ich sagte, er ist ein toller Chef, nur eben manchmal etwas altbacken, was seinen Geschmack angeht.

»Super!«, quietsche ich euphorisch.

»Ich möchte Ihnen nicht zu nahe treten, aber Ihre gute Laune hat nichts mit dem Job zu tun, oder?« Ich beiße mir verlegen auf die Unterlippe, was er richtig interpretiert, denn er sagt: »Es geschehen noch Zeichen und Wunder, liebe Samantha. Dass ich Sie einmal verliebt sehe, darauf hätte ich nicht mehr zu hoffen gewagt. Er muss ein ganz besonderer Mann sein.«

»Oh ja, das ist er«, bestätige ich und gerate innerlich ins Schwärmen. Könnte ich, wie ich wollte, und würde alles einfach ungefiltert rauslassen, dann würde ich mich anhören wie Joe, wenn sie über Brad Hoover spricht – wobei der nicht mal im Ansatz so toll ist wie Rus.

Wenn ich mich dazu hinreißen lassen würde, dann würde ich wie ein Teenager klingen. Ich würde damit anfangen, wie gut es sich anfühlt, von Russel geküsst zu werden. Wie wunderbar es ist, seinen Atem auf meinem Gesicht zu spüren. Wie sehr ich das schelmische Funkeln in seinen unendlich blauen

Augen liebe, und sein Lachen erst. Das mochte ich schon immer, weil es so ansteckend ist und ich den Klang einfach toll finde, aber ist das nicht normal? Liebt man es nicht, die Leute lachen zu hören, die einem alles bedeuten?

Und ich liebe, dass seine Entschlossenheit jeden Zweifel aus meinem Herzen räumt und meinen – nach Vernunft winselnden – Verstand zum Verstummen bringt. Ich liebe, dass er sich für mich entschieden hat, denn mit dieser Entscheidung kann ich verdammt gut leben.

Allerdings fällt es mir ziemlich schwer, mich auf die Arbeit zu konzentrieren, und ich bin froh, als mein Arbeitstag sich irgendwann endlich dem Ende entgegenneigt und ich zu Russel fahren kann.

Auf dem Weg aus der Stadt hinaus und Richtung North Shore bin ich versucht, Joe anzurufen, aber ich lasse es, denn dann wäre ich in Versuchung, ihr von Russel und mir zu erzählen. Zu gern würde ich mein Glück mit ihr teilen, denn schließlich ist sie meine beste Freundin. Aber sie ist nun einmal auch Russels Zwillingsschwester. Ich verstehe, dass er den richtigen Zeitpunkt finden muss, um es seiner Familie zu sagen. Meine Gedanken wandern zu Dean und dem Drogenproblem, von dem ich nichts geahnt habe. Rus hat angedeutet, dass damals einfach viel zusammengekommen sei. Ich frage mich, was genau er meinte und was ich noch alles nicht über Dean weiß.

Es ist müßig, darüber nachzudenken, daher lenke ich mich ab, indem ich Gab anrufe. Ich hoffe, dass ich sie erreiche, denn bei ihr ist es vierzehn Uhr des nächsten Tages, und ich habe keine Ahnung, ob sie gerade arbeitet oder nicht, doch ich habe Glück.

»Hi! Alles gut bei dir?«, fragt sie. »Was verschafft mir die Ehre deines Anrufs?«

»Äh, es gibt Neuigkeiten, und irgendwie kann ich nicht mit Joe drüber reden, weil … weil, nun ja, ich will, dass Russel es tut, aber ich muss drüber sprechen, sonst platze ich«, beginne ich und beschließe, gar nicht lange um den heißen Brei herumzureden. »Rus und ich, wir sind zusammen.«

»Nein!«, keucht Gab fassungslos. »Ich fasse nicht, dass du dich hast einfangen lassen. Was hat er gemacht? Dir K.-o.-Tropfen in den Kaffee gemischt?«

»Sehr witzig!«

»Nee, er hat mir auf deiner Hochzeit ein Fragezeichen geschickt, und daraufhin sind wir zusammen im Bett gelandet.«

»Oh, mein Gott! Das ist ja wie bei *How I Met Your Mother*, als Robin und Barney …«

»Wir sind nicht Barney und Robin«, unterbreche ich sie scharf. Ich bin sicher, dass diese Hochzeit zwischen den beiden nie stattfinden und Robin stattdessen wieder mit Ted zusammenkommen wird.

»Das sagst du nur, weil du im Team Ted spielst.«

»Gott, ich brenne darauf, die neue Folge heute Abend zu sehen. Ich kann es echt kaum erwarten, wie es weitergeht.«

»Verständlich, aber zurück zum Thema. Team Russel oder Team Dean, das ist hier doch die Frage. Und behaupte nicht, dass du keine Gefühle mehr für Dean hättest.«

Manchmal hasse ich Gab wirklich. Das ist so ein Moment. Warum kann sie mir mein Glück nicht einfach gönnen? Warum muss sie mich jetzt mit diesem Scheiß nerven?

»Dean wird immer einen Platz in meinem Herzen haben«, erwidere ich und kann meine Niedergeschlagenheit nicht verbergen. Vielleicht sollte ich doch noch mal das Gespräch mit ihm suchen, auf der Party hat er ja das erste Mal seit einer Ewigkeit einen Schritt auf mich zu gemacht. Andererseits war er betrunken und vielleicht sogar auf Drogen. Abgesehen davon: Wenn es ihm wichtig gewesen wäre, dann hätte er sich in der Zwischenzeit auch einfach mal melden können.

»Und mal angenommen, er würde vor deiner Tür stehen und dir sagen, dass er dich liebt?«

»Würde er nicht!«, unterbreche ich sie scharf, denn es bringt schließlich nichts, sich solchen Fantasien hinzugeben. Zwischen Dean und mir ist etwas passiert, das es uns unmöglich macht, normal miteinander umzugehen. Er hasst mich, weil ich abgehauen bin, und ich nehme ihm übel, dass er sich nie für das Warum interessiert hat. Ich wünschte, er hätte das getan, was er all die Jahre getan hat: sich um mich gekümmert und mich beschützt. Vielleicht hätte ich es ihm erzählen können, wenn er nachgehakt hätte, aber so war es mir unmöglich.

»Du kannst sagen, was du willst, Sam, aber du empfindest noch was für Dean. Hältst du es wirklich für schlau, was mit Rus anzufangen, wenn du gegenüber seinem Bruder solche Gefühle hegst?«

»Dean kann mich mal«, knurre ich.

»Darauf möchte ich wetten.«

»Du bist scheiße, Gab!«

»Weil ich ehrlich bin?« Sie seufzt. »Hör zu, dafür sind Freunde doch da. Sie sagen einem, was sie denken, bevor was Schlimmes passiert. Und ja, vielleicht bist du gerade megaverschossen in Russel, aber …«

»Bin ich, und nichts aber«, würge ich sie ab. »Fuck, ich habe dich angerufen, damit du dich mit mir freust. Ich bin so glücklich mit ihm, Gab, und ich liebe ihn wirklich.«

»Daran zweifle ich doch auch gar nicht.«

»Es hört sich aber so an, Gab. Du machst mir diese Sache zwischen ihm und mir madig.«

Ein erneutes Seufzen, dieses Mal lauter und theatralischer. »Sammy, ich will dir nicht den Spaß verderben, aber sieh der Sache ins Auge: Rus und du, das kann unmöglich gutgehen.«

Ich beiße mir auf die Unterlippe, um ein verräterisches Seufzen meinerseits zu unterdrücken. »Wer sagt das?«, frage ich nach einem Moment. »Und woran machst du das fest?«

»Ich sage das. Weil ich euch kenne. Ihr seid euch so verdammt ähnlich. Bitte versteh mich nicht falsch, ich liebe euch beide, aber ihr seid verdammt anstrengend, wollt immer euren Kopf durchsetzen, seid freiheitsliebend und besteht auf eurer Unabhängigkeit. Ihr werdet euch immer aneinander reiben, werdet darum kämpfen, wer der Boss ist und …«

»Das wäre mit jedem Mann so, Gab«, sage ich.

»Von Dean fiel es dir immer leicht, Rat anzunehmen. Du bist immer zu ihm gegangen, wenn du Hilfe gebraucht hast, und hattest nie Bedenken, dass du dein Gesicht wahren müsstest.« Nun seufze ich doch und bin den Tränen nahe. Ja, ich habe Dean geliebt. Das habe ich wirklich, aber ich hatte ehrlich gesagt nie eine Chance bei ihm. Ich war einfach immer viel zu jung – so wie Joe für Brad. Doch das ist inzwischen auch egal. Ich meine, wir schaffen es nicht mal, fünf Minuten zusammen im gleichen Raum zu sein, ohne uns zu zerfleischen. Ich denke an Russel. Ja, Gab hat recht, es fällt mir schwer, mich ihm so zu öffnen, wie ich es früher bei Dean konnte, aber muss ich das? Zwischen uns ist es einfach anders. Er ist nicht wie sein Bruder, und das ist gut so. Er ist Russel, und er ist toll! Er hat andere Qualitäten. Niemand wird mich zu solchen Höchstleistungen anspornen wie er. Rus gibt sich nicht mit dem Mittelmaß zufrieden, und er wird das Beste aus mir herausholen.

Aber vielleicht gelingt es mir ja auch, irgendwann in seiner Gegenwart schwach zu sein. Hat uns nicht sein schwacher Moment zusammengeführt? Nein, ich bin überzeugt davon, dass er recht hat und wir einfach nur Zeit brauchen, um uns aufeinander einzustellen. Wenn Gab uns zusammen sehen könnte, dann würde sie sicherlich nicht so einen Mist behaupten.

»Hör zu, ich muss jetzt Schluss machen. Wir hören uns.«

»Sam, ich weiß, es passt dir nicht, was ich gerade gesagt habe, aber renn nicht immer weg, wenn es unangenehm wird. Frag dich lieber, warum es das ist.«

»Dir fällt es leicht zu vertrauen, aber ich bin nicht wie du. Ich kann mich nicht in die starken Arme eines Kerls werfen und darauf hoffen, dass er es richten wird«, fauche ich verärgert.

»Wow, ich hatte vergessen, was für eine Bitch du sein kannst.«

»Du hast vor allem vergessen, wie sehr ich es hasse, wenn sich jemand in mein Leben reinhängt und mir ungefragt irgendwelche bescheuerten Ratschläge gibt«, zische ich, und weil ich gerade in Fahrt bin und mich unmöglich bremsen kann, füge ich hinzu: »Mach dir lieber Gedanken um deine eigene Beziehung. Ich meine, Marc ist ja wohl nicht wirklich der Sechser im Lotto.«

»Das weiß ich, Sammy. Er hat seine Probleme, doch ich habe mich dazu entschieden, zu ihm zu stehen. Ich liebe ihn, und er muss mir gefallen und nicht dir.«

»Tja, und ich liebe Russel.«

»Und Dean.«

»Fick dich!«, erwidere ich und lege auf.

Eine Dreiviertelstunde später erreiche ich das Mad-Crush-

Haus. Ich konnte es mir nicht verkneifen, bei Foodland anzuhalten und Rus eine Dose Cola und Skittles Sour zu holen. Er liebt diese Kaubonbons – weiß der Geier, warum. Für mich habe ich eine Packung Küchlein mit Erdnussbutter besorgt und weiß genau, dass die den Abend nicht überleben werden. Ich treffe Rory auf der Terrasse, wo er mit Ulises Royo Tischtennis spielt.

Da wir Mädels hier, bei Pipeline, rar gesät sind und an Tagen mit kleinen Wellen auf fünfzehn Kerle eine Frau im Line-up kommt, kennen die meisten Typen mich. Rory gewinnt seinen Satz und begrüßt mich mit einer herzlichen Umarmung.

»Na, Großer.«

»Na, du Floh.«

Ich strecke ihm die Zunge raus. Ja, ich bin klein, aber das heißt gar nichts. »Hey, du weißt doch, klein und …«

»… gemein! Wie könnte ich das vergessen, Sammy, wo du doch die einzige Frau bist, die mir jemals in die Eier getreten hat.«

»Damals war ich vierzehn, willst du mir das ewig vorhalten?«

»Du hast ihm in die Klöten getreten?«, fragt Ulises und fügt mit seinem krassen Akzent hinzu: »Das ist aber nicht sehr nett.«

»Sam ist ja auch nicht nett«, erinnert Rory ihn.

Ulises nickt und meint daraufhin: »Andererseits kann dieser Typ auch eine ganz schöne Nervensäge sein. Ich nehme an, er hatte es verdient, was?«

Rory zieht eine Grimasse, und ich muss lachen, denn alles an ihm drückt ein fragendes »Ich?« aus. Seine Mimik spricht Bände.

»Du verwechselst mich mit Russel«, behauptet er, ohne rot zu werden.

»Hat da jemand meinen Namen gerufen?«, erkundigt sich Rus, der in diesem Moment aus dem Haus kommt. Er schließt mich in die Arme und drückt mich fest an sich. »Schön, dich zu sehen«, bekundet er.

In diesem Moment hasse ich unsere Vereinbarung, uns noch nicht als Paar zu outen, sehr, denn ich will ihn küssen. Es ist, als hätte ich den ganzen Tag nichts anderes gewollt. Die nächsten Minuten, in denen wir auf der Terrasse stehen und uns unterhalten, sind megaanstrengend. Ich will Russel berühren, und ich sehe ihm an, dass es ihm ähnlich geht. Und dann passiert etwas, das mich daran zweifeln lässt, ob ich das Ganze auf Dauer aushalte, denn eine langbeinige Blondine gesellt sich zu uns. »Russel! Wir haben uns ja ewig nicht mehr gesehen«, begrüßt sie ihn. Sie umarmt ihn und hakt sich dann bei ihm ein. Sie baggert ihn so schamlos an, dass ich weiß, dass er mal was mit ihr hatte. Ein Umstand, der mir gar nicht gefällt. Sie flirtet heftig mit ihm, und auch wenn er nicht darauf einsteigt, bin ich kurz davor, die Beherrschung zu verlieren. Es hilft rein gar nichts, dass Russel mir ständig entschuldigende Blicke zuwirft.

»Hör zu Cat, sorry, aber ich habe Besuch. Sam kennst du ja sicherlich.«

»Habe sie schon mal gesehen«, erwidert sie. Echt? Mir kommt sie nicht bekannt vor. Diese Pipeline-Flittchen, die die Hoffnung hegen, einen Pro-Surfer zwischen ihre Beine zu bekommen, sehen alle gleich aus. »Du surfst auch, oder?«, will sie wissen. Ich nicke.

»Ja, und Sam plant einen Surftrip, wobei ich ihr mit Rat und Tat zur Seite stehe«, behauptet Russel, woraufhin ich nicke.

»Und wir sollten dann auch echt loslegen, denn ich muss ja zurück in die Stadt …«, springe ich ihm hilfreich zur Seite.

»Blödsinn, du kannst ruhig über Nacht hierbleiben«, bietet er an. »Das ist schließlich keine Sache, mit der wir in zwei, drei Stunden durch sind.«

»Du, ich habe echt noch megaviel zu tun«, ziere ich mich und mache deutlich, dass ich kein Interesse daran habe, mehr Zeit mit ihm als unbedingt nötig zu verbringen.

Er zuckt betont gleichgültig mit den Schultern: »Na ja, genug Zimmer gibt es hier, falls du es dir anders überlegen solltest, und egal wie, wir sollten auf alle Fälle langsam anfangen.«

»Unbedingt!«, stimme ich ihm zu. Rory grinst amüsiert. Cat hingegen scheint zu schmollen.

»Gott, Baby, was habe ich dich vermisst«, nuschelt Rus an meinen Lippen, ehe er beide Hände auf meinen Hintern legt und mich eng an sich zieht, als wir in seinem Zimmer sind. Seine Zunge gleitet in meinen Mund und entlockt mir ein verlangendes Stöhnen. Wir knutschen eine Weile rum, dann beendet Russel den Kuss und sagt leise und bedauernd: »Wegen Cat … ich habe mit ihr gepennt.«

»Was?«, stoße ich verwirrt hervor. Diese Offenbarung ist ein Schock für mich. Ich dachte … ich dachte … Hatte Russel nicht gesagt, er wollte das nicht? Hat er nicht gesagt, dass wir eine exklusive Beziehung führen? Mir wird schlecht, und ich habe das Gefühl, dass meine Beine mich nicht mehr tragen können. Ich weiß zwar gerade nicht, von wem er redet, aber dass er Sex mit einer anderen Frau hatte, zerreißt mich.

»Sam?«, fragt Russel unsicher. Er ist mit zwei schnellen Schritten bei mir und will nach mir greifen.

»Nein!«, stoße ich heftig hervor und weiche vor ihm zurück. Ich werde nicht weinen, egal, wie weh es tut! Ich werde mir nicht die Blöße geben und weinen. Nicht wegen eines schwanzgesteuerten Scheißkerls wie ihm. Gab hatte so recht. Rus greift nach mir.

»Fass mich nicht an!«, fauche ich. Oh Gott, es tut so weh!

Rus stöhnt gequält auf, schlägt sich mit der Hand vor die Stirn und erklärt dann in ruhigem Tonfall: »Vor deiner Zeit, Sam! Ich hatte etwas mit ihr, bevor wir zusammengekommen sind.«

»Warum erzählst du es mir dann?«, herrsche ich ihn an und boxe ihn auf den Oberarm. Ich bin so maßlos erleichtert, dass ich kurz davor bin, hysterisch loszulachen. »Du hast mich gerade zehn Jahre meines Lebens gekostet«, lasse ich ihn wissen.

»Weil du jetzt öfter hier sein wirst und sie nun mal ständig hier rumlungert. Ich dachte, du solltest es wissen.«

Ich verdrehe die Augen. »Das wusste ich bereits, als sie mit ihrem Fuß gegen deinen gestupst hat.« Ich imitiere ihr Verhalten, senke den Blick, wiege meine Hüfte, tue verlegen und strecke meinen Fuß aus, um seinen zu berühren.

»Ziemlich albern, oder?«

»Hardcorealbern. Diese pseudo-unschuldige Kleinmädchennummer nimmt ihr doch niemand ab.« Wobei, Kerle sind einfach gestrickt. Die vergessen zu denken, sobald ihre niederen Instinkte anspringen.

»Nein. Nicht wirklich! Sammy, hör zu, ich dachte einfach, ich sage es dir. Ich will nicht, dass du glaubst, du müsstest dir wegen ihr Sorgen machen.«

»Russel, wenn ich mir wegen allen Frauen, die du mal besprungen hast, einen Kopf machen würde, wäre ich ja bis in alle Ewigkeit beschäftigt.« Er schaut so zerknirscht drein, dass ich nicht anders kann, als ihm um den Hals zu fallen und ihn zu küssen. »Hey, ich hatte nicht angenommen, dass du noch Jungfrau bist«, necke ich ihn.

»Witzig«, brummt er. »Du sahst wegen ihr so angefressen aus. Hätte ich es dir nicht sagen sollen?«

Ich zucke mit den Schultern. »Nicht so jedenfalls. Ich dachte echt, du hättest mich betrogen, und das war ... Puh! Sagen wir mal, verdammt unangenehm.«

»Ja, ich weiß. Ich möchte diesen Hunter töten.« Und Cameron und Noah und diesen ... keine Ahnung, wie der hieß. Fuck. Ich schlucke beklommen und schweige. »Und jeden anderen auch, mit dem du mal im Bett warst.«

Okay, das kann ich mir dann doch nicht verkneifen: »Glückwunsch! Hiermit haben Sie Ihre Lebensaufgabe gefunden, Mr. Reynolds.« Er verzieht das Gesicht zu einer Grimasse. »Na ja, du wolltest doch berühmt werden, dann gehst du als der Serienkiller mit den meisten Opfern in die Geschichtsbücher ein.«

»Lustig, Sammy, aber da liegt die Latte glaube ich ziemlich hoch.«

»Und ich war mit ziemlich vielen Typen in der Kiste.« Ich seufze und sage dann: »Wir müssen das lassen. Wir reden einfach nicht drüber, was früher war, okay?«

Rus nickt zustimmend. »Ja, das ist sicherlich am besten, denn es macht mich wahnsinnig. Ich war nie eifersüchtig, aber ...«

»Ja, ich weiß«, erwidere ich. »Geht mir auch so. Fuck, Rus, ich liebe dich wirklich.«

»Das schon, aber du vertraust mir nicht, Sammy«, wirft er mir vor. »Wie konntest du annehmen, dass ich dich mit ihr ...«

Ich sehe, wie bestürzt er darüber ist, und deshalb schließe ich ihn in die Arme. »Ich habe es nur gedacht, weil du es gesagt hast, du Esel«, raune ich ihm zu und beiße ihn spielerisch in sein Ohrläppchen, ehe ich mit meiner Zunge über seine Ohrmuschel gleite. Er schmeckt nach Salz und Meer, einfach unfassbar köstlich.

»Sammy«, knurrt er heiser, und ich muss schmunzeln, weil er so leicht anzutörnen ist. Andererseits, er ist ein Kerl, und ich bräuchte wohl nur ein verruchtes »Fick mich!« zu hauchen, da würde der Gar-nicht-mal-so-kleine-Russel wie auf Kommando strammstehen. Russels einsatzbereiter Ständer drückt sich jedenfalls hart gegen meinen Unterleib. Ich küsse Rus und lasse meine Hände unter sein T-Shirt und seinen Rücken hinaufwandern, während ich mich enger an ihn dränge.

»Ich bin so froh, dass du mich nicht beschissen hast«, verrate ich ihm.

»Nie, Sam! Niemals!«, verspricht Rus mir. »Bett, jetzt!«, presst er Sekunden später schweratmend hervor, dreht uns beide und schiebt mich vor sich her Richtung Bett. Er drängt mich auf die Matratze und macht sich an meiner Hose zu schaffen. Er reißt die Knopfleiste regelrecht auf und streift mir die Hose zusammen mit meinem Slip herunter. Rus hat es eilig, weshalb ihm einen Augenblick später die Boardshorts in den Kniekehlen hängt. Seine Gier ist ansteckend, und wir schaffen es nicht, uns vollständig zu entkleiden. Rus schiebt sich in mich, und ich lege meine Hände auf seinen niedlichen Hintern, der sich in schnellem Rhythmus auf und ab bewegt. Er vögelt mich wild und hemmungslos. Und nicht nur dem Akt an sich haftet etwas beinahe Verzweifeltes an, sondern auch unseren unbeherrschten Küssen.

»Rus!«, bricht es aus mir heraus, als ich komme. Ich keuche ungestüm in seinen Mund, und er beißt mich verlangend in die Unterlippe, während er weiter in mich jagt.

Sein Befehl, dass ich mich drehen soll, kommt unvermittelt. Ich streife mein Shirt ab und platziere mich vor ihm – den Oberkörper beuge ich nach unten und recke ihm meinen Po entgegen. Russel legt seine Hände auf meine Hüfte und versenkt sich mit einem einzigen langen Zug erneut in mir.

Er legt es allem Anschein nach darauf an, mich schwindelig zu ficken, denn er pumpt in einem Wahnsinnstempo in mich. Ich stemme mich gegen die Wucht seiner Stöße, indem ich meine Hände gegen das Kopfteil drücke. Russels Hand schiebt sich von vorn zwischen meine Beine, er legt Zeige- und Mittelfinger zielsicher auf meinen Kitzler und beginnt ihn mit kleinen kreisenden Bewegungen, die in krassem Gegensatz zu der heftigen Bumserei stehen, zu massieren. Ich dränge gegen seine Fingerkuppen, denn er weiß genau, was er tut, und es fühlt sich so gut an. Als ich erneut komme, ersticke ich meine Schreie, indem ich mein Gesicht ins Kissen drücke.

Ich lege mich der Länge nach hin, und Russels Körper, noch immer mit meinem verbunden, schmiegt sich dabei an mich. Ich spüre sein Gewicht auf mir, und kurz darauf graben sich seine Zähne in meinen Nacken. Seine Bisse lassen mich erschauern. Er arbeitet sich meinen Hals empor zu meinem Ohr. »Gott, Sammy, ich liebe dich so sehr.«

Unvermittelt zieht Rus sich aus mir zurück und seine Hose hoch, ehe er neben mich gleitet, um mich zu küssen. Er streicht mir eine Haarsträhne aus dem Gesicht, lacht überrascht auf, schüttelt fassungslos den Kopf und rollt sich dann auf den Rücken. »Wie um Himmels willen ist das passiert?«, fragt er, den Blick an die Zimmerdecke gerichtet.

»Vermutlich hast du mich um den Verstand gefickt, denn anders könnte ich mir nicht erklären, wo ich ihn verloren habe.«

»Ist das verrückt, Sammy?«

»Total«, erwidere ich und robbe zu ihm, um mich an ihn zu kuscheln. Es ist gut zu wissen, dass er auch diese Momente hat, in denen ihn die ganze Situation überfordert.

»Ausgerechnet wir zwei«, murmelt er und küsst mich auf die Stirn.

Es ist ein dicker Schmatzer, der mich veranlasst zu sagen: »Jetzt hast du das restliche Hirn auch noch leer gelutscht.«

Russel lacht. Ich schaue ihn an, und er ist völlig stoked. »Du bist echt richtig glücklich, oder?«

»So scheißglücklich wie noch nie in meinem Leben. Du nicht?« Klar bin ich das, aber irgendwie macht dieser ungewohnte Zustand mir auch Angst. Russel spürt meine Unsicherheit und ist mit einer schnellen Bewegung über mir. »Denk nicht mal dran«, grollt er. »Du wirst nicht auf die Suche nach dem verkackten Doggy Door gehen. Es gibt nämlich keins. Aus dieser Sache kommst du nicht mehr raus, also versuch es erst gar nicht.«

Ach, nein? Ich glaube, der spinnt, denke ich, als ob er mich dazu zwingen könnte, diese Sache durchzuziehen. Ich will ihm gerade den Marsch blasen, als er mich loslässt und sich abrupt erhebt. Rus geht zum Fenster hinüber und starrt auf den Ozean hinaus.

»Fuck! Warum musste ich mich ausgerechnet in dich verlieben?« Einen Moment lang wirkt er verloren und verzweifelt, dann dreht er sich zu mir um und sagt nachdrücklich: »Ganz oder gar nicht, Sam! Entscheide dich! Entscheide dich jetzt und hier, denn ich werde deine Scheißspielchen nicht mitmachen. Das halte ich nicht aus.«

Widerstand regt sich erneut in mir, doch ich ahne, dass ich ihn verlieren werde, wenn ich jetzt nicht gelassen bleibe. Klar kotzt es mich an, dass er mir die Pistole auf die Brust setzt, dennoch klinge ich sehr ruhig, als ich antworte: »Du weißt, dass ich nicht gut damit klarkomme, wenn mir …«

Er atmet einmal tief durch und sagt dann: »Das war nicht die Frage, Sam! Die Frage war: Ganz oder gar nicht. Das letzte Mal bist du zu diesem verfickten Hunter abgehauen«, erinnert er mich, und ich kann sehen, wie sehr ich ihn dadurch verletzt habe.

Ich krabble aus dem Bett und gehe zu ihm. Es ist mir egal, dass ich nackt am Fenster stehe und man uns vom Strand aus sehen kann. Russel nicht. Er greift an mir vorbei und zieht die Vorhänge zu.

»Ganz, Rus«, antworte ich und schaue ihm dabei fest in die Augen. »Ich will auch, dass das hier klappt.«

»Das hier?«

»Die Sache mit uns.«

»Das ist keine verschissene Sache, Sammy! Fuck! Du begreifst es einfach nicht!«, faucht er und funkelt mich wütend an. »Du bist die Liebe meines Lebens. Die Eine, Sam! Ich will dich, und nicht nur jetzt! Vielleicht habe ich das einfach noch nicht deutlich genug gemacht, aber ich will nicht einfach nur mit dir zusammen sein und eine schöne Zeit mit dir haben. Ich will eine Zukunft mit dir. Ich will, dass du irgendwann meinen Ring an deinem Finger trägst. Ich will, dass du Mrs. Samantha Reynolds, die Mutter meiner Kinder, und mit mir zusammen alt, grau und unsexy wirst.« Ich lache irritiert auf und versuche echt, nicht vor Rührung zu heulen, aber es ist so süß, wie er es sagt. Er ist so süß. Er grinst, als er sieht, dass seine Worte ihre Wirkung nicht verfehlen. »Hast du es jetzt endlich geschnallt?«, fragt er.

Ich nicke, stelle mich auf die Zehenspitzen und küsse ihn.

»Manchmal bis du so eine dumme Nuss!«

»Na, dann passe ich ja wunderbar zu all deinen anderen hohlen Fritten«, murre ich.

Er nimmt mein Gesicht in seine Hände, wischt meine Tränen fort und senkt seine Stirn gegen meine. »Keine von denen habe ich geliebt, Sam.« Seine Hände fahren über meinen Hals, meine Schultern und gleiten anschließend meinen Rücken hinab. Sie ziehen eine Spur aus Gänsehaut hinter sich her.

»Ich bin Wachs in deinen Händen«, gestehe ich ihm.

»Ich weiß, und ich liebe es, und du brauchst keine Angst zu haben, Sammy, denn ich bin dir mit Haut und Haaren verfallen. Ich würde alles für dich riskieren, alles für dich tun, alles aufgeben.«

»Du musst gar nichts aufgeben, Rus!«, schreite ich ein, denn das will ich nicht. Ich würde schließlich auch nicht alles für ihn hinwerfen. »Na ja, okay, vielleicht die Groupies, das wäre schon ganz schön.«

Er verdreht die Augen. »Ich glaube, das bekomme ich gerade noch so hin«, meint er lakonisch.

»Sicher?«

»Nervensäge!«, konstatiert er, packt mich und hebt mich hoch. Ich schlinge meine Beine um seine Hüfte und lasse mich von diesem gottgleichen Typen aufs Bett werfen. Bei unserer zweiten Runde sind wir beide nackt und lassen uns Zeit. Ich liebe das Gefühl von Russels Händen auf meinem Körper und seiner Haut auf meiner Haut.

Später liegen wir eng umschlungen unter der dünnen Decke, und plötzlich fallen mir meine Einkäufe in der Handtasche ein. »Ich habe dir was mitgebracht«, lasse ich ihn wissen, als er mich daran hindern will, aus dem Bett zu steigen.

Ich reiche ihm die Coladose, wühle weiter in der Tasche

nach der Packung mit den Skittles und sage noch: »Die Pepsi würde ich jetzt aber nicht aufmachen …«

Da höre ich allerdings bereits das Zischen, als er die Dose öffnet, und seinen erschrockenen Schrei, als die Limo ihn bespritzt.

Ich hebe den Blick und frage: »Duschen?«

»Das hast du mit Absicht gemacht«, behauptet er.

»Die Handtasche ist wegen dir runtergefallen«, erinnere ich ihn. Wäre er nicht so stürmisch gewesen, dann …

»Wegen mir? Als Nächstes behauptest du noch, dass ich über dich hergefallen bin.« Er lacht auf, als wäre das völlig abwegig. »Dabei weiß doch jeder, was für ein männerfressender Vamp du bist.«

»Ich glaube, du bist unterzuckert, mein Schatz«, lasse ich ihn wissen, öffne die Packung mit den Skittles, nehme drei der Kaubonbons heraus und stecke sie ihm in den Mund.

Er verzieht angewidert das Gesicht. »Da war ein pinkes dabei!«, jammert er. Er hasst die pinken, und natürlich habe ich sehr wohl darauf geachtet, dass kein pinkes dabei war.

»Ertrag es wie ein Mann, wenn du kannst, Rus.« Er hat gerade seine albernen fünf Minuten, und da muss man ihn einfach machen lassen. Russel allein geht ja noch, aber wehe, seine dollen fünf Minuten fallen mit denen von Rory zusammen, und am allerschlimmsten sind Rory und Joe, wenn sie total abdrehen. Ich schwöre es, jeder Richter hätte Verständnis, wenn die beiden in so einer Phase einen tödlichen Unfall erleiden würden.

Kapitel 11

RUSSEL | 13.01.2014 | Honolulu | Oahu | Hawaii

Nach der Dusche und einer Handvoll von den kunterbunten Kaudragees geht es mir besser – jedenfalls behauptet Sam das, aber was weiß sie schon, sie behauptet nämlich auch, dass ich meine dollen fünf Minuten habe. Vielleicht hat sie damit sogar recht, und mir wird klar, dass das eine Sache ist, die »das hier« von allem anderen unterscheidet. Dass Sam es »das hier« genannt hat, nervt, aber ich glaube, sie hat inzwischen geschnallt, wie verdammt ernst mir unsere Beziehung ist.

»Weißt du, wie sehr ich es genieße, in deiner Gegenwart ganz ich selbst sein zu können?«

»Du meinst die dollen fünf Minuten?«, fragt sie und betrachtet mich aufmerksam, während sie in ihre Klamotten schlüpft. »Ich hasse es, wenn du so bist«, behauptet sie. »Dann denke ich mir immer: Wer ist jetzt noch mal die Nervensäge?«

»Hast du mich gerade eine Nervensäge genannt?«, frage ich.

Sie kneift die Augen zusammen und betrachtet mich forschend. »Okay, die dollen fünf Minuten sind noch nicht vorbei, was?«

»Nee, noch nicht wirklich. Schlimm?«

Sie grinst und schüttelt den Kopf. »Ich mag, dass du so albern bist und ich mit dir lachen kann, bis mir die Tränen kommen. Allein deshalb habe ich nicht vor, dich wieder gehen zu lassen.«

Ich grinse und necke sie, indem ich sage: »Das darfst du gerne gegenüber Joe und meinem Dad behaupten, Sammy, aber wir beide wissen, dass du mit mir zusammen bist, weil ich dich ficke, wie dich noch keiner zuvor gefickt hat.«

»Nee, das ist bloß der Bonus«, erwidert sie lachend und wirft ihr Haar zurück. Sie steht vor dem Fenster und sieht im Gegenlicht wunderschön aus. Nein, eigentlich sieht sie immer wunderschön aus.

»Komm her und lass dich küssen«, sage ich, denn der Drang danach, sie wieder zu berühren, wird überwältigend. »Deine Küsse machen nämlich süchtig, Sonnenschein. Ich bin verrückt nach ihnen.«

»Und ich bin verrückt nach dir«, erwidert sie, kommt auf mich zu und setzt sich auf meinen Schoß. Wir knutschen eine ganze Weile wie Teenager rum und landen wieder im Bett. Irgendwann bin ich erneut an diesem Punkt, an dem ich fassungslos darüber bin, mit wem ich hier gerade zusammenliege.

»Ich weiß nicht, wie ich das sagen soll, ohne dass es falsch ankommt, aber ich kann nicht glauben, dass ich mit *dir* hier liege.«

»Mit mir? Entschuldige mal, aber ich kann nicht glauben, dass ich mit *dir* hier liege.«

»Das klang ja eben fast wie eine ansteckende, tödlich verlaufende Krankheit oder zumindest so, als wäre die Vorstellung völlig abwegig, weil ich so abartig und ekelhaft bin«, murmle ich leicht gekränkt.

»Na ja, in Anbetracht all der Frauen, die du geknallt hast, sind die Begriffe abartig und ekelhaft nicht allzu weit hergeholt«, ärgere ich ihn.

»Das mit Cat macht dir doch was aus.«

»Cat?«

»Die hohle Fritte von unten«, erklärt Rus.

»Hoffst du auf einen Cat-Fight? Sorry, aber mit Catfish wische ich den Boden auf«, behauptet Sam, und ich weiß genau, dass sie es auch so meint. »Doch vielleicht sollten wir Bändchen verteilen. Jede, mit der du mal was hattest, bekommt eins. Wobei, andersrum wäre es vermutlich einfacher und günstiger.«

»Ich dachte, wir reden nicht über früher und was wir so getrieben haben.« Hätte ich gewusst, wie toll sie ist, wäre ich gleich bei ihr gelandet. Gott, das hier ist echt so gut. Besser als alles zuvor.

»Am besten farbcodiert.«

»Was?« Wovon redet das verrückte Weib nun schon wieder, und wer bitte schön hat hier seine dollen fünf Minuten?

»Blau für ›sie hatte meinen Schwanz in ihrem Mund‹, Rot für …« Weiter kommt sie nicht, denn ich schnappe sie mir. Im nächsten Moment liegt sie unter mir, und ich pinne ihre Hände über ihrem Kopf fest.

»Was hast du gemeint, als du sagtest ›ich kann nicht fassen, dass ich mit *dir* hier liege‹?«, knurre ich.

»Mit *dir,* einem meiner besten und ältesten Freunde. Mit *dir,* dem Kerl, den ich seit dem Krabbelkreis kenne.«

»Pekip-Gruppe«, verbessere ich sie automatisch. Ihre Mutter legt sehr viel Wert darauf, dass es eine Pekip-Gruppe war, mir geht das am Arsch vorbei, aber Lilly ist etwas speziell. Was sie wohl dazu sagt, dass Sam und ich jetzt ein Paar sind?

»Von mir aus. Jedenfalls mit *dir*, dem Bruder meiner mit Abstand besten Freundin. Mit *dir*, dem Kerl, den ich bei unserem ersten Surfcontest besiegt habe. Mit *dir*, dem Kerl, der über mich gesagt hat, ich wäre flach wie ein Brett und ein Breitmaulfrosch. Eben mit *dir!*«

Ich rolle mich von ihr runter und auf den Rücken. Fuck, was war ich doch für ein gedankenloser Idiot. Das scheint echt tief zu sitzen. »Ich war manchmal wohl ein ziemlicher Arsch, was?«, stelle ich fest.

»Nein!«, widerspricht Sam hastig. Ich drehe mich auf die Seite und fixiere sie mit eisernem Blick, woraufhin sie »Okay, vielleicht hin und wieder« nuschelt und dann hinzufügt: »Aber ich war ja auch manchmal gemein zu dir.«

»Du hast nie so dämliche Sachen über mich gesagt. Scheiße, Sam, ich liebe deine Brüste und deinen Mund. Gott, gerade von deinem Mund kann ich einfach nicht genug bekommen.«

»Dein Schwanz kann nicht genug von meinem Mund bekommen«, korrigiert sie mich und lächelt triumphierend. Ich rutsche an sie heran, lege den Kopf schief und tue so, als würde ich lauschen.

»Was machst du jetzt schon wieder, du Irrer?«

»Deinem Mund zuhören. *Der* flüstert«, behaupte ich.

»Was flüstert *der* denn?«

»Das ist ein Geheimnis, darf ich dir nicht verraten.«

»Hey! Hallo! Mal im Ernst, das ist mein Mund, da werde ich doch wohl erfahren dürfen, was er sagt.«

Ich lege den Zeigefinger auf die Lippen und sage: »Du musst still sein, Sammy, sonst kann ich nicht hören, was er sagt.« Nach einer kleinen Pause meine ich: »Aber wo sie recht hat, hat sie recht. Ich finde, du solltest ihr das schon sagen. Einfach, damit sie weiß, woran sie ist.« Ich verstumme erneut, tue wieder so, als würde ich lauschen, und sage dann: »Glaub mir, Sammy ist da nicht so.« Pause. »Wie, du traust dich nicht? Was soll sie machen? Dich fressen?«

Sam kichert über meine Albernheiten. Ist aber mit ihrer Geduld bereits am Ende. »Los, raus damit! Ich werde langsam hungrig.«

Ich hebe meine Hand und bringe sie so zum Schweigen. »Moment noch, Sammy. Okay, ich werde es ihr sagen. Nein, du brauchst keine Angst zu haben. Sie wird mir schon nichts tun. Ich werde ihr den Sachverhalt in aller Ruhe erläutern. Nein, das braucht dir auch nicht peinlich sein …«

»Russel!«, ermahnt sie mich streng, weil sie weiß, dass ich solche Spielchen ewig durchziehen kann.

»Okay, Sammy, aber versprich mir, dass du mich nicht wieder boxt.«

Sie verschränkt die Arme vor der Brust und schaut mich abwägend an. »Gut, versprochen«, stimmt sie schließlich zu.

»Ich bin nur der Bote«, erinnere ich sie. »Und es ist dein Mund. Also …«

»… er will, dass ich dir den Schwanz lutsche«, würgt sie mich ab.

»Wenn du das weißt, warum …«, beginne ich lachend, und sie boxt mich doch.

»Alberner Idiot! Kannst du mal für fünf Minuten ernst sein?«

»Das ist eine rein rhetorische Frage, oder?«

Sie schüttelt den Kopf, und ich erinnere sie daran, dass ich es vorhin war und sie zum Weinen gebracht habe.

Sam streicht sich verlegen eine Haarsträhne aus dem Gesicht. »Hey, das war ja auch fast ein Heiratsantrag. Allerdings hattest du arthritisch vergessen.«

»Habe ich?«

»Na ja, zu alt, grau und unsexy gehört arthritisch doch irgendwie dazu, oder?«

Ich ziehe sie an mich und küsse sie erneut – ich kann nicht anders. »Ja, irgendwie schon«, stimme ich ihr zu. Von mir aus werde ich alt, unsexy, grau und arthritisch mit ihr. Hauptsache, wir bleiben für immer zusammen. »Ich freu mich drauf.«

»Gab sagt, dass es nicht gutgehen kann«, meint Sam tonlos,

und wieder schmerzt es wie verrückt, weil sie nicht an uns glaubt.

Ich gebe ein abfälliges Schnauben von mir. »Gab, was weiß die schon? Bitte, die hat diesen Marc-Vollpfosten geheiratet.«

»Habe ich auch gesagt, und dass sie sich ficken soll!«

Gab kann echt eine blöde Bitch sein. »Was ist ihr Problem?«, platze ich heraus. »Ich meine, es ist kein Geheimnis, dass wir nicht die besten Freunde sind, aber hey, sie hat es verbockt. Sie hat mit Rory Schluss gemacht, und ich bin nun mal in erster Linie sein Freund. Ist doch klar, dass ich ihm die Stange halte.«

»Du hältst ihm die Stange?« Sam kichert ausgelassen. »Und ich bin angeblich die Queen von Eindeutigkeit.«

»Ich bin der König und du meine Königin.« Ich höre, wie sie hart schluckt. »Keine Sorge, ich stecke dich schon nicht in eines dieser pompösen Kleider. Eher in einen Minirock, damit ich dich nach Belieben im Stehen durchnehmen kann.«

»Das würde dir gefallen, was?«

»Yep, und dir auch. Ich verspreche es.« Wieder lacht sie. Ich liebe dieses Geräusch. Ich schaue zu ihr rüber und sehe, dass ihre Augen vor Freude leuchten, doch dann erinnere ich mich an Gab und was sie zu Sam gesagt hat. Gab irrt sich. Natürlich haben wir eine Chance. Diese Gefühle, die ich für Sam empfinde, sind real, und sie werden Bestand haben.

Ich denke an einen Song, den ich vor einer Weile mal gehört habe. *All of Me* heißt er. Damals konnte ich mir nicht vorstellen, dass man alles an einer Person liebt, und auch nicht, dass jemand alles an mir lieben könnte … uneingeschränkt, bedingungslos, doch ich liebe alles an Sammy.

»Was hast du?«, hakt Sam nach, der mein Stimmungswandel offensichtlich nicht entgangen ist.

Ich presse meine Kiefer aufeinander, unwillig, das Thema

noch mal auf den Tisch zu bringen, weil ich Sammy nicht mit der Nase darauf stoßen will. Ich werde keinen Rückzieher machen, werde nicht das Doggy Door nehmen. Bei ihr bin ich mir da nicht so sicher. Wenn man sie kennt, und ich kenne sie ziemlich gut, dann ist das hier schon ein Megazugeständnis. Sie liegt in meinen Armen, und das länger als eine Nacht, sie sagt mir, dass sie mich liebt, und das gibt mir Hoffnung, dass ich es schaffe, ihre Schutzmauern einzureißen. Aber wir haben gesagt, dass wir ehrlich zueinander sind, also …

»Gab«, stoße ich zwischen zusammengebissenen Zähnen hervor. Ich mache keinen Hehl daraus, wie genervt ich bin. »Mich sickt das total an.«

»Ja, mich auch. Warum kann sie sich nicht einfach mit uns freuen?«, fragt Sam, und ich merke deutlich, dass Gab sie sowohl verunsichert als auch verletzt hat.

»Vielleicht weil sie durch die Sache mit Rory weiß, wie schnell so was in die Binsen gehen und eine ganze Clique sprengen kann.« Sam nickt knapp, aber das scheint nicht Gabs Problem zu sein, doch was ist es dann? Und plötzlich baut sich in mir der Gedanke auf. Es ist wie bei einer Welle, stetig wächst die Idee, reift heran, und als ich sage »Es ist wegen Dean«, da zuckt Sam ertappt zusammen und wird von meiner Schlussfolgerung regelrecht überrollt.

Sie setzt sich auf und sieht mich hilfesuchend an, aber was soll ich sagen. Alle anderen Männer, mit denen sie im Bett war, kann ich gerade noch so verkraften, nur Dean, das ist etwas anderes.

»Ja, sie denkt, dass …«

»Schon klar, Sammy«, unterbreche ich sie. »Und das wird Probleme geben. Keine Frage, aber ich habe mich dafür entschieden. Du und ich gegen den Rest der Welt, und der Rest der Welt beinhaltet Gab, Dean und möglicherweise auch Joe.«

Sams Miene entgleist und die Frage »Aber warum?« zeichnet sich auf ihrem Gesicht ab. Bevor sie sie stellen kann, erwidere ich: »Weil Joe jene schützt, die sie liebt. Das liegt in ihrem Charakter. Sie kann zu einer regelrechten Löwenmama mutieren …«

»Mir musst du das nicht sagen. Ich weiß das. Ich erinnere mich nur zu gut daran, wie sie mir am Abend von Gabs Hochzeit ins Gewissen geredet hat und meinte, ich könne die Nacht nicht mit einem wildfremden Typen verbringen, weil das zu gefährlich sei.«

»Was hast du gesagt?«

»Dass ich in guten Händen sein werde.«

Ich bin erleichtert, dass sie Joe nicht angelogen hat. Im kreativen Umgang mit der Wahrheit sind wir beide wohl nicht auf den Kopf gefallen.

»Ich will nicht, dass Joe etwas gegen unsere Beziehung hat«, meint Sam nach einem Moment der Stille.

»Das will ich auch nicht, Sonnenschein.«

»Je früher wir es ihr sagen, desto besser. Ich hasse es, Geheimnisse vor ihr zu haben.«

Ich nicke zustimmend, denn das kann ich gut verstehen, aber ich habe nun mal Geheimnisse vor Joe. Mein Herz schreit danach, ihr alles zu erzählen, aber mein Verstand hält mich glücklicherweise davon ab. Dean und ich haben uns geschworen, ihr nie zu erzählen, was Sammy mit ihm abgezogen hat, doch ich fürchte, wenn wir die Bombe platzen lassen, dann könnte die ganze Geschichte ans Licht kommen, und natürlich würde er auch erwähnen, dass Sam etwas mit Brad hatte. Ich glaube nicht, dass Joe ihr das verzeihen könnte. Und wieder einmal wird mir klar, wie unberechenbar Sam ist. Sie ist das menschliche Äquivalent zu Cortes Bank. Diese Welle hat es echt in sich und kann wie Sam ein richtiges Miststück sein. Ich seufze, als mir bewusst wird, wie sehr dieser Vergleich zutrifft und was für eine extreme Herausforderung mir bevorsteht. Sam legt ihre Hand an meine Wange und lächelt mich an. Zuversicht durchströmt mich. Wenn einer sie bezwingen kann, dann ich, und abgesehen davon liebe ich Herausforderungen.

SAM | 13.01.2014 | Honolulu | Oahu | Hawaii

Es ist schön, Russel mit den anderen Jungs im Mad-Crush-Haus zu erleben. Das gemeinsame Abendessen an dem großen Tisch im Erdgeschoss ist ein echtes Highlight. Rory ist auch zugegen, und wir blödeln die ganze Zeit rum. Später spielen wir mit ihm, Ulises und ein paar anderen Leuten eine Runde Poker, und ich zocke sie alle ab. Es ist toll, und ich fühle mich unglaublich wohl, und das, obwohl mir mal wieder auffällt, wie sehr ich mich von den anderen Surferfreundinnen unterscheide. Aber offiziell bin ich ja nicht Russels Freundin, sondern eben nur eine Freundin.

Die meisten Mädels sind Models, und sie reden über nichts anderes als über oberflächlichen Weiberkram. Fein, mit diesem oberflächlichen Weiberkram verdiene ich mein Geld, aber es gibt doch noch mehr im Leben als Klamotten, Haare und Make-up, oder irre ich mich da?

Ich für meinen Teil fühle mich – wie schon mein ganzes Leben lang – unter den Jungs wohler. Es ist einfacher mit ihnen, und ich kann diese Stutenbissigkeit nicht ausstehen. Den ganzen Abend wurde ich angebiestert. Am liebsten wäre ich aufgestanden und hätte gesagt: »Nein, Mädels, kein Grund zur

Sorge. Ich bin echt der Hammer und eine Granate im Bett, aber an euren Typen habe ich kein Interesse. Warum auch? Ich habe mir mit Abstand den heißesten Surfer ever geschnappt.« Aber weil Russel es will, halte ich mich zurück. Dennoch stimmt es. Er ist echt der süßeste Typ, den man sich nur vorstellen kann. Er ist so ein Cutie und ja, er ist Wachs in meinen Händen, was ich während des Spiels zu meinem Vorteil nutze. Ich bringe Russel ein wenig aus der Fassung, indem ich mit meinem nackten Fuß unter dem Tisch unauffällig seinen Schwanz streichle. Gut, ich spiele nicht fair, aber was kann ich dafür, dass er nicht multitaskingfähig ist und nicht mehr denken kann, weil sein Hirn unterversorgt ist? Er geht All In, und ich nehme ihn als einen der Ersten aus dem Spiel.

»Wehe, du lenkst Rory auf die gleiche Tour ab«, knurrt er in mein Ohr.

Ich grinse ihn an, beiße mir auf die Unterlippe und frage unschuldig: »Auf welche Tour?«

Er lacht, nimmt einen Schluck Bier und flüstert in mein Ohr: »Lass sie bluten, Sammy. Und nachher will ich dich vor mir auf Knien um Verzeihung blasen sehen.«

»Alles, was du willst«, gebe ich zurück und mache mich daran, die restlichen Jungs wie Weihnachtsgänse auszunehmen.

Als ich in der Nacht erwache, ist Rus nicht da, und ich stehe auf, um ihn zu suchen – ohne ihn kann und will ich nicht weiterschlafen. Ich tappe durch das große, mir so fremde Haus und raus auf die Terrasse. Das Donnern der Brandung ist zu hören. Wenn Pipe sich aufbaut und richtig groß wird, dann spürt man die Erschütterung, die durch das Brechen der Wassermassen entsteht, bis zu den angrenzenden Häusern. Pipe ist gewaltig und macht einem unwillkürlich klar, wie klein man als Mensch eigentlich ist und wie großartig und gewaltig die

Natur. Es ist erstaunlich, was wir uns manchmal einbilden und anmaßen. Wir denken wirklich, wir könnten sie kontrollieren.

Ein wenig ist es wie mit der Liebe. Die ist auch so unglaublich groß. Ja, es ist nicht so, als hätte ich keine Angst mehr, aber die Sache ist die, wenn ich Russel nicht vertrauen kann, wem denn dann? Ich kenne ihn so lange und so gut. Ich versuche, mir auszumalen, wie unsere Liebe zerbricht. Wie wir uns anschreien und wie es wäre, ihn zu hassen, doch es will mir nicht gelingen. Ja, was ich für ihn empfinde, ist so groß, monströs und atemberaubend, dass ich vor Ehrfurcht erstarre, doch ich kann mir kein Szenario vorstellen, das dazu führt, dass unsere Liebe endet.

Rus sitzt am Strand und schaut in Richtung des offenen Meeres hinaus. Ich gehe zu ihm und setze mich neben ihn. Er trägt Boardshorts und einen Hoodie, den ich eigentlich vor Jahren mal Dean zum Geburtstag geschenkt habe. »Hi, du«, sagt er.

»Hi, du«, erwidere ich und kuschle mich an ihn. Schweigend sitzen wir da, bis die Sonne aufgeht, dann schnappen wir uns unsere Boards und paddeln Seite an Seite raus, um ein paar wirklich grandiose Wellen abzubekommen.

Unserer Dawn-Patrol folgt ein schnelles Frühstück im Mad-Crush-Haus, ehe wir nach oben in Russels Zimmer gehen, damit ich mich duschen kann.

»Ich will nicht zur Arbeit.«

»Das aus deinem Mund!« Rus starrt mich entgeistert an.

»Du kennst sein Geheimnis, was erwartest du?«

»Welches Geheimnis?«, erkundigt er sich.

»Na ja, dass er nicht genug von deinem Schwanz bekommen kann.«

Rus lacht fröhlich auf. »Nun, wenn das so ist, dann, Sammy, auf die Knie und lutsch meinen Schwanz!«

Seine straighte Ansage bringt mich dazu, hart zu schlucken. Verdammt, dann komme ich halt zu spät in die Arbeit, und abgesehen davon will mein Mund seinen Schlong wirklich in sich haben.

Ich sinke vor ihm zu Boden, ziehe seine Boardshorts runter und folge seinem Befehl. Ich lecke einmal über seine Eichel, habe eigentlich vor, mit ihm zu spielen und ihn ein wenig zappeln zu lassen, doch Russels fester Griff in mein Haar macht mir deutlich, dass das nicht angebracht ist. Obwohl er kein Wort sagt und es nur ein kurzer Blickwechsel ist, fragt er mich, ob es okay ist. Seine Augen fragen, und er interpretiert den Ausdruck in meinen richtig, denn es ist ein Ja, welches er dort findet. Ich überlasse ihm die Führung, gebe die Zügel, die ich sonst immer krampfhaft umklammert halte, ab und lasse ihn machen. Russel, Russels Schwanz und mein Mund verstehen sich außerordentlich gut, und ich mische mich lieber nicht ein. Nein, ich lasse zu, dass er sich meine Haare um seine Hand schlingt und dann meinen Mund zu bumsen beginnt. Rus weiß genau, was er will, und er will es schnell und hart. Ich genieße es, ihm dabei zuzusehen, wie er kommt, und das Zucken seines Schwanzes in meinem Mund zu spüren. In schwallartigen Zügen ergießt er sich tief in meinem Rachen und ich schlucke seinen Samen mit Vergnügen. Er zieht seinen Schwanz aus meinem Mund heraus und kniet sich zu mir auf den Boden, um mich zu umarmen und stürmisch zu küssen. Ich spüre all seine Emotionen. Er liebt mich wahnsinnig. Er begehrt mich wie verrückt, er betet mich regelrecht an, er will mich beschützen, weil ich seiner Meinung nach »Seins« bin – das muss ich ihm noch austreiben, doch irgendwie berührt es mich auch, dass er so für mich empfindet.

»Ich muss leider zur Arbeit«, wispere ich zwischen zwei leidenschaftlichen Küssen.

Rus seufzt leise. »Ich ja auch.«

»Heute Abend bin ich wieder da«, verspreche ich und ziehe mich rasch an, denn wenn ich nicht sofort von hier verschwinde, dann landen wir doch wieder im Bett, und ich bin jetzt schon zu spät dran.

Mein Chef nimmt es zum Glück mit Gelassenheit, aber ich war schließlich die letzten zwei Jahre eine mustergültige Mitarbeiterin. Wirklich, ich habe alles für die Firma gegeben, nicht umsonst stehe ich bei meinen Freunden im Ruf, karrieregeil zu sein, wobei es das nicht trifft. Natürlich bin ich stolz auf meine Position, die meinem Alter kein Stück angemessen ist, die ich allerdings dennoch perfekt ausfülle.

Klar war mein Traum immer ein anderer, aber ich bin ja noch jung und habe Zeit, und es ist nicht schlecht, die Branche von der Seite kennenzulernen, auf der ich mich jetzt befinde. Ich kann immer noch Modedesign studieren, wenn ich ein paar Rücklagen geschaffen habe und finanziell besser aufgestellt bin.

Als ich nach einem langen Tag – ich habe später Feierabend gemacht, um die versäumte Zeit am Morgen nachzuholen – die North Shore erreiche, muss ich erst einmal ins Wasser.

Es war anstrengend, und ich habe einige zähe Verhandlungen geführt. Ich hasse es, wenn ich annehme, wir hätten uns endlich geeinigt, und dann kommen hintenrum noch weitere Forderungen – in diesem Fall, wer die Transportkosten trägt. Da ich jedoch davon ausgegangen bin, dass sie im Paketpreis enthalten sind, habe ich mich nicht auf das Spielchen eingelassen und bin letztendlich ohne sie aus der Verhandlung rausgekommen. Und warum? Weil ich einfach gut bin.

Als ich eine Stunde später aus dem Wasser komme, erwartet mich ein angesickter Russel. Aber da ich jetzt glückselig bin – ich hatte nämlich ein paar tolle Wellen –, geht mir seine Übellaunigkeit am Arsch vorbei.

»Hi, Hübscher«, begrüße ich ihn, und nachdem ich kurz die Lage sondiert und festgestellt habe, dass sich im unteren Wohnbereich des Mad-Crush-Hauses niemand außer ihm und Rory aufhält, küsse ich ihn und presse meinen nassen Körper gegen seinen.

»Das nächste Mal sagst du mir wenigstens kurz Hallo, bevor du surfen gehst«, verlangt er, woraufhin ich ihn auslache.

»Ich glaube, Rus, du hast einen Sonnenstich«, sage ich, nachdem ich mich beruhigt habe. Er schaut pikiert drein, und ich informiere ihn darüber, wie ich die Sache sehe: »Ob du es glaubst oder nicht, Rus, du bist nicht der Nabel der Welt, und nur, weil wir zusammen sind, bedeutet das nicht, dass ich anfange, meine Gewohnheiten zu ändern.«

Rory grinst sich einen und hält mir seine Hand für ein High Five hin. Ich schlage ein. Wenigstens einer der Jungs ist kein selbstverliebter Macho.

»Klopf, klopf!«, sagt eine weibliche Stimme von der Tür her, und Cat betritt das Mad-Crush-Haus.

»Cat!«, begrüßt Russel sie geradezu überschwänglich, und dieses Mal steigt er auf ihre Flirtversuche ein. Sie wagt es sogar, ihn anzutatschen, was dazu führt, dass ich doch kurz davor bin, einen Catfight anzuzetteln. Dabei weiß ich genau, was er hier abzieht. Das Ganze ist bloß eine billige Retourkutsche, weil ich nicht hüpfe, wenn er »Spring« sagt. Ich beschließe, nach oben zu gehen, mich umzuziehen und zurück in die Stadt zu fahren. Russel kann mich mal!

Nach einer geschlagenen Viertelstunde folgt er mir. Ich stehe im Badezimmer und versuche, meine Haare in Ordnung zu bringen. Er stellt sich neben mich und raunt mir zu: »Ja, Sam, nur weil wir jetzt zusammen sind, heißt das nicht, dass ich meine Gewohnheiten ändere.«

Ich zeige ihm den Finger, denn das eine hat mit dem anderen überhaupt nichts zu tun. »Was glaubst du eigentlich …«, beginne ich verärgert, komme jedoch nicht weit, denn er küsst mich einfach.

»Du hältst jetzt die Klappe und hörst mir zu«, meint er, nachdem er fertig ist. »Ich will diesen Stress nämlich nicht jeden Tag haben.« Er atmet einmal durch, ehe er sagt: »Dinge werden sich ändern, denn so ist das in einer Partnerschaft. Es gehört dazu, Kompromisse einzugehen. Okay, ich will dir sagen, wie das für mich aussieht, denn nach wie vor, Sammy, bist du nicht hundertprozentig dabei.«

»Ich bin zu tausend Prozent dabei«, versichere ich ihm.

»Aber Sam, ich bin nicht dein Feind. Ich war traurig und enttäuscht, dass du einfach so rausgegangen bist, ohne auch nur Hallo zu sagen. Den Tag über habe ich dich vermisst, und ich habe mich auf dich gefreut. Du kommst über eine Stunde später als erwartet hier an, und dann gehst du als Erstes surfen.«

»Du benimmst dich wie ein Mädchen«, werfe ich ihm vor, was ihn dazu veranlasst, mir einen stinkigen Blick zuzuwerfen.

»Nein, tue ich nicht. Ich hatte Sehnsucht nach dir, ja! Ist das mädchenhaft? Wohl kaum. Scheinbar liebe ich dich nur einfach mehr als du mich.«

»Das kann gar nicht sein, weil ich dich über alle Maßen liebe, du verrückter Kerl! Du kannst froh sein, dass ich Cat nicht in der Luft zerfetzt habe, als sie dich angetatscht hat.«

»Okay, es war nicht fair, dich eifersüchtig zu machen«, räumt er ein, »aber du scheinst nicht zu begreifen, dass das so nicht mehr funktioniert. Ja, du sagst, du liebst mich, aber du zeigst es mir nicht. Diese Solo-Aktionen sind …«

»Ich habe aber keinen Bock, mich bei dir an- und abzumelden«, ereifere ich mich.

»Das sollst du auch gar nicht. Du sollst nur nicht so weitermachen wie bisher. Ist es zu viel verlangt, dass du kurz reinschneist und Hallo sagst?«

Ich beiße mir auf die Unterlippe und ziehe meine Nase kraus, denn er hat recht. So ungern ich es auch zugebe, Rus hat recht. Es ist nicht zu viel verlangt, sondern es ist das Mindeste. Ich schließe die Augen und wispere dann kaum hörbar: »Du hast recht.«

»Sorry, ich habe dich nicht verstanden«, meint er.

Meine Augenlider fliegen auf, und ich starre ihn an. »Du. Hast. Recht!« Ich betone jedes einzelne Wort.

»Wer bist du, und was hast du mit meiner Sam gemacht«, stößt er hervor, was mich zum Lachen bringt. Er schließt mich in die Arme.

»Auch wenn du es vielleicht nicht glaubst, ich habe dich wahnsinnig vermisst. Ich hatte nur einen unglaublich beschissenen Tag, und du weißt, dass ich dann ins Wasser muss«, beruhige ich ihn.

»Weiß ich, Sonnenschein, sei dir ja auch alles gegönnt, aber glaubst du nicht, dass die hier …« Er küsst mich hinters Ohr und dann meinen Hals und meine Wange und meinen Mundwinkel. »… deinen Tag nicht ebenfalls hätten besser machen können?« Willenlos schlinge ich meine Arme um ihn, als er sich meinen Mund vornimmt. Oh ja, seine Küsse hätten es in jedem Fall besser machen können. »Zieh dich aus«, raunt er mir zu. Er nimmt mich an der Hand und zieht mich unter die Dusche, wo ich mich gegen ihn dränge. Er dreht mich in seinen Armen herum, und ich stütze mich an der Wand ab, schiebe ihm meinen Hintern entgegen und suche über meine Schulter hinweg seinen Mund.

»Verdammt, Sam, ich liebe dich so sehr«, keucht Russel. Im nächsten Moment gleitet seine Zunge in mich und tanzt mit meiner. Er ist ein wunderbarer Küsser. Wir machen heftig miteinander rum, und ich genieße es, seinen harten, männlichen Körper hinter mir zu spüren. Seine Hände berühren jeden Flecken meiner Haut, und ich stöhne verlangend gegen seine Lippen. Das warme Wasser prasselt auf uns herab. Zusammen mit Russel in der engen Duschkabine fühle ich mich geborgen. Ich genieße seine Zärtlichkeiten, keuche auf, als er an meinen Nippeln zupft und an meinem Ohrläppchen knabbert. Ich drehe mich in seinen Armen herum, werde hochgehoben, und er stößt keine Sekunde später tief in mich. Wir vögeln eine Weile lang, und dann passiert es. Schmerzerfüllt schreie ich auf, weil ich mit einem Mal einen fiesen Krampf in der Wade habe.

»Was ist?« Rus klingt so erschrocken, dass es süß wäre, wenn ich nicht gerade schreckliche Schmerzen hätte.

»Krampf! Wade!«, stoße ich zwischen zusammengebissenen Zähnen hervor, während ich versuche, den Schmerz wegzumassieren. Russel setzt mich ab. Hilft mir aus der Dusche, und ich lande rücklings auf dem Badezimmervorleger. Er packt mein Bein und drückt gegen meine Fußsohle. Es dauert eine Weile, bis es besser wird.

»Schön, wenn der Schmerz nachlässt, was?«, fragt Russel und massiert nun meinen Fuß. Er beugt sich über ihn, und seine Lippen berühren meinen großen Zeh. Seine Zunge gleitet über ihn, und ich schnappe nach Luft. Wow, das fühlt sich echt gut an. Rus grinst mich an und beginnt dann, an meinem Zeh zu saugen. Ich schließe die Augen und genieße diese ungewohnte Liebkosung. Es ist ein wenig strange, weil Russel nun mal groß und stark und stolz und einfach nur super männlich ist und es irgendwie auf den ersten Eindruck gar nicht zu ihm passen will, dass er so was macht. Wie er es tut, sagt mir jedoch, dass er es ebenso genießt wie ich. Ja, er liegt mir regelrecht zu Füßen.

Ich habe, was Kerle und Sex angeht, echt so ziemlich alles durch. Woher soll man denn sonst wissen, ob einem etwas gefällt oder nicht, wenn man es nicht zumindest einmal ausprobiert hat? Meine Füße hat jedoch keiner zuvor geküsst, und ich hatte das ehrlich gesagt überhaupt nicht auf dem Plan, aber – bei Gott! – ich liebe es, und es törnt mich unglaublich an. Ihn auch. Er greift zwischen uns, dirigiert seinen Ständer an meinen Eingang und ist, den Bruchteil einer Sekunde später, in mir. Erleichterung durchströmt mich, während Rus damit beginnt, in mich zu ziehen. Was ich bedauere, ist, dass er aufgehört hat, an meinen Zehen zu lutschen. Meine Waden liegen auf seinen Schultern, und ich kann es kaum erwarten, doch er macht keine Anstalten, es erneut zu tun. Ich streichle mit meinem Fuß sein Gesicht, fahre über seine Lippen, und er grinst. Seine blauen Augen funkeln spitzbübisch. »Es hat dir gefallen«, stellt er zufrieden fest.

»Ja«, wimmere ich sehnsüchtig. Er umfasst mein Fußgelenk mit eisernem Griff und beginnt mit meinem kleinen Zeh. Er liebkost ihn zärtlich, und ich schließe erneut meine Augen.

»Schau mich an, Sam.« Ich folge seiner Aufforderung und beobachte ihn, wie er die Reihe entlang bis zum großen Zeh leckt, den er mit seinen Lippen umschließt, um hingebungsvoll an ihm zu saugen. Die Art, wie er mich verwöhnt, lässt keinen Zweifel daran, dass er meine Füße anbetet, und zwar jeden einzelnen Zeh. Ich stöhne vor lauter Wonne auf, als er sanft an meinem Ballen knabbert, dann jedoch wieder meinen großen Zeh in seinen Mund saugt und an ihm lutscht. Schließlich gibt er mein Fußgelenk frei, streift mein Bein von seiner Schulter, um über mich zu kommen. Er pumpt nun schneller in mich, und ich umfasse seinen hübschen Hintern mit beiden Händen, ziehe ihn tiefer in mich. Rus senkt seine Lippen auf meine und küsst mich gierig, während seine Stöße schneller und härter werden. Ich kreuze meine Beine hinter seinem Po und schiebe ihm mein Becken entgegen.

»Sam! Meine Sam!«, keucht er, als er sich in mir ergießt. Er schiebt weiter in mich, und ich folge ihm einen Augenblick später. Glückseligkeit durchströmt mich. Ich klammere mich an Russel fest und kann nicht aufhören, ihn zu küssen. Er legt sich auf mich, beschwert mich mit seinem Gewicht und seufzt leise in meinen Mund. Sex ist so viel besser, wenn Gefühle im Spiel sind.

Später beim Abendessen meint diese blöde Cat zu mir: »Also an deiner Stelle würde ich meinen Job nicht kündigen. Das mit dir und Rus ist ja scheinbar nicht so easy.«

Rus schaut von seinem Teller auf und fixiert sie mit einem stinkigen Blick. Aber das hier ist nicht sein Kampf, sondern meiner. Sie hat es vor allen anwesenden Kerlen und ihren Tussen und nicht zuletzt vor Russel gesagt, um mich herauszufordern. Das Ganze kommt einer Kriegserklärung gleich, dennoch lache ich und meine: »Zum einen sind Rus und ich lediglich Freunde.«

»Wer's glaubt«, schnaubt sie.

»Wir kennen uns schon unser ganzes Leben lang. Doch selbst, wenn da mehr wäre, würde ich meinen Job nicht kündigen.« Ich sehe das Erstaunen und die Verwirrung in ihrem Blick. »Ich gehöre nicht zu den Mädchen, die einem Mann auf der Tasche liegen wollen. Ich will auf eigenen Beinen stehen. Ich weiß, unvorstellbar! Aber wahr!«

»Es muss eben auch solche geben, für die ein Mann nicht bereit ist, Geld auszugeben. Mach dir nichts draus.«

Ich weiß, es ist als Beleidigung gemeint, aber es ist die ideale Steilvorlage. »Warum sollte ich? Die Käuflichen, Süße, nennt man Nutten.« Sie schnappt erschrocken nach Luft und ihre – ich gebe es zu – wirklich schönen babyblauen Augen füllen sich mit Tränen. Die Jungs lachen, was Cat dazu veranlasst, aufzustehen und abzurauschen.

»Ich gehe sie trösten«, meint Rory nach ein paar Minuten feixend.

»Tu, was du nicht lassen kannst, Bro«, brumme ich und füge hinzu: »Denk dran: Kondome schützen!« Er zeigt mir den Finger, und ich gluckse vergnügt. Ich widme mich wieder meinem Teller, spüre aber die forschenden Blicke auf mir, doch davon lasse ich mich nicht aus der Ruhe bringen. Ich sehe auf und frage: »Was?«

Ich höre ein »Nichts!« und ein »Schon gut!«, dann ist die Episode mit Cat vergessen, und wir essen einfach weiter.

Rory kommt keine zehn Minuten später mit Cat im Schlepptau zurück, doch statt zu uns an den Tisch zu kommen, gehen sie gleich nach oben. Nicht mein Problem, wenn er diese hohle Fritte knallen will, beschließe ich, aber irgendwie ist das schon eklig. Wobei, ist ja nicht so, als würde sie schlecht aussehen. Sie ist nur einfach eine blöde Kuh. Und vermutlich ist sie nicht mal das, sondern ich bin wirklich nur ein Stück weit eifersüchtig. Auch Rus gefällt die Sache nicht, denn später nimmt er Rory zur Seite. »Pass bei ihr auf! Sie ist nicht ohne«, warnt Rus ihn.

»Keine Sorge! Ich bin immer vorsichtig.«

»Ihn rechtzeitig rausziehen hat nichts mit vorsichtig sein zu tun.«

Rory zeigt ihm den Finger und dann mir, weil ich grinse. »Ihr haltet mich auch echt für einen Idioten. Gott, ich bin nicht dämlich, und ich halte mich an Deans Regeln.«

Am Wochenende sind die Wellen der absolute Hammer. Normalerweise ist es so, dass die Wellen geil sind, wenn ich im Büro hocke, doch diesmal trifft der monstermäßige Swell am Wochenende auf die Küste. Für den Eddie reicht es leider nicht, aber für mich schon, und Rus, Rory und ich kommen kaum aus dem Wasser. Abends bin ich total erschöpft, und Rus macht sich über meine mangelnde Kondition lustig. »Für Sex reicht es immer noch«, gebe ich zurück und zeige ihm den Finger.

»So? Das will ich sehen!«

»Du kannst alles sehen, was du willst«, erwidere ich und werfe mein Bikinioberteil nach ihm.

Als ich montags zur Arbeit muss, sind die Wellen noch immer grandios, und ich verfluche es, einen normalen Job zu haben. Ja, an diesem Tag bin ich definitiv neidisch auf die Jungs, die den ganzen Tag nichts anderes zu tun haben, als eine Welle nach der anderen zu nehmen. Rory und Rus haben mal eindeutig den geileren Job.

Doch dann erinnere ich mich daran, dass meine Eifersucht total unbegründet ist. Da gibt es nämlich die Tour, die die Jungs jedes Jahr aufs Neue monatelang von uns und ihrer Heimat trennt, und ich weiß wieder, warum ich das niemals für mich wollte. Es ist nicht so, als würde ich nicht gern reisen. Im Gegenteil, ich mag es sehr. Aber auf Tour zu sein ist anders. Es ist anstrengend. Es ist kein Urlaub, sondern harte Arbeit, und dann wird mir bewusst, dass Rus eigentlich jetzt gerade Urlaub hat. Vielleicht sollte ich das mal seinem Sponsor stecken, der ihn mit Interview- und Fotoshooting-Terminen zumüllt und ihm kaum die Möglichkeit zum Atmen gibt.

Kapitel 12

RUSSEL | 21.01.2014 | Honolulu | Oahu | Hawaii

Die nächsten Tage vergehen wie im Flug. Wir sind tagsüber in unsere Jobs eingespannt, doch die Nächte gehören uns.
»Nimm dir nächste Woche frei«, bitte ich Sam. Sie hat es sich auf dem Ledersessel bequem gemacht und kritzelt auf ihrem Skizzenblock herum. Sam hat schon immer viel gezeichnet. Ihr künstlerisches Talent hat sie von Lilly, die Malerin ist, geerbt.

»Nur wenn du Joe endlich die Sache mit uns steckst, Rus. Wirklich, ich halte das nicht länger aus. Ich will mein Glück mit ihr teilen.«

Ich seufze leise und werfe Sam einen langen Blick zu. »Ich weiß, das geht mir auch so, aber ich will es ihr nicht am Telefon sagen. In drei Wochen bin ich drüben, und dann sage ich es ihr persönlich, versprochen.«

»Warum kannst du es nicht einfach hinter dich bringen und es ihr am Telefon sagen?«

»Weil sie meine Zwillingsschwester ist«, sage ich.

»Echt? Ist nicht wahr. Warum wusste ich davon nichts?«, quietscht sie, legt den Skizzenblock beiseite und kommt zu mir herüber. Sie reißt die Augen auf und tut überrascht, und es wäre echt witzig, wenn der Gedanke daran, mit Joe über Sam und mich und somit auch über Dean und sie zu reden, mir nicht wie Blei im Magen liegen würde. Ich zeige Sam den Finger, sie schnappt ihn sich, steckt ihn in den Mund und fängt an, daran zu lutschen. Sie saugt ihn tief in ihren Rachen hinein, leckt daran, und mein Schwanz erreicht einen neuen Härtegrad. Okay, ich will sie jetzt und hier nehmen und mich bis zum Anschlag in sie schieben, aber vorher muss ich ihr klarmachen, dass Joe nichts von uns erfahren darf. Noch nicht.

»Sammy, ich werde mich gleich auf dich stürzen und dich ficken, bis du meinen Namen schreist …«

»Aber?«

»Lass es mich Joe in drei Wochen persönlich sagen, okay?«

»Rus, was ist los? Warum ist das so schwierig?«

Weil du mit Dean geschlafen hast und er haltlos in dich verschossen ist. Nein, das trifft es nicht. Er liebt sie. Er hat noch nie eine andere geliebt. Sam ist sein verdammter Brad Hoover.

Sie seufzt wissend. »Okay, von mir aus, dann sag du es ihnen, aber bitte warte nicht mehr so lange damit. Es ist echt Scheiße für mich, vor Joe Geheimnisse zu haben. Sie hat mich angeschrieben und gefragt, was ich so treibe«, jammert Sammy und verzieht flehend das Gesicht. »Ich will schreiben, ich treibe es ganz, ganz wild mit Russel Tag und Nacht.«

»Das schreibst du nicht! Niemals! Selbst dann nicht, wenn sie es weiß«, grolle ich. »Dean hat recht, du bist unmöglich und versaust unsere kleine Schwester.«

»Deine kleine Schwester? Nur weil du eine Minute älter bist?«

»Drei! Es sind drei Minuten.«

»Wow, die zwei Minuten mehr reißen es ja total raus«, meint sie lachend. »Ihr Reynolds und euer extremer Beschützerinstinkt. Das ist manchmal echt gruselig.«

Ich weiß, dass sie es wirklich so empfindet, und es macht mich wütend, denn es heißt einfach, dass Sammy es von ihrer Familie her nicht kennt. Sie war immer allein und kämpfte auf verlorenem Posten. Ich meine ja, das hat sie zu dieser großartigen, starken und unabhängigen Frau gemacht, aber ich wünschte mir für sie, dass sie eine richtige Familie gehabt hätte.

»Was denkst du?«, will sie wissen. Ich sage es ihr, und sie meint: »Ihr seid meine Familie, oder wart es.« Wie immer, wenn das Thema auf Dean fällt, und wir reden hier gerade von Dean, auch wenn sie seinen Namen nicht benutzt, wallt eine gewaltige Woge der Eifersucht in mir auf. Ich hasse den Umstand, dass er mit ihr im Bett war und sie gefickt hat, und noch mehr, dass ich genug Einzelheiten aus jener Nacht weiß, um ein sehr genaues Bild von den beiden zusammen zu haben.

Unwillkürlich balle ich die Hände zu Fäusten und will ihn von ihr runterreißen. Selbst wenn sie es gerade nur in meinem Kopf miteinander treiben, ist der Anblick schier unerträglich. Ich schließe die Augen und schüttle mich leicht. »Sei nicht sauer auf ihn«, meint Sam.

»Das ist nicht so einfach«, gebe ich zurück, denn ja, ich bin es. Gefühlt legt er uns Steine in den Weg, weil er sich nicht zusammenreißen und sie vergessen kann. Andererseits ist sie atemberaubend, und ich könnte es auch nicht. Und dann bin ich noch sauer auf sie, aber auch nicht wirklich, denn wenn sie ihm nicht das Herz gebrochen hätte, dann wären sie jetzt noch ein Paar, und ich würde nicht mit ihr hierliegen. »Es ist eine Scheißsituation«, fluche ich.

Sammy leckt sich über die Unterlippe und sagt: »Ich könnte noch mal mit ihm reden.«

Ich schnaube abfällig. Never! Ich lasse sie bestimmt nicht allein mit meinem Bruder, der total auf sie steht und alles tun würde, um seinen Schwanz noch mal in sie zu hängen. »Das würde doch sowieso nichts bringen.«

»Ich könnte es ihm erklären.«

»Was? Das mit uns, oder warum du damals angehauen bist? Glaubst du, das würde es besser machen, Sammy?« Ich schüttle den Kopf und wechsle das Thema. »Ich freue mich auf nächste Woche. Kannst du dir schon den Freitag freinehmen? Ich kann es kaum erwarten, mit dir auf dem Boot zu sein. Nur du und ich. Das wird großartig.« Sie zieht ihre Nase kraus, und ich weiß, sie kann es auch kaum erwarten.

Nebenan geht das ohrenbetäubende Gestöhne von Cat wieder los. »Rory in Aktion«, murmelt Sam genervt. »Warum fickt er dauernd die?«

»Er wird sie schon nicht heiraten, so doof ist er nicht«, werfe ich ein.

»Bist du sicher? Ich meine, er vögelt sie ja jetzt schon ein paar Tage lang, ist das nicht fast dasselbe?«

»Du meinst, wie bei uns?«, necke ich sie.

»Yep! Er ist doch eigentlich genauso wahllos.«

»Ist er, aber willst du ihm daraus einen Vorwurf machen?«

»Nee, im Gegenteil. Ich fände es wünschenswert, wenn er wieder in seine alten Muster verfällt, denn diese Tussi ist echt gruselig.«

Etwas, das sich beim Abendessen wieder einmal bestätigt. Im Nachhinein war es eine dumme Idee, zusammen auszugehen. »Hast du denn keine Kleider oder Röcke?«, fragt Cat Sam statt einer Begrüßung vor dem Restaurant und mustert sie derart abfällig von oben bis unten, dass ich ihr den dürren Hals umdrehen will.

»Nee, da grapscht der kleine Perversling immer drunter«, meint Sam gelassen und zwinkert Rory zu.

»Hey, ich habe aus meinen Fehlern gelernt«, entgegnet er und hebt abwehrend die Hände. »Nach deinem Tritt in meine Eier kann ich froh sein, wenn ich noch zeugungsfähig bin.«

Cat starrt Sam entsetzt an. »Man tritt keine Männer in die Weichteile«, piepst sie.

»War aber quasi Notwehr. Er wollte unter meinen Rock

schauen, und ich hatte nichts drunter, und abgesehen davon ist es bei Frauen so viel schwerer, ihnen in die Klöten zu treten.«

»Na ja, Sammy, bei dir wäre das durchaus möglich«, gibt Rory zurück, was ihr ein Lächeln entlockt. Yep, für eine Frau hat sie echt ganz schön dicke Eier. Rory begrüßt mich mit Handschlag und einer Umarmung, die megakurz und auf herzliche Art brutal ausfällt.

»Ja, sie ist schon eher der burschikose Typ. Ich an deiner Stelle würde ja mehr aus mir machen«, schlägt Cat an Sammy gewandt vor, und ich schaue sie irritiert an, weil ich ihr gerade nicht folgen kann. Was meint sie und wovon redet sie? Sie legt den Kopf schief und meint: »Anfangen würde ich, glaube ich, bei einer Brust-OP.«

Sam neben mir sieht aus, als würde sie dem Miststück gleich an die Gurgel gehen, doch bevor sie was sagen kann, dreht Rory sich zu Cat um und meint: »War schön mit dir. Und tschüss!«

»Was?«, fragt sie ihn verwirrt.

»Ich glaube, du hast das schon ganz richtig verstanden. Es ist vorbei. Das war's. Hasta la vista, Baby!«

»Du machst Schluss?«

»Das klingt fast so, als wären wir zusammen gewesen, aber wenn du es so nennen magst, von mir aus.«

»Wie würdest du es denn nennen?«, will sie wissen, und ihre Augen werden ganz wässrig. Da kann aber auch jemand echt auf die Tränendrüse drücken. Respekt! Allerdings hat Rory in seinem Leben ebenso viele Faketränen gesehen wie ich, weshalb er völlig kalt sagt: »Ich würde sagen, ich höre bloß auf, dich zu ficken.«

Wie auf Kommando klappt ihre Kinnlade herunter, und sie

starrt ihn fassungslos an. »Das war ich also für dich? Ein Fick? Mehr nicht?«

»Ich wette Hundert darauf, dass sie ihn gleich ohrfeigt«, raune ich Sam zu.

»Ich halte dagegen. So viel Schneid hat sie nicht«, zischt sie mir zu.

»Sie ist voll in ihrer Rolle drin, und ob er sich eine einfängt. Was deine Brüste anbelangt, Sonnenschein, die Frau hat einen an der Klatsche. Und burschikos ist das unpassendste Wort, um dich zu beschreiben. Du bist megaheiß und total …« In diesem Moment schlägt Cat Rory wirklich ins Gesicht. »… sinnlich«, fahre ich unbeeindruckt und mitleidlos fort. Ich habe es schließlich kommen sehen. »Ich finde, du bist ein atemberaubendes Geschöpf, elfengleich und nicht von dieser Welt.«

»Du bist mal wieder unterzuckert, mein Prinz.«

»König bitte«, rüge ich sie.

»Das ist immer noch Kane. Den Rang kannst du ihm nicht ablaufen.«

Soll mich das jetzt kränken, oder was? »Ich rede nicht vom Surfen.«

»Okay, dann nehme ich es zurück, mein König.«

Ich lache. »Schön, dass du dich einsichtig zeigst, aber das ändert nichts daran, dass du mir einen Hunderter schuldest. Du darfst ihn aber gerne anderweitig abarbeiten.«

»Uhhhh, das klingt wirklich verlockend«, säuselt Sam, und ich werde hart. Fuck, wie macht sie das bloß?

»Ich hoffe, dass das Drama …« Doch da stürmt Cat bereits wutentbrannt aus dem Restaurant. »… schnell ein Ende hat. Ich sterbe nämlich vor Hunger«, lasse ich Sammy wissen.

Rory reibt sich die Wange. Eins muss man dieser Schnepfe

lassen, sie hat einen ganz schönen Rums drauf. Hätte man ihr gar nicht zugetraut. »Lieber doch wieder nur One-Night-Stands, da hat man dieses Theater nicht«, brummt er mürrisch.

Sam geht zu ihm, schlingt ihre Arme um seinen Hals, stellt sich auf die Zehenspitzen und küsst ihn auf die Wange. »Danke! Nicht, dass du mich hättest verteidigen müssen, aber ich finde es schön, dass du Prioritäten gesetzt hast.«

»Du bedeutest mir mehr als irgendein Groupie, Sammy. Wie kannst du daran zweifeln, dass ich mich auf deine Seite stellen würde?«

Sam zuckt unsicher mit den Schultern. »Vielleicht, weil sie Sex mit dir hat und ich nicht«, mutmaßt sie.

»Ist auch besser so, sonst müsste ich ihn töten«, murmle ich. »Ich freue mich aber viel mehr, dich zu sehen, wenn du Cat nicht im Schlepptau hast.«

»Yep, ich bin auch froh, dass wir Catfish los sind«, sagt Sammy trocken.

Rory lacht über den Spitznamen, den Sammy ihr gegeben hat.

»Du könntest dir aber auch eine gescheite Frau suchen«, schlage ich vor, nachdem wir Platz genommen haben.

»Hast du eine bestimmte im Sinn?«, will Rory wissen und klingt nicht uninteressiert. »Yep, hätte ich, aber da du nun mal ein verhurter Perversling bist, wird das nichts.«

»Und sie?«, hakt er nach. »Wie ist sie?«

»Ein Engel«, erwidere ich. Wir folgen dem Kellner zu unserem Tisch.

»Na ja, jetzt wo ich ein Haus gekauft habe, da …«

»Du hast ein Haus gekauft?«, hake ich ein.

Er nickt. Sammy ist ebenso überrascht wie ich. Sie sieht ihn an, dann mich, dann wieder ihn. »Wann?«

»Eben. Cat war mit mir dort.«

Ich verziehe meinen Mund zu einem Grinsen, aber es ist Sam, die sagt: »Und da wunderst du dich, dass sie denkt, dass da mehr zwischen euch war als bloß Sex? Vermutlich hat sie in Gedanken schon die Koffer gepackt.«

Rory wirft ihr einen irritierten Blick zu, und es ist ihm deutlich anzusehen, dass er diese Überlegung nicht eine Sekunde in Erwägung gezogen hat. »Meinst du? Ich meine, ich kenne sie gerade mal eine Woche, und wir haben nicht viel gemacht außer gevögelt …« Er verstummt und fragt dann: »Meinst du echt?«, woraufhin Sam nickt.

»Wer würde denn so einen Scheiß machen, wenn man sich erst so kurz kennt? Abgesehen davon habe ich nie gesagt, dass sie mir was bedeutet, weil es eine Lüge gewesen wäre.«

»Du schleppst sie mit zu einem Hauskauf! Was soll sie denn da denken?«

»Dass es auf dem Weg lag und wir danach in der Stadt Abendessen wollten?«

Er ist noch immer völlig perplex, aber ich für meinen Teil fürchte fast, dass Sammy recht hat. »Was für ein Haus ist es?«, erkundige ich mich.

Rory zückt sein Handy und zeigt es uns. Es ist ein gigantischer Klotz aus Glas, Stahl und Beton, den irgendein bescheuerter, größenwahnsinniger Architekt oberhalb der Waimea Bay in die Landschaft gerotzt hat. »Das ist nicht dein Ernst«, platzt Sammy heraus. »Diese Ausgeburt der Abscheulichkeit?«

»Es ist ein monolithisches Kunstwerk.«

»Den Scheiß hast du doch aus dem Exposé von diesem Ding«, echauffiert sie sich. »Du kannst mir doch nicht erzählen, dass es dir gefällt. Es ist kalt und steril.«

»Ich mag es«, erwidert Rory schlicht, »und abgesehen davon ist es eine verdammt gute Geldanlage.«

Daher weht also der Wind. Ernsthaft, ich hätte verdammt gern sein Händchen für Geld. Er macht das großartig, und während ich meines mit vollen Händen ausgebe, legt er es sinnvoll und gewinnbringend an. Er ist ein ebensolches Sparbrötchen wie Joe. Als ich an die perfekte Frau für ihn dachte, dachte ich an meine Schwester, und wäre er nicht er, dann wäre das toll, denn auch die beiden lieben sich heiß und innig und haben viel Spaß zusammen. Jemanden zu haben, mit dem man bis zum Umfallen lachen kann, wird auf jeden Fall unterschätzt. Ich werfe Sammy einen knappen Blick zu, ehe ich wieder zu Rory schaue und ihm meine Aufmerksamkeit zolle. Er wirft mit ein paar Details um sich, und selbst jemand, der kein Händchen fürs Geschäft hat wie ich, erkennt, dass er recht hat: Das Ding zu kaufen, ist eine gute Investition.

Die Nacht verbringen wir in Sams Wohnung. Ich mag sie und ich mag, dass wir sie für uns haben. Ja, ich liebe das Mad-Crush-Haus, es ist so was wie meine zweite Heimat geworden, aber es ist auch voller Leute, und hier in Sams Appartement haben wir unsere Ruhe.

Sammy streift ihre High Heels ab und schrumpft augenblicklich um zehn Zentimeter. Sie ist echt winzig. Klein und gemein, wie sie immer gern betont, aber so gemein ist sie gar nicht, und ich merke, wie sie sich immer mehr auf mich einlässt. Sie wird anschmiegsamer und wirkt nicht mehr so alarmiert, sobald etwas nicht nach ihren Vorstellungen läuft. »Magst du einen Drink?«, fragt sie und blickt über die Schulter zu mir zurück.

»Nee, lass mal.«

»Was ist mit dir los? Du bist doch sonst so ein berüchtigter Partyhengst.«

»Hätte ich Party machen wollen, dann wären wir zurück an den Sunset Beach gefahren«, meine ich und folge ihr in die Küche. Sam nimmt sich aus dem Kühlschrank eine Packung mit Kokosnusswasser und hält sie fragend in meine Richtung. Ich nicke, und wir machen es uns auf dem Sofa bequem. Sam kuschelt sich an mich, und ich küsse ihre Schläfe. Die Ruhe, die sich in mir ausbreitet, ist ebenso neu für mich wie die tiefe Liebe, die ich für sie verspüre.

»Sammy, wie machen wir das mit Nauti Gal?«, frage ich. Irgendwie ist es mir in diesem Moment wichtig, unsere Zukunft zu planen.

»Puh! Jetzt?«

»Ja, weil sich einiges geändert hat seit unserem letzten Gespräch.«

»Weißt du was? Die nächste Woche haben wir ganz für uns, dann reden wir drüber.« Sie streichelt über meine Hand, unsere Finger spielen miteinander, und ich schlucke meinen Unwillen runter. Ja, ich habe das Bedürfnis, es jetzt zu klären, aber auch ich muss mich damit abfinden, dass die Dinge nicht immer so laufen, wie ich will.

Als ich aufwache, ist Sammy schon weg und bei der Arbeit. Ich strecke mich, blinzle gegen das einfallende Licht an, schließe die Augen wieder und lausche in die Stille ihrer Wohnung hinein. Sam fehlt mir unglaublich, und ich mag nicht ohne sie aufwachen. Ich will das nie wieder. Ich will, dass sie ein Teil meines Lebens ist: Jetzt und für immer. Gestern dachte ich noch, ich könnte meine Bedürfnisse unterdrücken. Ich dachte, ich könnte zurückstecken und Kompromisse eingehen, aber so bin ich nun mal nicht. Ganz oder gar nicht! Nachdem mir das klar ist, schlage ich die Decke zurück und stehe auf. Sam hat Fruit Loops für mich besorgt und sie auf die Anrichte gestellt. Fuck, wenn es noch den letzten Zweifel gab, dann verfliegt er beim Anblick meines Lieblingsfrühstücks und der zuckersüßen Notiz, die sie mir hinterlassen hat.

Hi, mein Held,
ich hoffe, du hast gut geschlafen. Habe es nicht übers Herz gebracht, dich zu wecken, aber da du ja keine Termine hast, dachte ich, ich gönne dir eine Auszeit. Ich liebe dich und freue mich schon jetzt wahnsinnig auf heute Abend.
Tausend Küsse und einen ordentlichen Blowjob, Sam.

Oh ja, was würde ich jetzt für einen ordentlichen Blowjob geben. Verdammt, sie ist echt die perfekte Frau für mich, und ich bin eine völlig verknallte Pussy, weshalb ich sehnsüchtig seufze und ihre Notiz noch mal lese. Sie liebt mich, und ich liebe sie.

Zwei Stunden später stehe ich bei dem Juwelier, bei dem ich auch ihr Fußkettchen gekauft habe. Ich bin so froh, dass sie das von Dean nicht mehr trägt, die Frage ist bloß, ob ich sie dazu bringen kann, meinen Ring zu tragen.

Missmutig betrachte ich die Auswahl, denn nichts davon passt zu Sam. Die Ringe sind protzig, und ich sehe keinen von ihnen an ihr. Der Inhaber des Juweliergeschäfts mustert mich. »Mr. Reynolds?«

»Nein, da ist nichts dabei. Ich … also sie, sie ist viel im Wasser und sie arbeitet viel mit ihren Händen. Sie müsste ihn immer ausziehen, wenn das so einer ist.« Ich deute auf die Auslage vor mir. Die meisten Steine stecken in einer Fassung, die sich deutlich vom Ring abhebt. Sam würde damit immer überall hängen bleiben und ihn dann ständig ablegen, was ich nicht will. Sie soll ihn immer tragen können.

Der Juwelier schmunzelt. »Ich glaube, ich habe da das Richtige für Sie.« Er verwahrt die Ringe wieder in einer der Vitrinen, geht zu einer anderen und bringt mir ein Schmuckstück, von dem ich sofort weiß, das ist es. »Achtzehn Karat gebürstetes Weißgold, seitlich eingelassen sind hundertfünfzehn Brillanten.«

»Kostenpunkt?«

»Ohne Gravur dreizehntausendneunhundert Dollar.«

»Ich nehme ihn«, sage ich, ohne zu zögern.

»Sie wissen die Ringgröße?«

Nur mühsam unterdrücke ich ein belustigtes Schnauben. Was erwartet der Mann?

»Nicht schlimm, dann kommen Sie einfach wieder, wenn sie Ja gesagt hat, und wir ändern ihn, falls das nötig ist.

»Na, dann hoffen wir mal, dass sie Ja sagt.«

»Das wird sie sicherlich tun«, beruhigt er mich, doch ich wette, dass er das zu jedem Kunden sagt.

Ich sehne den Freitag herbei, und als Sam und ich in See stechen und ich zurück zur Stadt blicke, fällt eine Last von mir ab. In Honolulu leben mehr als dreihunderttausend Menschen, dennoch hatte ich ständig Schiss, meinem Bruder über den Weg zu laufen. Zum Glück steckt Dean wohl bis über beide Ohren in Arbeit, und die Locations, in denen er sich gern rumtreibt, habe ich weitläufig gemieden. Noch immer weiß ich nicht, was ich sagen soll oder wie ich es ihm erklären kann. Verglichen mit dieser Herausforderung wird es ein Leichtes sein, Sammy den Ring an den Finger zu stecken.

Ich schaue zu ihr hinüber, sehe sie an. Der Wind zerzaust ihr Haar, und sie hat sich nicht die Mühe gemacht, es zu einem

Zopf zusammenzufassen. Sie lacht mich an. Ihr Lächeln ist echt, und sie strahlt übers ganze Gesicht, so als könne sie ihr Glück, hier mit mir zusammen zu sein, nicht fassen. Ich weiß genau, wie sich das anfühlt, schließlich geht es mir ebenso.

Die nächsten Tage sind ein Traum, und die Zeit läuft für mich. Sie bestätigt meine Vermutung, dass wir uns bloß aufeinander einstellen müssen, denn was wir zusammen erleben, schweißt uns enger zusammen, und auch Sammy erkennt, wie wunderbar wir als Team funktionieren. An unserem vorletzten Abend sagt sie: »Ich will nicht zurück.« Sie hat diesen nöligen und quengelnden Tonfall, der an ein kleines Kind erinnert und der mich bei anderen Frauen wahnsinnig machen würde, aber den ich an ihr einfach nur hinreißend finde.

»Will ich auch nicht, Sonnenschein.« Auch mit meinem Kosenamen für sie hat sie sich inzwischen angefreundet.

Sam seufzt theatralisch und so, als würde die Last der ganzen Welt auf ihren Schultern liegen. »Ich will nicht, dass das hier zu Ende geht.«

»Will ich auch nicht.«

»Aber schon bald wirst du auf Tour sein.« Sie verstummt und knabbert stattdessen auf ihrer Unterlippe herum.

»Yep«, ich zwinge mich zu einem Lächeln, »und ich habe eine Bitte. Eine gigantische Bitte.« So groß, dass sie ihr kaum nachkommen kann. Sam ist nicht so. Sie wird ihr Leben nicht für mich auf den Kopf stellen. Panik wallt in mir auf, als ich begreife, dass ich dabei bin, sie in die Enge zu drängen, und ich rudere hastig zurück. »Sorry, Sammy, ich kann dich nicht darum bitten. Ich … Keine Ahnung, was ich mir dabei gedacht habe, aber …«

»Worum bitten?«, fragt sie und meint dann in neckendem

Tonfall: »Oh mein Gott, du hast perverse Fantasien, von denen ich nichts weiß!«

»Du kennst all meine perversen Fantasien«, beruhige ich sie lachend.

»Na ja, ich weiß, dass du total darauf stehst, dich beim Sex zu filmen …«

»Uns«, verbessere ich sie. »Ich stehe darauf, uns zu filmen, denn ich allein bin nur halb so interessant.«

»Selbstverliebter Gockel«, wirft sie mir glucksend vor.

»Exhibitionistisch, voyeuristisch veranlagter Gockel, bitte schön!«

»Mit Fußfetisch!«, fügt sie feixend hinzu.

»Auch das«, erwidere ich grinsend, doch dann werde ich ernst, denn es ist ein ernstes Thema. Darin sind wir noch immer nicht wirklich gut. Wir haben viel Spaß zusammen, blödeln ununterbrochen herum, aber was den Rest anbelangt, da hapert es hin und wieder noch gewaltig. »Steinige mich nicht gleich, okay? Aber ich habe intensiv darüber nachgedacht, wie wir das machen, und es gibt nur eine Lösung.«

»So?«, fragt sie, hebt eine Augenbraue und sieht mich zweifelnd an.

»Ja, du musst mitkommen.«

Wie ich sagte, ist Sam absolut unberechenbar, und sie macht keine Anstalten, mich zu steinigen, stattdessen überrascht sie mich, indem sie sagt: »Darüber habe ich auch schon nachgedacht.«

Ich drehe mich weiter zu ihr herum, um ihr ins Gesicht sehen zu können. »Hast du?«, frage ich ungläubig.

Sie beißt sich ertappt auf die Unterlippe und nickt. »Ja, das habe ich.« Sie zieht die Nase kraus und meckert: »Guck nicht so triumphierend, Russel, sonst …«

»Sonst was, Sammy? Überlegst du es dir anders? Was denkst du, warum ich so gucke, mmh?«

»Weil ich dir nachlaufe und …«

»Blödsinn!«, unterbreche ich sie rüde. »Weil du mich liebst und mit mir zusammen sein willst, und ja, das gefällt mir. Gefällt es dir nicht, dass es mir ebenso geht?«

»Doch schon, aber ich komme mir vor wie eine dieser Tussis, die nicht ohne einen Kerl sein können. Ich will nicht sein wie sie.«

Wie sie? Und dann schnalle ich plötzlich zum ersten Mal, worum es hier wirklich geht. Ich stehe auf und wechsle zu ihr auf die Sitzbank. Die Yacht schaukelt ein wenig, als ich mich setze. »Sammy, du bist nicht wie Lilly. Lilly ist … Fuck, ich will nichts Schlechtes über sie sagen, weil sie immer noch deine Mutter ist, aber sie ist … nun ja, einfach komplett anders als du.« Ich greife nach ihren Händen, nehme sie in meine und streichle sie.

»Aber wenn ich für dich alles aufgebe, was mir bisher wichtig war, dann …«

»Ich gebe auch ganz viel für dich auf«, erinnere ich sie. »Aber denk dran, wir gegen den Rest der Welt.«

Sie nickt beklommen und sagt dann: »Ich habe bloß Angst. Das ist ein gewaltiger Schritt, und wenn alles schiefgehen sollte, dann …«

Ich senke meine Stirn gegen ihre und verspreche: »Es geht nicht schief. Bitte begleite mich.«

Sie nickt und sagt: »Ja, ja, ich will dich begleiten.« Sie schlingt ihre Arme um meinen Hals und küsst mich leidenschaftlich.

SAM | 01.02.2014 | Honolulu | Oahu | Hawaii

»Ich bin froh, dass du dich inzwischen ganz auf mich eingelassen hast«, brummt er an meinen Lippen. Seine Hände gleiten über meinen Körper, und ich schmiege mich enger an ihn.

Ja, als er mir kürzlich vorgeworfen hat, mich nicht hundertprozentig auf unsere Beziehung einzulassen, da hatte er – ich muss es leider zugeben – recht. Doch schon da war ich emotional mehr involviert als jemals zuvor. Woher also hätte ich wissen sollen, dass ich immer noch etwas zurückhalte?

Am frühen Mittag des nächsten Tages laufen wir im Ala Wai Yacht Harbor ein. Rus muss wegen eines dringenden Anrufs sofort in die Stadt, und ich erkläre mich bereit, mich um das Boot zu kümmern. Ich bin fast damit fertig, es auf Vordermann zu bringen, als er wiederkommt. Die Begrüßung fällt so stürmisch aus, als wäre er Wochen lang fort gewesen. »Zum Glück hatte ich das Bett noch nicht gemacht«, meine ich kichernd, nachdem wir unserer Leidenschaft freie Bahn gelassen haben.

»Ja, was für ein Glück. Du, sag mal …«

»Mal …«

»Sehr witzig, Sammy!«

»Fand ich schon.«

»Weib, schweig still!«

Ich kichere amüsiert, denn er klingt so süß, wenn er so rummurrt. »Können wir noch eine letzte Nacht auf dem Boot verbringen?«

Ich schaue ihn prüfend an, denn ehrlich gesagt habe ich mich sehr auf das Hotel gefreut oder, richtiger, auf die gigantische Badewanne in Russels Suite, die Mad Crush bezahlt, weil er in der kommenden Woche ständig Termine in der Stadt hat.

»Ich lass dich morgen stundenlang baden, wenn du willst, aber gib uns noch eine Nacht auf dem Boot«, bettelt er.

»Von mir aus«, erwidere ich. Ist ja nicht so, als hätte ich was gegen das Boot. Im Gegenteil, hier in der großzügigen und doch beengten Kajüte ist es wunderbar. Es ist kuschelig und intim – eben unser Liebesnest.

Rus weckt mich mitten in der Nacht. »Sammy, wach auf und zieh dir was an.«

»Was?«, frage ich verwirrt.

»Aufwachen! Anziehen!«, souffliert er.

»Aber …«, beginne ich völlig verschlafen und morgenmuffelig.

»Sei eine brave Sammy, sonst bekommst du keinen Keks«, neckt er mich, woraufhin ich mit dem Kissen nach ihm haue. Er nimmt es mir weg, und da ich ohne Kissen nicht schlafen kann, stehe ich auf.

»Du bist ein böser Mann, Russel Reynolds«, informiere ich ihn, was ihn zum Kichern bringt.

»Und du bist das süßeste Morgenmufflon, das man sich nur vorstellen kann.«

Gott, wenn es eine Sache gibt, die ich an ihm hasse, dann, dass er schon in aller Frühe eine Ausgeburt der guten Laune ist. Ich zeige ihm den Finger und murre: »Ich werde dir nie wieder einen Blowjob verpassen.«

»Dein Mund steht aber tierisch auf meinen Schwanz«, erinnert er mich. Diese Sache verfolgt mich und ist zu einem regelrechten Running Gag geworden.

»Nicht um halb fünf in der Frühe, Rus.« Ich stöhne, und es ist kein gutes Ja-du-geiler-Hengst-stoß-mich-fester-Stöhnen, sondern ein Noch-ein-Wort-und-ich-mache-Hackfleisch-aus-dir-Stöhnen.

Russel gluckst belustigt. Ich werfe ihm einen stinkigen Blick zu, der ihn wirklich ermahnen sollte, mich nicht zu reizen. Widerwillig mache ich mich fertig und sitze zehn Minuten später hinter ihm auf seinem Motorrad, und knapp zwei Stunden später liege ich nach einem schweißtreibenden Aufstieg in seinen Armen und schaue mir vom Diamond Head aus den Sonnenaufgang an.

»Wow, ist das schön«, muss ich gestehen und bin ihm dankbar dafür, dass er mich mitten in der Nacht aus dem Bett geworfen und hier hochgeschleift hat.

»Nicht zu kitschig?«

»Nein. Perfekt.« Ich drehe mich zu ihm und küsse ihn sanft. »Romantisch und ein wenig so, als ob wir in Flitterwochen wären.« Denn unter den Unmengen an Touristen sind bestimmt die einen oder anderen Honeymooner.

Rus grinst ziemlich zufrieden und steckt seine Nase von hinten in meinen Kapuzenpulli, um zwischen diesem und meinem Nacken rumzuschnuddeln.

Zurück auf dem Boot holen wir erst mal den verlorenen Schlaf nach. Am frühen Abend beziehen wir dann unser luxuriöses Domizil für die nächsten Tage. Die Suite hat natürlich einen Whirlpool, in dem wir umgehend landen. Ich gebe zu: Hin und wieder ist so ein dekadentes Leben gar nicht schlecht.

Am Abend gehen wir aus, tanzen die halbe Nacht lang und fallen anschließend todmüde, aber sehr glücklich ins Bett. Den nächsten Tag über ist Russel unterwegs. Am frühen Abend fahren wir zusammen an die North Shore und gehen dort spazieren. Irgendwann bleibt Rus stehen, zieht mich an sich und küsst mich. Ich spüre, dass etwas in der Luft liegt. Eine Spannung, die mir Gänsehaut bereitet.

»Bitte sag Ja«, flüstert Russel in mein Ohr, ehe er vor mir

auf ein Knie sinkt und zu mir sagt: »Sam, ich weiß genau, dass das schnell kommt. Viel zu schnell für dich vielleicht, doch du bist die Eine für mich. Ich kann mir ein Leben ohne dich nicht vorstellen, und du weißt, ich mache keine halben Sachen. Ich will dich, und ich will dich für immer.« Er holt zittrig Luft und fügt hinzu: »Du hast keinen blassen Schimmer, was ich bereit bin, für dich aufzugeben. Du bedeutest mir alles, und daher frage ich dich, Samantha Palmer, würdest du mir die Ehre erweisen und meine Frau werden?«

Ich glaube, in dem Moment setzt mein Atem temporär aus. Ich bin völlig überrumpelt, total. »Ja!«, stoße ich hervor. »Ja, Rus, ich will deine Frau werden.«

Russel springt auf, schnappt mich, wirbelt mich herum, und wir fallen gemeinsam in den weichen Sand. In seinen hitzigen Küssen entlädt sich seine Freude und Erleichterung. »Unter einer Bedingung«, bremse ich seinen Enthusiasmus.

»Alles!«, versichert er mir.

»Nenn mich nie wieder Samantha.« Russel lacht herzlich auf, und ich vergrabe mein Gesicht an seinem Hals.

Der Ring, den er mir kurz darauf ansteckt, ist wunderschön, und ich kann nicht fassen, was hier gerade passiert. Fand ich vor zwei Monaten nicht noch, dass ich zu jung zum Heiraten bin? Und ja, theoretisch stimmt das, aber praktisch fühlt es sich einfach nur richtig an.

»Bereust du deine Antwort schon?«, will Russel wissen. Mein nachdenklicher Gesichtsausdruck ist ihm scheinbar nicht entgangen.

»Nein, es ist bloß so, dass … Keine Ahnung, aber hättest du mich vor dem Segeltrip gefragt, dann wäre meine Antwort eine andere gewesen.«

Rus grinst. »Dann bin ich ja froh, dass ich noch gewartet

habe«, meint er gutgelaunt. Auf dem Weg zurück in die Stadt starre ich ihn unentwegt an. Rus ist mein Verlobter. Ich werde ihn heiraten, er wird mein Mann sein, ich werde seine Kinder bekommen. Ich erwarte irgendwie, dass ich doch noch panisch werde und mir die ganze Sache über den Kopf wächst, doch es fühlt sich einfach nur perfekt an. Aus dem Radio tönt ein Song, und Russel dreht ihn lauter. »Wenn ich den höre, dann muss ich immer an dich denken«, sagt er.

Ich lausche, erkenne das Lied: *All of Me* von John Legend. Gänsehaut breitet sich auf meinen Armen aus, weil ich gerührt bin, wie er empfindet. Den Song werden wir auf unserer Hochzeit spielen. Er ist perfekt.

»Ich habe – in Anbetracht dessen, dass er ein Arschloch ist – deinen Vater nicht um deine Hand gebeten, Sam«, informiert Russel mich, nachdem das Lied geendet hat. »Aber ich habe Lilly gefragt.«

»Du hast meine Mum gefragt? Wann? Ich meine ernsthaft, Rus, du hättest lieber Joe fragen sollen.«

»Ich bin heute kurz hin- und hergeflogen.« Ich schaue ihn ungläubig an, woraufhin er zufrieden schmunzelt. »Ich weiß, Sammy. Ich wollte es richtig machen, verstehst du?«

Das ist süß, aber das sage ich nicht. Stattdessen meine ich: »Okay.«

»Sie hat ein schlechtes Gewissen.«

»Das sollte sie auch haben. Schließlich hat sie sich, seit Doug mich rausgeworfen hat, nicht mehr gemeldet.«

»Es ist vorbei. Sie hat ihm den Laufpass gegeben. Noch am gleichen Tag, aber sie hatte Angst, sich bei dir zu melden, weil du … nun ja, du bist bekannt dafür, dass du etwas nachtragend bist.«

»Ich?«, empöre ich mich. Zugegeben, es stimmt, aber das ist doch albern. Sie ist meine Mum!

»Yep, und wenn du dein Urteil einmal gefällt hast, Sammy, dann ist es unumstößlich, und manchmal magst du damit auch recht haben, aber … Ach Scheiße, ich hoffe nur einfach, dass ich niemals bei dir in Ungnade falle. Ich könnte es nicht ertragen, dass du mich behandelst wie sie.«

»Ich kann mir nicht vorstellen, dass du mich enttäuschen könntest, und selbst wenn, ich liebe dich mit all deinen Fehlern, und davon hast du eine ganze Menge.«

Russel lacht schallend los. »Zum Glück bist du perfekt.«

»Ja, ich bin ein bezauberndes, elfengleiches Geschöpf, das nicht von dieser Welt stammt«, erinnere ich ihn.

»Und mit einem Mund ausgestattet ist, der nicht genug davon bekommen kann, meinen Schwanz zu lutschen«, ergänzt er grinsend und tritt aufs Gas.

Zum Abendessen treffen wir uns mit Dean in einem kleinen Restaurant am Waikiki Beach. Ich habe Bauchweh. Wirklich schlimmes Bauchweh, und mir ist regelrecht übel vor Aufregung und Anspannung, doch Russel zeigt sich unnachgiebig. »Da müssen wir jetzt durch, Sammy«, meint er entschlossen.

Fuck, ich will das nicht, aber ich weiß auch, dass er recht hat. »Das wird ein Super-GAU«, jammere ich. Nur zu gut erinnere ich mich an unser letztes Gespräch auf der Party. »Er hasst mich!«

Russel hebt eine Augenbraue und mustert mich auf eine sonderbare Art und Weise. Er widerspricht mir jedoch nicht, was mein Unbehagen nur noch verstärkt. Ich greife nach seiner Hand, als wir das Restaurant betreten. Einen Moment habe ich den Eindruck, Russel möchte seine zurückziehen, doch dann drückt er meine Hand fest und geht zielstrebig auf Dean zu.

»So ist das also«, meint Dean statt einer Begrüßung.

Russel neben mir schluckt hörbar. Seine Stimme klingt jedoch knallhart, als er sagt: »Yep, so ist das. Hi!«

»Hi«, erwidert Dean kaum hörbar und deutet auf einen Tisch. Rus rückt mir den Stuhl zurecht, und ich nehme Platz. Der Ausdruck in Deans Augen schnürt mir die Kehle zu. Er sieht todunglücklich aus. Ich weiß, dass ich nicht die Frau bin, die er sich für seinen Bruder wünscht, aber seine unverhohlene Ablehnung schmerzt wieder einmal so sehr, dass ich kaum zu einem klaren Gedanken fähig bin. Mein Herz beginnt zu rasen. Der Kloß in meinem Hals wird dicker, und ich habe Mühe, Luft zu bekommen. Ja, seine Verachtung, die hin und wieder regelrecht an Hass grenzt, tut unglaublich weh. Russel streichelt mit seinem Daumen über meinen Handrücken. Es ist eine zärtliche Geste, die mich beruhigt.

Ich versuche, Dean ein Lächeln zu schenken, doch er sieht mich nur an, als sei ich etwas Ekliges, was er am liebsten zerquetschen würde. Wir waren mal so vertraut miteinander, so eng, und obwohl ich mich inzwischen an diesen Blick gewöhnt haben sollte, kann ich ihn kaum ertragen. Es ist unbegreiflich für mich, dass dieser Mann von heute auf morgen nichts mehr mit mir zu tun haben wollte, aber es ist auch nicht das erste Mal, dass ich eine solche Zurückweisung erlebt habe.

Es ist natürlich anders als mit meinem Vater. Dean ignoriert mich schließlich nicht. Auch jetzt nicht. Sein Blick ruht sogar sehr intensiv auf mir. Es wäre mir fast lieber, ich wäre ihm egal und er würde mir keine Beachtung schenken – so wie mein Vater. Seine Antipathie, die in Wellen über den Tisch zu mir schwappt, ist so stark – beinahe schon greifbar.

Ich versuche, Deans abweisendes Verhalten zu ignorieren, obwohl es mich ansickt, dass er so scheißunhöflich zu mir ist. Okay, um ehrlich zu sein, tut es weh. Eine Tatsache, die mich ärgert, denn das sollte es nicht. Es ist ein wenig wie bei meinem Vater. Du hast es nicht nötig, um Liebe und Zuneigung zu betteln, Sam, sage ich mir.

Dean hebt fragend die Augenbraue, als Rus Champagner ordert. Er lächelt mir aufmunternd zu. »Wir haben etwas zu feiern«, meint mein Verlobter gut gelaunt, ergreift meine Hand und streichelt sie zärtlich mit seinem Daumen. Ich sehe, wie Deans Blick auf meine Hand und den Ring an meinem Finger fällt. Der Champagner kommt, er grapscht sich ein Glas vom Tablett und leert es in einem Zug. Ich schaue ihn an und bin etwas besorgt. Mir war klar, dass Dean es nicht sonderlich gut aufnehmen würde, aber seine Reaktion finde ich schon ziemlich heftig.

Es ist nicht deine Schuld, sage ich mir, denn wie immer ist da das Gefühl, etwas falsch gemacht zu haben und nicht richtig zu sein. Irgendeinen Grund muss es doch dafür geben, warum die Menschen in meinem Leben, die mir etwas bedeuten, mich fallen lassen und mir den Rücken kehren. Rus lässt sich jedoch nicht aus der Ruhe bringen. Während die Kellnerin Deans Glas auffüllt, berichtet Russel seinem Bruder von unserer Verlobung.

»Wie schön«, presst Dean hervor. Sein Gesicht ist eine starre und unleserliche Maske, aber an seinem Tonfall kann ich erkennen, wie sehr er die Situation missbilligt. Ich entschuldige mich und gehe zur Toilette, denn sein Anblick ist unerträglich für mich. Was zum Teufel habe ich getan, dass er mich so sehr hasst? Ich beiße mir auf die Unterlippe, um nicht in Tränen auszubrechen, denn es tut weh. Sein Verhalten mir gegenüber schmerzt. Dean behandelt mich wie Abschaum, und irgendwie schafft er es, dass seine Meinung über mich auf meine eigene mir gegenüber abfärbt.

Plötzlich komme ich mir fehlerhaft und nicht liebenswert vor. Ich frage mich, was Russel an mir findet und ob es Dean gelingt, seinem kleinen Bruder in Bezug auf mich die Augen zu öffnen. Es war eine dumme Idee, aufs Klo zu verschwinden, denn so habe ich Dean die Möglichkeit gegeben, mit Russel allein zu sprechen und ihn auf seine Seite zu ziehen.

Etwas, das er offensichtlich versucht hat, wie mir klar wird, als ich zu ihnen an den Tisch zurückkomme. Ich höre noch, wie Russel sagt: »Hat sie aber nicht! Sie hat sich für mich entschieden.« Er verstummt, als er mich sieht, schenkt mir ein Lächeln, erhebt sich und rückt mir erneut den Stuhl zurecht. Rus hat wunderbare Manieren – wenn er will. Ich genieße es, von ihm verwöhnt zu werden. Ich schaue zu ihm hinüber und himmle ihn willenlos an. Er ist so toll. Und plötzlich ist es mir egal, was Dean über mich denkt.

»Habt ihr es Joe schon gesagt?«, fragt dieser und unterbricht meine Schwärmerei für meinen Verlobten.

»Noch nicht. Ich wollte es ihr persönlich sagen. Ich möchte, dass ihr klar ist, dass wir hier keinen Scheiß bauen.«

Deans Augenbraue ruckt in die Höhe, so als wolle er fragen: Nicht? Ja, wir sind noch super jung, und ich habe auch etwas Bedenken, dass wir es überstürzen, aber ich will es! Ich will Rus heiraten. Noch nie in meinem Leben war ich so glücklich, noch nie so satt und zufrieden. Die Leere, die ich immer gefühlt habe, ist verschwunden, und an ihre Stelle ist ein Gefühl vollkommenen Glücks getreten. Der Rest des Essens verläuft äußerst unangenehm. Dean redet kaum drei Worte mit uns.

»Super-GAU war ja echt optimistisch«, meint Rus, als wir später Hand in Hand zu seinem Hotel laufen.

»Ich sagte doch, er hasst mich.«

»Denkst du das wirklich?«

»Yep«, erwidere ich traurig. Ich versuche, meine Gefühle nicht zu verbergen. Es wäre mir nicht möglich. Der Abend war ein einziges Desaster, und mir fehlt die Kraft, mich zusammenzureißen.

»Das ist doch Blödsinn, Sammy«, grollt er ärgerlich. Ich werfe ihm einen prüfenden Blick zu. Er ist kurz davor zu explodieren. »Ich meine, ja, er hätte allen Grund dazu, aber er …« Russel verstummt.

»Inwiefern?«

»Er ist nie darüber hinweggekommen, Sammy«, lässt er mich wissen, und ich verstehe nur Bahnhof. Aber was ich schnalle, ist, dass Russel sauer auf mich ist.

»Worüber?«, frage ich. »Darüber, dass ich einfach abgehauen bin?« Er nickt knapp, aber energisch. »Du bist auf seiner Seite«, werfe ich ihm vor.

»Ja, bin ich.«

»Du bist ein Arschloch!«, murmle ich.

»Ich?«, fragt er erstaunt.

»Ja, weil du keine Ahnung hast, was damals passiert ist, dir aber ein Urteil erlaubst, Russel. Ich wollte es Dean erklären, aber er hat mir nie die Chance dazu gegeben. Ich musste weggehen.«

Russel bleibt unvermittelt stehen, ich tue es ihm gleich, und er packt mich an den Schultern. Sein eindringlicher Blick bohrt sich in meine Seele. »Wieso?«, fragt er. »Es ist nicht nur Dean, dem du diese Antwort schuldest, Sammy«, fügt er hinzu, als er merkt, dass ich nicht gewillt bin, ihm zu antworten.

»Auf dem Zimmer«, erwidere ich leise. Mir ist wieder schlecht. Ich will nicht darüber reden, aber er … nun ja, er ist mein Verlobter. Er hat ein Recht darauf, das zu erfahren, oder? Ich habe Angst. Im Aufzug wird die Panik beinahe übermächtig, und ich überlege, wie ich aus der Sache rauskomme. Ich will Russel nichts davon sagen. Danach wird er mich mit anderen Augen sehen.

»Sam?«, fragt Russel besorgt. Seine Stimme ist ganz weich und sanft. »Egal, was es ist, du kannst es mir sagen. Ich werde dich nicht hassen.«

»Das wäre auch noch schöner«, schnaube ich und verschränke abweisend die Arme vor der Brust. Die Enge des Aufzugs ist kaum auszuhalten. Mein Atem geht zu schnell, das weiß ich auch, aber es lässt sich nicht ändern. Schwindel erfasst mich. Ich versuche, mich auf meine Atmung zu konzentrieren, sie zu verlangsamen und bewusst ein- und auszuatmen, doch ich versage erneut. Ich verliere die Kontrolle über meinen Körper, als eine Welle aus blanker Panik mich erfasst und wortwörtlich in die Knie zwingt. Ich höre Russels Stimme wie aus weiter Ferne. Er sagt etwas zu mir, doch es ergibt keinen Sinn. Ich höre seine Worte zwar, doch ich erkenne ihre Bedeutung nicht. Er zieht mich nach oben auf die Füße, will mich hochheben, doch ich reiße mich los, halte ihn mit meinem ausgestreckten Arm auf Abstand und torkle, kaum haben sich die Türen geöffnet, in den Flur. Ich stoße gegen irgendwen, wanke weiter und verliere beinahe das Gleichgewicht. Bevor ich zu Boden gehen kann, werde ich unsanft gepackt. Russel schlingt mir einen Arm um die Taille und lotst mich zur Tür der Suite. »Fuck, so viel hast du doch gar nicht getrunken«, brummt er.

Leider bin ich nicht dazu in der Lage, ihm zu antworten.

Das würde ich nämlich wirklich gern. Beschissene Panikattacke, denke ich und merke, wie mein Ärger über mich, meine Schwäche und Russels Unvermögen, die Situation richtig einzuschätzen, sich über die übermächtige Angst legt. Rus bugsiert mich in unser Zimmer, ich streife meine Schuhe, meine Tasche und meine Jacke ab, lasse alles im Flur achtlos fallen und beginne damit, meine Bluse aufzuknöpfen. Wie ferngesteuert gehe ich ins Schlafzimmer, wo ich meinen BH ausziehe und zum ersten Mal das Gefühl habe, wieder frei atmen zu können. Beklommenheit macht sich in mir breit, als Russel mit einem Glas Wasser in der Hand hereinkommt und es mir reicht. »Gleich«, vertröste ich ihn, angle nach einem seiner T-Shirts, das über dem Stuhl hängt, und ziehe es an.

»Was war das?«, will er wissen.

Ich nehme auf der Kante des Bettes Platz und lasse mir von ihm das Glas geben. »Eine Panikattacke«, erwidere ich und trinke einen Schluck Wasser. Die Flüssigkeit tut mir gut. Sie benetzt meine Kehle, die sich ganz rau und trocken anfühlt. Russel, der immer noch steht, macht mich nervös. »Setz dich!«, fordere ich ihn auf und schiebe ein eindringliches »Bitte!« hinterher, weil er nicht aussieht, als würde er es tun wollen.

»So kenne ich dich gar nicht«, murmelt er und nimmt neben mir Platz.

»Das habe ich auch nicht oft.« Zum Glück. Bisher kam es vielleicht ein Dutzend Mal vor. Abgesehen davon, dass ich dann entsetzlich unter der Situation und vor allem unter dem Kontrollverlust leide, komme ich mir im Nachhinein immer wie das Letzte vor. Ich will keine schwache, weinerliche Tussi sein.

»Sam, bitte rede mit mir.« Russels Tonfall hat etwas Flehendes, das so gar nicht zu ihm passen will. Ein Blick in sein Gesicht verrät mir jedoch, wie sehr er sich in diesem Moment um mich sorgt.

»Es … es geht um meinen achtzehnten Geburtstag. Da … da ist etwas passiert.«, stammle ich. Russel nickt bekräftigend, und ich füge hinzu: »Ich kann mich nicht erinnern. An nichts, was in dieser Nacht geschehen ist.« Seine Gesichtszüge entgleisen, und ich füge hinzu: »Ich nehme an, dass mir irgendwer was in den Drink getan hat, und ich weiß auch, dass … dass …«

»Dass was, Sam?«

Ich weiß nicht, wie ich das sagen soll, denn wenn ich sage, dass ich mit irgendwem Sex hatte, dann stimmt das ja nicht, aber das Wort »Vergewaltigung« kann ich irgendwie auch nicht in den Mund nehmen. »Wie gesagt, es … mit irgendwem war ich in dieser Nacht zusammen, und es war garantiert nicht einvernehmlich, weil …« Ich zögere und sage es dann einfach, wie es ist. »… weil kein Kondom benutzt worden ist. Abgesehen davon gab es Spuren eines Kampfes. Meine Nachttischlampe lag zerbrochen auf dem Boden.« Ich atme tief durch und füge rasch hinzu: »Aber du musst dir keine Gedanken machen. Ich habe mich später untersuchen lassen, und es ist alles gut.« Damals war es das natürlich nicht. Ich hatte Panik und war völlig fertig.

»Nichts ist gut!«, blafft Russel, und ich sage: »Lass uns kein Drama daraus machen.« Er starrt mich ungläubig an und schüttelt nach einem Moment der Fassungslosigkeit den Kopf.

»Ich kann mich an überhaupt nichts erinnern«, werfe ich ein, um ihn zu beruhigen.

»Ich weiß, das hast du schon gesagt«, murmelt er. »Ich brauche einen Drink. Magst du auch einen?«

Ich nicke und sehe ihm nach, wie er davongeht. Als er den Raum verlassen hat, fühle ich mich so einsam und kaputt wie noch nie in meinem Leben. Russels Reaktion war die denkbar Schlechteste, und ich kann nicht anders, ich beginne haltlos zu weinen.

Kapitel 13

RUSSEL | 02.02.2014 | Honolulu | Oahu | Hawaii

Fuck, denke ich und dann, weil es kein anderes Wort gibt, das das ganze Desaster auch nur ansatzweise so treffend beschreibt, fuck, fuck, fuck!

Ich plündere die gut bestückte Bar der Suite. Noch im Stehen kippe ich meinen ersten Drink hinunter, zu einem klaren Gedanken bin ich aber auch dann noch nicht fähig. Sam kann sich an nichts erinnern, und das ergibt Sinn. Es ist die einzige logische Erklärung für alles.

Ich habe Sam immer zugetraut, dass sie so eine Nummer mit Dean abzieht. Sam hat es nun einmal nicht so mit Beziehungen. Wenn es ihr zu viel und zu eng wurde, dann hat sie die Biege gemacht. Sie hat sich nie auf jemanden eingelassen – jedenfalls dachte ich das. Doch wenn ich sehe, wie sehr sie unter der Ablehnung meines Bruders leidet, ist eines klar: Sie hat Gefühle für ihn. Ja, sie unterdrückt sie, weil sie ihn aufgegeben hat und sie ihr sinnlos erscheinen, aber sie sind unbestritten da. Sam hat sich niemals zwischen uns entschieden. Das konnte sie gar nicht, denn ihr fehlen jegliche Erinnerungen an diese Nacht.

Noch einmal denke ich ein verzweifeltes und wütendes Fuck, denn nichts trifft es besser. Keine Sekunde zweifele ich am Wahrheitsgehalt von dem, was Sam sagt, denn eine Sache hat mich immer stutzig gemacht: Ich konnte nie verstehen, wie Sam dazu in der Lage war, Joe das mit Brad anzutun. Ob er es war, der sie unter Drogen gesetzt hat? Nein, das ist Quatsch. Brad Hoover hat das nicht nötig. Das wäre, wie wenn ich … Nein, im Ernst, warum sollte er? Oder Sam hat ihn abblitzen lassen, wegen Joe, und er konnte sie nicht haben, und daher … Ich stelle das Glas ab, gieße nach und setze mich in einen der Sessel. Ich muss das erst mal verdauen. Fakt ist, Sam war erst mal mit Dean zusammen. Wie war das, als wir ankamen? Ich schließe die Augen und versuche, mich an jenen Tag zu erinnern.

RUSSEL | Rund vier Jahre zuvor | Honolulu | Oahu | Hawaii

Dean geht mir gehörig auf die Nerven, den ganzen Tag schon steht er total unter Strom, und jetzt müssen wir noch in die Stadt, um irgendwas abzuholen. Ich will endlich auf die Party und mich betrinken.

Dean kommt mit einem großen Strauß roter, langstieliger Rosen zurück, drückt sie Darell auf dem Beifahrersitz in die Hand und schnallt sich an, ehe er den Motor startet und losfährt.

»Also ist heute der große Tag, was?«, fragt der beste Freund meines Bruders.

»Was für ein großer Tag ist heute?«, frage ich von hinten. Darell hat mich auf die Rückbank verbannt, der Wichser. Weil er drei Jahre älter und Deans bester Freund ist, meint er, er hätte das Recht dazu. Hat er nicht, aber das hat ihm noch niemand klargemacht. Rory kotzt es verständlicherweise noch mehr an, dass Darell echt überall dabei ist. Schließlich hat der ihm Gab ausgespannt. Gab ist echt dämlich. Keinen Plan, was sie an Darell findet. Wobei, ich habe auch keinen Plan, was sie an Rory findet. Überhaupt verstehe ich die Mädchen nicht, aber solange sie auf mich stehen, muss ich das auch nicht.

»Sams Geburtstag natürlich«, antwortet Dean von vorn.

»Das ist ein großer Tag für sie, und deshalb bekommt sie Blumen. Man wird schließlich nur einmal achtzehn.«

Ich verdrehe die Augen. Wenn er meint. Ich beuge mich zu Rory, und wir unterhalten uns über die Session, die wir heute Morgen hatten. Da waren ein paar wirklich fette Wellen dabei gewesen, und wir haben so was von gerockt.

Als wir eintreffen, ist die Feier schon in vollem Gange. Sammy, die mit Gab, Joe und ein paar Jungs herumsteht, strahlt übers ganze Gesicht, als sie uns sieht.

»Und wie fühlt man sich mit achtzehn, Sam?«

Sie zuckt mit den Schultern. »Nicht anders als gestern auch.«

»Du hast dich auch nicht wirklich verändert. Du bist noch genauso flachbrüstig, wie … Hey!«, beschwere ich mich, als Dean mir einen Klaps auf den Hinterkopf verpasst. »Spinnst du?«

»Klappe, Zwerg! Vergiss, was der Armleuchter gesagt hat, Sammy. Du siehst umwerfend aus«, meint er, legt ihr einen Arm um die Schulter und gibt ihr zur Begrüßung einen Kuss auf die Schläfe.

Sie grinst ihn an. »Ich höre doch sowieso nie auf das, was Rus sagt, einfach weil er ein Idiot ohne Manieren und Anstand ist«, meint sie.

Das kann ich so natürlich nicht auf mir sitzen lassen, daher sage ich: »Wie auch immer, herzlichen Glückwunsch!« Ich wende mich Joe zu und sehe, dass sie Bier trinkt. Ich gebe ihr ein Zeichen mit dem Zeigefinger. Sie schnaubt frustriert, drückt mir jedoch den Becher in die Hand. »Du willst deine Jungfräulichkeit doch nicht betrunken auf einer Party verlieren?«, meine ich und nehme einen Schluck.

»Nee, ich habe aus deinen Fehlern gelernt«, meint sie. Sie

hat recht. Ich war betrunken damals, als ich mich von Belinda Sanders habe verführen lassen, aber sie ist jemand, zu dem man nicht Nein sagt, und das haben wir an diesem Abend auch nicht getan. Ich stand auf sie, aber sie war mit Dean zusammen. Bizarr, so rückblickend. Keine Ahnung, warum er zugelassen hat, dass ich dazukomme, als er es ihr besorgt hat. Aber er war auch nicht ganz nüchtern, sie wollte es und hat mich dazu aufgefordert. Vielleicht hat sie ihn einfach überrumpelt. Vielleicht war er zu dem Zeitpunkt auch schon mit ihr durch, denn kurz darauf war Schluss. Tja, das war mein erstes Mal. Ein Dreier mit meinem Bruder und seiner damaligen Freundin. Und Joe weiß davon, weil sie uns dabei erwischt hat. Üble Geschichte, aber sie sagt ’ne Menge über mein Leben aus.

»Spielverderber«, kommt es von Travor Hall, einem der Typen, die bei den Mädels stehen. »Deine Schwester ist alt genug, um das selbst zu entscheiden.«

»Ist sie nicht«, entscheide ich, was mir einen genervten Blick von Joe einbringt, den ich jedoch geflissentlich ignoriere.

»Zieht Leine, ihr Pfeifen«, rät Darell Travor und seinen Freunden. Er ist der eifersüchtige Typ, und das sollte er bei Gab auch sein. Allerdings hat er sie gut im Griff, denn ohne Murren händigt sie ihm ihren Becher mit Bier aus. Er und ich stoßen an und leeren das Bier in einem Zug. Angewidert verziehe ich das Gesicht. Fuck, was hat Sam denn da für eine Brühe gekauft? Travor und seine Jungs trollen sich, und Darell wendet sich an Sam. »Warum ist der Typ überhaupt hier?«, will er wissen.

»Die sind so vorbeigekommen. Ich habe sie nicht eingeladen«, erwidert Sam.

»Ist doch auch egal«, meint Dean. »Kann ich dich kurz sprechen, Sammy?« Sie nickt. Er legt ihr die Hand auf den

Rücken, und gemeinsam gehen sie in Richtung Treppe davon. Auf dem Weg ins Obergeschoss lacht Sam. Ob ich nachher eine von den Tussis hier in Sams Schlafzimmer flachlegen werde? Ich schaue mich um, noch ist die Auswahl spärlich. Ich schlendere in die Küche, hole mir noch ein Bier. Na ja, der Abend ist ja noch jung.

RUSSEL | 02.02.2014 | Honolulu | Oahu | Hawaii

Aus dem Schlafzimmer höre ich ein unterdrücktes Schluchzen. Fuck, denke ich zum x-ten Mal in den vergangenen Minuten. Ich bin echt so ein Armleuchter. Ich schenke Sam einen Drink ein, denn wenn irgendetwas ihr jetzt helfen kann, dann harter Alkohol. Ich selbst würde auch gern mehr trinken, aber halte mich wegen ihr zurück, denn ich weiß, sie geht gerade durch die Hölle. Sie denkt, sie wurde vergewaltigt. Fuck, vielleicht wurde sie das sogar. Wer weiß, was nach Brad passiert ist oder mit ihm …

Ich bleibe im Flur stehen und versuche noch einmal, meine Gedanken zu ordnen. Sie sind so wirr, und ich bin so kopflos. Ich kann Sam nicht zeigen, wie sehr mich das gerade mitnimmt, sondern muss stark für sie sein. Sie braucht mich jetzt.

Ich setze mich zu ihr aufs Bett. Sie hat sich zusammengerollt und weint hemmungslos. Ich habe Sam niemals zuvor in einem vergleichbaren Zustand gesehen und keine Ahnung, was ich tun oder sagen soll. »Kann ich irgendwas für dich tun?«, frage ich vorsichtig.

Sam schüttelt den Kopf. Wie während ihrer Panikattacke scheint sie nicht fähig zu sein, etwas zu sagen, und ich kann es verstehen. Es dauert eine Weile, bis sie sich so weit beruhigt hat, dass sie sich aufsetzen kann. Ich reiche ihr den Drink und sehe zu, wie sie ihn hastig hinunterkippt. Sie inhaliert ihn förmlich. »Noch einen?«, will ich wissen, doch sie schüttelt den Kopf.

»Ich weiß nicht, was ich sagen soll«, gestehe ich.

»Hast du mich noch lieb?«, flüstert Sam. Sie klingt so unsicher, dass es mich komplett fertigmacht. Nur mit Mühe gelingt es mir, nicht ebenfalls zu weinen, denn ihr Anblick zerreißt mir das Herz.

Ich breite die Arme aus, und sie wirft sich hinein. »Immer«, versichere ich ihr und halte sie ganz fest.

So eine abgefuckte Scheiße, denke ich später. Sam liegt an mich gekuschelt da. Sie schnarcht leise, kein Wunder, nachdem sie den Abend über die meiste Zeit geheult hat. Ich kann verstehen, dass sie dachte, dass ich sie nach ihrer Offenbarung mit anderen Augen sehe. Das ist vermutlich nur menschlich. Ich meine, wenn ich bereits Zweifel daran habe, noch liebenswert zu sein, wenn ich einen Heat vergeigt habe, dann ist das absolut nachvollziehbar.

Dennoch war es ein Fehler, uns nicht früher davon zu erzählen. Ich wünschte, sie hätte uns genug vertraut, um etwas zu sagen. Irgendwem von uns – ganz egal. Je länger ich drüber nachdenke, desto sicherer bin ich mir, dass Brad nichts mit der Geschichte zu tun hat, aber ich weiß es nicht mit Bestimmtheit. Der Gedanke quält mich, und nach einer gefühlten Ewigkeit halte ich es nicht mehr aus. Ich stehe auf und rufe ihn an. Es ist kurz vor Mitternacht, weshalb es nicht verwunderlich ist, dass er nicht rangeht. Ärgerlich werfe ich das Handy aufs Sofa und genehmige mir einen Drink. Fuck, ich weiß wirklich nicht, was ich tun soll. Ich muss mit irgendwem über diesen Abend reden. Ich seufze leise, als mir klar wird, dass ich mit Dean über die Sache sprechen muss. Vielleicht kann er Licht ins Dunkel bringen. Eines weiß ich über den Abend ja, an den ich mich selbst kaum erinnern kann, weil ich die ganze Zeit kotzen musste: Sam hatte Sex mit Dean. Vielleicht hat er kein Kondom benutzt.

Ist das möglich? Ich meine, wir reden ja nicht umsonst immer von der Dean-Reynolds-Sexregel-Nummer-Eins. Hat er seine eigene Regel womöglich gebrochen? Hat er eine Ausnahme gemacht, weil Sam nun mal Sam ist, so wie ich es getan habe? Ich könnte es mir vorstellen. Er gesteht ihr seine Liebe, sie landen zusammen im Bett, er denkt nur mit dem Schwanz und ist schneller in ihr, als sie »Was ist mit der Dean-Reynolds-Sexregel-Nummer-Eins?« sagen kann. Bämm, da haben wir doch die Erklärung für den ungeschützten Verkehr.

Danach bekommt er gesagt, dass ich dabei bin zu kotzen. Er findet mich nahezu besinnungslos auf dem Klo vor, denkt, ich hätte mich haltlos besoffen, und bringt mich heim. Joe ist in Sorge und begleitet ihn. Dean kümmert sich eine Weile um mich, ehe er wieder zurück zur Party fährt, wo er Sam mit Brad in flagranti erwischt. Er haut ab und dann … Fuck, diesen beschissenen Abend zu rekonstruieren wird nicht einfach, aber was eine Sache anbelangt, bin ich mir recht sicher. Es ist, wie ich immer gesagt habe: Ich hatte es an dem Abend nicht übertrieben. Ich weiß, schwer zu glauben, wegen meinem Motto und so, aber ich kann mich auch in Zurückhaltung üben. Zugegeben, das hatte ich an diesem Abend nicht vor, doch ich kam gar nicht dazu, mir ordentlich einen einzulöten, weil mir nach dem zweiten Bier bereits so fucking übel wurde. Irgendwer hat wirklich was in die Drinks getan. Darell war ja auch so schlecht. Er hat mich immer in Schutz genommen, war aber der Meinung, es war eine Magen-Darm-Grippe. Rückblickend betrachtet erscheint die Sache mit dem Drogen-Cocktail aber wahrscheinlicher. Das würde auch meine sequenzartigen Erinnerungen erklären. Die an jenen Abend ähneln einem Flickenteppich, sind mal dichter und greifbar und mal völlig diffus und zerfleddert und stellenweise auch gar nicht vorhanden. Ich weiß zum Beispiel nicht mehr, wie wir heimgekommen sind. Ich meine, klar, Dean hat uns gefahren, aber ich habe keine Erinnerung daran, wo ich saß und was ich gemacht habe. Ob die Wirkung bei Darell die Gleiche war? Wohl kaum, der Typ ist ein Tier. Gegen ihn wirkt Dean beinahe schmächtig, und er ist alles andere als das, aber Darell ist ein echter Schrank. Er trainiert täglich mehrere Stunden und hat mit Sicherheit die Konstitution eines Elefanten.

Sammy hatte ihren Drink noch, als sie mit Dean hochgegangen ist. Ob sie ihn ausgetrunken hat, bevor sie mit ihm im Bett gelandet ist? Ich schließe die Augen und versuche das Jammern in meinem Kopf zum Verstummen zu bringen. Ich habe wirklich keinen Bock darauf, mit Dean zu sprechen, aber ich muss es tun. Er ist der Einzige, der die Antworten auf meine Fragen kennt.

Leise verlasse ich die Suite und begebe mich auf den Weg zu seiner Wohnung. Dean öffnet eine Ewigkeit lang nicht die Tür, und ich krame bereits nach dem Schlüssel, den ich immer noch habe, als sie dann doch aufgeht.

»Was willst du?«, fragt er, und seine Stimme klingt so kalt und voller Abscheu, dass ich am liebsten wieder kehrtmachen würde. Doch das tue ich nicht. Ich bin Russel Reynolds, der Ripper, die Maschine … nur fühle ich mich in diesem Moment kein Stück so. Noch nie hatte ich die Hosen so gestrichen voll wie jetzt.

»Ich muss mit dir reden«, erwidere ich und versuche, cool zu klingen.

Dean stößt ein bitteres Lachen aus und schaut mich ungläubig an. »Du. Willst. Mit. Mir. Reden?« Er betont jedes Wort und lässt deutliche Pausen dazwischen. Das »du« klingt, als sei ich etwas absolut Widerwärtiges, und ich weiß, dass er alles Recht der Welt hat, so zu empfinden.

»Du musst mir kurz zuhören.«

»Ich muss gar nichts, Russel. Verpiss dich einfach!« Dean stößt sich vom Türrahmen ab, in den er sich gelehnt hat, und ich merke, wie unfassbar betrunken er ist. Mein Bruder ist kaum noch dazu in der Lage zu stehen.

»Es geht um Sam, Dean.«

»Fick dich, Russel! Nein, warte: Fick sie, aber das tust du verdammter Wichser ja sowieso schon. Wie lange hängst du deinen Schwanz schon in sie, du mieser Penner?«

Ich lecke mir über die Lippe, frage mich, ob ich darauf antworten oder es lieber ignorieren soll. »Seit Gabs Hochzeit«, erwidere ich schließlich.

Er starrt mich an. Fassungslos und traurig. Die Enttäuschung über meinen Verrat trieft aus jeder Pore und springt mich förmlich an. Einen Moment lang sehe ich mich mit seinen Augen und erkenne in vollem Umfang, wie er sich fühlen muss. Er tut mir leid, und ich hasse mich in diesem Augenblick selbst so sehr, dass ich kotzen könnte. »Es sollte bloß Sex sein«, erkläre ich.

»Bloß Sex«, echot er. Seine Stimme klingt kraftlos. Er dreht sich rum und geht zurück ins Wohnzimmer, wo er die halb leere Whiskeyflasche vom Tisch fischt, sie an die Lippen setzt und einen tiefen Schluck nimmt, ehe er urplötzlich herumwirbelt und sie in meine Richtung schleudert. »Nur Sex?«, brüllt er wie ein waidwunder Grizzly und stürmt auf mich zu. Obwohl er stark alkoholisiert ist, ist es mir unmöglich, seine Attacke zu parieren. Seine Faust trifft meine Schläfe, und ich taumle, halte mich jedoch noch auf den Beinen. Sein zweiter Schlag ist ein Uppercut, den er gegen meinen Oberkörper landet und der mir den Atem raubt, dennoch gelingt es mir, Distanz zwischen uns zu bringen. Keuchend starre ich ihn an. »Komm her, du verdammter Feigling!«, schreit er.

Im Leben nicht. Ich hänge zu sehr an meinem. »Fuck, Dean«, keuche ich. »Komm mal runter, Mann.«

»Komm mal runter, Mann? Was bildest du kleines Arschloch dir eigentlich ein? Du fickst die Frau, die ich liebe, kommst in meine Wohnung und sagst mir, dass ich runterkommen soll?« Etwas Warmes läuft mir über die Wange. Blut. Ich betaste die Stelle und werfe einen Moment später einen Blick auf meine roten Fingerspitzen.

»Du hast noch viel mehr verdient. Ich sollte dir jeden verdammten Knochen im Leib brechen. Du kannst jede verdammte Frau auf diesem Planeten haben, Rus, warum musste es ausgerechnet Sam sein?«

»Es war nicht geplant, Dean. Es hat sich so ergeben.«

»Bist du gestolpert, und dein Schwanz ist zufällig in ihrer Möse gelandet, oder was?« Er sieht mich völlig fassungslos an. »Du weißt, was ich für sie empfinde, und fickst sie trotzdem, Russel? Ich kann das einfach nicht glauben. Wie konntest du das bloß tun?«, fragt er ungläubig, und dann beginnt er zu weinen. »Ich hasse dich so sehr! Ich kann dir gar nicht sagen, wie sehr ich dich hasse! Verpiss dich und lass mich in Ruhe. Ich will nichts mehr mit dir zu tun haben. Für mich bist du gestorben.« Als ich mich nicht bewege, brüllt er: »Hast du nicht gehört, du sollst dich aus meinem Leben verpissen.«

»Dean, …«

»Nein, nichts Dean, Russel. Ich bin durch mit dir. Da ist die verdammte Tür. Sieh zu, dass du mir aus den Augen kommst, ehe ich mich vergesse und mit dir den Boden aufwische.«

»Mit dir kann man nicht reden, aber …«

Seine Faust kracht einen Augenblick später gegen die Wand zu seiner Linken, und Dean donnert: »Fahr zur Hölle, du arrogantes, selbstverliebtes Arschloch!«

Ich trete einen geordneten Rückzug an, weil es aussichtslos ist und an ihn kein Rankommen ist. Dean starrt mich quer durch den Raum hindurch an, und ich bin auf der Hut, falls er doch noch mal auf mich losgeht. Noch immer fließen Tränen über seine Wangen. Der Ausdruck in seinen Augen ist jedoch mörderisch.

Als ich unten auf der Straße in der tropischen Nacht stehe, lege ich den Kopf in den Nacken und versuche, mich zu beruhigen. Unfassbar, dass er die Flasche nach mir geschmissen hat, denke ich, und dann: Auch unfassbar, dass du mit Sam vögelst! Dein Bruder hat recht, du bist ein Wichser.

Ich mache mich auf den Weg zurück ins Hotel und lasse mir an der Rezeption einen Arzt rufen. Die Vorteile von Geld. Eine halbe Stunde später sitze ich mit einem Drink in der Hand in einem der Sessel des Wohnbereichs der Suite. Der Arzt reinigt die Wunde und klammert sie dann. »Das wird eine Narbe geben«, prophezeit er. Ich gebe ein bestätigendes Brummen von mir. Gerade bin ich Deans Meinung, dass ich all das verdient habe, aber andererseits sollte er doch am besten verstehen, dass es nahezu unmöglich ist, Sam zu widerstehen.

Ich meine, ja, beim ersten Mal war ich ein Arsch, weil ich von der verbotenen Frucht gekostet habe, wenn man so will, aber danach, da war ich ihr doch bereits völlig verfallen, wenn auch erst auf sexueller Ebene. Ich könnte allerdings keinen Zeitpunkt ausmachen, an dem ich mich in sie verliebt habe. Da war bloß ständig diese Sehnsucht nach ihr und ihrem Körper. Fuck, vielleicht hat auch diese eine erste Nacht gereicht, um mir den Kopf zu verdrehen. Nachdem der Arzt seinen Job gemacht hat und gegangen ist, krieche ich zu Sam ins Bett. Sie riecht so gut, und es fühlt sich an, wie nach Hause zu kommen, als ich mich hinter sie lege und dicht an sie heranrücke. In dem Moment weiß ich, dass das hier richtig ist, auch wenn alles, was ich dafür tun musste, falsch ist. Was auch immer passieren mag, ich kann sie nicht aufgeben. Wenn Dean mich deshalb hasst, dann muss ich damit leben. Sam in meinen Armen regt sich. »Hey«, murmelt sie.

»Hey«, erwidere ich leise, beuge mich über sie und küsse sie.

»Wo warst du? Ich war wach, und du warst weg.«

»Ich dachte, ich rede noch mal mit Dean. War eine schlechte Idee.« Sam rückt von mir ab. Einen Moment später geht das Licht an, und sie blinzelt gegen die Helligkeit an.

»Er hat dich geschlagen?«, fragt sie nach einem Blick in mein lädiertes Gesicht und beginnt dann, Dean zu verfluchen. Sie sagt, was für ein Arschloch er sei, und schwört, dass sie ihn bei lebendigem Leib häutet, wenn sie ihm das nächste Mal begegnet. Ich bin gerührt.

»Was genau ist passiert?«, will sie wissen, nachdem sie sich wieder eingekriegt hat.

»Er war betrunken und ist ausgeflippt. Nichts weiter. Mach das Licht wieder aus und lass uns schlafen.« Sie sieht traurig aus, merkt aber, dass ich absolut nicht mehr über das Thema reden will, und knipst die Nachttischlampe aus.

Als ich am nächsten Tag erwache, ist sie weg. Ich hasse es, dass sie arbeiten muss. Am liebsten würde ich jede freie Sekunde mit ihr verbringen. Ich komme gerade aus der Dusche, als es an der Tür klopft. Ich rechne mit Dean oder Rory, doch als ich öffne, stehe ich meinem Vater gegenüber.

»Hi«, meine ich verdutzt. »Was machst du hier?«

»Ich war in der Nähe und dachte, ich schau mal vorbei. Was ist mit deinem Auge?«

Misstrauisch mustere ich ihn und frage mich, was das soll. Dad ist nicht gerade der Typ, der sich groß um einen kümmert und einfach mal so vorbeischaut.

»Eine Meinungsverschiedenheit. Nicht weiter wild.«

»Sieht aber wild aus.«

Ich zucke mit den Schultern. »Wirklich nicht von Bedeutung, Dad.«

»Rus, wenn du Probleme hast, dann …« Er schaut auf seine Uhr. »Wie wäre es mit Mittagessen? Dann können wir in Ruhe reden. Ich habe echt Hunger und habe nicht gefrühstückt.«

»Ich auch nicht«, gestehe ich ihm und zwinge mich zu einem Lächeln. Es ist klar, dass er mit mir reden will, und ich habe ein ungutes Gefühl. Ob Dean ihm von der Sache erzählt hat? Ich unterdrücke einen Seufzer und verlasse zusammen mit meinem Vater das Hotel, um im Surf'n Turf essen zu gehen.

»Also, was war da los?«, fragt er mich, nachdem wir bestellt haben und er es leid ist, dass ich bloß Smalltalk mit ihm führe. Sein durchdringender Blick ruht auf mir. Aus seinen grünen Augen mit den goldenen Sprenkeln darin, die sowohl Dean als auch Joe von ihm geerbt haben, mustert er mich wachsam. Unmöglich kann ich ihm sagen, was ich getan habe, und zugleich weiß ich, dass es früher oder später doch rauskommt.

»Ich habe was Schlimmes gemacht«, gestehe ich ihm und sehe, wie er sich von einem Moment auf den anderen versteift. Seine Anspannung ist ihm deutlich anzusehen. Er sagt nichts, wartet einfach ab. Er kennt mich und weiß, dass ich dichtmachen würde, wenn er jetzt nachhakt. Mich kostet es eine unglaubliche Überwindung fortzufahren. »Es gibt da eine Frau, und ich habe mich unsterblich in sie verliebt.«

»Das ist doch schön«, meint er, nachdem ich eine Weile lang nichts gesagt habe.

»Theoretisch ja, aber es gibt da einen anderen, und der liebt sie auch. Ich wusste das, aber habe darauf keine Rücksicht genommen, obwohl ich … nun ja, obwohl ich ihn gut kenne und mag.«

»Du hast sie ihm ausgespannt?«

»Nicht direkt, Dad. Es ist kompliziert. Ich dachte, sie hätte sich für mich entschieden, aber inzwischen ist mir etwas klar geworden, und alles hat sich geändert. Es gibt da ein großes Missverständnis, und als ich es bereinigen wollte, da …«

»… hast du eine Tracht Prügel bezogen.«

Ich nicke stumm.

»Die war wohl angebracht, würde ich sagen.«

Ich nicke erneut.

»Und jetzt? Scheinbar ist ja noch nichts geklärt, oder?«

»Nein, ist es nicht, aber je länger ich drüber nachdenke, desto weniger will ich es klären. Ich weiß, ich sollte es. Es wäre richtig, aber …«

»Aber?«

Ich stoße einen verzweifelten Seufzer aus. »Aber ich könnte sie verlieren, und ich will sie nicht verlieren. Ich bin … Das war nicht geplant, aber ich habe mich Hals über Kopf in sie verliebt, Dad. Ich will sie heiraten, will mit ihr Kinder haben, mit ihr alt werden, sie immer an meiner Seite haben. Aber wenn ich die ganze Sache auflöse, wenn ich das Missverständnis zwischen ihnen aus der Welt schaffe … Ich bin mir beinahe sicher, dass ich sie verlieren werde. Sie wird sich für ihn entscheiden.«

Mein Vater betrachtet mich aufmerksam. »Ich finde, du solltest das Richtige tun, Russel.«

»Das ist aber nicht so einfach. Hast du nicht zugehört?«

»Doch, das habe ich! Du musst überlegen, was für ein Mann du sein möchtest. Wenn du in meinem Alter oder noch älter …«

»… unvorstellbar!«

»Tja, da hilft bloß jung sterben, mein Sohn.«

»Wäre vielleicht nicht das Schlechteste«, brumme ich. »Dann wäre diese ganze Sache vom Tisch.« Ich schüttle den Kopf und sage: »Aber mal im Ernst, Dad, ich weiß wirklich nicht, was ich machen soll. Ich habe mich noch nie so gefühlt wie im Moment. Wie kann sich das Zusammensein mit ihr so richtig und so falsch zugleich anfühlen? Ich verstehe das nicht. Ich meine, wenn ich bei ihr bin und sie in meinen Armen liegt, dann ist alles egal, dann gibt es nur sie und mich, und ich habe mir vorgenommen, dass wir es schaffen. Wir gegen den Rest der Welt, wenn es sein muss. Aber dann gibt es Momente, da denke ich an den anderen und komme mir wie das größte Schwein ever vor. Gott, ich weiß wirklich nicht, was ich tun soll!«

»Dich fragen, wie du in meinem Alter darüber denken wirst. Wen wirst du im Spiegel ansehen, wenn du hineinblickst, und wen siehst du jetzt? Es gibt Fehler, die so gewaltig sind, dass man sie nicht wiedergutmachen kann, aber echte Reue, Russel …«

Ich lege den Kopf in den Nacken und fahre mit beiden Händen durch meine Haare. »Ich kann es nicht bereuen, verstehst du nicht? Ich liebe sie. Sie ist das Beste, was mir je passiert ist. Ich würde es wieder tun.«

»Und deinen Bruder so sehr verletzen, ja?«

Mir gefriert das Blut in den Adern. »Fuck, woher weißt du das? Hat Dean …«

Dads trauriger Gesichtsausdruck verursacht mir ein Unbehagen, das sich kaum beschreiben lässt. »Ich wusste es bis eben nicht. Es war nur eine Ahnung. Du hast ein Veilchen, und er aufgeplatzte Knöchel.« Ich höre die massive Enttäuschung in seiner Stimme, als er hinzufügt: »Du schläfst also mit Sam.«

Ich schlucke trocken und ringe mich zu einem knappen Nicken durch.

»Fuck, Russel, was hast du dir dabei bloß gedacht.«

Ich ignoriere das Fuck. Unfassbar, dass er dieses Wort benutzt, aber ich weiß, es ist das einzige, das diese prekäre Situation auch nur ansatzweise treffend beschreibt. »Es ging mir mies, Dad. Nach der Niederlage gegen Kane war ich völlig fertig. Sam war da, eins führte zum anderen und …«

»Und?«

»Und dann habe ich mich in sie verliebt.«

Er schüttelt fassungslos den Kopf. »Wirklich, Russel? Oder bildest du dir das bloß ein, damit das, was du deinem Bruder angetan hast, legitimiert wird?«

»Was meinst du?«

»Na ja, wenn es Liebe ist, dann kann man ja schlecht was dagegen sagen, oder? Klar hättest du dich beherrschen müssen, aber wenn deine Gefühle derart übermächtig waren, dass das nicht ging …« Sein unverhohlener Spott ist wie ein Schlag in meinen Magen.

Ich schnaube freudlos und stelle fest: »Du machst dich über mich lustig.«

»Oh nein, denn das hier ist nicht lustig. Ich war noch nie so enttäuscht von dir, Russel. Ich verstehe nicht, was ich falsch gemacht habe. Habe ich dich zu so einem Menschen erzogen?« Es ist unüberhörbar, wie angeekelt er von mir ist.

»Du hast mich gar nicht erzogen!«, blaffe ich. »Dean hat sich immer um uns gekümmert. Du warst nie da, hast bloß gearbeitet und …«

»Merkst du was?«

Ich wende meinen Blick ab, denn ich ertrage den vorwurfsvollen Ausdruck in seinen Augen nicht.

»Dean war immer für dich da. Hat sich den Arsch für dich aufgerissen und auf so viel verzichtet. Du solltest den Boden anbeten, auf dem dein Bruder geht.«

»Das tue ich.«

»Einen Scheiß tust du, Russel! Du hast nicht einmal genug Respekt vor ihm, um die Hände von dem Mädchen zu lassen, in das er seit seinem siebzehnten Lebensjahr verliebt ist.« Dad schockt mich gleich in zweifacher Hinsicht. Zum einen ist es seine Sichtweise auf die Dinge, zum anderen sein Detailwissen. Er sieht es und sagt: »Nur weil ich euch im Großen und Ganzen machen lasse und mich nicht reinhänge, heißt das nicht, dass ich nicht weiß, was in meinem Haus und in meinen Kindern vorgeht, und um noch mal auf den Respekt vor deinem Bruder zurückzukommen …«

»Mit Respekt hat das doch gar nichts zu tun«, behaupte ich. »Ich habe in dem Moment überhaupt nicht an Dean gedacht.«

»Nicht? Dann bist du also kein rücksichtsloses Arschloch, sondern lediglich gedankenlos? Ich weiß nicht, ob es das besser macht.«

Ich lecke mir über die Unterlippe, versuche seine Beschimpfungen und seine Wut zu ertragen, aber das ist nicht leicht, denn er ist nun mal mein Vater. Seine Enttäuschung schmerzt. »Okay, ich habe darüber nachgedacht«, räume ich ein. »Aber, Dad, er hätte es nie erfahren sollen. Es hätte bei diesem einen Mal bleiben sollen, doch es ist anders gekommen.« Ich atme zittrig aus und suche seinen Blick. »Ich wollte es wirklich nicht, aber Sam, sie versteht mich wie keine zweite. Ich wusste, dass sie für mich die Eine ist und …«

»… aber das ist sie für deinen Bruder auch, Russel, begreifst du das denn nicht.«

»Doch, das tue ich, Dad, aber es ist mir egal. Ich kann sie nicht aufgeben. Es geht nicht.«

Er ignoriert meine Verzweiflung und fragt: »Was ist das für ein Missverständnis zwischen Dean und Sam? Worum geht es da?«

Ich presse meine Kiefer fest aufeinander. Nein, da kann er noch so lange bohren, ich werde es ihm nicht sagen, und das sieht er mir auch an.

»Okay, dann sag es mir nicht, aber du solltest nach allem, was du getan hast, mit offenen Karten spielen. Das bist du den beiden schuldig.«

»Bist du fertig?«, frage ich verärgert, weil er sich plötzlich anmaßt, die Nase in meine Angelegenheiten zu stecken, und mir ungefragt Ratschläge erteilt. Die letzten einundzwanzig Jahre war es ihm schließlich auch egal, was ich getrieben habe.

»Nein. Es gäbe noch einen Haufen Sachen, die ich zu diesem Thema zu sagen hätte.«

»Spar sie dir, Dad. Ich werde nicht riskieren, Sam zu verlieren.«

»Seit wann bist du so ein verdammter Feigling? Wenn sie die Eine ist, wie du behauptest, dann wird sie zu dir stehen.«

»Nein, Dad, das wird sie nicht! Sie wird mich ansehen wie

du gerade. Sie wird entsetzt von meinem Verhalten sein und …«

»Weil es verdammt noch mal falsch war, Russel. Ende der Diskussion. Du hast dir das schöngeredet, hast gesagt, dass dein Bruder es nie erfahren muss, und hast ihn letztendlich zutiefst verletzt. War es das wert, ihn womöglich zu verlieren?«

»Ja, Dad! Ja, ich bin überzeugt davon, dass es das war. Macht mich das zu einem schlechten Menschen? Dann ist das so, aber ein Leben ohne Sam an meiner Seite ist unvorstellbar. Ich habe sie gefragt, ob sie mich heiraten möchte.« Dads Augen weiten sich vor Überraschung. »Und sie hat Ja gesagt«, füge ich hinzu, wonach er nun komplett überrascht aussieht. »Dean weiß es bereits.«

Mein Vater stöhnt unvermittelt auf. Es ist ein Laut, der schlimmer wiegt als seine Vorwürfe und Beschimpfungen.

»Du denkst, ich bin ein egoistisches Arschloch, nicht wahr?« Er braucht nicht zu antworten. Ich weiß, was er empfindet. »Und du hast recht, Dad. Das bin ich, und ich fühle mich nicht gut dabei, kein Stück, aber …«

Er nickt verstehend. »Du hast dir immer genommen, was du wolltest, Russel«, sagt er und klingt mit einem Mal furchtbar müde. »Dieser Ehrgeiz, deine Ambitionen, die machen dich aus und die machen aus dir den herausragenden Sportler, der du bist. Du hast gelernt, dich durchzusetzen und auch deine Ellbogen zu benutzen, wenn es sein muss, aber das hier, Russel, ist unsere Familie, und dein Verhalten ist in diesem Bereich deines Lebens unangemessen.«

»Es geht mir nicht darum zu gewinnen, Dad!«

»Nein, es geht dir darum, nicht zu verlieren, Sam nicht zu verlieren. Das habe ich sehr wohl begriffen.«

»Du verurteilst mich für das, was ich getan habe.«

»Ja. Ich halte es für grundlegend falsch und moralisch verwerflich. Hast du einmal daran gedacht, welche Auswirkungen das haben wird? Du bringst uns alle in eine furchtbare Lage. Wie soll Joe sich entscheiden? Auf wessen Seite soll sie stehen? Und Dean? Wie wird er das verkraften? Du bist dabei, deine Familie zu zerstören, und auch die von Sam. Ich nehme an, das hast du nicht bedacht. Denn wir sind Sams Familie. Hör zu, ich weiß nicht, was da zwischen Dean und Sam war, ob da was war oder warum da jetzt nichts mehr ist. Was ich jedoch weiß: Du hast deinem Bruder die Frau, die er liebt, gestohlen, und das ist ein Problem.«

»Ich weiß!«

»Steh zu deinen Fehlern, Russel.«

»Es war kein Fehler«, beharre ich. Nein, diese Sache mit Sam und mir ist kein Fehler – so kann und werde ich das niemals sehen. Sam ist alles, was ich immer wollte, auch wenn mir das früher nicht klar war. Seit ich mit ihr zusammen bin, hat dieser Hunger, dieses Gefühl der Getriebenheit, nachgelassen. Manchmal ist es sogar ganz verschwunden. Ich weiß nicht, wonach genau ich mich gesehnt habe, ich kann es nicht greifen. Doch was auch immer es war, bei ihr finde ich es und werde satt. Sam füttert mein inneres Tier, und nein, es ist nicht bloß der Sex – da bin ich mir sicher.

Dad seufzt, und dann setzt er mir die Pistole auf die Brust. »Du bist in meinem Haus nicht mehr willkommen, bis du mit Dean geredet und die Dinge bereinigt hast.«

»Okay, auf welcher Seite du stehst, ist somit klar«, knurre ich, rücke vom Tisch ab und stehe auf.

»Er ist segeln und wird eine Woche weg sein. Überleg dir gut, wie du vorgehen wirst. Ich verlasse mich darauf, dass du …«

»Dass ich was? Dass ich Sam aufgebe?« Das kann ich nicht.

»Dass du das Richtige tust!«

Ich schüttle den Kopf und gehe. Lasse ihn einfach zurück und bin ebenso enttäuscht von ihm wie er von mir. Die nagende Unruhe in mir, die sich im Anschluss an unseren Streit in mir ausbreitet, wird unerträglich, und ich weiß, es gibt nur eine Sache, die ich tun kann, damit sie nachlässt. Ich fahre hoch an die North Shore und gehe surfen. Sammy habe ich eine Nachricht hinterlassen. Sie trifft am späten Nachmittag im Line-up ein.

Ich paddle zu ihr und küsse sie. »Hi, Sonnenschein!«

»Hi, Hübscher«, erwidert sie.

»Hübsch ist er, obwohl er ohne das Veilchen besser aussah. Was hast du angestellt, dass Sammy dich verhauen musste?«, sagt Rory. Sein eigentliches Interesse gilt jedoch nicht uns, sondern dem Set, das sich am Horizont abzeichnet.

»Ich habe ihn nicht verhauen«, protestiert sie.

»War bloß eine Meinungsverschiedenheit«, erwidere ich.

»Ärger machen und Chaos stiften kannst du, aber sonst hast du nichts drauf«, meint Rory.

Ich zeige ihm den Finger und feuere ein »Fuck you!« in seine Richtung ab. Er lacht und geht die nächste Welle an.

»Alles gut bei dir?«

»Später, Sammy«, erwidere ich. »Jetzt will ich einfach nur surfen.«

Rund vier Stunden später stehe ich mit Sam zusammen unter der Dusche. Sie hebt ihre Hand und betastet das Veilchen und dann den Schmiss oberhalb meiner linken Augenbraue. Ihre Miene ist unleserlich.

»Sagst du mir nun endlich, was los ist?« Sie sieht mich besorgt an.

»Ich bin mit meinem Vater aneinandergerasselt.«

»Wieso?«

»Weil er seine Nase in meine Angelegenheiten gesteckt hat, Sammy.«

Sam ist nicht auf den Kopf gefallen. »Wegen uns?«, erkundigt sie sich. Ich nicke schwach.

»Warum? Was hat er gegen unsere Beziehung? Er findet, wir sind zu jung, um zu heiraten, nicht wahr? Ich meine, ich finde das auch. Theoretisch jedenfalls. Bei Gab habe ich gedacht, oh mein Gott, was tut sie da bloß. Aber das hier ist doch anders, oder?«

Ich schließe sie in die Arme und erwidere bestimmt: »Ja, das ist es. Auch wenn ich ehrlich gesagt noch immer überrascht bin, dass du Ja gesagt hast. Ich meine, ich habe es inständig gehofft, aber daran geglaubt habe ich nicht.«

»Oh, Rus, wie bitte schön hätte ich Nein sagen können? Ich war noch nie in meinem Leben so glücklich.«

Ich beuge mich hinunter, küsse sie und stelle entschlossen das Wasser ab. »Raus hier! Ich will dich in meinem Bett haben, und zwar gleich.« Sam lacht, doch es vergeht ihr rasch, denn als ich sie langsam und vorsichtig liebe, ist daran nichts lustig.

Kapitel 14

Sam | 10.02.2014 | Honolulu | Oahu | Hawaii

Eigentlich wollen wir nach einer arbeitsreichen letzten Woche, in der wir kaum Zeit füreinander und nur die Abende hatten, an die North Shore fahren, um den Geburtstag von Ulises zu feiern, doch Rus treibt mich gerade in den Wahnsinn, und es ist nicht die gute Art von Wahnsinn. Sein unschuldiger Gesichtsausdruck bringt mich dazu, zu explodieren.

»Wie behandle ich dich denn?«, fragt er und spielt den Unwissenden.

»Als sei ich aus Zuckerwatte. Du fasst mich, seit ich dir davon erzählt habe, mit Samthandschuhen an, und das nervt mich. Das muss aufhören. Ich will wieder ordentlich gefickt werden und nicht …«

Russel fängt schallend an zu lachen und verärgert mich dadurch noch mehr. Wie kann er es wagen? Seit Tagen speist er mich mit langweiligem Bienchen-und-Blümchen-Sex ab. Okay, langweilig ist der Sex nicht, aber eben auch nicht besonders aufregend. Er liebt mich intensiv und zärtlich, aber das reicht mir nicht. Und es ist nicht nur der Sex. Rus schleicht um mich herum, und das macht mich verrückt. Ich wünschte, ich hätte ihm nie davon erzählt. Ich habe doch geahnt, dass das alles zwischen uns ändert. Allerdings hatte ich nicht mit dieser Reaktion gerechnet.

»Du bist so geil, Sammy«, meint er glucksend und wischt sich über die tränenden Augen.

»Wunderbar, dass du dich so amüsierst«, grolle ich. »Aber das ist nicht witzig! Entweder du fickst mich wieder richtig, oder ich …«

»Oder was?« Rus ist mit einer geschmeidigen Bewegung auf den Beinen, kommt auf mich zu, packt mich und zieht mich an sich. Mir stockt der Atem.

»Weiß nicht«, hauche ich und bin nur von dieser kurzen Demonstration seiner Männlichkeit und Entschlossenheit hin und weg. Er schiebt seine Hand in meine Haare, reißt meinen Kopf zurück, sieht mich dabei jedoch prüfend an. Es ist nicht zu fest. Es ist genau richtig. Ich merke, wie ich feucht werde, und das noch bevor er seine Lippen auf meinen Hals drückt und sanft daran knabbert. Ich bin versucht, nach mehr zu betteln, doch da spüre ich auch schon seine Zähne. Mit spitzen Bissen übersät er meinen Hals. Ich stöhne laut auf und grabe meine zu Klauen gekrümmten Finger in seine Schultern.

»So, Sammy?«, fragt er keuchend.

»Da geht noch mehr«, presse ich schwer atmend hervor. Meine Vagina zieht sich verlangend zusammen, als Rus mich umdreht, über den Tisch beugt und mir die Hose runterzieht. Er drückt mir eine Hand ins Kreuz und pinnt mich auf der Tischplatte fest, ehe er zwischen uns greift und seinen Schwanz an meinen Eingang dirigiert. Einen harten Stoß später steckt Rus bis zum Anschlag in mir, und ich stöhne lustvoll und erleichtert auf. Ich wollte gefickt werden, und ich werde gefickt. Er nimmt mich schnell und hart, aber nicht brutal. Es ist das komplette Kontrastprogramm zu all dem Schmusesex der letzten Tage, und es erinnert mich stark an unsere erste gemeinsame Nacht, in der wir alle Hemmungen über Bord geworfen und unsere Triebe zügellos ausgelebt haben.

Als Rus fertig ist, zieht er seine Hose hoch und leckt sich über die Lippen. Er wirkt unsicher. »Du hast da was in den falschen Hals bekommen, Sonnenschein. Meine Zurückhaltung hat eine andere Ursache«, gesteht er mir.

»Welche?«, frage ich, während ich ebenfalls meine Klamotten richte.

»Es geht um Dean und um Dad. Ich … Dad hat etwas zu mir gesagt, das mich nicht loslässt.«

»Okay«, erwidere ich gedehnt. Mein Herz beginnt zu rasen. Rus wird doch nicht Schluss machen, oder?

Er greift nach meiner Hand und zieht mich zum Sofa hinüber. »Hast du schon mal was getan, von dem du weißt, dass es moralisch verwerflich ist, aber das sich so gut anfühlt, dass du dir absolut sicher bist, dass es richtig ist?«

»Einen Dreier?«, meine ich und bringe ihn zum Schmunzeln. Er zieht mich an sich und drückt mir einen Kuss auf den Scheitel.

»Yep, so was in der Art meinte ich. Alle denken, dass es falsch ist und man es nicht tun sollte, aber man kann es auch nicht sein lassen, weil …«

»… weil es sich so gut anfühlt. Bin ich dein Dreier? Und warum bin ich falsch?«

Rus seufzt leise. »Ja, Baby, du bist mein Dreier, aber an dir ist nichts falsch. Glaub mir! Ich habe einen Fehler gemacht und weiß nicht, was ich jetzt tun soll.«

»Redest du von unserer Beziehung? Ist die ein Fehler? Oder meinst du die Verlobung? Wir können sie auch wieder lösen und nur so zusammen sein, wenn du das willst. Wir müssen nicht heiraten«, stammle ich hastig. Nichts davon will ich, aber ich will ihn auch nicht verlieren, und deshalb mache ich ihm diesen absurden Vorschlag. Doch allein der bloße Gedanke treibt mir die Tränen in die Augen.

Russel sieht mich mitfühlend an, nimmt mein Gesicht in seine Hände und küsst mich zärtlich. »Siehst du, deshalb bin ich die letzten Tage so seltsam gewesen. Ich bin verwirrt und weiß nicht, was ich tun soll«, gesteht er mir. »Und nein, ich will die Verlobung nicht auflösen, und ich sehe nicht, dass du ein Fehler bist.«

»Aber?«

»Aber wir sind es irgendwie.« Seine Worte versetzen mich in Panik. Ich öffne den Mund, will widersprechen, doch Rus sagt leise: »Es fühlt sich nur nicht so an. Aber Sammy, wenn du wüsstest, was ich weiß, dann würdest du das ähnlich sehen.«

»Dann sag es mir doch einfach«, schlage ich vor und ernte ein trauriges Lächeln.

»Du wolltest, dass wir Joe von uns erzählen. Ich werde das tun. Ich fliege morgen nach Hause und kläre das.«

»Du verheimlichst mir was«, stelle ich unbehaglich fest.

»Ja, das tue ich, und es tut mir leid.«

»Was würde ich davon halten? Also von dem, was du mir nicht sagst. Ist es schlimm?« Sein Gesichtsausdruck ist nun so verzweifelt, dass ich mich kaum traue, meine nächste Frage zu stellen. »Würde es mir wehtun?«

»Ich habe dich nicht betrogen oder so. Keine Bange!«

Okay, das erleichtert mich ungemein, denn ich fürchte, dass ich das nicht überleben würde. Ich habe nie verstanden, warum Leute daraus so ein Theater machen, habe immer gedacht, was stellen die sich so an, es ist doch bloß Sex. Ich konnte mir auch nicht vorstellen, immer mit dem gleichen Typen ins Bett zu steigen, also jahrelang. Aber Rus hat diese Ansicht eingerissen wie eine alte, marode Mauer. Die Vorstellung von ihm und einer anderen allein reicht aus, um mich beinahe dazu zu bringen, mich zu übergeben. Nein, es ist ein absolut unerträglicher Gedanke.

»Und ich liebe dich von ganzem Herzen, Sam, das musst du mir glauben, und genau darin liegt das Problem.«

Er sieht so traurig aus, dass ich ihn einfach küssen muss. »Das ist kein Problem«, versichere ich ihm zwischen zwei hitzigen Küssen.

Rus reißt mir beinahe die Klamotten vom Leib, und kurz darauf wälzen wir uns nackt auf dem Boden herum. Diesmal hat der Akt etwas Verzweifeltes, und ich erkenne, dass Russel furchtbare Angst hat, mich zu verlieren. Statt »Ich liebe dich« flüstert er nämlich »Verlass mich nicht«.

»Niemals«, versichere ich ihm. »Niemals.«

»Gut, denn ich kann mir ein Leben ohne dich nicht mehr vorstellen«, lässt er mich wissen.

»Ich mir auch nicht ohne dich«, wispere ich und hebe meinen Kopf, um mich von ihm küssen zu lassen.

Später fahren wir doch noch an die North Shore, um mit Ulises zu feiern. Auf der Fahrt dorthin fragt Rus: »An Weihnachten hast du mir vorgeworfen, dass ich skrupel- und rücksichtslos bin und über Leichen gehen würde, um meine Ziele zu erreichen. Findest du das wirklich?« Er sieht zu mir herüber, während er den Wagen den Highway entlangsteuert. Wir haben gerade Wahiawa hinter uns gelassen. Zur Rechten liegt die Dole Plantation mit ihrem weltberühmten Ananasirrgarten.

»Ja, schon«, gebe ich zu. Ich weiß, dass er das gerade nicht hören mag, und möchte ihn nicht verletzen, aber er ist nun mal superehrgeizig. »Aber das ist ja auch nicht schlecht. Dein Ehrgeiz zeichnet dich nun mal aus. Du gibst dich nicht mit halben Sachen zufrieden. Ganz oder gar nicht.« Er nickt. »Rus, an dir ist nichts falsch. Ich liebe dich, wie du bist.« Er schaut zu mir rüber und schenkt mir ein aufrichtiges und erleichtertes Lächeln.

Überraschenderweise endet der Tag erst sehr spät, denn Russel hat Lust, Party zu machen. Ich weiß, dass er sich aus irgendeinem Grund davor fürchtet, am nächsten Tag nach Maui zu fliegen, und sich vor allem ablenken will, dennoch wird es eine tolle Nacht. Und obwohl wir wild feiern und kaum schlafen, halten wir am Morgen unsere Verabredung zum Frühstück mit Rory ein.

Als wir kurz darauf am Flughafen stehen, bin ich völlig groggy. Rus hatte zwar gesagt, dass ich zurück ins Bett gehen soll, doch das konnte ich mir beim besten Willen nicht vorstellen. Ich kann und will ihn nicht gehen lassen.

Jeder Abschied ist ein kleiner Tod, denke ich betrübt, denn genauso fühlt es sich an. Um mich abzulenken, grüble ich darüber nach, von wem das Zitat stammt, komme jedoch nicht darauf. Ich schmiege mich enger an meinen Surferboy und genieße seine Nähe, solange er noch da ist.

»Gott, ich werde dich so vermissen, Sonnenschein!«, murmelt Rus an meinen Lippen. Mittlerweile habe ich mich an sein ›Sonnenschein‹ gewöhnt und kann mir nicht vorstellen, dass er einen anderen Kosenamen für mich verwendet. Ich bin k.o. nach der vergangenen durchzechten Nacht und schwöre mir, dass ich nie wieder Alkohol trinken werde. Rus wirkt so topfit, dass ich ihn eigentlich hassen müsste, aber er ist ja auch im Training, was das Partymachen anbelangt. Da kann ich echt nicht mithalten. Ich fühle mich wie durch den Fleischwolf gedreht.

»Du Spinner, es ist doch nur bis zum Wochenende. Freitag komme ich nach«, erwidere ich und küsse seinen Hals. Ich versuche, uns beiden Mut zu machen, und einen Moment lang gelingt es mir sogar, und ich vergesse, dass wir uns gleich trennen müssen.

»Scheiße, dass du dieses Meeting hast«, brummt er.

Ich vergrabe meine Nase an seinem Hals und sauge seinen göttlichen Duft ein. Dieser Mann riecht so unglaublich gut. Ich kann nicht fassen, dass es eine Zeit gab, als er mich kaltgelassen hat. Ich bin süchtig nach ihm, will ihn berühren, immer und immer wieder. Ich seufze, denn er hat verdammt noch mal recht. Wie soll ich diese drei Tage, die wir nicht zusammen verbringen können, aushalten?

»Ja, total, doch am Wochenende holen wir all die Stunden, die wir nicht zusammen verbracht haben, nach.«

»Du kannst Zeit nicht nachholen, Sammy. Diese Stunden ohne dich, die sind für immer verloren.«

Es haut mich immer wieder um, wenn er solche Sachen sagt. Er sieht aus wie ein Sonnyboy, und um ihn rankt sich dieses Surferimage, doch er ist kein oberflächlicher Schönling. Im Gegenteil, er ist verdammt tiefgründig, und ich genieße diese leicht melancholische Seite an ihm, die er jahrelang vor mir verborgen gehalten hat.

»Du musst jetzt gehen, Liebling, sonst verpasst du deinen Flug«, sage ich und lasse mich noch einmal von ihm küssen. Sein Dreitagebart kratzt über meine Wange, und die Erinnerung, wie er sich – erst vor wenigen Stunden – zwischen meinen Schenkeln angefühlt hat, verursacht einen wohligen Schauer in mir, der mir über den Rücken rieselt und mich nach Luft schnappen lässt. Russel grinst zufrieden, löst sich von meinen Lippen, wirft sich seine Reisetasche über die Schulter und zieht von dannen. Ich kann nicht widerstehen und klapse ihm noch schnell auf seinen Knackarsch. Er lacht, hebt die freie Hand zum Abschied und verschwindet in der Menge.

Zurück in seinem Hotelzimmer packe ich meinen Kram zusammen und stelle fest, dass er sein Handy und einen Hoodie vergessen hat. Beides stecke ich ein und merke, dass es der Hoodie ist, den ich vor einer gefühlten Ewigkeit für Dean genäht habe. Ich frage mich, wann er gedenkt, ihn seinem Bruder zurückzugeben. Hoffentlich können sie ihre Streitigkeiten beilegen.

Im Badezimmer stockt mir der Atem, und mir treten die Tränen in die Augen. Zwar hat Russel meinen sündhaft teuren Lippenstift versaut, als er mir auf den Spiegel *Du bist die Liebe meines Lebens* geschrieben hat, aber ich kann ihm deshalb nicht böse sein. Stattdessen grinse ich übers ganze Gesicht und finde einfach nur niedlich, was er gemacht hat. Ich zücke mein Handy und mache ein Foto von seinem Liebesschwur. Am liebsten würde ich es auf meiner Nauti-Gal-Seite bloggen, es auf Facebook posten und meinen Beziehungsstatus ändern. Ich bin so unfassbar glücklich und bis über beide Ohren verknallt. Ich will es von den Bäumen schreien und die ganze Welt wissen lassen, dass ich verlobt bin. Wer hätte gedacht, dass Russel Reynolds die Liebe meines Lebens ist?

Da ich es der ganzen Welt noch nicht verraten darf und erst warten muss, bis Rus Joe über unsere Beziehung aufgeklärt hat, telefoniere ich mit Gab. Es ist eine entspannte und witzige Unterhaltung. Ganz anders als die, die wir vor ein paar Wochen geführt haben. Sie entschuldigt sich, und alles ist wieder gut zwischen uns. Hoffentlich hat Rus auch so viel Glück, wenn er mit seinem Vater redet. Ich will nicht, dass Sean zwischen uns steht. Danach unterziehe ich das Zimmer einem letzten gründlichen Check. Wer weiß, was mein Chaos-Surfer noch alles vergessen hat, verlasse das Hotel und fahre zu meiner Wohnung. Ich fühle mich leicht und unglaublich lebendig.

Ich liebe mein Leben, und es ist mir egal, dass ich für das kurze Stück doppelt so lang brauche, als wenn ich gelaufen wäre, weil das Taxi im Stau steht. Ich denke an Rory und daran, dass er seinen Flug verschoben hat, weil er heute Morgen ein paar heiße Studentinnen kennengelernt hat.

Ich saß dabei, als er dreisterweise Rus angeboten hat, dass er diese Frauen auch mit ihm teilen würde. Meinen Tritt unter dem Tisch hat er ignoriert, der blonde Perversling. Stattdessen hat er geschlussfolgert, dass ich eine Pussy aus Gold haben müsste, wenn Rus sich die heißen Studentinnen ohne mit der Wimper zu zucken entgehen lassen würde.

Spinner, denke ich und hoffe, er kommt auf seine Kosten. Aber da keines der Mädels Perlenohrringe trug und sie zu dritt sind, stehen die Chancen vermutlich nicht schlecht. Ich freue mich für Goldlöckchen, doch noch mehr darüber, dass Rus wirklich völlig desinteressiert gewirkt hat. Was auch immer ihn umtreibt und was da mit seiner Familie gerade los ist, er liebt mich wirklich. Da bin ich mir ganz sicher.

Ich für meinen Teil kann es kaum erwarten, in mein Bett zu kommen, denn gestern Nacht haben wir es wirklich übertrieben. Wir waren viel zu lange auf, haben viel zu viel getrunken, und ich bin froh, dass ich mir wohlweislich freigenommen hatte – obwohl wir gar nicht lange mit Russels Teamkollegen Ulises gefeiert haben. Uns war nach Tanzen und Party, weshalb wir auf dem Rückweg in die Stadt in einem Club versackt sind, und danach war an Schlaf kaum zu denken. Wir waren ziemlich betrunken, und ich habe mich noch gewundert, dass Rus in seinem Zustand überhaupt einen hochbekommen hat. Doch er konnte nicht aufhören, mich zu küssen, und ich überlege wieder einmal, was ihm solche Angst macht. Er hat mir versprochen, dass er mir am Wochenende alles erzählt.

Sean hat ihm vermutlich damit gedroht, ihn zu enterben, wenn er mich heiratet. Nicht, dass Russel nicht genug Geld hätte, aber wenn der eigene Vater gegen eine Heirat ist, dann ist das scheiße. Auch für mich, denn ich dachte immer, dass Sean mich mögen würde, doch scheinbar habe ich mich geirrt. Vielleicht bin ich auch einfach nicht standesgemäß, wer weiß. Ich hoffe, dass er bloß findet, dass wir zu jung sind. Dann haben wir eben eine lange Verlobungszeit und heiraten erst in zwei oder drei Jahren. Ich kenne Leute, die waren sieben Jahre lang verlobt. Auch sie waren sich gleich zu Anfang ihrer Beziehung schon ganz sicher. Zugegeben, sieben Jahre müsste ich jetzt nicht warten, aber drei oder vier Jahre wären kein Problem. Dann sind wir Mitte zwanzig, und dieses Gegenargument wäre entkräftet. Ich bin, was den Zeitpunkt angeht, völlig flexibel, doch Rus sagte ja, dass er etwas gemacht hätte, was das Problem ausgelöst hat. Grübeln jedenfalls bringt nichts. Er wird es mir am Wochenende ja sagen, und dann wird er sehen, dass seine Ängste völlig unbegründet sind, denn ich liebe ihn und kann mir nicht vorstellen, weshalb ich mich von ihm trennen sollte.

Russel | 11.02.2014 | Honolulu | Oahu | Hawaii

Ich sitze im Flieger und denke an Sammy und daran, was sie vor ein paar Tagen zu mir gesagt hat. Meine Gedanken schweifen zurück zu diesem Augenblick, als sie das Schlafzimmer der Suite betreten hat – mehr nackt als bekleidet.

Russel | Fünf Tage zuvor | Honolulu | Oahu | Hawaii

Ich schaue auf die Uhr, als die Tür zur Suite aufgeht. Es ist kurz vor neun. Sam wirkt müde und gehetzt. »Tut mir leid«, murmelt sie bedauernd.

»Ich bin froh, wenn du kündigst und dein eigenes Ding machst«, sage ich statt einer Begrüßung.

Sie lacht. »Du meinst, dann arbeite ich weniger? Das glaube ich ja mal nicht.«

»Okay, dann wird das wohl nichts mit Nauti Gal«, scherze ich, strecke meine Hand nach ihr aus und ziehe sie auf meinen Schoß, um sie zu küssen. »Gott, Sammy, du hast mir so gefehlt.«

»Ich stinke sicherlich ganz furchtbar«, murmelt sie, nachdem sie ihre Lippen von mir gelöst hat. Mich erinnert es an unsere erste Nacht, da hat sie das auch gesagt. »Ich muss erst mal duschen.«

»Nimmst du mich mit?«

Sie schüttelt den Kopf. »Sorry, es war hammerstressig heute, und ich muss erst mal runterkommen.«

Ich nicke verstehend, und nach einem letzten Kuss lasse ich sie ziehen. Sam braucht ewig, um wieder zu mir zurückzukommen, und als sie es tut, trägt sie einen Slip und ein T-Shirt mit dem Aufdruck *Das ist nicht das Wunderland, und du bist nicht Alice.*

Und ob das das Wunderland ist. Ich liebe ihre Titten. Ja, Sam hat wenig Oberweite, aber ihre Brüste sind perfekt – absolut perfekt, um genau zu sein. Ihr entgeht mein Blick nicht. »Du bist nicht Alice«, erinnert sie mich streng, doch das Zucken um ihre Mundwinkel verrät mir, dass sie es nicht so meint, sondern amüsiert ist.

»Ich bin, wer auch immer du willst.«

»Was?«, prustet sie lachend.

»Für dich würde ich jeder sein, auch Alice.« Sam verdreht die Augen. Ich ziehe sie an mich, lasse meine Hände über ihren Körper gleiten und spiele kurz mit ihrer Oberweite. »Nenn mich ruhig Alice und lass mich in den Kaninchenbau hüpfen«, säusle ich. Ich weiß, ich höre mich an wie ein Idiot, doch ich kann nicht genug von Sammy bekommen.

»Du kannst doch nicht schon wieder geil sein«, wispert sie.

»Stört es dich?«, frage ich.

»Wahnsinnig«, behauptet sie knallhart und ohne mit der Wimper zu zucken.

»Oh«, murmle ich und tue so, als wäre mir das Ganze schrecklich unangenehm. Ich nehme meine Hände von ihren Brüsten, doch Sam fängt sie ein und legt sie sich wieder auf die Halbkugeln, die sich durch das Shirt in meine Handflächen schmiegen. »Wenn das nicht das Wunderland ist, dann weiß ich auch nicht«, raune ich ihr zu.

»Gott, Rus, du bist so ein Spinner, und ich liebe dich so sehr«, seufzt sie und beugt sich über mich, um mich zu küssen.

»Sammy, du trägst dieses Shirt und dazu lediglich einen mikroskopisch kleinen Slip, und das, obwohl du weißt, wie verrückt ich nach dir bin«, murmle ich. »Mal im Ernst, wie könnte ich mich da zurückhalten?«

»Ja, weil du auch sonst so unglaublich zurückhaltend bist«, neckt sie mich. Ihre Augen funkeln belustigt. »Das ist ja quasi dein Markenzeichen, deine vornehme Zurückhaltung, dein Understatement, dein …«

»Tu doch nicht so«, unterbreche ich sie. »Ich weiß genau, dass du darauf stehst.«

Sam kichert und setzt sich auf meinen Schoß. Ich packe ihren Hintern und knete ihn.

»Ich stehe vor allem auf dich«, murmelt sie gegen meinen Mund. Ich kann es nicht oft genug hören. Ja, sie steht auf mich, was mich zum glücklichsten Mann auf der Welt macht. Und Dean zum unglücklichsten. Fuck! Ich will nicht an ihn denken, denn wenn ich es tue, dann komme ich mir wie ein Schwein vor. Noch immer weiß ich nicht, was ich machen soll. Das hier, das ist so gut, tut so gut … »Ich liebe dich so sehr, Sammy!« Ich seufze, schiebe ihr Shirt hoch, krümme meinen Rücken, sodass ich an ihren kleinen Nippeln saugen kann.

»Willkommen im Wunderland, Alice«, nuschelt sie kaum hörbar und gräbt ihre Finger in meine Haare.

Später liegen wir eng umschlungen im Bett, und Sam fragt: »Macht es dir was aus?«

»Was?«

»Was da in der Nacht passiert ist, also an meinem achtzehnten Geburtstag.«

Ich stoße einen lauten Seufzer aus. »Keine Ahnung. Wir wissen ja gar nicht, was wirklich passiert ist.«

»Ich finde, gerade das macht es so schwer«, erwidert sie. »Es wäre mir wirklich lieber, ich wüsste es, denn dann könnte ich anfangen, es zu verarbeiten. So ist es nahezu unmöglich, denn ständig frage ich mich, was da genau geschehen ist. Deshalb musste ich damals auch weg. Ich habe das nicht ertragen, habe Blicken und Tuscheleien eine überzogene Bedeutung gegeben und mir alle möglichen Horrorvisionen ausgemalt.«

»Zum Beispiel?«

»Na ja, dass es ein Video von mir gibt, das im Netz kursiert und in dem ich von einem Haufen Typen vergewaltigt werde, so was in der Art.« Sie erschauert und schüttelt sich dann. Ich streichle sie, und in dem Moment wird mir klar, dass es bedeutungslos ist, was ich will. Für einen Augenblick gelingt es mir, mich völlig in Sam hineinzuversetzen, und ich fühle mich ängstlich, verwirrt und verletzt, und ja, ich suche das Weite, weil alles, was mir vertraut und sicher erschien, sich in meine ganz persönliche Hölle verwandelt hat. Verdammt, das muss furchtbar sein. In diesem Moment empfinde ich unfassbares Mitleid mit ihr, und ich will, dass diese Unsicherheit ein Ende hat. Ich will, dass Sam Gewissheit darüber bekommt, was sich an diesem Abend zugetragen hat, und ich beschließe, noch einmal mit Dean zu reden. Möglicherweise ändert das alles, und vielleicht entscheidet Sam sich letztendlich für ihn und nicht für mich, aber dann hat sie eine Entscheidung getroffen. So habe ich diese Entscheidung für sie getroffen, und das würde sie nicht wollen. Sie würde wollen, dass ich in ihrem Sinne handle, und genau das beschließe ich in diesem Moment zu tun.

Russel | 11.02.2014 | auf dem Weg nach Maui | Hawaii

Der Gedanke daran, das Richtige für Sam zu tun, ist es, der mir in diesem Moment die Kraft gibt, mich Dean und dem Rest meiner Familie zu stellen. Ich werde Joes Enttäuschung und Deans Wut ertragen – für Sam. Sie hat es verdient, die Wahrheit zu erfahren und die Möglichkeit zu bekommen, sich mit Dean auszusöhnen.

Wenn er weiß, was damals geschehen ist, dann wird er ihr nicht mehr böse sein. Er wird sich bei ihr entschuldigen und sie mit offenen Armen in seinem Leben empfangen. Sam wird erkennen, dass er der bessere Mensch von uns beiden ist, und mich verlassen, aber das ist okay – denn nichts zählt für mich mehr als ihr Glück.

Eine Dreiviertelstunde später landet die Maschine, und ich verlasse das Flughafengebäude in der Gewissheit, dass ich das Richtige tue. Ich fühle mich gut, bin aber hungrig. Also mache ich einen kurzen Zwischenstopp, trinke ein Bier und esse Sushi, ehe ich wieder in den Mustang steige und ihn auf den Honoapiilani Highway lenke und zur Stadtgrenze von Kahului hinausfahre. Ich fummle an der Soundanlage herum. Wahnsinnig vertraut bin ich mit meinem neuen Auto noch nicht. Nur einen Augenblick lang bin ich abgelenkt, doch als ich aufschaue, steht auf der Straße ein Junge.

Ich reagiere instinktiv, bremse, merke aber, dass es nicht reicht, und reiße das Steuer nach rechts herum. Ich rase an dem Kind vorbei. Der Wagen prallt frontal gegen die Leitblanke, durchbricht sie und rauscht auf die am Straßenrand stehenden Bäume zu. Eine Million Gedanken, klar und greifbarer als jeder jemals zuvor, schießen in dem Moment durch meinen Kopf. Ich denke an Joe, an Sam, an Dean, an Rory, an meinen Dad. Schützend hebe ich die Arme vor mein Gesicht, ehe mein Auto mit dem Baumstamm kollidiert und regelrecht entzweigerissen wird. Metall knirscht, Glas fliegt umher, Knochen brechen, und dann wird alles um mich herum schwarz.

Abschließende Worte und Danksagung

Liebe Leserin, lieber Leser,

zuerst einmal möchte ich mich ausdrücklich bei dir für das Ende dieses Buches entschuldigen, doch die Tatsache, dass Russel sterben musste, war unumstößlich. Vielleicht kennst du schon Joes Band, oder den von Brad und Rory. Alle drei sind vor Sams & Russels Roman erschienen und daher stand immer schon fest, was mit Russel passieren würde. Lange habe ich daher mit mir gerungen, ob ich Russel eine Stimme geben soll oder nicht. Ich hätte die Geschichte auch auf andere Weise erzählen können, viele Möglichkeiten wären denkbar gewesen und eine ganze Weile lang habe ich mich schlicht und ergreifend nicht getraut, Russel zu Wort kommen zu lassen. Anfangs war es dann auch zugegeben schwierig, denn meine Protagonisten wachsen mir immer sehr ans Herz. Von Russel wusste ich vom ersten Moment an, dass ich ihn lieben würde, doch ich wusste ja auch, dass er sterben würde. Ich hatte Angst vor dem Verlust und wollte ihn nicht in mein Herz lassen. Doch Russel ist nun einmal Russel und wie Sam hatte ich nie eine Chance mich ihm zu entziehen. Ich hoffe, dass es dir ebenso ging und ich nicht die Einzige bin, die zum Schluss bitterlich weinen musste. Rus ist tot und er hat eine Lücke hinterlassen, mit der seine Familie, Sam und seine Freunde klarkommen müssen, vielleicht begleitest du sie auf diesem Weg. Das Zitat ›Jeder Abschied ist ein kleiner Tod‹ stammt übrigens von Alphonse Allais.

Ich möchte mich in diesem Roman zu allererst bei meinem Russel bedanken. Beim Schreiben habe ich unentwegt an dich gedacht, aber das weißt du ja. Ich vermisse dich schrecklich, aber wie heißt es so schön: ›If a writer falls in love with you, you can never die.‹ Ich weiß, dass dir das als ›Egoschwein‹ gefällt.

Mein weiterer Dank gilt meiner Familie – insbesondere meinem Mann – für ihre Geduld, meinen lieben Freundinnen Kathrin Lichters, Isabella Muhr und Carin Müller, die mich mit Rat und Tat unterstützt haben, und dem Team von feelings für die liebe Betreuung.

Abgesehen davon möchte ich mich ausdrücklich bei meiner Lektorin Ulla Mothes bedanken, die mir die Geburt dieses Buchbabys durch ihre Ideen und Anmerkungen sehr erleichtert hat. Das Gleiche gilt für die Unterstützung von Katja, Heike, Sulla, Kerstin und Olga. Ihr seid die besten Testleserinnen, die sich eine Autorin vorstellen kann. Danke!